欧·亨利短篇小说精选集

A Short Story Collection of O.Henry

［美］欧·亨利（O.Henry）◎著

冯小晏 ◎译

湖南文艺出版社
HUNAN LITERATURE AND ART PUBLISHING HOUSE

博集天卷
CS-BOOKY

图书在版编目（CIP）数据

欧·亨利短篇小说精选集 /（美）欧·亨利（O.Henry）著；冯小晏译 . — 长沙：湖南文艺出版社，2019.12

书名原文：A Short Story Collection of O.Henry

ISBN 978-7-5404-9361-5

Ⅰ . ①欧… Ⅱ . ①欧… ②冯… Ⅲ . ①短篇小说—小说集—美国—近代 Ⅳ . ① I712.44

中国版本图书馆 CIP 数据核字（2019）第 160520 号

上架建议：名家经典·短篇小说

OU HENGLI DUANPIAN XIAOSHUO JINGXUANJI
欧·亨利短篇小说精选集

作　　者：[美]欧·亨利
译　　者：冯小晏
出 版 人：曾赛丰
责任编辑：刘诗哲
监　　制：蔡明菲　邢越超
策划编辑：王　维
特约编辑：何琪琪
营销支持：傅婷婷　文刀刀　周　茜
整体装帧：利　锐
内文排版：百朗文化
封面图片：视觉中国
出　　版：湖南文艺出版社
　　　　　（长沙市雨花区东二环一段508号　邮编：410014）
网　　址：www.hnwy.net
印　　刷：三河市兴博印务有限公司
经　　销：新华书店
开　　本：880mm×1270mm　1/32
字　　数：263 千字
印　　张：9.5
版　　次：2019 年 12 月第 1 版
印　　次：2019 年 12 月第 1 次印刷
书　　号：ISBN 978-7-5404-9361-5
定　　价：46.00 元

若有质量问题，请致电质量监督电话：010-59096394
团购电话：010-59320018

目 录　|contents|

麦琪的礼物

怎么数，也只有区区的一美元八十七美分，其中的六十美分，还是一分分的硬币。即便是这点钱，也是德拉从杂货铺、菜市场、肉食摊位那里厚着脸皮、软磨硬泡地一分一分攒下来的。德拉不是厚脸皮的妇女，她在和商贩们斤斤计较的同时，也会暗暗脸红，她知道自己这样的行为会被别人所不齿，甚至被嘲笑，但是她没办法。德拉反反复复地把这一美元八十七美分数了三次，但每次结果都是一样。然而明天就是圣诞节了，此时她还能做什么？除了在她那张破旧的小床上大哭一场。

德拉没别的办法，她突然领悟到人生无非是由抽噎、哭泣和微笑组成的，而抽噎占了其中绝大部分。此时的德拉，这位家庭主妇，正在努力将自己的情绪平复，那我们先来看看她的家吧。

这是一套租来的公寓，屋子的主人为这个公寓添置了些破旧的家具。整体来看，这间屋子简直糟糕透了，如果说这是一所贫民窟的房子，那么也会有人相信。就这样一套小屋，它的租金是每周八美元。

在楼下的门廊里有个信箱，可是投递员从来没有光顾过这里；在门边还有一个电铃，当然，它也从来没有被按响过。除此之外，门边上还有一张名片，上面写着"詹姆斯·迪林厄姆·扬先生"。

"迪林厄姆"这几个字，是名片的主人在其职场得意之时加上去的，那个时候，他每个星期的收入是三十美元。然而，随着他每周的收入缩减到二十美元，那个名片上的名字也显得黯然失色了。或者这些字母正在考虑把当初张扬、高傲的"迪林厄姆"缩减成谦虚的字母"D"。不过不是一切都这么糟糕，每天当詹姆斯·迪林厄姆·扬先生下班回到家，走进自己楼上的房间时，詹姆斯·迪林厄姆·扬夫人，也就是前面提到的德拉，就会送给詹姆斯·迪林厄姆·扬先生一个大大的拥抱，并且亲昵地称呼他"吉姆"。

再说回德拉吧，刚才的痛哭已经让她的心情平静许多，她起身，用粉扑掩盖一下自己刚才的失态，之后站在窗前。德拉呆呆地望着外面的一片灰色，灰蒙蒙的天空下，有一只灰白色的猫走在灰白色的篱笆上。或许这些灰色与德拉的心情有关。明天就是圣诞节了，然而德拉只有那少得可怜的一美元八十七美分，这点钱能给她心爱的丈夫买怎样的礼物？她已经尽力了，在这几个月里，德拉省吃俭用，对自己已经十分苛刻了，只要能多节省一分，她就会多节省一分。但是，每周的二十美元确实不够花，最终的支出总是比她预计的要多。无论她怎样努力，周周还是如此。德拉用了那么长的时间来筹备吉姆的礼物，虽然说筹备的时光是幸福的，但用这一美元八十七美分怎样也不能送给吉姆一件精致的礼物，至少是配得上吉姆的礼物。

在房间的两扇窗户中间的墙壁上，挂着一面镜子。这面镜子与这每周八美元的廉价房真是绝配。假设一个身材娇小的女生站在这面镜子前，那么她只能通过这种纵向的断断续续的影像，了解自己大概的容貌和身材轮廓。对身材苗条的德拉来说，她已经深谙其道。

德拉在毫无征兆的情况下，突然将身体转向镜子，与镜子里的自己面对面而站，此时她的眼中闪烁着一丝光亮，但是这种光芒维持了不到二十秒的时间，随后被满脸的阴郁所取代。她快速地将绾起的头发拆开，它们像瀑布一样倾泻下来。

其实，德拉与她的丈夫詹姆斯·迪林厄姆·扬先生，各有一样引以为傲的宝贝。一件是詹姆斯·迪林厄姆·扬先生的金表。这块金表是他的祖父传给他的父亲，他的父亲又传给他的。另外一件，就是德拉的秀发。这样说吧，如果《圣经》中的示巴女王就住在德拉的对面，那么当德拉洗完头发，将头伸到窗外晾晒的时候，示巴女王的所有珠宝都会黯然失色；如果所罗门王自己给自己的地下金库当守门人的话，那么当吉姆走过他的门前，掏出那块金表看时间时，所罗门王也会嫉妒吉姆有这样一个宝贝，乃至捶胸顿足。

眼前，一头美丽的长发一直垂到膝下，披散在德拉那瘦小的身体四周，宛如一件棕色的晚礼服，闪光夺目。德拉的长发又如一道瀑布，微波起伏。可是，德拉只让这种状态保持了一瞬，便立刻将头发绾起，之后傻傻地站在镜子前，满心踌躇，任由两行热泪肆意地滴落在破旧的红地毯上。德拉穿上那件棕色的、有些破旧的外套，顺手戴上了依旧很破旧的棕色帽子，轻盈的步伐带动着衣裙飞扬。她走出了房门，来到了大街上，只是眼里依旧闪烁着泪光。

德拉走到一家店铺前，只见店铺的招牌上写着：索夫罗涅夫人——头发制品专营店。她不由自己多想，快步冲上楼去。进入店铺时，她已经气喘吁吁了。德拉定了定神，看见一位体态臃肿的妇女。她面色苍白，态度严正，一副不可接近的样子。这个人与"索夫罗涅夫人"这个名号一点都不相称。

德拉问道："你买头发吗？我想卖掉我的头发。"那位夫人说："是的，我买头发。你把你的帽子摘下来，我先看看你的头发。"棕色的瀑布一泻而下，美丽极了！那位夫人一边老到地抓着德拉的头发，一边说："二十美元。"说实话，无论出多少钱，对这完美的头发而言都是少的，只是德拉已经下定了决心，她无心讨价还价，只想快些结束这场交易，于是她说："就这么定了，快给我钱吧。"

快乐的时光就像装有翅膀，总是流逝得很快，不管这个比喻是否恰当，在接下来的两小时里，德拉确实从一家店铺逛到另一家店铺，她一家家挨个搜寻着适合吉姆的礼物。

几番周折过后，德拉终于找到了适合吉姆的礼物。与其说是适合，不如说这就是为吉姆准备的。这是再好不过的礼物了，一条简洁大方的白金表链。白金的品质上乘，除了镂空的设计别无其他，正如一切高贵典雅的艺术品一样，它无须过多庸俗的装饰。这条表链与吉姆的金表简直就是绝配，当德拉看到它的时候，她就知道它是吉姆的了。因为高贵而不张扬的表链与成熟又稳重的吉姆相得益彰。德拉花了二十一美元将这条表链买下，紧攥剩下的八十七美分往家赶。一路上她都在想，这下吉姆可以大大方方地用他的金表看时间了，他再也不用因为羞愧于金表上那破旧的皮带而总是偷瞄时间了。

一路上的兴奋与喜悦都从德拉进门的刹那开始慢慢消退了。她的表情从小女生的那种快乐变得谨慎而又充满理性。她麻利地找出烫发的工具，开始着手补救因为爱、因为慷慨而造成的损坏。这是德拉今后的工作中最难的一项，简直是一项了不起的工作。

在不到四十分钟的时间里，德拉让她的头上满是密密麻麻的小卷，它们紧贴着她的脑袋。她死死地盯着镜子，看着镜子里的那个人，就像一个习惯逃学的小男孩。德拉将头转向左面，之后又转向右面，挑剔地看着自己的新发型，自言自语道："如果吉姆看到现在的我，一定想要把我杀了。如果我能幸存，他也会觉得我像科尼岛的卖唱姑娘。但是，我真的没有别的办法了，一美元八十七美分真的什么都做不了。"

每天晚上七点，吉姆都会准时回家。此时，德拉已经将咖啡煮好了，并且将煎锅放在炉子上加热，只等待吉姆进门，就可以在第一时间煎上牛排了。德拉坐在最靠近门边的椅子上，手里握着她精心挑选的圣诞礼物。突然，她听到了一阵熟悉的脚步声，与往日不同的是，她此时非常紧张，脸色变得苍白。她轻声地祈祷："上帝保佑，一定要让吉姆觉得我像以前一样漂亮。"德拉总是为一些小事祈祷，但此时她觉得这件事并不小。

门开了，吉姆像往常一样自然而又熟练地将门随手关上。他的身材很消瘦，只是在他的脸上，有种不该出现在二十二岁的年轻人身上的那份镇静与严肃。这一切或许是因为他需要过早地承担起家庭的重担，而此时的他不仅外衣是破旧的，而且连手套都没有。

打从吉姆进门后看到德拉的那刻起，他就一动都没有动过了，就像是一条猎犬嗅到了猎物的味道。他死死地盯住德拉，脸上的表情让人琢磨不透。既不是愤怒，也不是厌恶，更不是惊讶，这种怪异的表情德拉无法读懂，她只是感觉到了一丝恐惧。德拉猜想过吉姆看到短发的自己时的反应，但此时吉姆的表现不是她预料中的任何一种，他只是死死地盯着她，看不出他心里在想什么。

德拉立刻从椅子上跳起来，走到吉姆的身边，她有些失控地喊道："哦，吉姆，我亲爱的吉姆，别这样盯着我看。我剪掉头发，只是想用它们换些钱，给你买件圣诞礼物。否则我真的没办法安心度过这个圣诞节。我真的没有别的办法了。头发剪掉了可以再长出来，况且我的头发长得很快。好了，吉姆，快说'圣诞快乐'，我们来高高兴兴地过节。你一定猜不到我为你准备了一样多么适合你，又多么精致的礼物。"这一连串的话，吉姆仿佛并没有听到，他的思绪仍旧停留在德拉的头发上，他一字一顿地说："你真的把头发剪掉了？"德拉回答道："是的，剪掉了，并且已经卖了。我知道，没有头发，你也一样会爱我的，对吗？"

吉姆好像仍旧没弄明白是怎么回事，他用那副没人能懂的表情四处张望，之后傻乎乎地问："你的头发，已经没有了吗？你是这个意思吗？"德拉安慰道："是的，亲爱的。头发我已经卖掉了，没有了，你不用找了。为了能让你度过一个美好的平安夜，我才卖掉了我的头发。你以后一定要好好对待我。"此时的德拉突然变得很温柔，她深情款款地说，"或许我的头发能数得出来有多少，但我对你的爱已经多得数不清了。好了，亲爱的，我去煎牛排，好吗？"此时的吉姆终于从恍惚中走了出来，他紧紧地将德拉拥入怀中。

现在，我们先让那对恋人相拥一会儿。因为我们得用十几秒的时间从另外一个角度审度下面一个问题：每周八美元的房租和每年一百万美元的房租，它们之间有什么差别呢？如果你征询数学家或者是很聪明的人，他们给你的答案也不会是正确的。因为麦琪，也就是圣贤给圣婴带来了宝贵的礼物，只是不包括这件东西在内。也许你觉得这句话有些难懂，甚至是莫名其妙，那么你看到下面的内容就会明白了。

吉姆轻轻将德拉推开，从自己的外衣口袋中拿出来一个小包，放到了桌子上。他深情地对德拉说："亲爱的，你千万不要误会，无论你是长发还是短发，我都会一样爱你。头发的长短与我们之间忠贞的爱情无关。只是，你把这个包裹打开之后，你就会明白，为什么刚才我的表情那么怪异了。"

德拉用她那纤瘦细长的手指将包裹打开，伴着包裹内东西的显现，一声欣喜若狂的尖叫声也随之而来。但是这兴奋的叫声立刻被满脸的泪水和抽泣声所取代。如果不明真相的人，一定认为这位女士有些神经质。而这间屋子的男主人却用尽全力地去安慰他的妻子。原来包裹里的东西是一整套梳子。它们包括插在两鬓的，也有插在脑后的，总之是样样俱全。其实德拉在很早之前就喜爱上这套梳子了。有一次，德拉在经过百老汇时，一眼就看到了橱窗里的它们。她真的很渴望拥有它们。这套梳子是用纯的玳瑁做的，不仅做工非常精细，而且在边缘还镶嵌着珠宝，它的颜色与德拉的头发很相配。只是德拉知道这套梳子的价格一定很昂贵，拥有这样奢侈的东西简直是她不敢想象的。她只是对它们有一种渴望，但也知道她与它们之间的距离。而现在，在她梦想成真的时刻，居然缺少了与其相配的长发。

德拉将这套梳子紧紧地抱在胸前，她用了好长时间来体味这种失去与得到交错的感觉。之后，她慢慢地抬起了头，双眼带着晶莹的泪珠，嘴角却微微翘起，她说："吉姆，我的头发长得很快的，我会用得上的。"她猛地像被烫着的小猫一样跳起，欢快地说道，"对了，你的礼物。"

德拉将双手摊开，一条白金的表链闪着灵动的光，就如此刻德拉的心情一样欢快。她将礼物送到了吉姆面前，问道："吉姆，它漂亮吗？这可是我走了好久，几乎搜遍全城所有的店铺才找到的。快把你的金表拿出来，让我看看它们有多么相配。"

吉姆没有去拿他的金表，反而平躺在小床上，头枕着双手，嘴角挂满微笑。吉姆说："亲爱的，让我们把我们各自的圣诞礼物都保存起来吧。现在它们还派不上用场。因为我的金表已经被我卖掉，换了你的梳子了。现在，你去准备平安夜的牛排吧。"

正如大家所知道的那样，当耶稣出生在马槽里的时候，有三位贤人给耶稣送来了礼物。也正是这三位圣贤开创了圣诞节互赠礼物的习俗。他们三位是聪明的，所以他们互赠的礼物都不一样，即使一样，也会有调换的权利。然而上面故事里的主人公，傻傻地送给了对方自己最珍贵的东西。但是，我想对那些聪明的人说，其实这两个傻孩子是聪明的；在所有的赠予和接受礼物的人当中，他们才是最聪明的。无论在任何地方，他们都是最具智慧的。他们就是麦琪。

女巫的面包

在街道的拐角处有一家面包店，每当有顾客登上门口的三个台阶推开门时，门上的小铃铛就会"丁零丁零"地响。这家小店的老板是四十岁的玛莎·米查姆小姐。她不仅拥有这家店，还拥有两千美元的存款，以及两颗假牙和一颗多情的心。哪怕与已婚女士相比，她的条件也是相当不错的。

在光顾这家面包店的客人之中，有一位中年男士引起了玛莎小姐的兴趣，并且她逐渐对他产生了好感。他每周都会很固定地来这家店两三次。他的鼻子上总是架着一副眼镜，显得很斯文，另外他那棕色的胡须也是被精心打理过的。虽然他身上的衣服到处都有被缝补过的痕迹，并且满是褶皱，但是他的外表很整洁、端庄；虽然他所说的英语带有很重的德国口音，但是他对人彬彬有礼。或许可以这样说，他虽衣着古怪，但器宇不凡。

他每次来面包店，只买两个不新鲜的陈面包，除此之外，他没买过任何东西。当然，新鲜的面包五美分一个，不新鲜的面包则是五美分两个。

有一次，当这位男士又来买面包的时候，玛莎小姐看到他的手指上有一块红褐色的颜料，这一发现使玛莎小姐浮想联翩，她觉得他一定是一位落魄的艺术家，他没有钱买新鲜的美味，只能一边在阁楼上作画，一边啃食着不新鲜的面包。玛莎小姐想，他一定很想吃到鲜美的食物。尤其是在玛莎小姐品尝着美味时，这种感觉更加强烈。每当她吃着牛排、新鲜的面包卷、果酱，喝着红茶时，她都会为那位落魄的画家感到悲伤，她甚至想和他一起共进这一餐，而不是让一位才华横溢的画家独自在闷热的阁楼里啃着那又干又硬的面包。是的，这就是玛莎小姐，善良而又多情。

玛莎小姐为了验证自己的想法，特意将一幅在很早之前从拍卖会上买下的油画放到了蛋糕店柜台后面的架子上。在此之前，这幅画一直被保存在她的房间里。这是一幅非常美丽的威尼斯风景画。威尼斯是有名的水城，它因水而生，也因水而美，所以画面的近景处是一座壮丽的大理石宫殿，它耸立在水面之上。画面上还有几艘小船穿梭于水上都市，其中一艘小船上有位妇人正饶有兴致地用手拨弄着水面，四周荡起一圈圈涟漪。远处的天空中飘着几片云朵。无论是色彩的运用，还是明暗的对比，都显示出画家卓越的功力。只要是懂画的艺术家，都会被它深深吸引。

在这幅画被摆出后的第三天，那位男士又来了。他习惯性地说："我要两个陈面包。"玛莎去给他包面包的时候，那位男士的目光停留在那幅画上，之后不自觉地说，"夫人，您的这幅画很棒。"

玛莎尽量让自己保持自然地说："是吗？我一直都很喜欢艺术和绘画，你觉得这幅画很好吗？"其实玛莎在心中想说的是"我一直都喜欢艺术家"，只是理智让她压抑住了内心的欣喜，并且她也认为现在就说他是艺术家也不是很妥当。那位男士说："是的，只是这个宫殿的透视法用得不是很好，显得不真实。好了，夫人，我走了，再见。"他拿起面包，礼貌性地欠身行礼，之后很快地走出了这家店。

玛莎在确认了他是一位艺术家后，便将那幅画又搬回了自己的房间。镜片后面的目光是那样温柔，又是那样锐利，他一眼就能看出这幅画的缺点是什么。然而就是这样一位才华横溢的人居然要靠那么陈旧的面包充饥度日。是的，一个人在成功之前，一定要有一段艰苦奋斗的过程，即使那个人是天才。不过如果天才能得到一位好心人的支持，而这个好心人又有两千美元的存款、一家面包店，那么他将在艺术上取得多大的成绩啊！然而，这一切不过是玛莎小姐的幻想而已。

在此之后，那位男士每次来买面包时，都会与柜台里的玛莎小姐聊上一会儿，他似乎很喜欢，甚至是有些渴望听到玛莎小姐那些令人愉快的语言。只是，他仍然只买不新鲜的面包，从来没买过店里的其他美味。

玛莎小姐觉得他越来越瘦了，精神也变得很糟糕，甚至有些颓废。她很想送给他一些更新鲜更有营养的食物，但是她又怕自己的这种行为会伤害一位艺术家的自尊心。因为她知道，艺术家都是高傲而敏感的。

玛莎小姐开始注意自己的妆容了。站在柜台里的时候，她总是穿上那件她最喜欢的带蓝色点点的丝质背心；在后厨的时候，她也会熬制一种大家都会用的养颜汁液，那是一种神秘的草籽和硼砂的混合物。

这一天，那位男士又来这家店买陈面包，他很自然地将五美分放到了柜台上，而玛莎小姐也当然知道他的习惯。就在玛莎小姐给他取面包的时候，店铺外面响起了一片嘈杂的声音。伴随着气鸣声和警笛声，一辆消防车从窗前驶过，所有的顾客都下意识地往窗外瞧。这对玛莎小姐来说，真是个千载难逢的机会。送牛奶的人刚刚送过来一磅新鲜的黄油，它们现在就在柜台后面的最下面一层的货架上。玛莎小姐灵机一动，快速地将这两个陈面包切开，满怀热情并且十分慷慨地将许多黄油塞了进去，之后又快速地将面包贴好、压好。这一切做得天衣无缝。当那位男士转过头来取面包的时候，玛莎小姐已经将面包包好，并且递给了他。

他们两个人习惯性地聊了一会儿，之后那位男士便离开了这家小店。玛莎小姐此时的心情就像一位怀春的少女，她有一种幸福和窃喜的感觉，但是她也有一种担心。她担心这位艺术家会不领情，她怕他会生气。但是后来，她自我安慰道："不会的，他一定不会生气的。只是食物而已，食物是不会侮辱人的。而且，黄油又不是定情信物，不会有失自己的身份。"

整整一天，玛莎小姐都在琢磨这件事情。她一直在想当这位男士切开面包之后，看到那些新鲜甜美的黄油时，会是一种怎样的反应。玛莎小姐想象着这样一个场景：那位男士在阁楼里凝视着自己的画作，这幅画的透视法肯定运用得非常好。他慢慢地放下笔，准备吃些东西再继续作画。在他切开面包的那一刻，他会很惊讶。想到这里，玛莎小姐的脸有些红了，因为她猜想着这位男士在品尝美味的同时，会不会想起她呢？他会不会⋯⋯

　　就在这个时候，玛莎小姐的思绪被一阵急促的铃铛声打断，她抬起头，看到两位男士已经站到了柜台前。其中一位就是那个艺术家，而另一位年轻人她没见过，那个人叼着个烟斗。那位艺术家的脸涨得很红，帽子只是轻轻地挨着他的后脑，头发被抓得乱七八糟。玛莎小姐赶紧来到大堂，那位艺术家则将紧握的拳头恶狠狠地挥向她，并且狂暴地喊着："笨蛋。"一句笨蛋显然不解恨，他又骂了一句德语，意思应该是她该被千刀万剐。

　　他太冲动了，以至于他旁边的那位年轻人不得不上前去拖走他，而他气愤地喊道："我不走，我要问个清楚。"一声巨响，他用尽所有的力气将自己的拳头砸在了玛莎小姐的柜台上。他大声地质问："你为什么要毁我！你这个巫婆，你这个爱管闲事的巫婆。"

　　玛莎小姐被吓坏了，她整个人瘫软在货架旁，另外一只手还按着自己身上的那件丝质背心。那位年轻人赶紧过来抓住了他同伴的衣领，并且说："我们走吧，你已经骂够了。"他把那位疯狂的同伴连拖带拽地弄出了面包店，自己又走了进来。

　　他说："夫人，我想我应该告诉你刚才发生的一切是怎么回事。刚才的那个人是我的一个同事，他叫布卢姆贝格尔。我们都是建筑师。在这三个月中，他一直在为一项比赛做准备，也就是绘制一份新市政厅的平面规划图纸。绘制图纸时，我们通常都是先用铅笔打个草稿，之后再描好。而擦掉铅笔痕迹的最好工具就是陈面包屑，它们比橡皮好用得多。然而，他昨天刚刚描好了图纸，正打算用面包屑擦掉铅笔的痕迹，可是⋯⋯您知道的，他刚刚在您这里买了陈面包，但是面包里有黄油。他一直在这里买陈面包都没什么事，可偏偏这次，他马上就要完成了。现在那张图纸已经变成废纸了，它仅有的用途或许就是去包装三明治了。"

　　玛莎小姐听完这件事的整个过程，默默地走到后面的房间。她重新穿上了那件老旧的棕色衣服，换下了丝质的背心。紧接着她又将她精心熬制的美容养颜的汁液倒进了窗外的垃圾桶中。

幽默家的自白

有一种疾病没给我带来过任何痛苦，虽然它已经在我身上潜伏了二十五年。突然有一天它发作了，每个人都看出来了，并且都说我得了这种病。不过，这种病不是麻疹，而是幽默。

我本是一家公司的职员，这一天，是我们总经理的五十大寿。我们公司里的所有人一起凑钱给经理买了一份生日礼物——银质的墨水台，而我被选为赠送礼物的发言人。我们大家一起拥进了总经理的办公室，而我的一段简短的贺词让大家捧腹大笑。

为了这次演说，我准备了足足一个星期，不过它的成功让我觉得一切都很值得。在我的演说词中有警句，有一语双关，更有精彩的笑料，以至于大家的反应很热烈，笑声几乎震倒了公司。然而我所在的这家五金批发公司，是这个行业里的龙头老大，它已经足够坚固了。当然，我们的总经理老马洛不仅笑了，笑容还很夸张，所以职工们更是笑得厉害。所以从那一天起，具体一点说，是从那天的上午九点半起，我作为一名幽默家的名声便传开了。

同事们对我的赞叹并没有因为生日聚会的结束而宣告结束，相反愈演愈烈。在之后的好几个星期中，时不时总会有同事跑到我的面前称赞我那天的演说，甚至他们还会把演说词中的一个细节拿出来仔细分析，之后反复强调这句话到底有多么精彩。

通过这件事情，似乎大家对我的要求变高了。所有人都可以平淡地谈论公司里发生的事情和当天的话题，只有我不行，因为大家希望我能说出惊人的句子，好让这个谈话变得轻松有趣。他们喜欢听我拿陶瓷开玩笑，当我把一件精美的陶瓷器皿讥讽一番时，他们都会很开心。

在公司中，我的职位是记账员。以往我只需要递交报表，而如今我的任务除了递交报表以外，还得以一份资产负债表的总额为题，讲一个幽默的段子，或者是在我开出的一张犁具的发票中找到一些笑料。假如我只是单纯地完成工作，而没有幽默的只言片语，那么其他同事会觉得很失望。

就这样，我的幽默被大家认可，并且逐渐尽人皆知，我成了一位"名人"。只不过我所在的镇子很小，当名人其实是件很容易的事情。后来，我的一些幽默、讽刺的言论时常被当地的一家报纸刊载，并且各种聚会都会邀请我出席，我成了必不可少的人物。

我相信我有这方面的天赋，再加上我本来就有些小聪明，遇到事情往往可以随机应变，所以我打算努力培养自己这方面的本事，在实践中锻炼我的幽默，让其能够尽善尽美。我知道，幽默的本质是善良而又亲切的，绝对不能依靠贬损他人、得罪他人来取乐。而我能做到的是，当一个人微笑着向我走来的时候，我往往会在对方走近我的过程中，想到让他将微笑变成哈哈大笑的语句。

我很早就结婚了，现在有一对非常可爱的儿女。男孩只有三岁，女孩有五岁了。我的工作只是一位小小的记账员，所以薪水不是很多，但这足以让我们全家在一幢被绿荫掩映的小房子里温馨度日。我并不觉得钱多就是好的，我相信过多的财富也会带来额外的烦恼。

在最开始的时候，我主动将我写的几个小笑话和有趣的随感寄到一些登载幽默文学的杂志社。幸运的是，只要是我寄出去的文字，就都会被杂志刊登，甚至还有编辑给我写信约稿。这一天，我收到了一封来自著名周刊的编辑的信。他在信里说，要我试着写一篇幽默小品文，用来填补一个专栏的版面，如果这篇文章的效果很好，那么他将为我开辟一个专栏，这样我每周都可以刊登一篇文章。我当然很高兴地接受了这个编辑的提议。

不出所料，由于我的小品文受到了热烈的追捧，所以这位编辑主动提出和我签订一年的合同。当然，我从中获得的薪金也要远远多于在五金公司获得的报酬。这个消息让我高兴而振奋，在我妻子的眼里我俨然已经成了一位顶尖的文学大师。那天晚上，我们家吃了一顿大餐。我觉得这是我人生的转折点，我知道这是我摆脱枯燥工作的最好时机，于是我很认真地和路易莎商量了一下未来的规划，最终我们达成一致：我去辞掉在五金公司的工作，潜心在家创作幽默文学。

我辞职那天，同事们给我开了一个热烈的欢送会。在这个欢送会上，我自然发表了一段精彩而又幽默的演说，并且当地的一家报纸将我这篇充满才华的演说稿全文刊登了。可是第二天一睁眼睛，我大喊："天哪，我要迟到了。"我慌乱地去翻找自己上班时要穿的衣服。还好路易莎在一旁提醒我，我已经不用再为资本家打工了，我现在已经是一位作家了。

刚吃完早餐，路易莎就迫不及待地把我拉到厨房旁边的一个小房间里。怪不得路易莎的脸上一直洋溢着笑容，原来我可爱的妻子已经为我准备了书房。只要是写作所需要的工具，书房里就都有，如桌子、椅子、笔、墨、纸、字典，还有烟灰缸及插满新鲜玫瑰和金银花的花瓶。她真的是一位心思细腻的女士，在桌子上还有一小包巧克力，或许她听说作家在寻找灵感的时候需要一块巧克力。快来看看，墙上还挂了去年的日历，当然，故事总是发生在以前的某一天。

我坐到了我的书桌前，开始着手成为一名作家。酝酿幽默的时候，我的目光停留在壁纸上。从远处看，这个壁纸的图案不是固定的，就像天空的云朵总会让我们想象出不同的东西一样。它有些像阿拉伯的花式，也像苏丹宫女，或者还像其他什么，或许只是一个个四边形而已。

此时，路易莎的声音把我从沉思中惊醒，她说："亲爱的，如果你现在不是很忙的话，过来吃饭吧。"我看了一下时间，吓了一跳，就这样无声无息地已经过去五小时了。如果收走时间的是位老人家，那他还真是位从不感情用事的严格的执行者。好吧，看来我是该去吃饭了。

当路易莎看到我的时候，便满是心疼地说："亲爱的，你才刚开始写作，不要把自己弄得太辛苦。是歌德，还是拿破仑，反正有位名人说过，脑力劳动每天不要超过五小时。那么今天下午，你可不可以带我和孩子到树林里散散步呢？"我很坦白地说："我还真有些累了。"于是，我们夫妻二人带着孩子在小树林里度过了下午的时光。

至于写作，我还是有一定天赋的，没过多久，我就找到了专职作家的感觉，写作也就变得挥洒自如了。我的文章在一个月内源源不断地涌现，就像我原来公司的五金器皿在出货一样。是的，我成功了。不仅如此，我已经声名远播了，因为我的专栏不仅引起了社会读者的关注，还引起了评论界人士的讨论。他们会低声地议论我的名字，说我是幽默作家里的新秀。除了我负责的专栏以外，我还将我的其他作品投递到别的刊物，所以钱也赚得越来越多。

在这段时间里，我摸索到了这一行的诀窍。假如我有一个有趣的想法，那么我把这个笑料写成笑话，也就两行文字的话，我可以赚一美元。如果我将这个笑话再添枝加叶地伪装一下，那么就变成四行文字，这样我可以多赚一倍的钱。在此基础上，如果我再将这个四行的短文加上韵脚，配上美丽的插画，它就会变成一首诙谐幽默的讽刺诗。而且，你根本看不出它原本只是一个笑话。

我们家开始有了些积蓄，所以添置了新的地毯，还买了风琴。这个小镇上的居民开始意识到我已经成了名人，所以他们对我开始刮目相看，我再也不是那个只在五金店打工的小人物了。

但是这种文思泉涌的状态只维持了五六个月，在之后的日子里我觉得我的才思枯竭了，我再也不能出口成章了。我的幽默感在远离我，我的那些漂亮的双关语也不再出现，甚至有时我已经找不到写作的素材了。于是，我开始特意倾听朋友们的谈话，希望能够从中汲取一些写作的素材。我经常一个人在书桌前苦思冥想，但是这只能让我有更多的时间来咬着铅笔，盯着墙纸，对我的写作没有一点帮助。我只是想写出一些看起来不那么做作的，又有一些好笑的泡沫而已。

现在的我，在朋友们的眼中已经变成了另外一个人，就像是一只吸血鬼，总是无情又贪婪地吸吮着他们的言辞。我会经常和朋友们在一起，但再也不是那个总能给他们带来惊喜和幽默的人了，因为我的笑话和讽刺都是用来赚钱的，我不能免费送给他们我赖以谋生的东西。我只是在一旁听着他们聊天的内容，一旦出现了一些精彩的言论和词语，我就会偷偷转过身，用纸笔将它们记录下来，以备不时之需。甚至有时没有带纸，我就会将这些笑料写在我自己的袖口上。我承认，这很煞风景，并且有些厚颜无耻，但我必须这么做。每当如此，我的朋友们都会用一种怜悯的目光看着我。

或许我不是吸血鬼，也不是摩罗神，我没有那么神气。我只是一只骗吃骗喝的狐狸，而我的朋友们就是乌鸦。我站在树下，赞美着乌鸦，祈求它能开口唱歌，之后它嘴里的肉掉下来，变成我的幽默作品中的一部分。但是时间一长，我的角色又改变了，我也不是狐狸，我成了瘟神，大家都开始躲着我。

我的生活轨迹就是寻找笑料，但可笑的是我居然忘记了怎样笑。即使听到了某些我可以盗为己用的笑话，我也只是机械地记录，脸上毫无表情。我四处奔走搜集笑话，我监听所有人的对话，不分时间地点。即使在教堂中，我那龌龊的搜寻工作也没有停止过。当牧师开始朗诵赞美诗时，我也在一刻不停地功利地找着笑点："赞美诗"，这让我想到了有同样尾音的"吃零食"，之后我又想到了"吃零食的人"；从"韵律"想到"相遇"，再从"相遇"想到"与她相遇"。我只注意他们说过的词会不会牵引出一丝一毫的幽默，完全忽略了赞美诗的含义，也忽略了这里是神圣的教堂。庄严而带领人们进入美好心境的唱诗，只不过是我瞎想的伴奏而已。我在思考怎样将女高音、男高音、男低音相互嫉妒的老旧的笑话重新演绎，变成我的稿费。

我除了在外面寻找笑料，家里也必定不能放过。我的妻子是一位非常贤良淑德的人，并且率真有同情心，当然还有些任性。在此之前，她所说的话总是能给我带来快乐，因为在她的思想中，快乐就是一个组成部分。

但是现在，我不得不将她的快乐变成我的矿藏，毫无节制地开采，将女人的可爱和可笑这种矛盾的思想变成我谋生的饭碗。原本这些淳朴的欢笑只应该在家庭中享用，我现在却将它们变成了商品，肆意兜售。

我就像一个贪婪的恶魔，不断地鼓励她讲更多的话，而我善良的妻子完全不知我的用意，她毫无防备地向我敞开心扉。我把它们复制在毫无感情的纸张上，任凭别人评论。我就像《圣经》里出卖耶稣的犹大，亲吻只是为了索取和出卖。为了那区区的稿费，我给她对我说的私房话粗略地穿了件外衣，便装模作样地展现在大众面前。我亲爱的妻子，我就像一匹狼一样盯着你这只小羊羔。每天晚上，当你睡着了，我还试图窃听你的呓语。希望在你的喃喃梦语中找到一丝灵感，为我第二天的工作做准备。

这样的生活是不是很糟糕，然而这只是一个开始，更糟糕的在后面。我开始对我幼小的儿女下手，我将魔爪伸进了孩子们天真的童言童语中。不得不承认，我的两个孩子盖伊和维奥拉就如同两个生机勃勃的智慧喷泉，他们的童言趣语体现了另外一种天真的思想，深受读者的喜爱。于是我将他们的幽默变成了另外一家杂志上的专栏，名为：童言妙想。因为是专栏，所以必须定时交稿，也因为这样，我不得不经常潜伏在孩子们的身边，就如同那些要搞偷袭的猎人一样。我会躲在沙发和门的后面，我会匍匐在院子里的树丛中，为了听他们无意中的对话，我将自己变成了一个彻彻底底的偷窥者，除了自责，我与那些野蛮的掠夺者毫无区别，以致我的孩子们对我避之不及。就像那一次，我的交稿期限马上就到了，必须在规定的日子邮递出稿件，所以我不得不再一次潜伏在孩子们玩的院子中。我把自己藏在一堆树叶下面。我自认为这个伪装毫无破绽，孩子们一定觉察不出我的存在。但事实太出乎我的意料，我实在不敢相信盖伊不仅发现了我，还在那堆落叶上生了把火。这把火不仅毁了我的新衣服，还差点把我直接火化，但是我不会责怪孩子，因为我知道这是我的错。

这件事之后，当我的孩子见到我时，他们的反应就更加夸张了。每当我想偷偷地靠近他们的时候，第一个发现我的人就会喊："爸爸来啦。"之后两个孩子同心协力地快速收拾玩具，去另外一个安全的地方玩耍。

在家庭中，我变成了孤立的幽魂，没有人愿意和我交谈，但我的收入日渐丰厚。不到一年的时间，我攒下了一千美元。如果一个人的生活品质完全可以用物质衡量，那么我的生活倒算不错。但生活没那么简单。我为了钱，失去了温馨的家庭和朋友，失去了所有的人生乐趣。在精神上我就像一个逃荒者。或许用一个好的比喻，我就像一只蜜蜂，忙碌地、贪婪地吮吸着正在盛开的花朵中的蜜汁，那是花朵最美丽的年华。所以花朵们看见带刺的我就会自然地恐慌、畏惧，巴不得赶快逃走。

有一天，我正从彼得·赫费鲍尔殡仪馆门前经过，彼得站在门口，面带微笑地向我打招呼。我好久没有遇到这样的情况了，在这几个月里，我的朋友见到我都是转身逃走的。我不知道自己是难过还是感动，总之我停下了脚步。于是，彼得请我进去坐。由于那天下了雨，空气中湿气太重，有些阴冷，所以彼得带我进到殡仪馆后面的一个房间后，生了一个小炉子。这时，一个顾客上门，彼得让我自己先待会儿。也就是在我独自一人坐在这个温暖的小屋时，我突然顿悟了一种宁静、自然的满足感。

我环顾四周，满是与殡仪馆相关的配备。一排排发亮的黑黄檀木棺材，棺材上有黑色的棺衣，还有棺材架、灵幡、羽毛……这里的安详与庄严营造出了最佳的沉思场所。因为这里距离死亡太近，这里是所有生命的边缘，所以这里永远被沉寂的氛围笼罩。当我踏进这个屋子时，所有的尘缘琐事便烟消云散。我无心思考什么幽默，只想让我的心灵躺下来休息一下，四周陪伴我的是那些曾经的温柔。前一刻，我还是一个被家人和朋友孤立的幽默家；后一刻，我却成了一个看破世间琐事的哲学家。我终于找到了一个能让我安心的地方。在这里，我不用煞费苦心地制造那些我已经完全失去兴趣的幽默；不用挖空心思地去琢磨一句话如何表达才会更讽刺；不用为了一个笑料、一个噱头去偷窥、去剽窃别人的思想，让自己斯文扫地。

过了一会儿，彼得回来了。因为在此之前，我和他还不是很熟悉，所以我没有先开口说话。但是我也很害怕他一开口就破坏了这里的圣洁和庄严，破坏了我刚刚感受到的一切，成为恬静美梦中那刺耳的声响。不过最终我知道了，我的担心是多余的。他的谈吐与这里的气氛相得益彰。他是我这辈子见过的最为朴实的人，死海与他相比，也会如同喷泉。他的言语中没有一丝油腔滑调和精彩措辞，他的陈词老调就像这里的黑莓一样普遍。他的平铺直叙，如同每周一固定发布的股票行情，轻而易举地就让人忽略掉。他那沉闷的话语居然让我激动得微微发抖。为了确认，我用我最经典的笑话试探他。果不其然，就像太极一样，他将力卸得无影无踪，看不到一点成效。从那一刻起，我喜欢上了我面前的这个人。

从那以后，每周我都会挤出两三个晚上偷偷溜到彼得这里，待在那个能让我心情平静的小房间里。我沉迷于这里，因为这是唯一能给我带来快乐的地方。我会早早起床，我会快速做完我该做的工作，只为能够快些来到这里。因为在除此之外的任何地方，我都会想方设法地搜索幽默的素材，这已经变成了习惯，我无法控制。但在这里，我即便想这样做，也不会得到任何有价值的信息，无论我怎么抛砖引玉，他都会按他自己的语言习惯平铺直叙。不过也正是因为这样，我的精神好多了。当然，每个人都需要通过娱乐的方式来释放自己的压力，我需要的就是这里。我在街上邂逅朋友时，偶尔我会面带微笑地和他们打招呼了，甚至说上一两句开心的话，这让我的朋友们很惊诧。在家里也有那么几次，我会和家人畅所欲言，开怀大笑，这同样让我的家人瞠目结舌。我一定是被之前的状态折磨得太久了，以至于我现在就像是一个不爱学习的孩子一样，格外珍惜来之不易的假期和休闲时间。

孩子贪玩自然不能好好学习，一个幽默家贪玩必定会影响他的作品。虽然写作对我来说已经不是那么痛苦的事情了，甚至在创作的过程中我还可以一边吹着口哨，一边文思泉涌。但我收到了几封退稿信。因为我总是急于完成手上的工作，完成我很不感兴趣的工作，之后跑到彼得那里，体验那种能让我快乐的感觉。这就如同一个白领急于下班，将自己置身于酒吧中，排解一天的忧愁。

不过我的行为开始让我的妻子担忧了，她不知道为什么我最近总是频频消失一个下午，她也肯定猜不到我到哪里去了。不过我不想告诉她，因为你知道的，这个可爱的女人她一定理解不了，甚至还会被吓到。

因为喜爱彼得的那个小屋，所以我爱屋及乌地喜欢上了与殡仪馆有关的小玩意。有一天，我将棺材上的银质把手拿回家，作为我的镇纸；还有用来装饰灵车的羽毛，我也将它们带回来，用来轻掸纸上的灰尘。我大大方方地将它们放到了我的几案上，每当我看到它们，就会联想到那个带给我温暖和快乐的小屋。但是当我的妻子看到它们时，她被吓坏了。我只能用蹩脚的谎言来安慰她，但从她那恐惧和疑惑的眼神中，我看得出她依旧恐慌。所以我只能把它们拿走。

有一天，我又来到彼得的殡仪馆，这一天他向我提出了一个让我激动不已的建议。他先是拿出了一本账册，之后他用他固有的波澜不惊的语气和我说他的事业正处于上升期，营业额也在不断增长，所以他想寻求一个合伙人，将事业做大。他说，在他认识的人当中，只有我是最合适的股东。满心欢喜的我没有丝毫犹豫，当我离开殡仪馆的时候，彼得已经拿到了我的一千美元存款的支票。我的身份发生了改变，我已经是这家殡仪馆的股东之一了。

我欢天喜地地回到家，虽然我依旧心存顾虑，不知道该不该把这件事告诉我的妻子，但这并不影响我内心喜悦之情的外溢。因为从此之后我再也不用为了生计而将自己变成幽默的工具；为了按时供稿，不得不将自己变成另外一个人；为了取悦别人，而将自己的思想压榨得粉碎。此时的我有种被释放的畅快。

晚餐过后，我的妻子将今天收到的信件交给我，其中有几封依旧是退稿信。其实，去彼得那里之前，我写出每则幽默短文和随感时，都需要挖空心思，将自己折磨一番。但是自从去他那里之后，我的思路不再闭塞，写作的速度变得很快，只是退稿信有些多了。在众多的来信中，其中有一

封是来自那家改变了我命运的、和我签订一年合同的周刊。我迫不及待地
将信打开，信中写道：

尊敬的先生：

根据合同内容，我社与您签订的以一年为期限的邀稿合同将于本
月到期。我们不得不很抱歉地通知您，我社没有续签计划。其实您的
作品诙谐幽默，一直广受喜爱和好评，我社也非常欣赏。但近两个
月，我们发现稿件的质量明显下滑。

与之前的行云流水、幽默生动的作品比起来，近来的作品矫揉
造作，辞藻堆砌的痕迹很明显，甚至有些佶屈聱牙，显得作者力不
从心。

所以我社决定不再刊登您的稿件，我们为此而感到十分遗憾，再
次送上我们的歉意。

我看完这封信后，便将它递给我的妻子。她一边看信，表情一边不由
自主地变化，看完后，她的眼里已经充满了泪光。她愤慨地说："这些不
识货的家伙。我相信你的文章还是一如既往地好，并且你写作的时间比以
前减少了一半还多。"那可爱的女人在气愤之后，想到了钱，想到了将没
有人提供给我们经济来源，她带着哭音说："哦，约翰，以后我们该怎么
办，你有计划吗？"

我没有回答她的问题，只是站起身，绕着餐桌跳起了舞。我的妻子一
定是觉得我被这个残酷的事实逼疯了。而我的孩子们倒是很希望我丢掉那
份让我变成另外一个人的工作。因为他们跟在我的后面，模仿着我的舞
步，高兴得大喊大叫。我想他们此时一定在想：我们以前的爸爸回来了，
他又可以陪我们玩耍了。

我太高兴了，于是我说出了一个精妙的提议："晚上，我们去狂欢。
先去看戏，之后到皇家饭店美餐一顿。伦普蒂——迪德尔——迪——

迪——迪——登。"当然，我要把我高兴的原因解释给我善良的妻子听。我大声地宣布：我已经是一家殡仪馆的股东了，并且这个企业将蒸蒸日上。就让那些幽默作品见鬼去吧。

我的妻子看了看眼前的信，她别无选择，她也觉得这或许是目前最为明智的选择。只是她无法理解彼得，也无法理解彼得的殡仪馆。哦，不，这家殡仪馆也是我的了，我已经是这家企业的股东了。我那充满温馨和快乐的小屋，是多么美妙啊！

故事还没结束，我要说一下我现在的状况。如今，在这个镇子里，你仍旧会看到那个最会讲笑话、最能让人感到快乐的人，并且那个人依然是我。我的笑话再一次被人们广为传播，并且成为人们茶余饭后进行回味的经典，乃至被人引用；我也会继续听着我那可爱妻子的唠唠叨叨，但只是作为夫妻间增进感情的聆听与分享，不再存有任何功利目的；我的一双儿女又重新喜欢上我，他们在我的面前肆意地说着那些天真浪漫、那些充满小小智慧与哲理的话语，只是我不会再拿着小本子将它们一一记录了。对了，还有我的生意。殡仪馆的生意很好，我负责掌管公司的账目和照看店铺，彼得负责联系业务。他赞叹说我的机智、幽默与活泼会让任何一个葬礼都变成具有爱尔兰特色的追悼宴席。

比门塔薄饼

　　我们在弗里奥山上骑马赶牛时，也就是将一群额头上印有圆圈三角标记的牛赶到一起的时候，我的木马镫被一棵已经枯萎的牧豆树的树枝挂住了，最终的结果是我的脚踝扭伤了，并且我要在营地里休养一周的时间。

　　我无奈地在床上躺了两天，第三天我实在躺不住了，便蹒跚地来到了营地的厨房。我倚靠着旁边的一棵大树站立，听着贾德森·奥多姆这位厨师喋喋不休。天意总是弄人，对贾德森来说，以他的话痨潜质，他不应该做一名厨师，因为这个职业注定了他将失去听众。厨师都是自顾自地做菜，哪个地方会为厨师配备听众呢？然而我的到来无疑成了他的希望，就如同在寂寥荒凉的沙漠中发现了一片绿洲。

　　很快，我便体会到病人的贪嘴需求，我很想吃一些除了大锅饭之外的东西。我想起了妈妈，想起了妈妈的橱柜，于是便不由自主地"像体会到初恋一样，又深情又充满哀怨"。于是我问贾德森："你会做薄饼吗？"听到这句话，贾德森放下了手里的左轮手枪，因为他正要用它来砸开羚羊的排骨。之后他双眼闪烁着蓝色的冷光，一股寒气咄咄逼来。当他走近我时，这种愤怒更加明显。尽管他没有暴跳如雷，但依旧可以在他听似正常的语调中，感觉到那股被按捺的愤怒，他说："喂，小子，你是真心问我会不会做薄饼，还是听了别人的话来取笑我？"

　　我很疑惑他的反应，但依旧很坦诚地说："你在说什么？我只是因为嘴馋，所以想用我的小马和马鞍换一摞薄饼。就是那种用黄油烙的、酥酥脆脆的薄饼，上面还得抹上新奥尔良蜂蜜。不过，听你刚才的话，好像关于薄饼还有个故事，是吗？"在确定我没有讽刺他之后，贾德森的态度慢慢缓和了许多。他默默地从装有炊具的车上取出一个盒子和一个铁罐子，放在我倚靠的树下。他熟练地忙活着，一一解开袋子上的绳子，一边干活一边给我讲那个关于薄饼的故事。他说："其实这并不是故事，是一件我亲身经历的事情。我也不怕让你知道，就和你说了吧。这件事情发生在我、一个从陷骡山谷来的牧羊人和威莱拉·丽莱特小姐三个人之间。那会儿我正在圣米格尔牧场帮老比尔·图米赶牛。

"有一天，我嘴馋了，很想吃一盒罐头，只要不是肉类的，其他什么罐头都行。强烈的欲望迫使我立即骑上那匹还没有驯好的小野马，飞奔到埃姆斯利·特尔费尔大叔的小店。他的店铺就在努埃西斯河的比门塔渡口那里。大约下午三点的时候，我到了那里。在距离店铺门口不到二十米的地方，我下了马，将马拴在一旁的牧豆树上，之后便直奔店铺，并且动作敏捷地纵身一跳，坐到了柜台上。我对埃姆斯利大叔说，看来水果们要受灭顶之灾啦。随后，我便一手拿着饼干，一手拿着一把六十多厘米长的勺子，吃着各种口味的水果罐头。有菠萝的、青梅的、樱桃的，还有甜杏的，总之种类真的很多。我一边吃，埃姆斯利大叔一边在一旁帮我开启罐头，因为罐头外包装的黄色铁箍实在太难砍断了。此时的我别提有多快乐了，就像是伊甸园中的亚当，无忧无虑。当然，这是在他偷吃禁果之前。就像一个孩子一样，我一边吃，一边用马靴上的马刺有节奏地踢着柜台。当我偶然抬头的时候，透过店铺的窗口我看到了埃姆斯利大叔家的后院。就在那个后院，站着一位美丽的姑娘。

"这个姑娘真是楚楚动人，一看就知道她不是本地人。她一边玩着槌球，一边偷瞄着像孩子一样贪吃水果罐头的我，并且时不时地偷偷发笑。我不好意思地从柜台上出溜下来，并且把手里的勺子递给了埃姆斯利大叔。埃姆斯利大叔将我的反应都看在眼里，他说：'她是我的外甥女，是从巴勒斯坦过来的，到我这里玩几天。她叫威莱拉·丽莱特，你想认识她吗？'

"那个时候我的脑袋里乱极了，我的思想就好像一群牛，即便我努力地将它们赶进了栅栏里，它们也还是会在里面绕圈。我喃喃自语道：'哦，巴勒斯坦是圣地，是的，天使都在巴勒……哦，我当然，我真能有幸认识丽莱特小姐吗？'随后，埃姆斯利大叔就把我领到了后院，并把我们介绍给了对方。与丽莱特小姐相比，我简直糟糕透了。她是那样落落大方，没有一点羞涩和胆怯，我却汗流浃背，说话也变得磕磕巴巴了。我一直都想不明白，为什么一个男人可以轻而易举地驯服一匹野马，可以在黑暗中刮胡子，却没办法在漂亮姑娘面前保持镇定自若。幸好在很短的时间内，我们之间的关系就变得亲密起来了，或许都用不了八分钟。我们一起玩槌球，玩耍时，亲密得如同表兄妹一般。她笑我吃了那么多水果罐头，我机智地回应说，关于水果的问题在很早以前就开始了。那是在第一个天然牧场上，一个叫夏娃的女生惹出来的——'却是在巴勒斯坦结束的，对吗？'这句话发自我的内心，我讲出这句话的时候，就像用套马杆套住一匹一岁的小马那样灵活自如。

　　"从那之后，我十分诚挚地对待我们之间的关系，也因为这样，慢慢地我和丽莱特小姐的关系也越来越亲近了。那段时间，为了健康，丽莱特小姐一直住在比门塔渡口。不过她的身体很好，只是因为这里的气候更加适合居住，因为这里要比巴勒斯坦的温度高出百分之四十。于是我每周都会骑马来这里看望她一次。后来我觉得如果我每周可以来这里两次的话，那么我见到她的次数就能是原来的两倍了。

　　"但是在一周内，当我第三次去看丽莱特小姐的时候，问题出现了。也就是从那次之后，薄饼和红眼睛的牧羊人插进了我和丽莱特小姐之间。那天晚上，我同样是坐在了埃姆斯利大叔的柜台上，往嘴巴里塞着一个桃子和两个李子。我问埃姆斯利大叔丽莱特小姐的身体最近是不是不好。'为什么这么问？'埃姆斯利大叔说，'她现在正和杰克逊·伯德一起骑马呢。就是陷骡山谷的牧羊人。'听到这话，我的心里很不是滋味，我不自觉地将一个桃核和两个李子的核都吞了下去。我想一定是有人拽着柜台，否则当我纵身跃下的时候，它一定会伴着一声巨响翻倒在地。我失去理智地一直向前走，直到撞上了那棵拴马的牧豆树才停下。

"'她去骑马了，'我对着那匹小野马的耳朵小声地嘀咕，'她和一个名叫杰克逊·伯德的人去骑马了，不对，不是马，他们骑的是那匹被牧羊人租来的骡子。你能明白吗？你这匹只有皮鞭才能让你奔跑的家伙。'我的小野马用它自己的方式为我哭泣了。但是我知道它根本不在乎儿女私情，因为它生来就要被训练成一匹赶牛的小马。

"我重新回到埃姆斯利大叔那里，问道：'你刚才说一个牧羊人？''嗯，我说的就是那个牧羊人。'埃姆斯利大叔说，'你应该听说过杰克逊·伯德，他拥有八个牧场和四千只北极圈以南的、品质最佳的美利奴绵羊。'我又从店铺里走了出来，坐在一棵满是刺的霸王树下。阳光斜射，我整个人都躲在店铺的阴影之中。我颓废地呆坐着，无意识地用手抓起沙土灌进自己的靴子里，我一个人说了好多话，全都是在骂那个名字里带有'伯德'的人。

"我自问对那些牧羊人都很友善，我从来都不欺负他们。有一次我看到一个牧羊人坐在马背上学习拉丁文，我从头至尾都没有打扰过他。他们的行为总是让其他的牧牛人发怒，但我不会。当你看见他们围坐在桌前融洽地吃饭时，当你看见他们穿的那种很灵巧可爱的鞋子时，你怎能忍心放下眼前的工作去攻击他们、去欺负他们呢？虽然我从来没和他们推杯换盏过，但也不至于每次看到他们的时候都找他们的麻烦，我只是会和他们聊上几句，谈论一下天气。这种感觉就像是将一只兔子放生一样，我从来都没有想过去欺负他们。但是，就是因为我的仁慈，他们才觉得我好欺负。一个小小的牧羊人，居然欺负到我的头上来了，居然认为自己有资格约威莱拉·丽莱特小姐去骑马。

"还有一小时就要天黑时，他们两个才策马奔腾地回来，两个人的样子高兴得不得了。马儿到了埃姆斯利大叔的家门口才停下，牧羊人将丽莱特小姐扶下马后没有立刻离开，两个人还站在门口热乎地聊了半天。当牧羊人离开时，他还用手将他头上那顶极像双把炖锅一样的帽子抬起又放下，之后在马上向丽莱特小姐挥手告别，最后才奔向他的羊圈。这时我敏捷地将靴子里的沙土倒了出来，之后侧身上马，直追那个叫伯德的家伙。马儿跑了不到一千米，便追上了他。先前我说这个牧羊人的眼睛是淡红色的，其实当我走近他时才发现，他的眼球是深灰色的，只有睫毛是红的，再加上他那黄棕色的头发，所以让人乍看之下，觉得他的眼睛是淡红色的。他的身材也真是瘦小得可怜，他真的能放羊？如果能，也就只能放几只羊羔罢了。这个男人不仅脖子上系着黄丝绸的围巾，就连鞋带也打着蝴蝶结。

"我率先开口说：'兄弟，下午好。现在和你并肩而骑的就是被冠以"百发百中"称号的神枪手贾德森。在我动手前，你总得知道你的对手是谁，免得你死不瞑目。''啊哈，'他说，他说话时就是这个德行——'啊哈，很高兴认识你，贾德森先生。我是从陷骡山谷来的牧羊人杰克逊·伯德。'

"就在这个时候，我的一只眼睛看到了一只走鹃，它嘴里衔着一只毒蜘蛛正从山坡上下来，另外一只眼睛看到一只猎兔鹰正安静地停在水榆树的枯枝上。我干净利落地拔出手枪，几乎同时打死了它们。我是故意在杰克逊·伯德面前炫技的，并且十分傲气地说：'三次中也就有两次是这样的吧。就是很奇怪，无论我走到哪儿，这些动物总是爱往我的枪口上撞。'

"'好枪法！'牧羊人就像在看一场表演一样，镇定自若地说，'不过在三次中还是有一次会失败，不是吗？你还记得上星期的那场雨吗？小草们因为那场雨水的灌溉而变得更加生机盎然了呢，贾德森先生。'

"'威利，'我靠近他的马，说，'你的父母一定是被亲情冲昏了头脑才会叫你杰克逊，但是当你被脱了毛，你就会还原成一个叽叽喳喳的威利。别岔开话题说什么雨水、气候了，我直截了当地和你说了吧。你不该和威莱拉小姐骑马的，这对你来说可不算是什么好事，你要知道刚才那些鸟，在获得陪美女骑马的机会之前就已经丧命了。威莱拉小姐一定不会同意她的爱巢是由一只山雀用羊毛建造的。你想好了吗？是就此放手，还是要体

验一下我的百发百中？如果选择后者，我会送你一个葬礼。'

"在听完这句话后，杰克逊的脸马上就红了，但他在顷刻间又哈哈大笑起来。他对我说：'贾德森先生，我想你是误会了。我确实去找过威莱拉小姐几次，但初衷绝对不是你想的那样，我纯粹是为了品尝一种味道，解解馋。'

"听到这里，我被气得立刻将手伸向我的手枪，并且说：'你这个色狼！竟敢这么明目张胆地——'还没等我说完话，他便抢着说：'等一下，你听我解释。如果你了解我的生活，你就应该知道我根本不需要妻子。我自己会做饭，自己会缝补衣服，女人是我最不需要的。我的乐趣就是养羊，之后吃它们鲜美的肉。对，美味，我的乐趣就是美味，贾德森先生，你吃过丽莱特小姐做的薄饼吗？''薄饼？没吃过。'我很坦诚地说，'我从来都不知道她还会做饭，更不知道她可以烹饪出美味。'

"杰克逊带着一脸向往的神情对我说：'那金黄色的薄饼，色泽如阳光一样金灿灿的，咬上一口，酥脆的甜美滋味就会从舌尖荡漾开来，简直就像是用伊壁鸠鲁天厨的神火烤出来的。如果可以，我愿意用我自己两年的寿命去换取那个薄饼的烹饪方法。这正是我时常去找丽莱特小姐的原因。'杰克逊神情一转，继续说，'只是我现在还没有将那个秘方搞到手。我听丽莱特小姐说，那是她家祖传的烹饪工艺和配方，到今年已经有七十五个春秋了。我多么希望我能掌握这个美味的烹饪方法啊，这样我就可以自己亲手做了，只要我想吃，就可以做，那样我就什么都不奢求了。'

"'你真的只是想要配方，而不是知道配方的人吗？'我问道。

"'当然，'杰克逊说，'我承认丽莱特小姐确实很好，但我真的没敢奢望能和她发生什么，我只是想要饱饱口福……'在看到我又将手伸向枪的时候，他马上意识到他的措辞有误，于是改口道，'是为了得到制作薄饼的配方。'

"我压抑着心中的愤怒，尽量实事求是地说：'其实你还算是一个不错的小伙子。幸好你没有其他想法，否则你的小羊们就会变成无人照看的孤儿。这次饶了你，你只需要好好讨要薄饼的配方，不可有任何越轨的想法，否则下一次，我可没这么容易就放过你。估计那时这个牧场上也就听不到你的歌声了。'

"'我保证我说的句句是真话，如果……'牧羊人说，'如果可以，你能帮我去拿那个配方吗？我知道你和丽莱特小姐的关系很亲近，即便她不愿意把那个薄饼的配方给我，也一定愿意把这个配方给你。只要拿到配方，我就再也不去打扰丽莱特小姐了。'

"'好，就这么办。'我握了握他的手，继续说，'我很高兴能帮你促成此事。'之后我们就互相道别，各走各的路了。他转头走向彼德拉的大梨树平地，直奔陷骡山谷；我则选择西北方向，回老比尔·图米的牧场了。

"一连五天我都没有时间去比门塔，后来我见到威莱拉小姐的时候，我们在埃姆斯利大叔的家里度过了一个十分快乐的夜晚。她不仅唱了歌，还用钢琴演奏了许多歌剧的插曲。我也给她讲了一些我深谙的事情，比如我亲自模仿响尾蛇的样子，还告诉她'长虫'麦克菲自己摸索出了一套剥牛皮的新方法，当然还有我在圣路易斯的旅行经历。我们各有擅长，所以彼此都十分欣赏对方。那时我认为，只要杰克逊·伯德不插足，那么我一定会和威莱拉小姐结为连理。于是我想起了关于薄饼配方的事情，我一定得想办法快点把配方搞到手，那样的话杰克逊就再也别想见到我的威莱拉小姐了。所以，大概在晚上十点的时候，我满脸堆笑地对威莱拉小姐说：'说真的，如果说在这个世界上，还有比我在茫茫的绿草原上看见红色的马儿更让我欣喜的事情，那应该就是吃上一张刚出锅的、涂着蜂蜜的美味薄饼了。'

"威莱拉对我那句话的反应很不正常，她原本坐在钢琴凳上，可是当她听到这句话时，身体微微一震，之后满脸惊诧。她说：'是啊，薄饼是很美味。你刚才说在圣路易斯的一条街丢了帽子，奥多姆先生，那条街叫什么名字来着？''是薄饼大街啊。'我调皮地向她眨了眨眼，我是想幽默地告诉她，如果她不说出薄饼的配方，那么我就不和她聊别的话题了。

我有些心急地对她喊道：'好啦，威莱拉小姐，你就告诉我你的薄饼是怎么做的吧。'因为这个时候我满脑袋都是薄饼的事情，我期盼她快点告诉我——五百克左右的面粉、八打鸡蛋等，乃至做薄饼的所有细节，比例、火候等。但是威莱拉小姐说：'对不起，我得失陪一下。'她没有正眼看我，而是快速地斜瞄了我一眼，然后从钢琴凳子上起身离开了。

"威莱拉小姐走到另外一个屋子，埃姆斯利大叔却来到我正待的屋子里。他没穿衬衫，手里拿着一个水壶。当他转身拿杯子的时候，我的天，我看见他的裤兜里居然有一把四五口径的手枪。我当时心想：'他们家把薄饼的配方看得太重要了，即便有血海深仇也不至于带着枪过来吧。''喝点水吧。'埃姆斯利大叔递给我一杯水说，'贾德森，你今天骑了太久的马，一定是累坏了，我们谈一点轻松愉快的话题，不要让自己的情绪太过紧张。'我没理会这句话，只是迫切地想要知道配方，于是我锲而不舍地问道：'埃姆斯利大叔，你会做薄饼吗？'

"'会，只是我不大精通厨艺，做出来的东西也不好吃。做薄饼无非就是用些生面团、石膏粉，再往里面加点小苏打、玉米面、鸡蛋、全脂牛奶，把它们一起混合就行了嘛。'埃姆斯利大叔岔开话题说，'对了，今年春天老比尔还会把牛肉卖到堪萨斯城吗？'

"那天晚上，关于薄饼的配方我也只能套出这些内容了。怪不得杰克逊迟迟不能完成心愿呢，如果再纠结这件事恐怕不太好，所以我只能暂时将薄饼的事情搁置，和埃姆斯利大叔聊一些和薄饼完全不挨边的事情，直到后来威莱拉小姐进来和我说晚安，我才骑马回牧场去了。又过了一周左右的时间，我在去比门塔的路上正巧遇到了杰克逊·伯德，他刚从那边回来。于是我们就在路边聊了会儿天。我问他：'你拿到薄饼的配方了吗？'杰克逊说：'还没有，这太难了，恐怕我拿不到了。那你呢，你帮我问了吗？'我回答说：'我试着帮你问过了，不过确实太难了，就好比让我用花生壳去把草原犬鼠从洞里挖出来一样。他们那么守护薄饼的秘方，可见它对他们来说是多么重要和宝贵。'杰克逊有些失落地说：'这么看来，我肯定是拿不到配方了。我还是放弃吧。唉，我无非是贪恋那种美味，而且也只是做给自己吃而已。有的时候我躺在床上总是想着那个味道而失眠很久。'他语气中的伤感与无奈让我觉得这一切好像是我的错，是我对不起他一样。所以我对他说：'先别那么早放弃，再努力试试看，我也会继续帮你的。我猜想不用多久，你我之中总会有一个人能得到薄饼的配方。不过现在我得先走了，再见杰克逊。'

"你看见了吧，那个时候我们两个人就像是亲密的战友。当我知道他不是觊觎我的威莱拉小姐的时候，我对那个牧羊人真是好得没话说。为了帮助他拿到配方，为了能让他解馋，我总是在威莱拉小姐的面前提到薄饼，但每逢我这样做的时候，她的眼里就闪烁出忐忑。如果我再不识趣地追问下去的话，她就会找各种借口走开，之后就和前面发生过的事情一样，埃姆斯利大叔就会拿着水壶进来，当然裤兜里还揣着枪。

"后来有一天，我像往常一样骑着马去拜访威莱拉小姐，不过我还带着礼物，是我亲手在草原上摘的一束蓝马鞭草，它们很美。但当埃姆斯利大叔看到我时，他眯着一只眼睛，表情有些尴尬地问：'难道你还不知道吗？'我立刻问：'什么？牛涨价了吗？'埃姆斯利大叔说：'昨天，威莱拉与杰克逊·伯德举行了婚礼。我是今天早上看到他们给我写的信才知道的。'

"我把那束马鞭草插到了正在吃的饼干桶里，之后让自己的身体慢慢地接受这个震撼的消息。先是耳朵，之后是心脏，最后直到脚底。我整理了一下心情问：'埃姆斯利大叔，您刚才说的是什么事情？我的耳朵好像出问题了，没听清楚。是不是说优质品种的小牛犊已经涨到四块八一头了？还是别的什么……'

"'他们昨天结婚了。'埃姆斯利大叔说，'现在他们两个人正在韦科和尼亚加拉瀑布城度蜜月呢。难道你一点都不知道，甚至连一点迹象都没看出来吗？就是在他们一起去骑马的那天，杰克逊开始对她展开了追求。'

"'可是，'我几乎是吼出来的，'那薄饼的事情呢？他跟我说的薄饼配

方是怎么回事？'

"当我提到'薄饼'这两个字的时候，埃姆斯利大叔显然十分警惕地向后退了几步。

"'薄饼是一个阴谋！'我说，'你肯定知道真相，你快告诉我这整件事情是谁的主意，是谁要陷害我？我一定要弄个水落石出，否则，我是不会走的。'于是我纵身越过柜台，去追埃姆斯利大叔。他本想去拿枪的，但由于枪在抽屉里，距他还有一段距离，所以我趁机抓住他的衣角，将他逼进一个墙角。我对他说：'告诉我薄饼是怎么一回事，否则你就会变成薄饼！威莱拉小姐会做薄饼吗？'

"'她肯定不会，至少我没见她做过一张薄饼。'埃姆斯利大叔安慰道，'好了贾德森，冷静一下，你现在太过激动了，这样会让你头上的旧伤复发，让你神志不清。我们现在不要再想薄饼的事情了，好吗？'

"'埃姆斯利大叔，'我立刻反驳道，'我的脑袋是笨了些，但那也是天生的，我的头从来没受过什么外伤。杰克逊·伯德跟我说，他接近威莱拉小姐完全是因为她会做很美味的薄饼，而他只想得到做薄饼的配方。他还求我帮忙，所以我才会不断地问你们这个问题。难道我是被那个该死的红眼睛牧羊人骗了？还是有其他隐情是我不知道的？'

"'你先松开我，'埃姆斯利大叔说，'之后我告诉你我所知道的。如果你所说的事情是真实的，那么你确实被杰克逊·伯德骗了，然后他抱得美人，并溜之大吉了。其实，在他和威莱拉一同骑马后的第二天，他特意来拜访我们，并且告诉我们无论在什么时候，只要你一提到薄饼，我们就要小心谨慎地对待。他说，因为你以前在营地烙饼的时候，曾有人用平底锅砸过你的头。从那之后你就留下了后遗症。只要你一激动，无论是高兴还是伤心，头上的旧伤就会复发，从而影响你的神经，让你发疯，并且不停地谈论薄饼。不过只要我们将话题引开，你就没什么危险了。所以我和威莱拉也一直是这样做的。'埃姆斯利大叔叹了口气，继续说，'唉，看来杰克逊·伯德还真是一个狡猾的牧羊人啊。'"

贾德森在开始给我讲这个故事的时候，就已经熟练地将袋子里和罐子里的东西搅拌在一起了。当故事快讲完的时候，他的薄饼也出锅了。他亲手把这一杰作盛在铁盘子里端给我，这两张热气腾腾的薄饼，真的如同阳光一样金灿灿的。他还将私藏的上等黄油和蜂蜜从一个秘密的地方拿出来给我。

我问他："这件事情发生在什么时候？"

贾德森回答我说："大概在三年前。现在杰克逊和威莱拉还一直住在陷骡山谷，只不过我再也没见过他们了。我听别人说，就在杰克逊把我玩弄于股掌之上的时候，他就已经在装扮他的牧场了。在那里，他新配了摇椅和窗帘。其实，这件事情我早就释怀了，只是我的那帮兄弟总是将这件事作为笑料，不停地说。"

我问他："那你现在做的这个薄饼，是你按照他们家的秘方做的吗？"

"你没听明白吗？根本没有什么配方。"贾德森说，"关于薄饼的制作方法我是从报纸上看到的，之后就剪了下来。因为我的那群兄弟总是用薄饼来开我的玩笑，后来他们也真的很想吃，所以我才按照剪报上所说的制作方法做给他们解馋。你品尝一下，看看如何？"

我由衷地赞叹道："真的很美味！贾德森，你也吃啊。"在听到答案之前，一声包裹着各种复杂情感的叹息声清晰地传入我的耳朵。贾德森说："我……我从来不吃薄饼。"

爱情信使

在每年的这个时节，在这个时节的这个时间，公园里只有为数不多的几名游客。然而在公园小路旁的长椅上，安坐着一位姑娘。或许她只是一时兴起，想抢在别人的前面，好好欣赏一下早春的景色。

姑娘安静地坐着，一动不动，她在沉思着什么，因为她的脸上写满了忧虑。想必让她忧心忡忡的事情应该是最近发生的，至少她那美丽的脸庞和依旧线条分明的双唇，没有因为思虑和伤心过度而有丝毫的折损。

一位身材瘦长的男士此时正沿着女孩座位旁边的小路往这边走，速度很快地穿过了花园；男士身旁还有一个小男孩，帮男士提着一个手提箱。当男士看到长椅上的姑娘时，脸色时白时红的。他一边走，一边用眼睛搜索着姑娘脸上的表情，心情十分忐忑，眼睛里充满期盼和不安。男士距离她只有几百米了，但是那位姑娘依然沉浸在思索和痛苦之中，没有一丝迹象表明她意识到了他的出现。当男士又向前走到只距离那姑娘四五十米的时候，他猛然停住了脚步，选择坐在另一张长椅上。小男孩也跟着停了下来，只是一双机灵发亮的眼睛疑惑地看着男士。男士从兜里掏出一条手帕，擦了擦额头上的汗珠。手帕很淡雅，男士的额头很漂亮，男士真的很英俊。他对小男孩说："你看到那位坐在长椅上的姑娘了吗？我想让你帮我传个话，告诉她，我正要去赶火车，前往旧金山。我要加入阿拉斯加驼鹿猎捕队。告诉她，我尊重她的禁令，不能和她说话，不能给她写信，所以我只能选择这种方式最后一次恳请她：请她看在我们过去的海誓山盟上，别意气用事。告诉她，憎恨一个人、抛弃一个人，却不告诉那个人原因，不给对方解释辩白的机会，这简直就不是她的做事方式，我不相信她是这样独断专行的人。告诉她，或许我以这样的方式与她交流也是不被允许的，但我只是希望她能够理智一些，选择更加正确的方法来解决问题。好了，就这样告诉她吧。"

男士说完，给了小男孩一枚五角的硬币。小男孩的脸上满是污迹，却掩盖不住他那聪明相和闪闪发光的机智的眼睛。小男孩看了看男士，之后便转身跑向那位姑娘。当他靠近那位姑娘时，尽管有些疑虑，他却没有表现得很慌张。他先用手抬了一下自己头上的旧方格呢帽的帽檐，这种帽子只有骑自行车的时候才戴。姑娘则不带任何情感地看着他。她不讨厌他的到来，但对此也没有什么期盼。

"小姐，"小男孩说，"坐在那边长椅上的先生让我过来给您唱首歌，跳个舞。您认识那位先生吗？如果他只是想调戏您，那么三分钟之内我就可以帮您把警察叫来，只要您的一句话。但如果您认识他，那我觉得他倒是一位很老实的人，我就可以把他让我给您带的那些废话一五一十地告诉您了。"

姑娘听小男孩这么一说，脸上露出了好奇的模样。"唱歌、跳舞吗？"她说话的时候语气温婉，声音甜美，就连节奏也刚刚好，即便语言中有一丝嘲讽，也如同用一层薄薄的丝绸包裹着，若隐若现。"这倒有点意思，那就唱一个舒缓的曲子吧。至于那个让你传话的人，我在之前是认识的，所以就不用去叫警察了。你现在可以唱歌跳舞了，只是声音不要太大，免得招来别人的围观。现在可不是玩杂耍的时候。"

"哦！"小男孩说话的时候，身体随着双肩耸动了一下，"小姐，您一定看得出其实我的主要目的不是要表演节目。我只是想把他唠叨的一些话说给您听。那位先生让我告诉您，他已经把他所有的衣服都打包到箱子里了，因为他要去旧金山，之后到克朗代克去打雪鸟。他说您给他下了禁令：不许他再送花言巧语的书信，也不许他出现在您家的花园门口。所以他才想出让我传话的办法，阐述自己的冤情。他说您将他一脚踢开，却没告诉他任何原因，也没给他一个辩白的机会，这让他很受伤。"

这个时候，姑娘眼中原有的好奇和兴趣丝毫未减，或许是那位马上要去猎捕雪鸟的男士的创意让她心生了一丝好感，或许是这位男士的执着和勇敢打动了她。所以这位姑娘打破了那些原有的禁令，她继续以这种方式与他交谈。她的目光落在公园里的一座愁眉不展的塑像上，她对这个小使者说："你去告诉那位先生，他应该最了解我的理想是什么，我没有必要再次和他强调了。而这件事只是让我更加确定我最崇尚的就是忠诚和坦白。你去告诉他，我是一个正常人，虽然我的内心也有柔软的地方，但我的信仰不会因为软弱而妥协，我很清楚自己想要什么，需要一个怎样的人陪伴终身。这也就是我不听他任何解释的原因。我不会无理取闹，凭借道听途说而去指责他的行为。但是现在他明明知道自己错在哪里，却明知故问，那么你不妨告诉他。你帮我转告他，那天晚上我本想为我的母亲摘一枝玫瑰花，但当我走进温室后门的时候，却看见他和阿什伯顿小姐两个人在粉红色的夹竹桃下面。真是一幅醉人的画面，两个人相拥在一起，造型绝美，一切已显而易见，任何解释都是软弱无力的。我静静地离开了温室，同时离去的还有我的玫瑰和誓言。现在你可以把这段歌舞表演再带回去给那位先生了。"

　　"很抱歉，小姐。我有一个词没听懂，那个相……拥……是什么意思？"

　　"相拥——你也可以说拥抱，或者身体挨得很近，总之就是两个人将彼此的身体挨到不能再近的程度。你想怎么说，就怎么说吧。"

　　小男孩又一次拔腿就跑，带起了一溜灰尘和碎石子，瞬间就来到了那位男士的面前。男士用急切的目光等待着回音。这个小男孩真是一位出色的翻译，他具有十分敏锐和客观的判断力。

　　"那位小姐说，因为她知道她抵挡不住一个骗子的花言巧语，所以担心自己因为一时的心软而上当，所以她宁可选择不听任何解释。她说，她亲眼看见你在温室里抱着另外一个姑娘。她是从后门进去的，本来是想为母亲摘花的，却看到你和那个姑娘黏在一起。她说那个画面很精彩，只不过让她觉得很恶心。她说让你去赶你的火车吧。"

男士听到这里，反倒轻松地吹了个口哨，眼睛里闪烁着智慧的光。他灵机一动，迅速从外衣的口袋里掏出来一沓信。他从中挑选了一封，之后递到了小男孩的手上，又从衬衣的口袋里拿出来一枚硬币给他。他对小男孩说："你帮我把这封信送给那位小姐，务必让她读一下。另外，帮我告诉她，这封信可以把那件事完全解释清楚。你告诉她，在坚持理想的同时如果能多给予理想一丝信任的话，那么她就可以避免这种无谓的心痛。告诉她，我同样誓死捍卫着那份忠贞；告诉她，我等待她最终的判罚。"

这位爱情信使又来到了姑娘的身边。他对姑娘说："那位先生说，你的凭空猜想真的是冤枉他了。他说他不是那种装腔作势、虚情假意的人。小姐，这儿有一封信您看一下吧。我只想说你没有爱错人，他确实是个好人。"

姑娘接过信，半信半疑地将信打开。信的内容是：

亲爱的阿诺德先生：

我十分感谢上周五晚上，您对我女儿的及时抢救。再一次感谢您的仁慈与精湛的医术。她在沃尔德伦太太的晚宴上心脏病突发，若不是您恰好在她身边，扶住了她，她必定晕倒在温室中；若不是您及时、恰当地抢救，我们恐怕已经失去这个女儿了。在这里我还有一个不情之请，如果您能来到寒舍，继续为小女治疗疾病，那我将不胜感激。

永远感谢您的

罗伯特·阿什伯顿

姑娘看完信，仔细地将信叠好后交给那个小男孩。小男孩说："小姐，那位先生正在等待您的回复呢。我该怎么对他说呢？"

姑娘将头抬起，用充满泪光的双眼瞥了那位男士一下，笑容展现在脸上。她的声音有些颤抖，但能听得出欢喜，她说："小信使，麻烦你告诉那位男士，他的姑娘让他过来。"

苹果的诱惑

已经走出乐园城二十英里①了，距离比尔达德·罗斯驾着马车要去的日出城还有十五英里，此时这位车夫选择了停下来休息。因为整日的大雪已经将地面掩盖起来了，路上的积雪足足有二十厘米那么厚，再加上前面那十五英里的道路原本就是崎岖不平的山路，即便是白天行车都要小心翼翼，一个失误就会酿成不可挽回的损失，更何况现在天色已经黑了，大雪丝毫没有停下的迹象，所以不能继续前行了。于是，车夫让那四匹健壮的马儿停下，并将自己英明的决策告诉给车上的五名乘客。

一名法官率先跳下了马车，他叫梅尼菲，具有当官人的所有特质，永远把自己摆在领导的位置上，毋庸置疑。随后另外三名乘客也走出了马车，在这位领导的带领下他们时而抱怨，时而妥协，时而要求涉险，时而又坚持赶路。这马车里的第五名乘客是位年轻的女士，只有她没有下车，始终待在马车里。

比尔达德将马车赶到第一座山峰的山肩处，在道路的两边有标明道路边缘的黑色木栅栏。距离一个较高的栅栏大约五十码②的地方，有一栋小房子。只不过小房子的房顶被积雪覆盖住，就好像是白色画面中飘移的一块墨迹。当人经历过积雪和焦虑之后，这一栋小房子足以让法官梅尼菲和其他乘客像孩子一样欢呼雀跃，他们叫嚷着向那栋小房子走去，准确一点说，应该是他们向那栋房子的方向走了过去。走近时，他们一边叫着房子里的主人，一边敲打着门窗，可是房子里的沉默让他们的情绪有些暴躁。

① 英制中的长度单位。1英里合1.6093千米。
② 英制中的长度单位。1码合0.9144米。

于是他们对那扇隔绝冰冷与温暖的阻碍物发起了进攻，破门而入。

尚且留在马车里的人可以清晰地听见从那栋小房子里发出的嘈杂的声音，有碰撞声，也有叫嚷声。过了一会儿，那栋小房子便被温暖的火光填满，火越烧越旺，像那群人的心一样明快地跳动着。这群探险者又回到了马车旁边，梅尼菲法官用他那比号角还要嘹亮、高亢的嗓音宣布他们得救了。音量之大，可以与整个管弦乐队媲美了。他介绍着他的发现，那栋房子已经没人住了，所以家具不是很多，但幸运的是房子里有个很大的壁炉，而且他们已经从屋后的柴房里找到了好多柴火。这下这个寒冷的夜晚就不会那么难熬了，他们至少可以在暖和的房间里住上一晚了。另外，让车夫比尔达德惊喜的是，房子的旁边还有一个马厩，虽然有些破旧，但还是可以使用的，而且在房间的阁楼上居然还有干草。

"先生们，"比尔达德坐在驾驶马车的位置上，他已经用毛毯和大衣将自己包裹得很严实了，他继续喊道，"把栅栏搬下来两块，好让我的马车可以直接走过去。我本以为我们今天晚上只能在屋外过夜了呢。这栋房子的主人是一位名叫雷德鲁斯的老男人，今年八月的时候刚被送去了精神病院。"四位男士很配合地跑向了被白雪掩埋得很深的栅栏。马儿在比尔达德的驱赶下，穿过栅栏的缺口，艰难地攀爬着斜坡，一直到了那位发神经的老头所建造的房子门口。比尔达德协助两位乘客卸下马车上的行李，梅尼菲法官则绅士般地将马车门打开，行了个脱帽礼。

"我不得不向您宣布一个消息，加兰小姐，"他说，"我们的旅行被迫中止了。车夫说在这样恶劣的天气中，夜晚驾驶马车是非常危险的事情，丝毫的疏忽都会酿成惨剧。所以我们不得不在这栋小房子里度过一晚。或许这对女士来说会有些不便，但我希望您可以打消其他顾虑。我仔细地检查过这所小房子，在这样的雪夜能够保暖是它最大的功能了。我相信您会觉得很舒服。请允许我扶您下车吧。"

就在这时，法官的身边又出现一个人，他是风车公司的一名员工，他的名字叫邓伍迪。其实他叫什么、他在哪里工作等信息都不重要，因为在这场旅行中，乘客间没有必要熟知彼此，甚至不知道对方的姓名也是无所谓的。只是对于一个总是喜欢挑战法官麦迪逊·梅尼菲的人，他的名字我们就应该记下了，以便我们知道在这个荣誉花环上应该写下谁的名字。邓伍迪用一种轻松的语气大声说："麦克法兰太太，看来您不得不下车了。这栋小房子虽然不像帕尔梅大酒店那样舒适，但至少它可以阻挡大雪，而且当您离开这里的时候，也没有人会检查您的行李，看看您是否不小心带走了酒店里的东西。房子里面已经生了火，不仅可以去除身上的潮湿和寒气，而且火光也会赶走老鼠，我相信您会觉得舒服的，放心吧。"

就在他们两个努力说服麦克法兰太太的时候，还有两个乘客正在按照比尔达德·罗斯的苛刻命令与马匹、缰绳，还有地上厚厚的积雪僵持不下。这时，一个高亢的声音传来，其中一个劳动志愿者说："喂！拜托你们快些把所罗门女士请下马车行吗？喂，站住！给我老实点，你这个顽固的畜生。"

说到称呼，还得旧话重提：从乐园城到日出城的旅途对漫长的人生来说，只能算极短的那种，所以没有必要弄清楚同行的路人都叫什么名字。但是对梅尼菲法官来说，出于他的年龄和声望，他这样在女士面前做自我介绍也是无可厚非的。所以，作为回应，那位女乘客软语温言地说了一声自己的姓氏。但由于声音太小，所以这个姓氏进入每个人的耳朵里后，都会变得不大一样。然而这些男士太过固执己见了，或者也因为相互间存在嫉妒，于是没有人愿意承认别人听到的发音是正确的，所以他们会用不同的姓氏称呼她，比如，加兰、麦克法兰，或是所罗门。而那位女士也没有纠正他们的错误，欣然接受了所有的称呼，因为在这样一个旅途中，她没有必要和他们显得太过热络，而且太过在意别人对自己的称呼，也会显得太小家子气了。在短短的三十五英里的旅途中，叫错名字又有什么关系，其实"旅伴"这两个字就已经够用了。

没多大工夫，马车上所有的东西都被搬到了这栋小房子里，而且都成了用来取暖的工具，比如长袍、垫子等，而马车上所有的人也都已经围坐在火炉边了，他们形成一个半圆形，那位女士就坐在最靠近火炉的地方，也就是半圆形的末端。她很淑女地坐在众多男士为她准备的垫子上，那好比是她的臣民为讨好国王而刻意准备的王位。她的背靠在被长袍包裹的木箱和空木桶上，这样不仅是为了舒适，还可以抵挡从门窗的缝隙里钻进来的寒风。女士将穿着鞋袜的双脚伸直，这样可以更加靠近火源，方便烘烤。她摘掉了手套，但是颈上的毛皮围脖却始终没有脱下，她一半的面颊也藏在里面。透过跳动而温暖的炉火，虽然只能看到一半的面容，但足以确定那是一张青春并且姣美的脸。她举手投足间都是那样优雅，散发着女性的魅力，透过她那恬静安适的神情，可以看得出她对自己美貌的自信。此时，炉火旁男士们的雄性心理在作祟，骑士的精神和男子汉的保护欲使得他们争相献媚，想尽办法让这位女士更加舒适。而这位女士也没有推让，只是将这些关心全部笑纳，她的表现不温不火，就像是花朵接受甘露般自然。对于这些讨好的行为和呵护的举动，她没有小女生的那种骄纵，没有孤芳自赏的高傲，也没有太过冷漠，表现得恰到好处。

外面狂风肆虐，大片大片的雪花借着风势肆意飘洒，偶尔有一些钻过门窗的缝隙进入屋子，不断地袭击着那五位男士的后背。即便如此，这场旅行或者说这一夜仍然使得一些人感觉美好。在今夜，梅尼菲法官所扮演的角色是律师，他的委托人是天气，他的当事人是暴风雪。他努力地为他的当事人做着辩护，目的就是要让那些身体不断瑟瑟发抖的陪审员相信，这间屋子到底有多么温馨，这里如同和畅温暖的春天。他不停地说着好多奇闻趣事，故事中充满了风趣和律师的诡辩，虽然难登大雅之堂，却取得了圆满成功。快乐的感染力让每个人都无法抗拒，所以其他人也都尽自己的所能贡献出了自己的那份快乐。就连那位女士也不由自主地加入到了快乐的氛围之中。

"我认为这很迷人。"她说得很慢，话语如同水晶般清脆悦耳。

每隔一段时间就会有一个人站起来看看这间屋子，就像是一个幽默风趣的探险家。但是在这间屋子里已经找不到一丝雷德鲁斯老人居住的痕迹了。比尔达德·罗斯被大家央求着讲一讲关于这个隐居老人的故事。

马匹已经被安置妥当，乘客们也都舒适地待在这个温暖的屋子里了，所有的问题都迎刃而解，所以比尔达德也纾解了原来紧张的情绪，重新变得平易近人、和颜悦色了。"那个老家伙啊，"他调侃道，"他已经在这里生活二十多年了，但是从来都不和任何人打交道，对别人的有意接近，他总是避之不及。倘若有人从他的小房子前面走过，他会立刻将探出的头缩回去，之后砰的一声把门关上。这座小房子的阁楼上，还有一个纺车，至今都保存得很完好。在此之前，他一直到泥口的萨姆·蒂利的商店买一些食品和烟草。今年八月的时候，他又来到萨姆·蒂利的商店，只是身上披了一件红袍子，并且告诉萨姆他是所罗门国王，示巴女王要来拜访他。他还把他所有的积蓄——满满一袋子银币，丢到了萨姆家的水井里。他对他说：'如果示巴女王知道我有钱，她就不会来看我了。'大家听到那老头的疯言疯语，又看到他将钱丢到水井里，这才把他送到精神病院去。"

"他过去经历过很浪漫的爱情吗？是那场风花雪月让他独居在此吗？"一个年轻的代理商打断比尔达德的叙述，问道。

"不，"比尔达德回答，"我从来没听谁说过。我想只是普通的麻烦导致他精神失常。他们说，他在年轻的时候只是与一个年轻的姑娘恋爱过，后来分手了。但是在他披着红袍子去扔掉所有的银币之前，我没听说过任何关于他的浪漫爱情故事。"

"哇！"梅尼菲法官大声感慨道，"显然，这是一个一厢情愿的案件，毫无疑问。"

"不能这么说，先生，"比尔达德继续说道，"不应该这样认为，其实他们两个已经订婚了，但没能结婚。乐园城的马默杜克·马利根认识雷德鲁斯的一个老乡，有一次在他们遇见的时候，他听这位老乡说雷德鲁斯其实是一个很不错的小伙子，只是家里太穷了。翻弄他的口袋时，虽然也能听见金属撞击的声音，但那并非是钱币，而是他的纽扣与钥匙碰撞的声响。与他订婚的那位姑娘叫艾丽斯，或者是别的什么，我记不清了。他说那个姑娘很漂亮，就是当你和她同行的时候，你会自发地想要替她买票的那种姑娘。可是后来那个小镇又来了一个小伙子，他的家境很殷实，出手也很阔绰。他不仅有四轮马车、矿山的股票，还有大把的空闲时间。尽管艾丽斯已经和雷德鲁斯订婚了，但她仍然与那个纨绔子弟交往甚密，在他们之间总是上演着偶遇、登门拜访等让人想要退婚的戏码。这就好比一首诗中描述的'战利品上的裂痕'。后来，有人看到雷德鲁斯和艾丽斯小姐在门口谈话，时间不长。临走前，雷德鲁斯还很绅士地脱帽行礼。再后来，这位老乡就没在那个小镇上看到过雷德鲁斯了。"

"那，那个姑娘后来怎么样了？"那个年轻的代理商又问道。

"我也不知道了。"比尔达德说，"我知道的已经全告诉你们了，无论你们怎么问，我也没办法告诉你们下面发生的故事。这就好比你们鞭打一匹瘸腿的老马，能力至此，再有力它也不会往前走一步了。"

"真是个伤感——"梅尼菲法官还没把话说完，却听到了一个在这个屋子里更具权威的声音。

"好一个迷人的故事！"那位年轻的女士用比故事更加迷人的声音说道。随后便是一小段时间的沉默，屋子里只能听到外面飕飕的风声和火炉中劈柴燃烧的声音。那些男士所坐的地方，无非是用一些外套和零散的木板块垫起来的，虽然能隔些凉气，但坐久了依然不是很舒服。这时，那个风车公司的员工站了起来，为了缓解一下屁股上肌肉的酸痛。

突然，他发出了如同胜利般的欢呼声。他急匆匆地从一个昏暗的角落赶回房间，手里高举着什么东西。当他走近时，人们才发现他手里拿的是一个诱人的苹果。这个苹果很大，外皮有些许斑点，一看就知道是一个品质上乘的苹果。它绝对不可能是雷德鲁斯留下的，因为他八月份就搬离了这里，如果是，那么苹果早就烂掉了。他是在一个高架子上的牛皮纸袋中发现这个苹果的，毫无疑问，一定是有人在这里吃午餐，只是走的时候忘记带上它了。

因为这个苹果，邓伍迪又一次成为令人瞩目的焦点。"看看我发现了什么，麦克法兰太太！"他大声地叫道，并且将握着苹果的手高高举起，在火光中，苹果诱人的红色变得更加深浓。而那位女乘客只是淡然一笑——她总是那么恬静。

"好一个迷人的苹果啊！"她说话的声音很低，却足以让人听得清楚。

就是这个瞬间，梅尼菲法官觉得自己被打垮了，被压碎了，他感觉受到了羞辱。为什么这个可以让人成为焦点的苹果的发现者不是他自己，而是那个粗俗的、做风车生意的家伙？为什么幸运之神不来光顾他呢？倘若发现这个苹果的人是他，那么他一定会让苹果的出场更具魅力和风趣。他会假定一个情景，发表一段演说，或者是来一段即兴的发挥，总之一定会巩固自己现在的主角地位。然而现在，这位女乘客正满脸笑容地看着这个十分滑稽的叫邓伍迪或者叫武班迪的人，就好像这个家伙做了一项让人钦佩的壮举。这个做风车生意的年轻人已经开始膨胀了，此刻他就像自己的风车一样，众人的目光和注视带起了一阵风，让他飞快地转动了起来，成为今夜的明星。

这个欣喜若狂的小伙子正拿着被他视若珍宝的苹果，享受着众人对他的注视，足智多谋的法官大人则在思考着怎样收复失地。梅尼菲走上前去，把苹果从邓伍迪的手中接过来，法官的派头尽显无遗，他那肥嘟嘟的脸上堆着标准的绅士笑容。原本诱人的苹果显然已经成了第一号证物。

"这个苹果太好了。"他称赞道，"我们都曾在这个屋子里搜寻过食物，可是你的发现让我们这里所有人的成绩归零了。我有一个提议，我们就把这个苹果当成一枚胸章、一个奖品，奖励给我们这里最具智慧、最懂女人心思的那个人。"

听到这个提议，所有人都拍手响应，只有一个人冷冷地说："说起来容易，不好实施啊。"这个人就是那个年轻的代理商。另外一个没表态的人，就是找到苹果的那个做风车生意的人。本来众人的焦点应该是他，可是转瞬间投在他身上的聚光灯熄灭了。他怎么也没想到那个苹果会变成一个奖章性的玩意，他原本想把它分了，然后用苹果籽做一个小游戏，作为大家的娱乐节目。他设想把苹果籽贴在额头上，一个苹果籽就代表他认识的一个姑娘，当然其中一个一定是麦克法兰太太，如果哪一个掉下来就代表……可是现在一切都成了泡影。

"苹果，"梅尼菲法官开始面对陪审团展开了他的第一轮陈述，"现如今苹果显然已经成了平凡之物，以至于地位不高。在任何商业活动和烹饪料理上，苹果的出现已经变得频繁，因为不稀有，所以不能称之为高档水果。在古代，苹果的境遇则完全不同。打开《圣经》，或是看一段历史、一个神话传说，那里面有大量的证据证明苹果一直是贵族的水果。当我们想要描述一个事物十分珍贵的时候，我们会把它比喻成苹果，说成'眼中的苹果'。在我们常用的谚语中，我们还将苹果说成'银苹果'。我敢说再也没有什么植物的果实能够被赋予这么多含义了。有谁没有听过希腊神话中夜神的女儿所负责看守的金苹果树？而每个人都奢望得到那个金苹果。我想我不需要再提醒各位关于苹果的最重要的那个事件，如果不是我们的祖先偷吃了禁果，我想他们也不用从伊甸园来到人间了。"

"像这样的苹果，"做风车生意的男人抛开一切感性的文字，继续客观地说，"在芝加哥的市场上每桶可以卖到三点五美元。"

"现在，我提议，"梅尼菲法官给了打断他说话的人一个纵容的微笑，之后继续说道，"我们在这个小屋子里必须待到天亮，虽然这个屋子足够温暖，但漫漫长夜我们得想办法打发，否则时间太难熬了。我建议我们把这个苹果先交给加兰小姐，此时这个苹果已经是一个奖励，它代表了伟大的人类思想。而加兰小姐本人也暂时不属于她自己了。"梅尼菲法官向加兰小姐深深地鞠了一躬，充满了古典韵味，之后继续说，"她现在代表的是她的性别，是全部女性的缩影和化身。我敢说她的勇气和智慧已经是上帝的杰作了。她现在就以这样的身份参加到我们接下来的比赛中，并且将给出最终的判断。"

"就在几分钟前，我们的朋友为我们讲述了一个关于小屋主人的浪漫故事，内容虽然很有趣，但只是零星的描述，而且不完整。对我个人而言，这个故事已经在我的头脑中展开了一段唯美的臆想，我也想让大家根据这个故事来揣测一下主人公的想法，做一个想象力的训练。简而言之，就是编故事。让我们利用这个机会，每个人都讲述一个自己版本的关于这两个主人公的故事。就从这对情侣在大门口分手时开始讲起，也就是从罗斯先生中断的那里讲起。故事的延续不能脱离主线，结局必须与故事的背景和内容相符，但不能把整件事情的责任都归咎于那位小姐，我们需要给雷德鲁斯的疯狂行为和他隐居的生活找一个更好的理由。当我们每个人都讲完自己的故事后，加兰小姐就可以凭借自己的感觉，完全从女性的视角出发，选出那个最让她钟爱的爱情故事，那个完全契合她心目中雷德鲁斯的性格的、完全符合她心中所想的那位订婚女士的观点的故事。这个苹果就赐给那个人。如果你们所有人都同意，那么我很愿意从邓伍迪先生那里听到第一个故事。"

最后一句话，可谓是在对手不防备的时候，来了一个突然袭击。但是做风车生意的人可不会被轻易打倒，这小小的进攻，他还是有力招架的。"好啊，这个想法简直棒极了，法官大人，"他很高兴地说，"这就如同自己编写一个短篇故事，不是吗？我可曾在斯普林菲尔德的一家报社做过记者，记得当时版面上还缺少一点内容，于是我立刻就编造了一些。我想，这下我可以大展拳脚了。"

"我认为这个想法很有趣，"那位女乘客用欢快的声音说，"就像做游戏一样。"

梅尼菲法官径直向那位年轻的姑娘走去，并且殷切地将苹果放到了姑娘的手上，说："曾经，帕里斯就是像这样把金苹果送给了世界上最美丽的姑娘。"

"我怎么没听说过呢？"做风车生意的人已经从刚才的失落中走了出来，他打趣道，"我也参加过巴黎的博览会，虽说我的工作与机械有关，但我也不是只去机械展馆的，我还经常去博览会的娱乐场所，但是我从来没听说过。"

"但是现在，"梅尼菲法官说，"现在我们就把这个苹果与女人不可揣测的心思和智慧联系在一起。加兰小姐，这个苹果给你。听听我们的浪漫故事，最后将它奖励给你最认可的那个编剧。"

那位女乘客发出了悦耳的笑声。苹果就躺在她那被长袍包裹的腿上。她舒服地倚靠着那个众人为她搭建的堡垒，轻松又自在。如果不是有太大的风声，此时一定可以听得到她那舒适又平稳的呼吸声。这时有人往壁炉里添了柴火，梅尼菲法官儒雅地向做风车生意的人点头示意，说："你愿意第一个给我们讲那个故事吗？"

做风车生意的人就像一个土耳其人那样坐着，他的帽子戴在后脑勺上，在光影中他就像是一枚国际跳棋的棋子。"好吧，"他没有任何推诿，信手拈来，"当然是雷德鲁斯被那个有钱又有闲的小子惹火了，那小子一定是要抢他的订婚女友。嗯，所以他必须去找他的未婚妻，问清楚她的想法，看看这个婚是否还能结成。嗯，大家都该了解吧，没有人希望看到一个既拥有马车又拥有矿山股票的小子半路杀出来搅局，追求自己的未婚妻。嗯，所以呢，他去找他未婚妻谈话的时候，理所当然有些火大。嗯，可是毕竟是未婚妻，又不是真正的妻子。嗯，这种态度和语气是艾丽斯从未见过的，原来的温情蜜语突然间变成了强烈的质问，所以她也很恼火，于是就没好气地回应了几句。嗯，就这样，他——"

"我说，"一个乘客打断了他的讲述，开玩笑说，"你如果能在所说的每一个'嗯'字上放一架风车，那你是不是就可以提前退休了啊？"

做风车生意的家伙听到这一句，憨憨地傻笑，露出了洁白的牙齿。"嘿嘿，反正我又不是莫泊桑，"他直爽地说道，"我说的可是地道的美国话。嗯，之后那个姑娘这样回答他：'我们虽然只是普通朋友，但是他却能带我坐马车兜风，还能陪我去看戏剧。而你呢，作为我的未婚夫，你为我做过什么？难道你不能带我去玩，我也不能接受别人的邀请吗？难道我就不配拥有这些娱乐吗？当别人提出邀请，而我又很想去玩的时候，我还要虚伪地、愚蠢地拒绝吗？'雷德鲁斯听到这里，心思开始烦乱了，他不

想再确认自己的无能，于是便直截了当地说：'别和我说这些。我只需要你直接告诉我，是和他一刀两断，还是和我退婚。'

"我觉得他用这样的态度和一个姑娘说话简直糟糕透了。我相信那个姑娘原本是很爱他的。她只是想在结婚之前再享受一下单身女士的快乐，像其他的姑娘一样享受一下青春和活力，做一些甜蜜而有趣的事情，就算是给自己留下些回忆，纪念一下自己的年轻岁月。但是雷德鲁斯不但不理解她的所作所为，还用这样的语气和她说话，所以她觉得自己丢了面子，接下来的事就这样发生喽。碍于面子，或者是小女生的稚气，她赌气般地将戒指还给了雷德鲁斯。备受打击的雷德鲁斯肯定天天酗酒解忧，而那个姑娘也一定和那个有钱的小子一刀两断了。后来男士离开了那个让他伤心的小镇，带着行囊搭上了一辆不知驶向何方的货车。一直被酒精麻痹的他，终于有一日做出了隐居的决定，他肯定这样说：'我要选一个地方，把我这个没有钱的钱罐埋在那里，我要留起胡子当隐士了。'

"至于艾丽斯，她的生活也并不幸福。她终身未嫁，为了生计，已经满脸皱纹的她依然做着打字员的工作。她还养了一只很乖巧的小猫，只要有人叫它，它就会向叫它的人跑过去。我确信女性的善良，我确信她们绝对不会为了钱或是利益而抛弃一个自己深爱的男人。"做风车生意的人讲到这里，将这个故事收尾了。

"我想，"女乘客在她那简单又粗陋的"宝座"上微微动了动，说，"那是一个——"

"加兰小姐！"梅尼菲法官用手示意那位女乘客不要说话，"我恳求您先不要发表意见，否则会对前面的选手不公平的。好了，下一个，先生，你可以开始讲你的故事了。"他对那个代理商说。

"我的版本是这样的。"年轻的代理商显然没什么经验，他有些胆怯和羞涩地搓着手说，"他们最后一次见面确实是分手了，但雷德鲁斯并没有和那位姑娘争吵什么，他只是表示自己会去赚更多的钱，他想要离开小镇。他信任那位姑娘，那位有钱的小伙子根本不会让他的未婚妻有丝毫的动摇，因为他的姑娘是那样纯洁、那样善良。我认为雷德鲁斯想到的赚钱的办法就是到怀俄明的落基山去淘金。但是这个不幸的人在淘金的时候，突然遇上了也要去那里的海盗，于是他们把雷德鲁斯抓走了，后来——"

"哦！你在讲什么？你是说海盗登陆了，而且还到了落基山？这太不符合逻辑了，他们是怎么到那里的呢？"其中一个普通的乘客诧异地大叫。

"火车啊，他们坐火车到那里的。"讲故事的人十分镇定地回答，似乎早就料到有人要问这样的问题，之后他继续他的故事，"后来，海盗把他关进了一个山洞，几个月后他们又把雷德鲁斯带到了阿拉斯加的森林里，之后把他放逐。在那里，一个美丽的印第安姑娘爱上了他，但是他的心始终还是记挂着艾丽斯，所以一年后，他带着钻石离开了那里——"

"钻石？怎么又出来个钻石？"那个普通的乘客用极其刻薄的语气刁难地问道。

"是在秘鲁神殿，一个马具商人给他的。"那个代理商含糊地一带而过，"他历尽千辛万苦终于回到了阔别已久的家乡，但是等待他的是一个噩耗。当他拜访艾丽斯的时候，只见到了她的母亲。她的母亲把雷德鲁斯带到一棵柳树下，那里立着一块墓碑，她伤心地说：'自从你走后，她便日日夜夜地牵挂你，最后她的心碎了。'雷德鲁斯十分悲痛地跪在了她的坟前，他问艾丽斯的母亲：'我的情敌？切斯特·麦金托什那小子怎么样了？'她的母亲回答：'他确实对艾丽斯很动情，但当他知道自己不能代替你在艾丽斯心里的位置的时候，他也因为悲伤而日渐消瘦。直到后来，他在大急流城开了一家家具店，心情才开始好转了一些。不过，在前不久我听说他远离城市的喧嚣去了印第安纳州，但不幸的是他被麋鹿咬死了，地点就在南本德。'后来发生的事情你们都知道了，雷德鲁斯先生由于伤心过度所以也离开了城市，过上了隐居的生活。"

在年轻的代理商讲完他的故事之后，他还不忘自己总结一番，他说："我所讲的故事或许缺乏唯美的艺术感，但我证明了那位女士对雷德鲁斯先生至死不渝的爱情。在她看来，真爱是无价的，多少金钱都不可能换取爱情。我敬佩这样的女性，但是对于结局，这是我能想到的最合理的了。"在他做完最后陈述时，他瞥了一眼那位女乘客。

接下来讲故事的人是车夫比尔达德·罗斯，他也受到了梅尼菲法官的邀请，作为这次苹果争夺比赛中的一个选手。他开始向大家讲述他的版本，只是内容比较精练。

"我可不是把一切不幸都归咎于女性的卑鄙男人。"他说，"法官先生，我所要展现在大家面前的故事是这样的：造成这个悲惨结局的原因不是别的，只是懒惰。当那个叫珀西瓦尔·德莱西的小子想要争抢别人的未婚妻时，当艾丽斯由于一时的不清醒被甜言蜜语蛊惑时，雷德鲁斯就该用男人的方式，狠狠地教训那小子一顿。倘若他那样做了，我确保事情不会往悲剧的方向发展。想得到一个女人哪有那么容易，得出些力气，打场架才行。

"帅气地征服对手后，他只需要绅士地抬抬他那顶斯特森高顶宽边帽，之后对艾丽斯说：'如果那小子再来骚扰你，你就来找我。'然后就可以潇洒地大步离开。他以为避免争夺是维护了自己男士的尊严，然而那就是懒惰。没有哪个女人会主动追一个男人，所以她只会一直等待，她觉得男人应该自己回来。我发誓，她绝对不会和那个有钱的小子好，她只会每天坐在窗前，看着远方，期盼属于她的那个有着小胡子的穷小子回来找她。

"而雷德鲁斯这边也在等消息，他一直等着艾丽斯会找人带信给他，告诉他她错了。这一等就是九年，但始终没能等到那个他期盼的消息。所以雷德鲁斯心想：'算了，看来她放弃我了，那么也该是我放手的时候了。'于是他留起胡须，开始隐居。对，懒惰和胡子都是这场悲剧的导火索，它们总是伴着悲剧产生。你们看到过一个留着长长胡须的人非常幸运吗？肯定没有。你们回忆一下马尔伯勒公爵和那些经营美孚石油公司的讨厌鬼吧，想想他们是不是留了长长的胡须和头发。

"到最后，艾丽斯也没有嫁给任何人。倘若她知道雷德鲁斯已经娶了别人，那么她或许会嫁人的，但她没有雷德鲁斯的一丁点消息。她的一生都在等待，并且珍藏着他们的爱情信物。那信物或许是一缕头发，或许是一个被他弄坏的胸衣上的钢圈。对艾丽斯来说，这个信物已经化身为她的丈夫，她孤独地守着他们的爱情。这个有怪癖的老头不理发，不换衬衫，过着堕落的生活，这都是他自找的，怪不得任何人，尤其是那个女人。"

车夫的这个故事讲完了，下面轮到那个总是一惊一乍的普通乘客了。我们只知道他也是从乐园城来，去往日出城的，但其他的一切我们都一无所知，包括他的姓名。

如果火光还足够明亮，那么就借着他和梅尼菲法官说话的时间，我们来看看他的长相。他的身材瘦小，外面裹着一件深褐色的外套。他的坐姿和青蛙一样，两只胳膊抱着自己的双腿，下巴自然地枕在膝盖上。他的头发是如同麻絮一样的颜色，但很油亮，他的鼻子很高，嘴巴和萨蒂尔的一样，在他微笑的时候，会发现他的嘴角处有烟叶的污迹。他有一对死鱼眼，扎着红色的领带，领带夹是马蹄形状的。他在讲述故事之前，先是控制不住自己，咯咯地笑了一阵，随后才娓娓道来。他说："到目前为止，我觉得你们的故事都有严重的欠缺。你们想想，任何一个浪漫的故事怎么能少了鲜花作为衬托呢？现在你们恍然大悟了吧。其实对于这个故事，我看好那个领口打着蝴蝶结、口袋里有支票的小伙子。

"故事的要求是从分手的门口开始，是吧？那我就从那里讲起。雷德鲁斯对艾丽斯小姐说：'我知道你一直都没爱过我，否则你不会搭理那个对你别有用心的家伙，那个能给你买冰激凌的家伙。'艾丽斯发自内心地辩白道：'我很讨厌他。我厌恶他的马车，我厌恶他送给我的那些用金纸包装的、用丝带扎起来的奶糖，我更加厌恶那个用蓝宝石和珍珠镶嵌的、心形样式的小盒子。每当我见到这些，我都想杀了他，让他滚出我的生活，我的心里只有你，我只爱你。'雷德鲁斯并没有被这些话感动，反而冷笑了一声说：'哼，收回你的伪装吧！你觉得我是三岁的孩子那么容易被骗吗？你还是把那些礼物珍藏起来吧。你是否厌恶他，厌恶那些礼物都

和我没有一点关系，关我屁事。我要去 B 大街找尼克森家的姑娘了，我会嚼着口香糖，带她去坐电车。'

"就在当天晚上，约翰·克里塞斯来到了艾丽斯的家。当他低头整理自己的珍珠领带夹的时候，他看见了艾丽斯在偷偷地流泪，他立刻问道：'你怎么了？为什么哭？'艾丽斯哭得更凶了，对他嚷道：'都是你的错，是你让我失去了我的爱人。我讨厌你，这都怪你。''那你嫁给我吧。'约翰点燃了一支雪茄，那支雪茄是亨利·克莱牌的。艾丽斯听到这话，立刻回绝道：'什么？嫁给你？这绝不可能。除非我们一起到街上，而刚好店铺的门口有电话，那时你就可以打电话给政府的工作人员，让他给你办结婚证。'"

讲到这里，讲故事的人一脸坏笑，之后继续说："千万别问他们是否会结婚，这简直是一定的。肉都到嘴边了，还有不吃的道理吗？我们再来说说那个雷德鲁斯老头。我觉得，你们对他的推理都是错的，关于隐居的原因，你们一个说是懒惰，一个说是伤心，还有一个说是酗酒。而我认为是女人。对了，那个老头多大年纪了？"他问比尔达德·罗斯。

"可能六十五岁。"

"哦，那他在这里已经隐居了二十年。我们现在假设他和艾丽斯分手的时候，他是二十五岁，那么他还有二十年的人生，我们是不了解的。在这二十年中，他到底做了什么？我想，他或许犯了重婚罪，在监狱里度过了这二十年。这个花心的人在圣乔有个金发碧眼、身材丰满的老婆；在煎锅山有一个黑色头发、身材苗条的老婆；在考谷还有一个镶着金牙的老婆。她们三个在知道彼此的存在后，一同把这个猥琐的骗子告上了法庭，彻底结束了与他的一切。他服了刑，后来被放了出来。此后他开始惧怕女人，他说：'除了与女人相处之外，让我做什么都行。对，还是隐居起来更保险一点。没有女人来找工作，梳子里不会再出现长头发，烟灰缸里也不会有女人做的泡菜。'你们觉得他的精神出了问题，是缘于他说的那句他是所罗门国王？其实他健康得很，因为他就是所罗门国王。好了，我讲完了。我想我是肯定得不到那个苹果了，因为这个故事肯定不会被人看好，所以我已经做好失败的心理准备了。"

由于梅尼菲法官制定的游戏规则中，有一条是不能随便评论别人的故事，所以为了不招来法官的责怪，也就没有人说话了。故事结束了，就真的结束了，一片安静。一声清脆的咳嗽打破了尴尬的安静，这个人就是这场活动的发起者，也是这个游戏的最后一位参赛者，下面轮到他了。尽管坐在地上一点都不舒服，但没有人能从他的脸上看出任何痛苦和不适。炉火慢慢地变得柔和而暗淡了，就是在这样昏暗的火光下，依旧可以看到他那张轮廓分明的脸，就像是一枚古币上的罗马帝王的浮雕。

"一个女人的心！"他开始用激动人心的音调讲述，"谁有希望揣摩明白一个女人的心思呢？每个男人的想法和行为作风都各不相同，但我觉得每个女人的心，都是以同一个节奏跳动的，还有那老调重弹的爱情。对女人来说，爱情就意味着牺牲。对一个真正的女人来说，她们对黄金和地位的重视程度，绝对不会超过她们对爱情的虔诚。

"先生们，哦，不，应该是朋友们。今晚，我们每个人都将雷德鲁斯的爱情审理了一遍。可是，我们在审理的人真的是雷德鲁斯吗？不是的，因为他已经不需要我们的审理，他已经受到了生活给予他的惩罚。那我们审理的是那些对爱情矢志不渝的人吗？也不是，我们的生活需要那些相信爱情的天使来丰富。那我们到底在审理谁？其实是我们自己！我们每个人都是受审者，因为我们讲出的故事就代表了我们的心，从中可以看出我们的心是阳光的还是黑暗的。而一位杰出的女士正在用她充满智慧的双眸注视着我们，她的手里拿着奖品，奖品虽然不是很珍贵，但值得我们努力争取，因为它代表了女士对我们的认可，对我们的思想的认可。

"下面，我就来讲一讲在我心里的那个关于雷德鲁斯和艾丽斯的故事。不过在此之前我要声明，我坚决反对是女人的不忠和自私造成了最后的局面，那种想法太卑鄙了。我认为，一个真正的女人绝对不会趋炎附势，也绝对不是一个拜金主义者，她们不会因为爱慕虚荣而抛弃一个深爱她的人。我们必须找到其他原因，那么只能从男人的卑鄙和低俗的动机中寻找了。

"在那个让人一生难忘的时刻，一个改变两个人命运的时刻，一对年轻的情侣站在门口，他们一定吵架了。年轻气盛的雷德鲁斯太过自卑，也太过鲁莽，在嫉妒心理作祟的情况下，他决定离开这个小镇。但具体因为什么要离开，或许我们怎么讲都是缺乏证据的。但是比证据更让人信服的，就是女人的善良和忠贞，爱情是她们的信仰，她们绝对不会背弃。

"我可以很清楚地想象出那个男人在鲁莽地外出后孤独流浪的场景。我能想象出他的意志在逐渐消沉，直到最后他终于意识到原来是他自己撕碎了上天赐予他的最好的礼物。于是他悲恸欲绝，除了隐居，别无他法。但隐居的生活也没有让他完全淡忘尘世的爱恋，于是他疯了，这是再正常不过的推理了。

"我们再来说说那个女人，她的生活会是怎样的呢？我觉得她会一直孤苦无依地让岁月肆意践踏她的美丽和健康的身体，直到容颜苍老、步履蹒跚。但是她始终如一地爱着那个人，她一直在等待他归来的消息。她会每天坐在窗边，凝望远方，或是在楼梯旁侧耳倾听是否有她期待的脚步声响起。现在，一个白发苍苍的老妇人，依旧很细心地打理着自己的头发和衣着。她依旧没有放弃希望，她会每天都坐在门前，看着尘土飞扬的马路。她固执地认为，她的爱人只是出门了，早晚有一天他会回家的。这就是女人，我对她们的忠贞充满信心。虽然所有人都知道她等不到重逢的那一天，但她依旧不肯放弃。甚至在凡世等不到，她也会期盼在极乐世界的相逢。男人却在绝望的泥潭中等待与她的相见。"

"我还以为他会在疯人院等呢。"又是那个爱插嘴的普通乘客说了一句。

梅尼菲法官的身体稍微动了一下，以表示对这句话的厌烦。其他的男人也都有气无力地坐着。外面的风变小了，时有时无地散漫地吹着。壁炉里的木块也烧得通红，屋子变得昏暗了。那位女乘客依旧坐在角落里，看起来舒适而安详。她的发髻盘得依旧整齐，透过毛皮围巾，可以看到一块雪白的肌肤。

梅尼菲法官站了起来，稍稍活动了一下已经麻木的腿脚，然后对女乘客说："加兰小姐，我们的故事都讲完了，现在该是您颁发奖品的时间了。您可以按照您的想法，把奖品颁给最符合您心意的那一位。不过我得补充一点，除了故事，对女性的评价和认知程度也是评选的标准之一。"

奇怪的是，法官大人在说完这番话之后，没有得到女士的任何回应。梅尼菲法官弯下腰，表示关切时，那个总喜欢打岔的普通乘客笑出了声音，他的笑声中充满了讽刺的意味。原来女乘客已经进入了甜美的梦乡。就在梅尼菲法官想要拉她的手叫醒她的时候，他的手碰到了一个湿湿凉凉的、不规则的圆形的东西。

"她已经把苹果吃掉了。"梅尼菲法官把苹果核举起来，用敬畏的语气说道。

感恩节中的两位绅士

　　每年之中都会有一天是属于我们自己的。当这一天到来的时候，所有的美国人，只要是有父母的人都要回到自己的老家，一边吃着苏打饼干，一边看着门前的水泵，觉得它仿佛比以前更加靠近自家门口，不禁暗自纳闷。让我们来祝福罗斯福总统赐给我们的这一天吧。可能每个人都听说过那些逃难到美洲大陆的清教徒的故事，却不知道他们都姓甚名谁。不过倘若这种事情再发生一遍的话，我们保准会换个方式接待他们，把他们打回老家去。普利茅斯岩石？这名称还真有些耳熟。自从垄断组织托拉斯将矛头指向了火鸡的市场后，很多市民不得不放弃原有的标准，改吃母鸡。不过还是有人提前泄露了华盛顿消息，人们知道了感恩节的公告。

　　就是那个有着越橘沼泽湿地的东部城市，把每年十一月的最后一个星期四，变成了感恩节。而只有在感恩节的日子，这座大城市才承认在渡口以外居住的人也是美国人。只有在那一天才会看到一个纯粹的美国。感恩节，一个独一无二的美国式节日。

　　下面我要讲的这个故事是要向大家证明，身在美国的我们有许多古老的风俗，然而倘若将这些风俗与传统同英格兰相比，那么它们会愈显陈旧。这是因为我们的社会更具活力，更具进取精神。

　　斯塔弗·皮特坐在人行横道旁的一张长椅上，具体一点说是联合广场东侧入口处，从右面数的第三张长椅，他的对面有一个喷泉。在之前的九年当中，只要是在感恩节这一天，这个时间他就会准时地坐在这里。而每次当他坐在这里的时候，都会发生一些查尔斯·狄更斯笔下的奇遇，这会让他心跳加速，感觉很刺激。

不过今年，斯塔弗·皮特像往年一样来到这里并不是由于饥饿，而是因为习惯。就像那些慈善家说的，穷人总会在被穷困折磨了一段时间之后，才会感受到穷困的痛苦。此时皮特并不觉得饿，因为在此之前他刚刚享用了一份大餐。现在的他已经被撑到只能行走和呼吸了。他的脸庞臃肿并且油腻，双眼如同两颗淡色的栗子深深嵌入并不干净的面团里。似乎是脖子上堆起的层层脂肪让他呼吸困难，原本时尚的外套翻领在配上那如同参议员一样的脖子时，完全失去了原有的设计和品位。就在一个星期前，他衣服上的纽扣还被慈爱的救世军修女缝补过，可是现在它们就像进爆的玉米一样散落开来。他的胸口已经没有衣服遮挡了，他袒胸露怀地只等夹杂雪花的微风轻拂，带来一丝舒服的凉意。那顿大餐已经让他的身体不堪重负了，无论是热量还是质量都超过了他身体器官的承受能力。大餐是以牡蛎开始，以葡萄干布丁收尾的，在他的印象中，他吃掉了这个世界上所有的火鸡、烤土豆、鸡肉沙拉、南瓜饼还有冰激凌。在胃部胀满了食物的状态下，他慵懒地打量着四周。

那顿饭完全是在意料之外的。那时他正经过第五大道旁边的一栋红砖房子，在那里住着两位很守旧的老太太，她们遵守一切惯例和习俗，她们甚至不承认纽约已经成为美国的经济中心，而是宁愿相信感恩节的通告是在华盛顿广场宣布的。而在这一天，她们会按照传统的习俗，让一个用人在午后等在侧门口，并且把他看到的第一个饥饿的路人带进来，请他饱餐一顿。斯塔弗·皮特本来是想去公园的，只是在路上他遇见了那个用人，于是便被请了进去，他的到访会让老妇人觉得她们在继承和发扬民族的传统。

斯塔弗·皮特已经在长椅上盯着一个地方好久了，他的目光有十分钟都没移动过了，当他意识到自己应该转换一下视野的时候，他才发觉自己真的吃撑了，就连转头都需要很大的力气。当他慢慢地将头转向左边时，他的眼神变得惊恐，身体不能呼吸，两条短腿开始抖动，两只穿着破旧皮鞋的双脚不停地踩压地上的沙砾。因为有一位老先生正向他所坐的长椅走来。

其实，在这九年中，这位老先生都会准时地在感恩节这天出现在这里，今天他仍然来了，并且在长椅上寻找斯塔弗·皮特的身影。似乎老先生已经把这件事变成了一个传统。每年的感恩节老先生都会到这里来找皮特，并且带他到餐馆，看着皮特开心地吃饭。在英格兰，这种方式很盛行，而在美国这个年轻的国家中，能坚持九年是一件十分了不起的事情。这位老先生一定深爱着美国，并且觉得自己是创造美国民俗的先驱者。为了使一件事更具意义，我们通常会持之以恒地做一件事情，比如每周都收集几十美分，或者坚持打扫街道什么的。

老先生如同义勇军一般，朝着他的理想和信仰走了过去。的确，斯塔弗·皮特并没有把这种一年一次的宴请活动与什么民族风俗和特色联系在一起，它不像英国大宪章那么具有政治意义，也不像英国人吃早餐要配果酱那样具有当地人的生活特色。但是，这个行为毕竟是在努力打造一种美国特色。虽然它仍旧具有一点封建思想的味道，但至少通过这九年的坚持，可以向世人证明在纽约，不，应该说是在美国，树立一种具有美国特色的传统文化是有望实现的。

这位老先生已经六十高龄，他的身材虽然很高，但很消瘦。他穿了一身黑色的西装，鼻子上架着一副款式老旧的眼镜，但显然鼻子有些不堪重负，眼镜摇摇欲坠的样子。他的白发又增加了许多，头发也变得稀少了，与去年相比，他更加依赖那根粗大的拐杖了。

斯塔弗·皮特眼睁睁地看着老人向他步步逼近，他的呼吸开始变得急促，身体抖动得更加厉害了。这就好似有钱人家的一只慵懒肥胖的哈巴狗见到了一条野狗正在对它支棱着毛挑衅一样。他现在很想立刻逃离这里，但此时即使是桑托斯·杜蒙，那个曾经试飞过风筝式飞机和单翼飞机的"巴西"号气球驾驶员也无法帮他办到。因为那两位思想传统的老妇人的仆人太忠厚了，他们给皮特安排的大餐太丰盛了。

"早上好，"老先生说，"我真的很高兴再一次见到你，时间的利剑没有在你身上留下任何痕迹，你还是那样年轻和健康。就为了这个，这个感恩节就值得你我好好庆祝。朋友，如果你愿意，我将很荣幸地请你吃一顿饭，让你的精神和身体同样健康。"

　　九年了，老人家每次都说同样的话，每年的感恩节皮特都会听到老人对他说这番话。这些话就像是基督教的祷词，已经成了一个仪式，我想除了《独立宣言》之外，没有什么能与之相比了。以前，斯塔弗每当听到这番话的时候，都感觉自己在听一篇唯美的乐章。但是今天，他眼巴巴地看着这位老先生，脸上无法露出一丝喜色，反而有种热泪盈眶的痛苦。小瓣的雪花落在斯塔弗的额头上，立刻变成水，与原本的汗水融为一体。那位老先生却抵挡不住这小小的雪花带来的一丝寒意，他的身体开始发抖，于是他转过身子，避免冷风的迎面侵袭。

　　斯塔弗的心里一直有一个疑问，为什么这位老先生每每说这番话的时候眼神中总是充满悲凉。其实皮特不知道，老人家只是希望自己有一个儿子，并且在自己去世后，儿子也能每年在这个时候，来到这个地方，很自豪地对斯塔弗，或者另外一个斯塔弗说："纪念我的父亲。"他一直想要有人来继承这个传统，并将此发扬光大。然而，老人家并没有儿子，他孤苦伶仃地租住在一个破旧的老房子里，就在这个公园东面的一条人迹罕至的大街旁。冬天，他就在暖房里种一些倒挂金钟。春天，他会去参加复活节的游行。夏天，他就会搬到新泽西州的山里，住在农舍中。他会坐在用藤条编制的扶椅里，向往着自己会找到一种特殊的蝴蝶。秋天呢，他就回来请斯塔弗吃饭了。这就是他一年的生活，也是每年的生活。

　　斯塔弗一脸哀怨地看着老先生，足足有半分钟。老先生的眼睛里却闪烁着因为施舍而快乐的光。岁月虽然不饶人，让一个人衰老，但无法剥夺一个人的信仰，那位老先生的黑色领结依旧神气，衬衫依旧雪白，灰色的八字胡依旧优雅地翘着。就在这时，皮特的身体中发出了煮豌豆一样的声音，他原本想对此做些解释，但算上这次，老先生已经听到过九次了。所以这次这位老先生依旧把这种声音当作接受邀请的承诺。

"先生，真的十分感谢您。我马上跟您走，我已经饿坏了。"虽然此时他的胃里已经堆满了食物，但他的脑袋依旧让他保持理智，并且坚信自己也是奠定传统的一块基石。在感恩节这一天，他的胃已经不属于他自己了，它应该为那位老先生工作，为拥有优先权的老先生工作。即便已经超过了诉讼时效，也要考虑到公序良俗的原则。不错，美国是一个自由民主的国家，但是为了建立一种民风民俗，总还是需要有少部分人来循环往复加以确定。不必一提到英雄就想到钢筋铁骨，眼前就有一位，他不是由钢铁和黄金铸造的，只是稍微镀了点银的英雄。

老先生在同一个日子里，带着同一个人，来到了同一个饭馆，坐在了同一张桌子前。他们理所当然地被认了出来。"你们看，那个老先生又来了，"一个侍应生说，"每年的今天他都会带这个流浪汉来这里吃顿饭。"

老先生面对斯塔弗而坐，他看着这块能够让这一文化变成不朽民俗的基石，眼中放射出如同黑珍珠一般的光芒。侍应生很快就将感恩节大餐铺满了一桌，斯塔弗却发出了一声叹息。没有人会因为他的叹息而感觉到失落，因为这声叹息被理解为饥饿者的感叹。于是，皮特拾起了刀叉，他将用刀叉为自己雕塑一顶桂冠。

我们的英雄没有再说一个字，他全力以赴地在自己的战场上奋力拼搏，我敢肯定，没有人能够像他那样勇猛。火鸡、肉排、汤品、蔬菜、果派，无论是什么，只要出现在他面前，他就会瞬间将它们歼灭。说句老实话，在他走进这家餐馆之前，他的胃已经被撑得鼓鼓的了，在他进入餐馆之后，食物的味道更加让他丧失了斗志。但是此时此刻他像一位真正的勇士那样所向无敌。老先生的脸上出现了幸福的笑容，这种幸福感因行善而来，是那些倒挂金钟和特殊品种的蝴蝶无法带给他的。所以皮特为了老人家的幸福，继续战斗着。不出一小时，斯塔弗将身体向后一仰，展现出了胜利者的姿态。

"我由衷地感谢您，先生，"他喘气的样子，像是一条漏了气的蒸气管道，"好心的先生，十分感谢您为我提供的这顿丰富的大餐。"接着，他神情恍惚地强行站立，摇摇晃晃地走向厨房。一个机灵的侍应生像转硕大的陀螺一样，把皮特的身体转了个方向，让他找到了餐厅的出口。而那位老先生小心翼翼地数着零碎的小银币，拿出了一美元三十美分付了饭钱，又给了侍应生三枚镍币作为小费。

一切如旧，在门口两个人分了手，老先生向南，斯塔弗向北，两个人一左一右分道扬镳。斯塔弗在强撑着转过了第一个街角后，停下了脚步。一分钟后，他就好像一只猫头鹰在抖动自己的羽毛一样，他的身体撑破了他的衣服。接着，他倒在了人行道上，就像一匹中了暑的马。

当救护人员赶到时，年轻的医生和救护车司机都在低声埋怨着他的体重。因为他的身上没有酒精的气味，所以也就没有必要把他交给巡逻的警察了。斯塔弗被送到了医院，当然，还有他肚子里的那两顿大餐。到达医院之后，他被人抬到了病床上，医生开始检查他是不是有某种怪病，甚至希望有机会可以在尸体上做一些研究。

哦！一小时后，另一辆救护车带来了那位老先生。他们把他安置在另外一张病床上，谈论着他可能是患了阑尾炎。他们根据老先生的穿着，觉得他应该付得起医疗费用。没过多久，一位年轻的医生由于看到了他心仪的护士而停下脚步，借攀谈来增加彼此间的好感。于是医生对那位护士说："你肯定猜不到，原来刚才那位穿着体面的老先生不是得了什么急症，而是快要饿死了。我觉得他可能是出身比较阔绰，只不过如今败落了。他和我说，他已经三天粒米未进了。"

警察与赞美诗

苏比心事重重地躺在麦迪逊广场上的长椅上。当大雁开始在夜空中穿行、鸣叫时，当一个女人因为没有毛皮大衣而对她的丈夫越发温柔时，当苏比心事重重地躺在街心公园的长椅上时，那么你应该知道，冬天将至。

一片枯黄的落叶飘到了苏比的膝盖上，那是霜冻的前兆。霜冻这个节气真的很温情，每当它到来之前，总会给人们一些提示。在十字街头，枯黄的树叶变成了一条提示人们的短信，北风这个信使将它带给在室外的人们，好让这个城市的居民做好准备。苏比当然也看到了这条短信，他知道他将一个人抵挡这即将到来的寒冷冬天了。为此，他在长椅上辗转反侧。

对于如何度过寒冷的冬天，苏比没有太多的奢望。他既没想过到地中海泛舟，也没想过可以到南方，睡眼惺忪地沐浴在温暖的阳光中，更没奢望过到维苏威海湾戏水漂流。他的心愿只是可以住在岛上，三个月不用担心食宿，再有几个志同道合的朋友相陪，过三个月没有寒风，也没有警察的舒服日子。对苏比来说，这个心愿已经是他最梦寐以求的了。

这些年，好客的布莱克韦尔岛的监狱一直是他过冬的地方，就像那些幸运的纽约人可以去棕榈滩和里维埃拉度假一样，他也要赶紧安排逃奔到岛上的事宜。现在到时候了。在前一天的晚上，他睡在那个古老的喷泉广场的长椅上，他用了三沓星期日的报纸，分别包裹着上身、脚踝和大腿，但依旧没有抵挡住严寒的侵袭。所以，那座温暖的岛再一次出现在他的脑海之中。他厌恶布施，鄙视那些自以为是的慈善家为流浪者提供救济。他认为法律比慈善事业更人道。虽然在这座城市里，政府和民间团体设立的救助机构一个挨着一个，只要苏比去申请就会得到一处住所、几顿饱饭，并且能过上标准化的简朴生活，但是苏比是一个将灵魂看得更加崇高的人，他不愿意接受嗟来之食，他觉得施舍是一种对人格的侮辱。没错，他可以不花一分钱就从慈善家那里得到住所和食物，但付出的代价是精神上的屈辱。就像深得恺撒器重和宠爱的布鲁图最后却刺杀了恺撒一样，如果要睡在免费的床上，就必须按照他们的规定去洗澡；如果要吃那些免费的食物，就必须老老实实地交代自己的来历。在慈善家面前，那些求助者没有隐私和尊严可言。所以相对而言，还不如去"求助"法律。法律虽然无情，但不会刨根问底地究查这个人的身世，也不会干涉一个绅士的行为。

苏比的心意已决，他必须要去那个岛，所以他必须开始准备了。其实想要实现那个愿望，说简单也简单，最佳的办法就是在一家餐厅酒足饭饱之后，告诉店家自己是个穷光蛋，就是来吃了顿霸王餐。那么店主不由分说地就会把他交给警察，再之后的事情就是他被好心的地方治安官处理，到岛上服刑。

苏比立即从长椅上翻身而起，踱着步走出了广场，穿过百老汇大街和第五大道的交会处的柏油马路，在坐落于百老汇大街的一家富丽堂皇的酒店门口停了下来。在这种歌舞升平的地方，向来都是美酒佳肴的聚集地，也是那些衣着华贵的人士和各路精英扎堆的地方。

对于马甲上最后一颗纽扣以上的部位，苏比还是信心十足的。他刮了胡子，穿上了比较得体的上衣，配上了整洁的黑色领结。这个领结是在感恩节的那天，教会的一位女士送给他的。现在，他所要做的就是能够走到餐桌前，那么就算成功了。因为只要他坐下，只露出上半身，就绝对不会有人怀疑他了。苏比盘算着该点些什么饭菜，一只烤鸭应该就可以了，再配上一瓶白葡萄酒，还有卡芒贝尔浓味奶酪、一小杯黑咖啡和一支雪茄。一美元一支的雪茄就可以了，这样全部算起来价钱也不会太高，否则酒店的管理人员可能会报复他。鸭子肯定能填饱他的肚子，那样他就可以满心欢喜地开启前往冬季避难所的旅行了。

可是，事情总是那么不尽如人意，苏比刚到酒店门口，侍应生就注意到了他那条破旧的裤子和走了形的皮鞋，于是他被一双有力的手动作敏捷地推得转了个身，就这样，顷刻间他就站在了人行道上。就是那个转身的瞬间，扭转了一只鸭子的命运。

苏比无奈地离开了百老汇大街。看来赶赴度假岛的路充满了坎坷，一顿大餐是解决不了问题的，如果还想进监狱的话，只能另寻他法了。

在第六大街的转角处，有一家商店依旧在营业，店内的装潢典雅别致，十分能招揽顾客。苏比立刻心生一计，从道路边拾起一块石头便向店家的窗户砸去，众人因为好奇都赶了过来，警察当然在最前面。苏比站在原地等候，他双手插着兜，看着向他奔跑过来的警察，警察衣服上的黄铜纽扣熠熠生辉，他露出了微笑。

"砸窗户的人呢？去哪儿了？"警察恼羞成怒地问道。

"你不觉得我就是吗？"苏比的语气中带着讥讽的意味，但态度很好，因为他觉得他就要交好运了。

警察并不认为这件事和苏比有什么关系，他认为没有人会那么蠢，砸完了玻璃还等着被抓，并且与法律的执行者说话时还能谈笑风生，他相信嫌疑人早已经离开了案发现场。这时，警察看到有一个人正在半条街外追赶一辆汽车，于是他便提起警棍向那个人跑去。当然，警察显然会无功而返，可是苏比开始有些懊恼，他只能继续闲逛，以寻找下一个机会。

在马路的对面，有一个装潢普通的餐厅，但在里面一定能填饱肚子，而且不用花太多的钱。那家餐厅的餐具质地粗糙，空气中弥漫着复杂的味道，饭菜也清淡无味，餐巾纸薄如蝉翼。苏比仍旧穿着那充满了负罪感的裤子和鞋子，他走进了餐厅，等待着侍者的审判。最终，他坐在了餐桌前，并且吃了牛排、煎饼、甜甜圈和馅饼。饱餐后他直接叫来侍者说："我没钱，所以你现在可以去叫警察了，动作快点，别让我等太久。"

"没有必要叫警察！"那位侍者说话的声音就像奶油蛋糕一样油腻，眼睛则像曼哈顿鸡尾酒里的红樱桃，他叫道，"嘿！这儿有一个骗子！"两名侍者协同合作，动作敏捷而且熟练地将苏比扔到了那又冷又硬的人行道上。苏比的左耳朵与粗糙的地面狠狠地摩擦了一下。他艰难地从地上爬起来，将关节缓缓移动，就像是木匠打开一节节的折尺那样，最后不忘掸了掸身上的尘土。看来想要被警察抓走，只是一个美梦而已，那个岛真的越来越遥远了。在距离餐馆两个铺位的药店前，正站着一名警察，但他只是笑了笑，之后便走开了。

苏比一直走过了五个街区，他的心思仍在作怪，他又恢复了实施被捕行动的勇气。眼前就有一个千载难逢的机会，他志得意满地认为这次绝对可以成功。在他的前方，一位衣着朴素的可爱姑娘正痴痴地站在一家店铺的橱窗外，眼睛盯着橱窗里陈列的剃须用的口杯和墨水瓶架。然而距离橱窗不到两米远的地方，就有一个身材高大、壮硕的警察正倚靠着消防栓站着，神情严肃。

苏比这回的策略是装扮成一个色鬼，侵犯的对象自然是那位端庄的姑娘，而一位严守自己岗位的警察就在不远处，眼前的一切让苏比相信他马上就会体验到警察那熟练的擒拿术，他相信当他的胳膊被扭住时，那将是快乐的。之后他就可以马上到达他的小岛了，寒冷的冬季将不会对他造成任何伤害。

苏比把教会女士送给他的领结扶正，又把已经缩进去的衣袖拉了出来，把帽子向后戴了戴，让它保持摇摇欲坠的样子，然后侧着身子向那位姑娘走去。他对着那位姑娘抛了个媚眼，又突然干咳几声，嬉皮笑脸地在她旁边转来转去，将一个无耻的好色之徒的形象塑造得生动贴切。苏比偷瞄了警察一眼，果然那个警察已经注意到他了，并且眼睛死死地盯着他。那个姑娘避讳地走了几步，之后继续饶有兴致地看着橱窗里的展品。苏比也跟着姑娘走了过去，他像一个痞子一样，举了举头上的帽子，大胆地说："哎，贝德莉娅，去我家玩玩怎么样？"

警察仍旧盯着他。这个时候只要那位姑娘向警察示意一下，他就可以到那个岛上去过冬了。现在的他已经可以想象出警察局里的温暖与舒适了。但是人算不如天算，这位年轻的姑娘并没有转向警察的方向，而是转向了他，并且用一只手抓住了他的袖口，兴奋地说："好啊，不过你得先请我喝一杯啤酒。要不是那个死警察总盯着我，我早就和你说话了。"

年轻的姑娘攀附在他的身上，就像是常春藤缠绕着大树一样，他们两个人就这样从警察的身边走过，苏比丧气又沮丧，他觉得他命中注定就是一个自由的人。当他们二人转过街角的时候，苏比用力甩开了那位女士的纠缠，拔腿就跑，一直跑了很远才敢停下。当他停下来时才发现，他已经站在了灯火最为明亮的街道上了，这里满是人们的心愿和誓言，上演着一幕幕真实生活的歌剧。名门淑女身穿貂皮大衣，绅士们则身穿礼服，即便在这样寒冷的冬季夜晚，他们都能迈着轻快的步子走来走去。此时的苏比感觉到一种恐慌，他害怕自己是中了某种魔咒而错失一次次被逮捕的机会，并且他永远不会被逮捕，这个想法让他胆寒。直到看见正在明亮的剧院门口巡逻的警察时，他才恢复了信念，他这次想用扰乱治安来进行绝地反击。

苏比开始像一个酒鬼那样，在人行道上大喊大叫，嗓子里发出的声音都是撕裂的。他用尽浑身解数，四肢全部都用上了，总之是想尽办法大闹一番。可是警察却轻松地玩转着警棍，背对着苏比，反倒对市民解释说："这是耶鲁大学的学生在庆祝自己球赛的胜利，他们让哈特福德学院一个球都没进。这种庆贺的方式确实有点吵，不过还算可以忍受。我们已经接到上级的通知，就让这帮孩子尽兴吧。"

苏比有些绝望了，他停止了毫无意义的吵闹。难道就没有一个警察愿意管他的闲事吗？在他的脑海中那座小岛就如同是难以触摸的世外桃源。一阵寒风袭来，他只能把上衣的纽扣扣上。

苏比又看到一个绅士正在一家雪茄店里摇晃着火苗去点燃手里的雪茄。那个人在进入店铺的时候，顺手将自己的优质绸伞戳在门口。苏比进了店铺，动作不紧不慢地拿起那把伞，再缓步离开。正在点雪茄的男士赶忙追了出来，他厉声怒斥："我的雨伞！"

"哦？是吗？"苏比用嗤之以鼻的态度回应，他完全不在乎在盗窃罪的罪名上再加一项侮辱诽谤罪，"既然是你的，那你报警好了，让他们来抓我啊。是的，你的伞就是我偷的，你快去叫警察啊。街角那儿就站了一个。"

伞的主人有些胆怯地放缓了脚步，而苏比也跟着慢了下来。苏比有种不祥的预感，这次他的希望又会落空。而街角的警察正注视着他们。

"当然，"那男人说，"那是——伞——哦，好吧。你知道有的时候难免会发生一些误会，如果这真的是你的伞，那我希望你能原谅我。我承认这把伞是我今天早上在一家餐馆里捡到的，如果你认出了它是你的，那么就物归原主吧。"

"它就是我的。"苏比气急败坏地说。

伞的前任主人怨恨失意地离开了。那位警察则腿脚麻利地跑去搀扶一位身穿华贵礼服、身材火辣的金发女士过马路去了，他担心两条街上来来往往的车会不小心撞到她。

苏比继续向东走，当他穿过一条正在翻修的街道时，他恶狠狠地将那把伞丢进了一个被挖开的坑里，嘴里不停地咒骂着那些戴着头盔、拿着警棍的家伙。苏比一心想犯错被捕，但他此时偏偏变成了一个做什么事都没人说错的国王。

无奈之下，苏比又来到了通往东区的一条街道上，这里的路灯昏暗，但也比较安静。他沿着这条街往麦迪逊广场走去。虽然他的家就是公园里的那张长椅，但回家是一个人的本能反应。

但就在一个异常安静的街口，苏比停了下来。这里是一个古老的教堂，它的样式古雅，而且带有山墙。透过一扇已经褪色的紫罗兰色的窗，可以依稀看到里面柔和的灯光。毫无疑问，风琴师正在为未来的赞美诗演奏而刻苦练习呢。甜美的音乐飘进了苏比的耳朵，他痴迷地将身体紧紧地贴在那些螺旋形的铁栏杆上。

月光皎洁、静穆，车辆和行人都很稀少，只有屋檐下的几只麻雀偶尔在睡梦中发出叽叽喳喳的声音。此时，他仿佛身在一个乡村教堂的庭院之中。风琴师弹奏的赞美诗把苏比牢牢地粘在了铁栏杆上。因为曾经他是那么熟悉这首赞美诗，那时候他还对生活饱含热情，他还有母爱、玫瑰、理想、友情和纯洁的思想，当然还有洁白的衣领。

苏比的心被软化了，此时那首赞美诗和这古老的教堂影响着他的精神和思想，他的灵魂产生了一种奇妙的变化。此时，他突然恐惧地看到自己已经掉进了深渊，他正过着堕落的日子，做着毫无价值的打算，破灭的希望和欲望糟蹋着自己的身体，还有卑鄙的动机——这一切就是他全部的生活。

就在此时，一种从未有过的想法让他异常激动。他此时拥有一种要与命运做抗争的冲动。他要自己拯救自己，把自己拉出泥潭。他会再一次证明给世人看，他是一名真正的男子汉。他能战胜已经被邪恶念头所控制的自己。他还年轻，他的野心还在，他要去追求自己的梦想。管风琴发出的音符已经在他的思想中引发了一场革命。明天，他就要去嘈杂的市中心，寻找一份工作。曾经有一个做皮草生意的人还为他提供了一份司机的工作，明天他就要去找到那个人，重新申请这个职位。他要成为一个对这个世界有用的人，他会……

苏比感觉有只手正按在自己的胳膊上，他迅速回头一看，原来是一张警察的脸。警察问道："你在这儿做什么呢？"

苏比回答说："我没做什么。"

警察说："你跟我走一趟。"

于是第二天清晨，苏比听到法官宣判道："布莱克韦尔岛，监禁三个月。"

爱的奉献

当一个人爱上他自己的"艺术"时，付出再多也不觉得。

这句话是一个前提，接下来我所讲的故事则是要得出另外一个结论，而这个结论会推翻这个前提。在逻辑思维中，它可能算是一件新鲜事，但是在讲述一个故事时，这种手法已经被运用了太长的时间，它的历史已经超过了中国古老的长城。

乔·拉腊比来自中西部平原，那里盛产橡树。他有一种绘画天赋，当他还是一个六岁的孩子时，他就绘制了一幅风景画。那幅作品所描绘的主题是他家乡的抽水泵，而在这个水泵旁正有一位在当地十分有名望的绅士路过。后来这幅画被装裱起来，挂了一家药店的橱窗里，当然伴其左右的是几排玉米粒已经稀疏的玉米棒子。到了二十岁的时候，他离开家乡前往纽约，随行的只有干瘪的钱包和服帖下垂的领带。

迪莉娅·卡拉瑟斯来自南方的一个小村庄，那里成片的松树整日遮蔽着刺眼的阳光。她的乡亲们看到她可以把有六个八度音阶的乐器玩得有模有样，觉得她是这块料，于是大家便集资出了一笔钱，让她来到北方专攻此道，但他们没能看到她毕业。——好的，这就是我们接下来要讲的故事。

乔和迪莉娅相逢在一个画室里，那里是许多美术系和音乐系的年轻学子聚会的地方。他们会在那里讨论绘画的明暗技法，会讨论瓦格纳的音乐和伦勃朗的作品，还有各种画作、壁纸，以及肖邦和乌龙茶。

乔和迪莉娅双双坠入了爱河，或者说他们是互相仰慕，总之是你认为的那样，他们闪婚了。要知道正如我们前面所提到的，当一个人爱上他自己的"艺术"时，付出再多也不觉得。

拉腊比夫妇在一套租来的公寓里开始了他们共同的家庭生活。那里很清静，生活节奏也很平缓，就如同钢琴的键盘上最高的音符，几乎不被触及。但是他们感觉很幸福，因为他们不仅拥有自己的艺术，还拥有彼此。我建议那些有钱的年轻人，你们也赶紧把你们的财产分给那些贫穷的人吧，之后赢得只与自己的艺术和自己的迪莉娅在公寓里生活的那种权利。

　　我认为只要有人曾经居住过狭小的房间，他们就一定会认为只有在那里的生活才是最温馨甜蜜的。其实一个家庭幸福与否，与其居住的房屋是否宽敞是没有直接联系的。把梳妆台扳倒，就是台球桌；把壁炉架倒过来放，就是划船机；一个写字台瞬间就变成卧房的床铺；盥洗台可以当成钢琴；即使房子四周的墙壁继续聚拢，只要你和你的迪莉娅还在中间，那么就够了。但是，如果家里只剩下宽敞，缺少爱情，那么即便你从金门海峡①进去，把帽子挂在哈特勒斯角②，把披肩挂在合恩角③，然后穿过拉布拉多半岛④出去，到头来还是一样不幸福。

　　乔在马吉斯特的门下学画。我想人人都知道这位大师，他的课程收费高，课堂要求却很轻松——他的声望正是缘于这种高昂的轻松。迪莉娅在罗森斯托克那儿学习，想必各位也知道他是一个出名的专跟钢琴键盘较劲的家伙。

　　只要有钱来维持他们的生活，他们就是快乐的。人人都是如此。当然，我没有讽刺他们的意思。他们两个人都有着明确的目标。乔很快就会有自己的画作问世了，到那时就会有很多虽然两鬓的头发已经稀少，但钱包很丰满的绅士挤进他的画室中，争相购买他的作品。迪莉娅则是先重视她的音乐，然后再轻蔑它。倘若出现音乐厅里的几个座位或者包厢没有人的情况，她就会假借自己的喉咙不舒服而拒绝登台，之后到私人餐厅去吃

---

① 位于美国加利福尼亚州的西部，连接着旧金山湾与太平洋。
② 美国北卡罗来纳州海岸上的岬角，与英文的"帽架"谐音。
③ 南美洲智利的合恩岛上的岬角，与英文的"衣架"谐音。
④ 位于哈得孙湾与大西洋间的半岛，与英文的"边门"谐音。

龙虾。

但我觉得，最让人羡慕的还是他们两个人在那间陋室中相濡以沫、充满理想的生活。每当两个人结束了一天繁重的课业回到家时，他们都会互相嘘寒问暖，诉说一天的相思之苦，吃着可口的饭菜。每天早上吃过粗茶淡饭之后，再去为理想而努力。两个人互相倾诉自己的梦想，并且相互鼓励、相互帮助。当然，他们的理想是交织的，否则将没有任何意义。对了，还有每天晚上十一点可以吃到的菜裹肉片和奶酪三明治。

可是这样幸福的日子没过多久就幻灭了，就像一朵盛开的花，无须外力的摇晃，时间到了，自然也就凋谢了。一句俗语说得好，坐吃山空。就是这样，他们再也没有钱向马吉斯特和罗森斯托克支付学费了。当一个人爱上他自己的"艺术"时，付出再多也不觉得。于是迪莉娅做出了一个决定，她要去当家教，赚钱补贴家用。

她为了能够招收到学生，在外面奔走了两三天，终于有一天她兴奋地回到家，对乔说："亲爱的，我终于有一个学生了。他们肯定是世界上最可爱的一家人。我的学生就是 A.B. 平克尼将军的女儿。他们家住在第七十一街上。那栋房子太富丽堂皇了，你真的应该到他们家的大门前看一眼，应该就是你提到过的拜占庭风格。还有房子里面！哦，乔，那里面的装潢是我从来没见到过的。

"我学生的名字叫克莱门蒂娜。我觉得我已经深深地爱上她了。她是那么可爱、恬静的一个姑娘。她穿着白色、素雅的裙子，而且很有礼貌。我一个星期给她上三节课。乔，你想一想，一节课我能赚五美元。虽然少了一点，但这只是一个学生的学费，我可以继续再找两个或者三个，这样我就可以继续上罗森斯托克的课了。好了，亲爱的，现在我们将额头上的皱纹打开，不要再皱着眉头了，让我们好好享受一顿晚餐吧。"

"这确实很适合你，迪莉娅，"乔一边说一边站了起来，用一把小斧子去撬开一罐豌豆罐头，"但是我怎么能忍心让你去为了钱奔波，而我坦然地继续我的艺术课程呢？我对着意大利著名雕刻家本韦努托·切利尼的尸骨发誓，这绝不可以！我可以去卖报纸，我可以去搬石头铺马路，总之我也可以赚钱，哪怕是一美元或是两美元。"

迪莉娅听到乔的话后，立刻走过去，伸出双臂，搂住他的脖子。

"乔，亲爱的，你这个小傻瓜。你必须要坚持学完你的课程。我只是去打工，并不是要放弃我的音乐梦想。我在教小孩子学习的时候，也是在巩固我所学的知识，并没有远离音乐。而且，我每个星期至少可以赚十五美元，我们的日子就可以过得像百万富翁一样殷实了，这样不好吗？所以，你千万不要有离开马吉斯特先生的想法，一点都不许有。"

"好吧，"乔一面说，一面拿起了一个贝壳形状的蓝菜碟，"可是我始终保留我的观点，教课不是艺术，我仍然不赞成你去教课。你的牺牲精神真的让我很敬佩，你真善良。"

"当一个人爱上他自己的'艺术'时，付出再多也不觉得。"迪莉娅说。

"马吉斯特夸奖了我的一幅作品，就是我在公园里画的一张素描，他说天空画得很好，"乔说，"而且丁克尔答应，我可以放两张画在他的橱窗里。倘若正好被哪个有钱的傻瓜看上，说不定可以卖出去一张。"

"我相信一定会卖掉的。"迪莉娅说，她的语气是那样甜美动听，"好了，现在让我们来感谢平克尼将军和这块烤肉吧。"

在接下来的一周，每天早上拉腊比夫妇都会一起吃早饭。之后乔会迫不及待地出门，到公园中画下几幅晨光的速写；而迪莉娅在早饭后，会和乔拥抱、接吻，再说上几句赞美与鼓励的话，之后送他出门。总是会有人把艺术比喻成迷人的情妇，所以乔总是天黑才回家，他到时，多半已经是晚上七点了。

周末的时候，迪莉娅虽然已经很疲惫，但是心里充满了喜悦之情。她得意地将三张五美元的钞票扔在了这个八乘十英尺① 大小的客厅里的八乘

---

① 英制中的长度单位。1 英尺合 0.3048 米。

十英寸 ① 大小的桌子上。

"有时候，"她有些疲倦地说，"克莱门蒂娜真的很不让人省心。我觉得她练习的时间肯定不够，同一个内容我得反反复复地强调，反反复复地教。并且她总是穿着一件白色的衣服，单调得要命。不过平克尼将军倒是我见过的最可爱的老人家。我真的希望你能够认识他，乔。在我教琴的时候，他时而会进来看一会儿。——哦，你知道吗？原来他的妻子过世了，他现在是一个人带着女儿。他看我们练琴的时候，总是会捋着自己的白胡子，而且总是问我：'十六分音符和三十二分音符教得怎么样啦？'

"乔，我真的希望你能看一下他们家客厅的装饰板，还有那些用阿斯特拉罕的羊羔皮做的门帘。不过克莱门蒂娜最近总是咳嗽，但愿她的身体比她的外表看起来强壮。不过我真的是越来越喜欢她了，她是那样温柔，那样有教养。平克尼将军的弟弟还曾做过驻玻利维亚的公使呢。"

这时，乔的神情就像是化身为银行家的基度山伯爵，他掏出一张十美元、一张五美元、一张两美元和一张一美元面值的钞票——当然，它们都是真钞，并且是合理收入——把它们放在了迪莉娅的收入旁边。

"我的那幅方尖碑的水彩画被一个来自皮奥里亚的人买走了。"他郑重其事地宣布。

"别和我开玩笑了，"迪莉娅说，"绝对不可能是皮奥里亚人。"

"我没有骗你，我说的都是实话。我真的希望你能看到他，迪莉娅，这样你就相信了。他很胖，围了一条羊毛围巾，并且叼着一根牙签，是羽毛管材质的。他就是在丁克尔的橱窗里看到了我的素描，刚开始他以为我画的是风车。不过不管怎么说，他还是很阔气地将它买了下来。他还预订了我的另外一幅油画，就是那幅拉克万纳货运汽车站，他也准备把它带回家。我的画，再加上你的音乐课！我想我们会实现我们的艺术梦想的。"

"你终于坚持下来了，亲爱的，我真是太高兴了，"迪莉娅饱含深情地

① 英制中的长度单位。1 英寸合 2.54 厘米。

说，"我相信你一定会成功的。现在我们居然有三十三美元了，我们从来都没有过这么多可以自由支配的钱。今天晚上我们吃牡蛎。"

"还有香菇牛排，"乔说，"牛肉叉在哪儿？"

又一个星期过去了，周六的晚上乔先回到家。他先把自己带回来的十八美元在客厅的桌子上摆开，之后才去冲洗手上的一片如油漆质地般的墨迹。又过了三十分钟，迪莉娅也回来了。只是她的右手被纱布和绷带胡乱地包裹着。

"你怎么了？"乔在习惯性地打完招呼后，问道。迪莉娅尴尬地笑了笑，说："是克莱门蒂娜，在上完课之后，她偏吵着要吃奶酪面包。说真的，她的习惯还真古怪，都下午五点了还要吃奶酪面包。当时将军也在场，真可惜你都没看到，这个将军太宠爱他的女儿了，他立刻就去拿锅，就好像这个家里根本没有仆人一样。而那个克莱门蒂娜，你也知道，不仅有点神经质，身体还很单薄，她端着奶酪总是摇摇晃晃的，最后一个不小心就把滚烫的奶酪溅到我的手上了。那个小姑娘内疚极了，平克尼将军也是！——乔，你都不知道，他简直都有些发疯了。他冲着楼下的仆人叫，让人赶快到药房去买一些油膏和纱布什么的。后来听说是一个烧锅炉的，还是在地下室干活的人去买的。之后他们给我包扎上了。现在已经好多了，不是很痛了。"

"这是什么？"乔轻轻地捧着迪莉娅受伤的那只手，拉了拉从绷带里露出来的几根棉纱线。

"哦，那是软纱，"迪莉娅说，"药膏是涂在软纱上的。哦，亲爱的，你又卖了一幅画吗？"她一眼看到了桌上的钞票。

"可不是吗？"乔说，"你去问问那个从皮奥里亚来的人就知道了。他今天把预订的车站的油画拿走了。他可能还要一幅公园的和一幅哈得孙河畔的画，只是还没确定。先说你，你的手是今天下午什么时候烫伤的，迪莉娅？"

"应该是五点左右吧，"迪莉娅的表情很委屈，"熨斗——哦，我是说奶酪，大概是在那个时候做好的。乔，你真应该看看平克尼将军当时的反应，当时……"

"你先坐下，迪莉娅，"乔一边说，一边把她扶到沙发上，之后紧挨着她坐下，并且用胳膊搂住了她的肩膀，"这两周的时间，你究竟是去做什么工作了，迪莉娅？"

迪莉娅的眼神中充满了爱与固执，有一两分钟的时间她没说话，只是在嘴里嘟嘟囔囔地说着关于平克尼将军的话。但最终她低下了头，眼泪一下子就涌出了眼眶，事情的真相也终于浮出了水面。

"我没能找到一个学生，"她坦白道，"我不忍心因为经济问题让你放弃你的绘画课程，所以我就去第二十四街的洗衣店找了一个熨烫衣服的活。我觉得平克尼将军和他的女儿克莱门蒂娜的故事还是杜撰得不错的，对吗？我的手也是在洗衣店烫伤的，店里有一个姑娘不小心用熨斗烫到我的。在回家的路上，我就编出了奶酪的故事。你不会生我的气吧，乔？如果我不去打工赚钱，你就不可能把画卖给那个皮奥里亚人了。"

"不是皮奥里亚人。"乔的语气也开始变得躲闪起来。

"他是哪儿的人都无所谓。总之，乔，你很棒。吻我一下吧。——乔，你是因为什么怀疑我的？为什么你会觉得我没给克莱门蒂娜上钢琴课呢？"

"其实在你进屋之前，我都没有怀疑过。"乔说，"如果不是因为一个巧合，我还是不会发现。其实，今天下午是我把机器间的油膏和废旧的纱布送过去的。这两个星期，我和你在同一家洗衣房工作，我的工作是烧锅炉。"

"那你的画并没有……"

"我的皮奥里亚，"乔说，"与你的平克尼将军，都是同一艺术的产物，只不过你不会管这门艺术叫作绘画或者音乐而已。"

他们两个人都开怀地笑了，乔说："当一个人爱上他自己的'艺术'时，付出再多也——"

乔还没有把话说完，迪莉娅就用手捂住了他的嘴，说："不，不是艺术，而是当一个人爱的时候……"

伯爵和婚礼上的客人

　　一天晚上，安迪·多诺万照常去第二大道上的寄宿公寓吃晚饭，在饭桌上，科斯特太太给他介绍了一位年轻的女士，也是她的新房客，康韦小姐。她的身材很娇小，长得也很普通，而且穿的衣服也是那种不引人注意的暗褐色外衣。当时那位女士正在有气无力地吃饭，看起来并不喜欢她盘子里的食物。她羞涩地抬起眼睛，用敏锐的目光急速地扫了多诺万先生一眼，很礼貌地轻声打了个招呼，之后又将注意力放回到她的羊肉上。当然，多诺万先生也礼貌地回礼，他面带微笑，优雅地鞠躬——这样的绅士作风，足以让他在各种场合赢得人心，并且让他在社交界、政界、商界的地位迅速提高。不过接下来，他就将刚刚打过招呼的身着暗褐色衣服的女人完全忘记了。

　　又过了两个星期，这一天安迪正坐在前门的台阶上享受着手里的雪茄。有一阵柔软的沙沙声在他身后响起，他下意识地回过头看。原来是康韦小姐正从门里走出来。她穿了一身黑色的纱裙，裙子是由质地坚韧却很薄的绉纱做的。她的帽子也是黑色的，帽檐上还垂下一片面纱，它朦胧、轻薄，就像是蜘蛛网。她站在台阶的顶端，正在戴一副黑色丝质的手套，浑身上下没有一点白色或者其他颜色的点缀。只有她浓密的头发是金色的，但也被绾在脑后，利落干净，没有一丝凌乱。她应该不算漂亮，甚至没有一个地方吸引人，但此时，她那双闪亮的灰色眼睛在凝望天空时，却是那样悲伤和忧郁，那样让人痴迷。这是能够沁入内心的悲凉与哀怨，她的容貌也因此变得美丽，或者说让人着迷。

　　请各位读者想象一下那样的情景：一位姑娘，穿着一身黑纱，而且是最美的黑纱——对，就是产自中国的那种黑绉纱。或许你可以想象一下穿着一身黑绉纱的就是你自己，之后你用那种悲伤、忧愁的神情凝望着远方的天空，黑色的面纱下露出婆娑的金色，当然你得有一头金色的头发才行。看起来年轻的生命虽然好像已经枯萎，生命正快步走向终止的大门，但去公园里散散步也是好的。不过要确定出门的时间是正确的，而且，哦，还要有那种迫不及待的心情。好像我这样说一位姑娘有些不妥，好像有些玩世不恭了，是吗？——居然用调侃的语气来谈论一身丧服。

突然，多诺万先生对康韦小姐产生了强烈的兴趣。他立刻扔掉了手上那支大概还有三厘米长的雪茄，这三厘米还够他继续享受八分钟，但是他果断地丢弃它，之后迅速地起立，将身体的重心转移到那双矮帮的黑色皮鞋上。

"今天晚上的天气真好，康韦小姐。"他说。如果气象局也能听见他说话时那种自信的语气，绝对会把他作为一个标志，和广场四周的白色信号牌一起钉在旗杆上。

"如果有人有兴致去享受天气的话，那么是这样的，多诺万先生。"康韦小姐说完，紧跟着的是一声叹息。

此时，多诺万先生在心里却咒骂着这晴朗的天气。没有人情味的天气，此时你应该下着冰雹或者刮起暴风雪来迎合康韦小姐的心情才是啊。

"我希望不是您的某位亲人——我希望您没有遭受什么不幸，是吧？"多诺万先生有些冒昧地问道。

"死亡总是一个人的终点，"康韦小姐犹豫了一下，继续说道，"不是我的亲人，是一位——算了，不管是谁，我不想让我的悲伤影响到您，多诺万先生。"

"影响？"多诺万先生抗议道，"为什么怕影响我呢？您说吧，康韦小姐，我很乐意，哦，不是，我是说对不起——我的意思是说肯定没有人比我更加同情您的遭遇了。"

康韦小姐笑了笑。哦，这笑容比悲伤的神情看起来更让人心醉。

"'当你微笑的时候，世界同你一起微笑；当你哭泣时，世人也是付之一笑。'"她引用了一句名言，"多诺万先生，我曾深深地体会过这句话的含义。在这个偌大的城市中，我孤身一人，而您的关心和真诚让我感觉到了温暖，真的非常感谢。"

原来，她对他的感谢只是因为他曾在饭桌上顺手给她递过两次胡椒粉。

"您举目无亲，孤身一人在纽约闯荡，我深深明白这种艰苦，"多诺万先生说，"不过，在这座繁华的古老城市中，如果您有足够多的钱和朋友，那么您的生活也会是很舒服的。康韦小姐，到公园走走怎么样？或许散散步，您的心情会好些，您认为呢？而且，如果您不介意……"

"非常感谢您，多诺万先生。我现在的心情真的很压抑，如果您不讨厌我，并且觉得和我相处也算愉快的话，那么您能陪我一同去散散步，我会很开心的。"

他们一起来到了一个历史悠久的公园，它地处闹市，算是城市的中心花园。公园的四周是用栏杆围起来的。早先它只是供贵族赏玩、游乐的地方。他们走入了一个宽敞、阔气的大门，顺着小径慢慢散步到一个幽僻的地方，在一张长椅上，他们坐了下来。

年轻人与老年人对感情的处理方式不同：年轻人只要能找到知己，在促膝长谈之后，他们的忧伤情绪就会明显减弱；而老年人，无论被多少知己簇拥着，他们依旧无法从悲伤中走出来。

"他是我的未婚夫，"在沉静了一小时后，她才缓缓道出了自己心碎的原因，"原本我们打算明年春天结婚。我说的都是实话，多诺万先生，其实他是一名伯爵。在意大利有属于他的领地和城堡。人们都尊称他为费尔南多·马齐尼伯爵。我从来没见过那么有风度的绅士。他深深地吸引着我，但我父亲不同意我和他结婚，为此我们还私奔了。但最终我的父亲把我追了回去。我还担心他会和费尔南多决斗呢。我的父亲是在波基普西做马行生意的。

"不过幸好，我父亲最终妥协了，他也同意我们在明年春天举行婚礼了。费尔南多把他的伯爵封号和财产证明拿给我父亲看后，就起身回意大利去安排婚事了。费尔南多给我父亲几千美元的聘礼，但我父亲拒绝了，并且恶狠狠地表示对他的这种行为很不齿。我的父亲不让我接受他所赠送的任何礼物，即便是戒指也不行。费尔南多乘船离开后，我就到这个城市来了，在一家甜品屋做出纳。

"可是就在三天前，我收到了一封信，是的，从意大利来的信，还是从波基普西中转过来的。信中说费尔南多在乘船回去时发生了意外，一个活生生的人就那样从世上消失了。

"所以我才穿上了这身丧服，多诺万先生，您知道吗？我的心也在那一刻与他一同被埋葬了。您陪我出来散步是不是感觉有些无聊，很抱歉，多诺万先生，我现在的心里只有他。对不起，我不该把我的悲伤传染给您的，您应该和那些能够让您感觉到快乐的人在一起才对。或许，我们现在该回去了。"

年轻的女士们，如果你们希望看到一个小伙子不顾一切地去找铁镐或铁锹之类的玩意，那么你只需要告诉他，你的心已经和另一个逝去的人被埋在一起了。因为男士天生就是盗墓者，你可以问任何一个寡妇，我的话是否正确。在你面前的天使，她穿着黑绉纱，她心碎地哭泣，是因为她的心被埋葬了，如果想要将她的心复苏，那一定得用一些办法才行。但不管怎样，躺在坟墓里的人才是最可悲的。

"我对您的遭遇深表同情，"多诺万先生轻声细语地说，"不过我真的不着急回去。康韦小姐，请您不要认为自己在这个城市中是孤独的，请您相信，我已经是您的朋友了。对于您的悲惨遭遇，我真的很遗憾。"

康韦小姐将自己的项链握在手里，之后打开坠子。项链的坠子是一个小盒，里面有一张照片。多诺万先生对这张照片很感兴趣，所以他特意仔细地看了很久。照片中的人就是马齐尼伯爵，从五官上来看，他绝对可以称得上是位美男子，但透过俊美，还可以看出他壮硕的体格和轩昂的气魄。无疑，这是一张德才超众的脸。

"在我的房间里，还有一张更大的照片，被镶在镜框里，"康韦小姐说，"等回到公寓我可以拿给您看。我现在仅有这两张照片，是费尔南多留给我的唯一纪念。不过这不重要，因为我的心始终和他在一起，他也不曾离开。"

多诺万先生在了解了这些之后，在心中萌生了一种奇妙的想法——他想取代那位不幸的伯爵，让他自己住到她的心里。他爱上她了，所以下定决心要这样做。在看似艰难的任务上，他并没有感觉到任何压力，他的战略手段是，首先以同情进攻她心中朋友的位置。而现在，他俨然已经是一位可以为她排忧解难的朋友了。三十分钟后，他们便开始一起品尝冰激凌，一起互谈心事了。虽然在康韦小姐的眼睛中还是可以看到那一层忧郁，但他们已经是朋友了。

那一夜，他们在公寓的走廊里分别，但在分别前，康韦小姐跑上楼去取照片，照片的框架被白丝巾小心地包裹着。多诺万先生认真地审视着这张照片，眼神深不可测。

"这张照片是他在回意大利之前的那个晚上送给我的，"康韦小姐说，"我项链坠里的那张小的画像，是我请画匠画的。"

"真是位英俊的小伙子，"多诺万先生发自肺腑地称赞说，"康韦小姐，我想邀请您下周日到科尼岛游玩，不知道我有这个荣幸吗？"

一个月后，他们订婚了。当他们宣布这个消息给科斯特太太和其他房客的时候，康韦小姐还是穿着一身黑色的衣服。

又一个星期过去了，这天晚上他们依旧坐在那个城区的花园中的那张长椅上。月光透过树叶的空隙洒下来，而树叶在微风中摇曳，两个人在月光中的投影也变成了一部动画。今天一整天，多诺万先生都是闷闷不乐、恍恍惚惚的样子。而今天晚上，他仍然少言寡语。恋人之间的这点默契还是有的，康韦小姐当然能感觉到有问题存在，于是她终于问了出来。

"你怎么了，安迪？你都沉默了一晚上了，好像有心事。"

"我没事，玛吉。"

"别瞒我，你心里肯定有事，你告诉我吧。你心里有别人了吧？我敢打赌，你一定是看上别的姑娘了。如果你想和她在一起，那你就走好了，别挽着我的胳膊了。"

"好吧，我告诉你，"安迪为了不让康韦胡思乱想，所以很明智地告诉她，"不过就算我说出来，你也不能理解。你知道一个叫迈克·沙利文的人吗？'大人物迈克·沙利文'，人们都这么称呼他。"

"没有，我没听过这个名字，"玛吉回答，"是他让你闷闷不乐吗？那我宁愿永远都不要认识他。他是谁啊？"

"他是纽约的一个很了不起的人，"安迪回答时，脸上充满了恭敬的神色，"他掌握了坦慕尼协会，还有其他一些政治团体，都是很有权威的机构。所以只要他想办成什么事，绝对易如反掌，他真的是一个了不起的汉子。倘若你说几句大人物迈克不好的话，那么就会在瞬间出现上百万的人来和你理论。前不久，他回了趟老家，在路上，各路的大王都像兔子一样躲在窝中。

"大人物迈克是我的一位朋友。在老家，我只是一个平凡人。而他对我很好，他对待别人总是很真诚，无论对方是社会中的上流人士，还是市井小人，他都一视同仁。而我今天竟然在鲍厄里大街看见他了。你都想象不到，他居然主动和我握手，和我打招呼，他说：'安迪，我一直都很关注你的动向。你工作很努力，现在混得也不错，我真为你感到骄傲。我请你喝一杯。'他请我喝了一杯兑苏打水的威士忌，他自己抽了一支雪茄。在这期间，我们聊天聊到我要结婚了，就在两周后。他说：'哦，安迪，一定要记得给我发请帖，我一定要来参加你的婚礼。'这是他亲口说的，他向来不食言的。

"你可能无法理解我的心情，我是那么高兴他能来参加我们的婚礼，即便用我的一只手做交换我都心甘情愿。倘若那样，那么我们举行婚礼的那天一定是让人自豪的日子，他将使我们的婚礼现场蓬荜增辉，我们也将在他的祝福下一生幸福。现在你能明白我为什么一直心事重重了吧？”

“你那么希望他来，你就发请帖给他啊。”玛吉很不解地说。

“不行，我不能请他来参加我们的婚礼，”安迪神情失落地说，“我自有我的原因，但我不能说。”

“哦，真的没关系，”玛吉说，“无非是男人们之间的与政治有关的东西。不过，这件事真的让你那么忧郁吗？”

“玛吉，”安迪欲语还休，最后终于问道，“你现在爱我更深，还是——马齐尼伯爵？”

安迪期盼着答案，但玛吉一直没有回答。后来，她突然靠在他的肩膀上失声痛哭。她全身颤抖着，只是双手牢牢地握住他的胳膊，泪如泉涌，已经浸透了她黑色的绉纱衣服。

“好了，好了，别哭了！”安迪立刻抛开自己的烦心事，将全部心思都放在了眼前的这个人身上，他安慰道，“怎么突然哭了呢？”

“安迪，”玛吉泣不成声地说，“对不起，我撒了谎。我知道当你知道的时候，你就不会再爱我了，我们也不会有婚礼了。可是，我还是决定把真相讲出来。安迪，其实根本没有马齐尼伯爵，我从来没有过未婚夫和男朋友。只是别的女孩子都有，并且她们总是把自己的男朋友挂在嘴边，彼此谈论个没完。但是好像她们越是谈论前男友，她们的现任男朋友就越是喜欢她们。还有，安迪，我知道我只有穿一身黑色衣服的时候，才会漂亮一点。所以，我到一家照相馆，买了那张伯爵的照片，还翻拍了一张小的放到我的项链坠里。我编了一个关于伯爵和我的故事，一场凄惨的遭遇，只有这样我才有理由穿上那身黑色的衣服。我知道，没有人会爱上一个鬼话连篇的人，你一定会离开我的。安迪，我也为我的行为感到悔恨。哦，亲爱的，除了你，我真的没有爱过别人，从来没有过。好了，你现在都知道了。”

出乎意料的是，安迪并没有把怀里的康韦推开，反而抱得更紧了。她抬起头，看见的是一个面色喜悦的他，与刚才那个满脸愁云的他完全不同。

"你，你能原谅我吗，安迪？"

"当然，"安迪回答道，"其实这一切都无所谓，就让那个男爵继续待在坟墓里吧。玛吉，你终于把事实告诉我了，我以为在我们的婚礼那天，你都不会告诉我事实，你这个调皮的姑娘。"

"安迪，"玛吉知道自己的谎言被谅解了，于是她羞涩地微笑着问道，"我刚开始和你讲那个伯爵的故事的时候，你相信了吗？"

"应该说没有，"安迪一边回答，一边伸手去拿他的雪茄盒，"因为你的那位伯爵的照片，就是你项链坠子里面的那个人，正是大人物迈克·沙利文。"

咖啡馆里的世界主义者

已经是午夜了，但是来咖啡馆的人仍旧络绎不绝。不知什么原因，我所坐的那张桌子却总是无人问津，在我身旁的两把空着的椅子就如同两只胳膊，向他人敞开怀抱，热情地欢迎下一刻进到这个咖啡馆中的客人。

就在这时，一位世界主义者径直向我走了过来，坐在了其中一把椅子上。他的这一举动让我觉得很欣慰，因为一直以来，除了亚当，我就不再相信还有别的世界公民。我听说过许多世界公民，也见过许多人的行李上贴着各个国家的标签，但那些只能证明他们是旅行者，而并非是倡导人人平等、没有种族歧视的世界主义者。

我请你考虑这样一幕——桌面是大理石的，靠墙的桌椅是皮革的，到处是有说有笑的客人。浓妆艳抹、穿着火辣的女士们在很有默契地谈论着经济、艺术和时尚，似乎她们的观点出奇地相同。服务生辗转于每位客人之间，服务周到热情，当然对于小费也是从不拒绝的。轻柔的音乐圆滑地讨好着每一位客人，但如果是这首曲子的原作者听到，肯定不敢相信这就是他的作品。人们谈论着、说笑着，如果你愿意，也可以举起你手中的高脚杯，让里面的维尔茨堡酒不断地勾引着你的唇，就像是已经成熟的红樱桃在偷食的小鸟面前摇曳着。一位雕塑家告诉我，这样的场面才是真正的巴黎风格。

我面前的这位世界公民，名叫 E. 拉什莫尔·科格兰。他明年夏天就要去科尼岛，在那里他依旧会成为众所周知的人物。他告诉我，他要在那里建立一个新的"焦点"，为游客提供帝王式的娱乐活动。然后，他的谈话就沿着平行的纬线和经线展开。他把世界玩在股掌之上，在他眼里世界无非就是一个圆球而已。可以说，透过他如此轻蔑和自信的表情来看，地球就像是套餐中黑葡萄酒里的樱桃核，它们比起来大小差不了多少。他轻蔑地谈论着赤道，很随意地从一个大陆板块，跳到另一个板块，他嘲笑着它们。他用手中的餐巾抹去了公海；在挥手的瞬间，海得拉巴的某个集市就出现了；他吸了口气，你就已经在拉普兰滑雪了；他大叫一声，你就已经在凯阿莱卡希基与夏威夷土著一起冲浪了。转瞬间，他拖着沉重的脚步正带你穿过阿肯色州长满星毛栎的沼泽，之后又在爱达荷州的碱性平原晾干身体。再一转身，你已经置身于维也纳王侯公爵的上流聚会了。他会告诉你，有一次他在芝加哥的湖畔吹凉风时感冒了，而治好他的是一种神奇的草药，是他在布宜诺斯艾利斯遇见的一位叫艾斯卡米拉的老人给他熬制的，那个草药的名字叫楚楚拉。我相信你可以给他写信，收信人和地址这样写：宇宙，太阳系，地球，E. 拉什莫尔·科格兰先生收。只要这样写，快递员就一定会把信交到他的手上。

我深信我眼前的这个人，绝对是继亚当之后的第二个真正意义上的世界主义者，我全神贯注地聆听他那纵横世界的伟大理论，担心他会在无意中说出一些环球旅行者的浅见。但事实证明，我的担心是多余的，他的见解绝对高深莫测，绝对不会让人感觉到失望。他对不同的地区、国家乃至各大洲都等量齐观，就像风和地球引力一样，绝对公平。正当 E. 拉什莫尔·科格兰在侃侃而谈的时候，我的脑袋中突然出现了另外一位伟大的世界主义者，他的著作被全世界的人阅读，最后他将其一生奉献给了孟买。在一首诗中，他说，这个地球上的城市和城市之间总是会存在争执和敌意，然而"每个人都依赖于哺育他们的城市，无论走到哪里，最让他们念念不忘的还是故乡，就像一个孩子总是会拉着母亲的衣角蹒跚前行一般"。走在"陌生却繁华的都市街道上"，人们就会想起家乡，那是"多么忠诚而又愚笨，却让人如此爱恋"的城市，它的名字与他们的名字被一种纯粹的关系拉扯着，剪不断分不开。我觉得越来越兴奋了，因为我已经发现了吉卜林先生的疏漏。现在我已经找到了一个不是由尘埃造就的人，他没有狭隘地吹捧自己的出生地或国家，如果他是在吹嘘，那么他所夸耀的是整个地球，而且他是向火星，或者是月球上面的居民炫耀。

这些新的理论是 E. 拉什莫尔·科格兰提出来的，就是坐在这张桌子的第三个角的人。正当科格兰向我描述西伯利亚铁路沿线的景色时，管弦乐队奏起了《迪克西》。这首在美国南北战争时期南方邦联的非正式国歌让这里所有的人都感到振奋，当该曲奏到高潮处时，几乎所有人都在鼓掌，掌声几乎能淹没乐队的声音。

很值得一提的是，在纽约，有很多咖啡馆都会在晚上上演这样的一幕。成吨的酿造饮品在这里伴随着众多的理论被人们消耗掉。有些人推测，在城市里的南方人只要等到夜幕降临，就会纷纷淹留在咖啡馆里。在北方城市里的人却对"南方叛军"的战歌如此热衷，这真是匪夷所思，但也并不是不可理解。在美国与西班牙战争期间，薄荷和西瓜连年丰收，而在新奥尔良的竞技轨道上也有不少人捞到了钱。还有印第安纳州和堪萨斯州的公民办的那场精彩纷呈的"北卡罗来纳社团"宴会，俨然已经把南方的传统变成曼哈顿的时尚了。即便你让一位口齿不清的女服务生帮你修个指甲，她都会在端详了你的手指后说，这手指让我联想到了弗吉尼亚州里士满的绅士。哦，当然，现在已经有不少女士迫不得已外出工作了——因为战争，你该知道的。

乐队所演奏的《迪克西》还没有结束，一位黑色头发的年轻小伙子从人群中蹿了出来。他就像莫斯比游击队队员般大声地喊叫，并且双手疯狂地挥舞着那个软边的帽子。然后，他穿过混沌的烟雾，一屁股扎到我面前的那把空座椅里，拿出了一根香烟。

每晚的这个时候，大家都仿佛被解冻了一般不再拘束。我们中的一个人向服务生要了三杯维尔茨堡酒，那个黑发的小伙子当然知道其中有一杯是他的，于是他微笑点头，表示感谢。我赶忙问了他一个问题，因为我想试试我的一种理论。

"你能告诉我，"我开始说，"不管你是从——"

E. 拉什莫尔·科格兰的拳头砸在桌子上，我立刻收回还没讲的话，保持沉默。

"对不起，"他说，"但是，这个问题，是我向来不想听到的。一个人从哪里来到底有什么关系呢？我们要从一个邮政地址来判断一个人，这公平吗？为什么总是有人这样？我见过痛恨威士忌的肯塔基人，没有纯正波卡洪特斯血统的弗吉尼亚人，没出版过一本小说的印第安纳人，不穿缝有硬币的丝绒裤的墨西哥人，滑稽风趣的英国人，挥霍无度的北方人，冷酷无情的南方人，气量狭小的西部人。即便是在纽约，也有很多繁忙到没有时间停下一小时，看看路边上那个独臂的杂货店员是怎样用纸袋包装红莓的人。让人就单纯地是一个人，不要贴上地域的标签，给他们设置一些障碍。"

"很抱歉，"我说，"但我的好奇并非毫无理由。我清楚地知道南方的文化，当乐队演奏《迪克西》的时候，我很喜欢在一旁观察。我深信，那些对这首曲子极端喜爱，并且奋力鼓掌的人一定是来自新泽西州的锡考克斯，或者是来自纽约的默里山和哈勒姆河之间的地域。我只是想证实我的这一结论，却被您打断了。"

现在那个黑色头发的年轻男子对我说话了，很明显，他的思想也是随心所欲的，并且有自己的一套规则。"我要变成一枝长春花，"他故作神秘地说，"生长在山谷的高处，尽情欢唱。"

这句话太晦涩难懂了，所以我将身体转向科格兰。

"我已经绕着地球走了十二圈了，"他说，"我认识一个因纽特人，他住在乌佩纳维克，但是他总是寄钱到辛辛那提去买领带。我还在乌拉圭看见一个牧羊人，在巴特尔克里克的早餐食品猜谜的游戏中，赢得了奖品。我在埃及、开罗都租了房间，在日本也支付了一年的房租。我在上海的茶馆里有专属于我的拖鞋。我也不用告诉在里约热内卢或西雅图的人，该用怎样的方式给我煎蛋。这个世界太小了，我们又何必吹嘘自己是北方人还是南方人？来自山谷中的庄园，来自克利夫兰市的欧几里得大街，来自派克峰，或是来自弗吉尼亚州的费尔法克斯县，即便是来自流氓用来避风挡雨的小平房，或者是其他任何一个地方，又有什么区别呢？只有当我们抛开这些概念，无论我们的出生地是某个发霉的小镇，还是十公里外的沼泽，我们都觉得无所谓的时候，那么这个世界才会变得更好。"

"您真的是一位世界主义者，"我对他表示佩服，"但是，您会对爱国主义精神有反感吗？"

"那是石器时代的遗存，"科格兰激动地宣布，"我们都是兄弟——中国人、英国人、祖鲁人、巴塔哥尼亚人和住在考河湾的人。总有一天，那种因为自己出生某个城市、国家或者州县、地区的骄傲将被消灭，我们都是世界公民，我们就该是这样。"

"但是，当你徘徊在异国他乡，"我坚持问道，"你就不会想念一些地方——一些可爱的——"

"从来没有过，"E.拉什莫尔·科格兰不加思考，轻率地打断了我的问话，他说，"一个球状的星球，一个拥有两极、大陆板块的行星，被我们称作地球，是我们拥有居住权的地方。我在其他国家，遇到了很多被限制了情感的公民，他们总是被约束在一个地方。我见过一个芝加哥人，坐在凤尾船上欣赏着威尼斯的月光，并吹嘘着自己国家的排水渠。我见过一个南方人，当把他介绍给英格兰国王的时候，他的眼神中没有任何不安，反倒对那位国王讲，他的母亲有一个远房的姑奶奶，通过婚姻关系，与美国查尔斯顿的珀金斯家族沾上了边。我还知道一些被阿富汗的土匪绑架的纽约游客，当有人送钱过去的时候，他们才能和代理人回到喀布尔。当地人通过翻译问他：'阿富汗怎么样？生活节奏还不算慢，你觉得呢？''哦，我不知道。'他说。然后，他开始谈论第六大道和百老汇的马车夫的故事。这些想法都不适合我，我绝对不会把自己束缚在直径不超过八千英里的地方。我是世界公民E.拉什莫尔·科格兰，我的领域是整个地球。"

我的世界公民向我做了一个夸张的告别，之后离开了。因为他透过嘈杂的人群和缭绕的烟雾看到了一个熟人。所以，现在只留下我和那个想变成长春花的人。他已经被维尔茨堡酒迷倒了，再也没有能力表达他那要在山谷中歌唱的伟大愿望了。

我坐在椅子上，回味着那位纯正的世界主义者。我有些疑惑，为什么那位诗人没有发现他这样的男人？我发现了他，而且十分信任他的理论，可是为什么"每个人都依赖于哺育他们的城市，无论走到哪里，最让他们念念不忘的还是故乡，就像一个孩子总是会拉着母亲的衣角蹒跚前行一般"？

而 E. 拉什莫尔·科格兰并非如此，他是世界的公民……

我的冥想被一阵巨大的噪声和冲突声打断。扫过一群坐着的客人的头顶，我看到了 E. 拉什莫尔·科格兰正在和一个陌生人打架。他们两个人就像提坦一样在桌子之间战斗。玻璃杯纷纷坠落，并摔得粉碎。其中一个男子本想抓起帽子躲闪，但始终还是没来得及，被误伤在地。一个黑人女子的叫喊声达到了一定的高度，另外一位金发碧眼的姑娘则唱起了挑逗的歌。

就在此时，两位动作矫捷的服务生看准时机，快速地、严丝合缝地插入两个人之间，将扭打的两个人分隔开来，之后将他们二人拖曳到咖啡馆的外面。此时，我的世界主义者依旧维持着地球的声望和骄傲。

我叫住麦卡锡，他是法国人，在咖啡馆里当服务生，我问他刚才那场争斗的原因。

"戴红色领带的人（也就是我的世界主义者），"他说，"被另外一个人惹火了。因为那个人一直在说他出生的地方的人行横道和供水有多么糟糕。"

"为什么？"我一脸茫然地问，"那个男人是一个世界公民，他是世界主义者，他……"

"他说他来自缅因州的马特沃姆凯格，"麦卡锡继续说，"他不能容忍任何人说那里的坏话。"

宝　藏

　　世界上有很多种傻瓜，他们犯傻的方式却是五花八门。好了，现在请大家坐好，不要动，直到我叫到谁的名字，谁再起立。

　　我在每件事情上都像个傻瓜，但除了一件事。我挥霍无度，我期盼一桩婚姻，我赌扑克，我在草坪上打网球，我搞投机，最后我终于花光了所有的遗产，与金钱就此分手了。但是还有一种角色，就是那个头上戴铃铛的，时时都会成为人们的笑料的寻宝者，我还没有尝试过。只有很少的人才会迷恋上这项活动，但是每一位追随点石成金的弥达斯国王的人，都会认为寻宝才是最刺激和最愉快的事情。

　　我还要先说一些别的事情——蹩脚的作者都是这样的——我还是一个多愁善感的傻瓜。当我第一次见到梅·玛莎·曼格姆时，我的心就沦陷了。她刚好十八岁，美丽白皙的皮肤就像钢琴的白色键盘，容貌甜美、纯净，就像是被人施了巫术的天使，被迫生活在得克萨斯草原上的这座小镇中。她有一种奇异的气质和魅力，单凭美貌和气质就可以轻而易举地摘取比利时国王或者其他任何国王宝座上的红宝石。倘若她想这样做，那就如同摘个草莓一样简单。只是她不知道自己的魅力，而我也没有告诉她。

　　我明确地知道自己的想法，我想得到梅·玛莎·曼格姆。我要娶她，我要一生与她厮守。她可以每天晚上都把我的烟袋和拖鞋藏到我找不到的地方。

　　梅·玛莎的父亲与她截然不同，他留着浓密的胡子，戴着眼镜，这两样东西就足以把他的脸遮盖得严严实实。他生命的意义就在于昆虫，为了蝴蝶，为了天上飞的，为了地上爬的，为了那些能钻进人们领口的，或是黄油中的昆虫。他是一位昆虫学家，或者是做这方面研究的任何学家。他这一生都在做着一件事：捕捉它们，用大头钉固定它们，给它们命名。

他家里只有他和玛莎两口人。玛莎除了照顾他的饮食起居外，还为那些浸泡昆虫的瓶子加满酒精。所以，他对玛莎视若珍宝，把她当作他最精致的人类标本。据说，科学家们都是忽略生活的。

除了我，还有一个人对梅·玛莎·曼格姆虎视眈眈。那个人叫作古德洛·班克斯。他刚刚大学毕业回到家。他熟悉课本，只要是书上写的，无论是拉丁文、希腊文，还是哲学、高等数学与逻辑学，他都了如指掌。

如果他不那么高调，总在众人面前卖弄自己的学问的话，我想我会喜欢他的。不过即便如此，他或许仍然认为，我和他是好朋友。只要有空，我们就凑在一起，因为我们都想从对方的口中寻找关于梅·玛莎·曼格姆的真实想法的蛛丝马迹。或许这不完全对，因为古德洛·班克斯才不会轻易上当呢，这是情敌之间应有的防备。

或许你每次见到古德洛的时候，都会想起书籍、礼貌、文化、才智，还有衣着。看见我则会想到垒球和每周五晚上的辩论会——这些对我来说就算是我的文化了——或许你还会想到一个马术高手。

但不管怎样，我们在彼此交谈的时候，或者是我们同梅·玛莎·曼格姆一同聊天的时候，我们两个人中没有一个人能感觉到梅·玛莎·曼格姆的心会偏向于哪一方。梅·玛莎的性格就是这样，她从不主动表达自己明确的想法，她只是躺在摇篮中，让别人去揣测。

我已经说过，曼格姆老爷子是不可能洞察这一切的。很长时间之后，他才在某一天发现——肯定是一只蝴蝶告诉他的——有两个小伙子正在费尽心思地"捕捉"那个将他的生活照料得十分妥帖的姑娘，也就是他的女儿，或者也可以说是法律上的附属品。

我发誓，我从没见过科学家居然可以如此自如地应对这种生活上的事情。曼格姆老爷子已经在表述中把我和古德洛归类到最低等的脊椎动物的纲目中，他是用英语说的，没有使用晦涩难懂的拉丁文。哦，对于拉丁文，我就知道这么一句："奥格托利克斯，赫尔维蒂之王①。"他警告我们不许再出现在他家门口，倘若他再看见我们在此转悠，他一定会抓住我们，并且将我们制作成标本。

古德洛·班克斯和我为了避风头，消停了五天。等我们整理好心情再次踏访她家的时候，梅·玛莎·曼格姆和她的父亲已经不在了。搬家了！原本这栋房子就是他们租住的，现在大门紧锁，他们的行李也都搬走了。

梅·玛莎没有给我们任何一个人留下些文字或是口信。在山楂树上，没有随风飘动的白色字条；在门柱上，没有用粉笔写下的记号；在邮局里，没有一张属于我们的明信片。毫无提示。

两个月的时间，我和古德洛动用了我们所有的脑细胞，分头追寻那两个人的踪迹。我们去询问火车站的售票员和火车上的乘务员，我们和出租马车的人套近乎，我们甚至和小镇上的警察拉关系，但结果仍旧让人失望。

就这样，我和古德洛成了比任何时候都要亲密的朋友，当然也是敌人。我们每天干完活，都会聚到斯奈德酒馆后面的房间里，玩玩牌、聊聊天。但每句话都包含着刺探，彼此都想从对方的口中得到新的消息。情敌之间就该是这样的。

古德洛·班克斯总是用打击别人的方式来凸显自己的博学，他把我定义为只读"简·蕾真可怜，她的小鸟死掉了，没有可以玩的东西了"这样文字的人。不过我还是挺喜欢古德洛的。像他看不起我一样，我也同样看不上他在大学里学来的东西，而且我向来与人为善，所以我也就忍受了他的嘲讽。再者说，我见他的主要目的是想打探梅·玛莎·曼格姆的消息，其实这才是忍耐的原动力。

在一天下午，我们正在聊天，他对我说："埃德，就算你能找到她，那又能怎样呢？曼格姆小姐很有头脑，虽然她很单纯，但她注定应该享受

---

① 奥格托利克斯是古罗马时代的赫尔维蒂（即古瑞士）贵族。

更有品位的生活，而这些你都无法提供。我和许多人交谈过，但是没有人能像她一样真正地领会古诗的精髓，以及那些吸收了古人的精华，并将其发展的现代文人的魅力。你难道不觉得你是在浪费时间吗？"

"我认为的幸福生活，"我说，"就是在得克萨斯草原上有一栋属于自己的有八个房间的房子。房子临水而建，周围种上橡树，葱郁而轻灵。客厅里，"我继续说，"放着一架可以自动演奏歌曲的钢琴，牧场里有三千头牛。然而，这也只是个开始。一辆四轮的马车，和一匹听话的小马随时听从'女主人'——梅·玛莎·曼格姆的差遣。她可以动用每一分钱，只要她喜欢，牧场里赚来的钱她都可以用。我将和她白头到老，她可以每天晚上都把我的烟袋和拖鞋藏到一个我找不到的地方。幸福的生活，"我说，"就是这样的。而你所学的课程，如哲学之类的玩意就连一颗无花果——一颗干瘪的、拿来摆地摊售卖的无花果都不如。"

"她应该享受更有品位的生活。"古德洛·班克斯又强调了一遍。

"好了，不管她该过怎样的生活了，"我回答说，"现在的问题是她失踪了。我们现在需要想尽办法找到她，可是你在大学里学到的东西一点用都没有。"

"这牌没法玩下去了。"古德洛扔下手里的牌说。然后我们便开始一起喝啤酒。

在这之后没几天，我认识的一个年轻的农民来到了镇上。他给我带来了一张蓝色的折好的纸。他说，他的爷爷刚刚去世。我硬撑着没有流泪，他接着说，他爷爷已经将这张纸保存了二十年了，并且把它作为遗产的一部分留给后人。除了这张纸，还有两头驴和一片不能用来种田的土地。这张纸上标注的日期是 1863 年 6 月 14 日，这种纸张通行于废奴主义者反抗分裂主义者的时期。上面画的是价值三十万美元的金币和银币的埋藏地点。老朗德尔——孙子山姆的祖父——是从一位西班牙传教士那里得到这个宝藏的信息的，这个传教士曾参与了埋藏宝藏的事情，许多年以前——哦，应该是在此之后的几年——这位传教士就在老朗德尔家中去世了。而眼前的这张纸就是老朗德尔根据传教士的说法记录下来的。

"你父亲为什么不自己去寻找这笔钱呢？"我问小朗德尔。

"他还没来得及动身，眼睛就看不见了。"他说。

"那你为什么不去找呢？"我又问。

"唉，"他说，"虽然我是十年前知道的这张藏宝图，但是春天我要犁地，秋天我要在玉米地里割草，然后要为牲口准备过冬的饲料，到了冬天又哪儿都去不了了。这么一年一年，很快十年就过去了。"

我觉得他的话很可信，所以便决定和他一起探寻宝藏。不过图纸画得很粗糙。驮着宝藏的驴队是从多洛雷斯县的一个非常古老的西班牙传教士的基地出发的。他们按照指南针的指示，一路向南行，最终到了阿拉米托河。他们蹚过河，把宝藏藏在两座大山中间的一座小山的山顶上，这座小山的形状有点像马鞍。在埋藏地的上面，还堆了一些石头作为记号。但是就在几天后，那些埋藏宝藏的人被印第安人杀害了，只有西班牙传教士侥幸逃了出来。所以，我认为这张独家的寻宝图再真实不过了。

李·朗德尔提议再买一套野营用的装备，之后雇用一个勘测员，让他绘制出西班牙传教士的基地到宝藏的埋藏地的路线图。再之后就是拿到那价值三十万美元的金币和银币，到沃斯堡游山玩水。不过，我虽然没读过太多的书，但是仍旧想出了一个既能节省成本又能减少时间的方法。

我们去了州土地局，请工作人员绘制了一张所谓的简图，就是从古老的传教基地到阿拉米托河一带的地图。我在地图上画了一条越过阿拉米托河的指向正南方的直线。这张简图上注明了每条测量路线的实际长度和所在区域。我们就凭借着这些，在河岸上找到了那个点。然后，将这个点与洛斯阿尼莫斯五里格[①]测量图上的一个重要且确定的地区连接在一起——这就是西班牙国王菲利普的授地。这样做，我们就不用再聘请勘测员对路线进行勘测了，所以可以节省不少开支和时间。

---

① 旧时长度单位。1 里格约等于 4000 米。

李·朗德尔和我架好一辆两匹马拉的大车，装上我们所有的行囊，行驶了一百四十九英里，最终来到了距离我们要去的地点最近的城镇——奇科镇。我们又找到了当地的勘测局的代理人，让他帮助我们找到了洛斯阿尼莫斯测量图上的区域，之后又按照我们自己绘制的地图向西走了五千七百二十瓦拉①，并在那个地方放了块石头留作记号。接着，负责勘测的人喝了杯咖啡，吃了培根，之后搭一班邮车回奇科镇了。

我越来越确信我们可以找到那价值三十万美元的宝藏了。但李·朗德尔只能分到三分之一，因为这次寻宝的所有费用都是我支付的。如果能顺利拿到二十万，倘若梅·玛莎·曼格姆还在这个世界上，那么我就一定会找到她，并且用这笔钱把曼格姆老爷子喜欢的所有蝴蝶都抓进鸽笼里。只要我能找到宝藏！

但是现在，我必须和李·朗德尔搭起营帐了。在河的对岸有非常密集的雪松，它们覆盖着十几座小山脉，然而却没有一座小山的形状像马鞍。不过这不会阻止我们寻宝的信念，山的外形只是用来迷惑视觉的，或许马鞍形状只是一个美好的形容，只存在于一个旁观者的眼中。

我和宝藏所有者的孙子一起研究那些雪松掩盖的小山，就像那些女士挑拣跳蚤时一样仔细。我们沿着河岸，在两英里的范围内研究着每一座小山的侧面、顶部、四周、平均高度、倾斜角度、坡度，乃至凹凸处。我们就这样花了整整四天的时间。最终，我们套好那两匹杂色的和深栗色的马，拉着我们剩下的咖啡和培根，回到了一百四十九英里外的孔乔。

李·朗德尔在回程的路上咀嚼了很多烟草，我则忙着驾驶马车，因为我归心似箭。

乘兴而去，空手而归。不久，我就又在斯奈德酒馆后面的屋子和古德洛·班克斯会面了。同样，我们玩骨牌，套话。我告诉了他我去寻找宝藏的事。

---

① 使用西班牙语及葡萄牙语国家的长度单位。1 瓦拉约合 32 至 43 英寸。

"如果我可以找到那价值三十万美元的宝藏，"我对他说，"我就可以踏遍全球，寻找梅·玛莎·曼格姆了。"

"她应该享受更有品位的生活。"古德洛说，"我自己可以找到她。但是你可以和我讲一讲，那个宝藏是怎么被轻率地埋藏，之后你又是怎么去挖掘的呢？"

我告诉了他每个细节，还把那张简略的地图递给他，上面清楚明了地标明了路线和距离。但是，他只看了这张地图一眼，便将身体向后靠在椅子上，大笑不止。那一定是在大学时学习过的大笑，因为他的笑声中满是嘲讽和轻蔑，充满了优越感。

"嗯，你真是个大傻瓜，吉姆。"他勉强克制了自己的大笑，对我说。

"该你下注了。"我说着，并且用手指掐住我两边都是六点的牌，耐心地等待。

"二十。"古德洛说，他用粉笔在桌子上画了个十字。

"为什么我是傻瓜？"我问道，"在许多地方都曾发现过宝藏。"

"因为，"他说，"在计算河上的那个起点时，你忽略了一个问题，这让你所有的工作都成了无用功。你应该考虑到磁差，那里的磁差应该是向西偏九度。把你的铅笔给我。"古德洛·班克斯立刻就在一个信封的背面计算起来。

"从西班牙传教士的基地开始，从北往南的距离，"他说，"正好是二十二英里。根据你所说的，这条线是按照袖珍罗盘画出来的。那么，你应该把罗盘的磁差考虑进去。所以你寻宝的地点，应该是在你实际到达的地方，也就是沿着阿拉米托河岸再往西六英里九百四十五瓦拉的地方。哦，你真是个傻瓜，吉姆！"

"你说什么变化？"我问道，"我认为数字从不会说谎。"

"是罗盘上磁差的变化，"古德洛说，"也就是磁针与真正子午线之间的夹角。"

他用一种高高在上的方式微笑着，然后我在他的脸上看到了寻宝的念头，他跃跃欲试，表情贪婪。

"有时候，"他对着空气，就像一位预言家似的说，"这些藏匿宝藏的古老传说，也并非全无根据。假如你可以让我看看那张藏宝图，看看具体的位置，也许我们可以一起……"

结果，古德洛·班克斯和我原本是情场上的对手，此时却变成了冒险的同伴。我们从距离铁路线最近的小城，也就是亨特斯堡出发，乘驿站马车去奇科镇。到了奇科镇，我们雇了一辆有弹簧和车篷的旅行马车，并且装上了我们的野营用具。我们同样雇用了上次的那位勘测员，接着按照古德洛的磁差理论，修订了正确的方位，重新测定了路线。之后，那位勘测员完成使命回去了。

夜幕降临时，我们才到达目的地。我喂了马，并且在距离河岸不远的地方生起了篝火，烹饪了晚餐。本来古德洛应该一起帮忙做的，但是在大学的课堂上没有人教他该怎么做这些实用的工作。

不过，在我做着实用工作的时候，他却能用古人留下的经典思想逗我开心。他引用了许多自希腊文翻译过来的句子。

"阿那克里翁，"他解释道，"这是曼格姆小姐最喜欢的一篇文章——就是我刚才背诵的那篇。"

"她真的应该享受更有品位的生活。"他依旧重复着那句话。

"还能有什么更好的？"古德洛问道，"除了古典文学所营造出来的知识与文化的氛围，还有什么能让人感受到生活的品位吗？你时常看不起教育，甚至谴责它。但是你因为缺少基本的数学常识，让你之前的努力都变成了徒劳，不是吗？如果不是我的知识帮助你，指出你之前的错误，那么你还要浪费多少时间才能找到宝藏呢？"

"我们还是观察一下对面的那些山吧，首先，"我说，"看看我们有什么发现。因为我仍然怀疑你的磁差理论。我一直相信指南针的指针始终对着两极。"

第二天清晨，六月的阳光温暖而灿烂。我们起得很早，吃过了早饭。

古德洛被眼前的美景吸引住了，我负责烤培根，他则负责朗诵——嗯，大概是济慈的诗，要么就是凯利的，当然也可能是雪莱的。这条河，其实如同小溪一样，我们已经准备好蹚水到对岸，去寻找那座被雪松掩盖住的小山了。

"我的好尤利西斯，"我在洗早餐用过的盘子时，古德洛拍了一下我的肩膀，对我说，"让我再看一看那张让人心醉神迷的藏宝图吧。我记得它给我们的线索是一座马鞍形的小山。可是我从没看过马鞍，马鞍是什么形状的，吉姆？"

"这次文化分文不值了吧，"我说，"我看见了就知道。"

古德洛看着老朗德尔留下的那张藏宝图，突然咒骂了一句。

"你来，"他说，并且把藏宝图对着阳光，"看。"他用手指指着一个地方给我看。我看见那张蓝色的纸上面有一行颜色较浅，但很清晰的文字和数字："莫尔文，1898。"说实话，在此之前我还真没注意到这些文字的存在。

"这行文字怎么了？"我问。

"这是水印。"古德洛说，"水印表示这张纸的出厂时间是 1898 年。可是藏宝图的落款时间是 1863 年。这张藏宝图是假的！"

"哦，不会吧，"我说，"朗德尔一家向来都很忠厚老实，他们一家都没有受过教育，只是淳朴的乡下人。或许这是生产商的一个错误，或是他们的骗局。"

这时，古德洛大发脾气，当然是以在他的文化许可内的最火暴的发泄方式。他摘下眼镜，怒视着我。

"我早就知道你是个傻瓜。"他说，"你自己被别人耍了就算了，居然还来愚弄我？"

"我怎么可能是在故意愚弄你呢？"我反问。

"无知，是你的无知欺骗了我。"他说，"在你的整个计划中，我发现了两大错误。但是，只要是上过小学，你就不至于犯下如此荒谬的错误。

另外，"他继续说，"让这场寻宝的游戏见鬼去吧。我已经花了不少冤枉钱了，我可不愿继续当冤大头，我不干了。"

我站起来，手里握着一个刚从洗碗水里拣出来的勺子，并用它指着他问："古德洛·班克斯，在我眼里你所受的教育分文不值。倘若是别人我还可以容忍，但是对于你，我真的受够了，我鄙视你。你所谓的学识都给你带来什么好处了？它只是欺辱了你的朋友，让你的朋友讨厌你。走吧！"我说，"带着你的磁差和水印走得远远的。它们在我的眼里什么都不是，什么都无法阻止我寻宝的决心。"

我用勺子指着河对岸的一座马鞍形的小山说："一会儿，我就要到那座山上去寻宝。你现在给我一句话，是去，还是不去。如果水印和磁差让你选择放弃，那么你就不是一个真正的寻宝者。现在就给我一个最后的决定。"

恰巧此时，在河边的土路上，扬起一团白色的灰尘，那是从赫斯珀勒斯去奇科镇的邮车，它正向这边径直而来。古德洛拦住了它。

"这个荒唐的行为与我再无关系。"他依旧很愤怒地说，"只有傻瓜才会把那张虚假的破图当宝贝。就这样吧，你一向都是傻瓜，吉姆。你就留下来继续当你的傻瓜吧，与我无关。"

他麻利地收拾了自己的东西，爬上了邮车，神经质地推了推他的眼镜框，随着一片白色的粉尘消失了。

我洗好了盘子，把马牵到一片有嫩草的地方拴好，然后蹚水到对岸，穿过茂密的松柏树林，爬上了那座形似马鞍的小山的顶端。那一天应该是六月里最美好的一天。我在一生中从来都没有见过这么多的鸟，还有这么多的蝴蝶、蜻蜓、蚱蜢。总之是所有天上飞的、地上跑的、带翅膀的，或带刺的动物。

我将这座小山从上到下、从下到上地勘察了个遍，但是始终没有发现与宝藏沾上一点边的事物。没有藏宝图上标记的乱石堆，树上也没有留作记号的人工划痕，那价值三十万美元的宝藏连个皮毛都看不到。

在凉爽的下午我登上了山顶。当我走过一片松树林时，突然之间我步入了一幅美丽的画面中。绿色的山谷中流淌着一条小溪，最终与阿拉米托河相聚。在那里，我看到一个野人一样的家伙，他蓬头垢面，脸上蓄着长长的胡子，衣衫褴褛，正在陆地上捕捉一只挥舞着翅膀的巨型蝴蝶。

"也许他是从疯人院里逃出来的。"我心想。他怎么会来到这么一个远离教育和知识的地方呢？我始终没有答案。

然后，我又向前走了几步，看到小溪的旁边有一间用藤条掩盖的小屋。在一小块草地上，我看到梅·玛莎·曼格姆正在摘野花。她直起身，看着我。我第一次看到她那如同白色琴键的脸，开始变成粉红色。我朝她走去，静静地无须言语。她手中刚刚收集的野花，如同涓涓细流般散落一地。

"我知道你会来，吉姆，"她清清楚楚地说道，"我父亲不让我写信给你，但我知道你会来。"接下来的事情我想你们已经猜到了。我的旅行车和马匹就在河对岸。

我常常想知道一个人为什么要受那么多的教育，如果他们不能很好地利用它们的话。如果他们的学识都被别人所用，那么又何苦去受教呢？

梅·玛莎·曼格姆和我长相厮守了。我们有一栋有八个房间的房子，还有可以自动演奏歌曲的钢琴，围栏里还有许多牛，当然它们正在向三千头发展。

当我晚上骑马回家时，她已经把我的拖鞋和烟袋藏起来了，我找不到它们。但是谁在乎呢？谁在乎？

一个彻头彻尾的骗子

　　拉雷多是所有麻烦的开始。其实这件事错在小利亚诺，因为他应该把杀人的目标设定在墨西哥人身上。不过这个孩子已经二十岁了，如果一个二十岁的少年只敢在里奥格兰德的边境上杀墨西哥人，那会被人看不起的。

　　这场麻烦的发生地是老贾斯托·瓦尔多斯的赌场。当时正在进行一场赌博，赌具是扑克，赌桌旁的人彼此各不相识。这种事情经常发生，大家伙儿都是从老远的地方骑马过来，只为碰碰运气。但是到最后，大家总是会为了一对皇后这种小问题争吵不休。当尘埃落定时，人们才发现小利亚诺做事太轻率了，而他的对手犯了一个很大的错误。他的对手并不是墨西哥人，而是一个来自牧场的热血青年，年纪和小利亚诺相仿，并且也有不少朋友和拥护者。至于错误，那就是他在开枪时，子弹偏离了小利亚诺的右边耳朵十六分之一英寸，也就是说他失手了。然而对于对手的失误，枪法更加高明的小利亚诺并没有引以为戒，依旧鲁莽轻率。

　　可没有人为小利亚诺配备随从，他也没有崇拜者和支持者——即使在冲突频繁的边境上，他的坏脾气也是出了名的——所以，他此时最明智的选择就是逃跑，但这种逃跑与他原本固执的性格并不冲突。

　　报仇的人马上聚集起来，四处寻找他的踪迹。其中三个人，在距离火车站不远的地方看到了小利亚诺。他在转身的刹那，露出了灿烂但又邪恶的笑，就如同他在每次行凶前所做的表情一样。那三个人立刻被吓退了，甚至无须他伸手拔枪。

　　只是，在这件事情中，让小利亚诺出手的原因并没有如往常一样是好斗的野心，或是存心满足自己的杀欲。这场战斗完全是一场意外，只是因为赌桌上的两个人爆了几句粗口而已。但结果是那个热血青年死在了小利亚诺的子弹之下。说句实话，小利亚诺并不讨厌这个身材高挑、藐视一切、肤色黝黑的小伙子，反而挺喜欢。可是现在事情已经如此，他不想再杀人，或者被杀，所以他想先避开一段时间。他可以随便找个牧豆草地，在灿烂的阳光下，把手帕盖在脸上，好好地睡一觉。如果在这样的心境下，即便有墨西哥人挡住了他的路，也不会有流血事件发生。

小利亚诺若无其事地搭上了一辆向北的客车，五分钟后，汽车便出发了。可是客车没有行驶几英里就接到了一个信号，是从韦布发来的临时停车的信号，因为有一名乘客要上车。通过这个细节，小利亚诺立即放弃了乘坐客车逃跑的方式，因为前面还有不少电报局，随时可能再停车。现在的小利亚诺只要看到电力或者蒸汽类的玩意就很恼火，他现在只认为马鞍和马刺是最牢靠的交通工具。

小利亚诺并不认识那个被他枪杀的人，但他知道他的身份。他来自伊达尔戈的克拉里托斯牛场，而那个牛场里的人都是西班牙的低层贵族。其中只要有一人被人欺负或者受伤之类的，他们就会群起而攻之，并且世代结仇，这一点比肯塔基人更甚，而且他们更有报复心理。所以，凭借大农场主的智慧，小利亚诺决定要对那群西班牙人敬而远之。

在他下车的地方的不远处有一家店铺，店铺附近的牧豆树林和榆树林中有几匹马，他们的主人应该去店铺购物了，马鞍都没有卸下。这几匹马中的大多数都耷拉着脑袋，疲惫地打着盹，只有一匹脖子弯曲、肌肉健硕的枣红马，它的鼻子喷着气，马蹄刨着草皮。小利亚诺握着主人的皮鞭，屈膝跃上马背，轻轻拍打了一下马。

如果说，小利亚诺杀死了一个行为放肆的赌徒这件事，是给他良好的公民形象蒙上了一层阴影，那么刚才他的所作所为则足以把他隐藏在最黑暗的阴影中了。在里奥格兰德的边境杀了一个人或许无所谓，但如果偷了别人的马，那么这一行为足以让被盗的人破产。如果被逮到的话，那么就要担忧自己的经济状况了。但是，现在小利亚诺已经没有回头路了。

骑着这匹跳跃欢腾的枣红马，他所有的忧虑和不安都烟消云散了。策马奔腾了五英里之后，他掉转方向，缓步慢行地前往东北方的努埃西斯河的低洼地带，那种随意的状态，就像是一个平原人。他了解这个国家，他知道只要走过一条曲折隐晦的小路和一片苍茫的旷野，就可以看到他从来没有见过的大海。当然，他也知道在那里可以找到一个安全的野营场所。小利亚诺一直向东走，因为他的梦想就是看一看大海，摸一摸这巨大海湾的鬃毛，就像摸这跳起的小马的鬃毛一样。

三天后，他终于站在了科珀斯克里斯蒂的岸边，眺望这一片宁静温柔的大海上荡起的涟漪。

一艘名为"高飞"的纵帆船的船长布恩，正站在一艘小快艇的旁边，还有一个水手守护着这艘快艇。当他正准备起航的时候，他突然意识到还忘记了一件生活必需品，所以他一边咀嚼着烟草，一边让一位水手去买。在等待的过程中，他不停地在沙滩上踱步。咀嚼烟草的嘴里，不停地发出谩骂的声音。那些烟草是他口袋里的存货。

这时，一位年轻的小伙子来到了海边。他外形高挑，但很有肌肉，脚上穿了双高跟的马靴，稚气未消的脸上却有几分成熟男人的锐气，显然这是因为他经历了许多不属于他这个年龄的事情。他的肤色本来就黑，再加上总是在外面风吹日晒的，黑色的皮肤已经变成了深褐色。他有着印第安人一样的头发，它们又黑又直；稚嫩的脸颊还没有被剃须刀刮擦过；一双蓝色的眼睛深邃而冷静，没有一丝情感在里面。他的手臂稍向外侧打开，这一举动只是为了避免警察看到珍珠贝柄的四五口径的手枪而紧张兮兮，所以他不得不把枪口插在夹克左边的袖口里。只是枪把太长，所以动作有些怪异。他的表情像极了中国古代的皇帝，他用那种唯我独尊、藐视天下的表情眺望着布恩船长身后的海湾。

"要买下这座海湾吗，兄弟？"船长在说话时，语气中充满了挑衅和讽刺。不过这也不能全怪他，因为他的这次航行险些就没有足够的烟草了，所以他的脾气不算很好。

"嗯？不，"小利亚诺回答道，回敬对方的失礼，他反倒温文尔雅地说，"这个计划倒是没有。我从来没看过大海，所以想好好看看。你没有想要卖掉它的计划吧？"

"暂时没有这个计划。"船长说，"等我出海回到布埃纳斯蒂埃拉斯，我就把它双手奉上，货到付款就好。回来了，那个笨蛋新手终于把烟草买回来了，跑得太慢了，否则一小时前船就可以起航了。"

"那艘停泊的大船是你的吗？"小利亚诺问道。

"嗯，是的，"船长说，"如果你把一艘纵帆船称为大船的话，那我就欣然接受了，好让我显摆一下。不过准确一点说，这艘船的主人是米勒和冈萨雷斯。而我，塞缪尔·K.布恩，只不过是个没什么名气的船长。"

"你们要去哪儿？"这个正处于逃亡期的人问。

"布埃纳斯蒂埃拉斯，是南美洲的一个海岸——我去过一次，但是记不起那个国家的名字了。船上是送往那里的木材、竹节铁条还有大砍刀。"

"那个国家是什么样子的？"小利亚诺问，"气候怎样，现在处于寒冷还是温暖的季节？"

"温暖，不冷也不热，兄弟，"船长说，"那个地方美极了，一年四季都温暖如春，是个风景怡人的好地方。每天早上你醒来后，听到的第一个声音就是红鸟的歌声。它们很美，都长着七条紫色的尾巴。你还会听到微风拂过草丛的沙沙声，那里都是奇花异草。当地的居民从来都不用忙碌，因为他们只要伸手就能摘到一篮又一篮的热带水果。对那些只想享受生活而不想劳作的人来说，那里简直就是他们梦想的天堂。对了，你吃到的香蕉、菠萝、橘子就是从那个国家运来的，哦，当然还有飓风。"

"听你这么介绍，那个地方一定很不错。"小利亚诺兴致勃勃地继续问，"如果我想搭乘你的船去那里，需要多少钱？"

"二十四美元，"布恩船长说，"全部包括在内，饭钱和交通费。给你住二等舱，因为我们最好的舱位就是二等舱。"

"那我要和你同行。"小利亚诺边说边麻利地从他那个鹿皮袋子里掏钱。

他身上带了三百美元，因为他原本的计划是在拉雷多挥霍一下，就像往常那样。但是瓦尔多斯赌场的那场意外，让他不得不中断了原有的计划，所以他现在还剩下将近两百美元。这剩下的钱，为他的逃亡解决了大问题。

"行，兄弟。"船长说，"我希望你的母亲不会认为是我拐卖了你，这可不是我的错。"他一伸手，叫来一个水手，说，"让桑切斯背你上船，这样可以防止弄湿你的鞋。"

当小利亚诺到达布埃纳斯蒂埃拉斯时，时间是上午十一点左右。而美国驻布埃纳斯蒂埃拉斯的领事名叫撒克，他在下午三四点之前还是清醒的。但是在这之后，他会用酒精使自己变得飘飘欲仙，那时他会叫人唱一首首动人的情歌，会往那只并不会说话的八哥身上扔香蕉皮。但是现在，因为时间还没到，所以他安静地躺在吊床上。他听到了一个人轻咳了一声，所以抬起了头。他看到小利亚诺正站在领事馆的门口，尚处于清醒状态的他，此时还能保持应有的领事风度，表现出一种对国民的热情。

"不好意思，打扰了，"小利亚诺的声音轻轻缓缓，"我听他们说，如果想要在这里游逛，就必须先到您这里来一次。我是刚刚从得克萨斯搭船过来的。"

"哦，见到你很高兴。我该怎么称呼你呢，先生？"领事问。

"斯普拉格·多尔顿。"他先微笑了一下，之后说，"说出我的姓氏，我自己也觉得好笑。在里奥格兰德那边，人们都叫我小利亚诺。"

"我姓撒克。"领事说，"那儿有张藤椅，你先坐。如果你来这里的目的是要做生意的话，我想你需要找一个得力的助手。你要知道，那些无赖黑鬼，如果你不了解他们的话，他们绝对会把你身上的钱，甚至是你镀金的牙齿都骗光的。抽雪茄吗？"

"谢谢，"小利亚诺说，"我从来不抽雪茄，不过我一分钟都离不开我裤袋里的烟草。"他从后裤袋里取出烟草和卷烟纸，卷了一根香烟。

"这里的人都说西班牙语，"领事说，"我想你需要一个翻译。另外，还有什么其他方面需要帮助的话，我很荣幸有这个机会。比如你打算买一块种植果树的土地，或者是买一块土地的经营权，我想你需要一个熟知当地风俗的人给你提供一些建议。"

"我会说西班牙语，"小利亚诺说，"我的西班牙语的水平或许比英语还要好几倍。原来我待过的牧场，人人都说西班牙语。而且，我不想买什么东西。"

"你会说西班牙语？"通过撒克的表情可以看出他在想一些事情，他一边从上到下地打量着眼前的男子，一边说，"看你的长相确实有些像西班牙人，而且你还来自得克萨斯。你应该不大吧，也就二十一二的样子，不知道胆量如何？"

"你好像需要我做些什么事情？"小利亚诺问道，他总是能一眼洞察到对方的心思，这种智慧简直惊人。

"你有兴趣参加吗？"撒克问。

"我先和你说说我的情况吧，"小利亚诺说，"其实我在拉雷多惹出了一点小麻烦，我枪杀了一个白人。只因为当时没有可杀的墨西哥人。我之所以来到你们这个有鹦鹉和猴子出没的地方，只是想保命，在活着的时候闻闻牵牛花和金盏草的香气。现在，你都明白了吧。"

撒克起身，关上了门。他说："你不介意让我看看你的手吧？"

他抓着小利亚诺的左手，只是看着他的手背，仔细观察了很久。突然他激动地说："你肯定能做到。你的肌肉无比发达，摸上去就像木头一样硬实，而且像一个孩子般健康。一个星期绝对可以痊愈。"

"你是想让我参加拳击比赛吗？"小利亚诺说，"拳击我可不在行，如果你想在我身上下赌注的话，那还是算了吧。不过把拳头换成手枪，那还可以。我可不喜欢像茶话会上的妇女般，赤手空拳地撕扯。"

"比撕扯还要容易，"撒克回答，"你来这边。"

他指着窗口外的一栋两层高的白墙小楼。那栋小楼有很宽的回廊，矗立在海边一座郁郁葱葱的小山上。在一片绿色中，白色小楼格外显眼。

"在那栋房子里，"撒克说，"住着一对老夫妇，老头子是卡斯蒂利亚的绅士，他和他的夫人现在正等着拥抱你，并把他们的钱都塞到你的口袋里。老先生的名字叫桑托斯·乌瑞克，他至少拥有这个国家一半的金矿。"

"你确定知道你现在在说什么吗？"小利亚诺说。

"你先坐，"撒克说，"坐下听我慢慢和你解释。在十二年前，他失去了一个儿子。不过不是因为夭折，但不可否认，确实有一些孩子因为喝了地面的污水感染病症而夭折。他的儿子那时候只有八岁，出了名地调皮，简直可以说是一个小魔头。曾经有几支金矿的勘探队从这里经过，他们都来自美国。他们曾和乌瑞克先生通过书信，有过往来，并且很喜欢这个孩子。他们经常给这个孩子讲美国的故事，一些神奇的、美妙的故事。当他们走后，这个孩子也消失了。大家都猜想这个孩子一定去探险了，或许他悄悄地躲在运输香蕉的箱子里，被带到了新奥尔良。在此之后有一个人说，他在得克萨斯见过这个孩子，但是后来就杳无音信了。乌瑞克先生花了上千万美元，目的就是要找回这个孩子。你要知道，这个孩子简直就是老两口的命根子，所以他的夫人也天天以泪洗面，直到现在，她还每天穿着丧服呢。即便如此，大家也相信这个孩子还活着，并且终有一天会再回来的，这对夫妻也没放弃希望。对了，那个孩子的左手背上有一个记号，是一只老鹰，它的利爪还握着一把长矛。据说那是老乌瑞克从西班牙继承下来的传统。那个记号代表了家族的徽章之类的东西。"

小利亚诺听着领事的描述，下意识地伸出了自己的左手，好奇地仔细端详着。

"事情就是这样。"撒克一边说，一边将手伸进办公桌后面，拿出来一瓶走私的白兰地。他继续说道："我觉得你的头脑灵活，而且我会文身。

我曾在山打根当过一届领事，现在我终于体会到其中的用意了。因为，那段经历能让我在一个星期内，就把那个抓着长矛的老鹰文好。并且我能确保足以以假乱真，就像你从小就有的文身。当我来这里当领事的时候，我把文身用的针和墨水都带来了，我就知道它们一定会派上用场，一定会有一个小伙子需要他，多尔顿先生。"

"哦，不！"小利亚诺说，"我不是告诉过你，该怎么称呼我了吗？"

"好吧，小利亚诺。不过这个名字以后你也不再需要了。我称呼你乌瑞克少爷，你看怎么样？"

"从我记事起，我就没演过儿子的角色。"小利亚诺说，"假如我有父母，他们也在我第一声洪亮的哭声后，就被送到上帝那里了。你是怎么计划的，关于这件事？"

撒克将身体向后一仰，靠在了墙上，手中的酒杯被举向了光亮的地方。

"现在还有一个问题，"他说，"你打算在这件小事上，冒多大的风险？"

"我想，你已经知道我来这里的原因了。"小利亚诺爽快地回答道。

"好，我喜欢你的回答，"领事继续说，"我想你用不着待太久。我的计划是这样的：我先在你的手背上文身，之后就去通知老乌瑞克。在此期间，我会尽可能搜集那个家族的资料，并且提供给你。这样，你就可以不用担心会在他们家出什么纰漏了。你的长相就很像西班牙人，而且你会说西班牙语，再加上后来的功课，你会了解自己的家族史，还能聊聊在得克萨斯这些年的经历和见闻。当然，最重要的是你的文身标志。当一切准备妥当后，我会通知老乌瑞克他的儿子回来了，他的合法继承人找到了，但是不知道他们是否会重新接纳他。之后的事情你猜会如何发展？他们肯定会冲到这里，之后搂住你的脖子。这会是一个完美的大结局。之后的事情就是大家悠闲地在休息室吃点心，在大厅里随意地来回踱步了。"

"还有呢？我听着呢。"小利亚诺说，"我虽然刚来到这里，甚至我的马鞍还是热的，但是老兄，即便如此，即便在此之前我不认识你，我也仍旧不会相信你只是想让两位老人家享受到天伦之乐而已。那我可真的是看走眼了。"

"说得好，"领事说，"和你这样聪明、头脑灵活的人对话，已经是很久之前的事情了。剩下的事情自然水到渠成。只要他们承认你是他们的儿子，哪怕只是很短的时间，我想，也足够我们办事情了。不过你千万记住，别让他们看到你左边肩膀上那块红色的胎记。在老乌瑞克的家中有一个小保险箱，那里面会存放五万到十万美元。但是那个保险箱实在不太保险，因为只需要一根铜丝就可以撬开它。到手的钱，我们五五分账。我想我的文身技术绝对价值一半的盈利。再之后，我们可以随便搭上一艘去里约热内卢的货船。如果因为缺少我，而让美国的外交瓦解的话，那我也无能为力了，你觉得呢，先生？"

"这才是完美的计划！"小利亚诺说，"这笔钱，绝对是囊中之物。"

"好，"撒克说，"那你在文身结束之前不能露面，我可以先把你藏起来，你就住在我的这栋房子的后面吧。我向来都是自己动手烹饪食物的，而且我会尽量好好款待你，当然是在我那微薄的薪金所能办到的范围内。你知道，政府总是很吝啬的。"

撒克原本计划在一个星期内完成，但是当他给小利亚诺的手背文好文身之后，已经过去两个星期了。之后，撒克找来了一个年龄不大的男仆，让他给计划中的主人公送去了一张字条。

致白楼主人，唐·桑托斯·乌瑞克先生
尊敬的先生：

请容许我告诉您一个消息。前几日，有一位年轻人从美国来到了布埃纳斯蒂埃拉斯，而且他现在就住在我的家里。但是我的内心很矛盾，我一方面希望事情就是如此，另一方面却担心只是空欢喜一场，徒增伤悲而已。我只能说，可能，这个人可能是您失散多年的儿子。您可以来看一下，如果他确实是您的儿子，那么我想他还是渴望回家的。只是多年来的漂泊让他对那个家有些胆怯，不知道您还能否善待他。所以他也是心事重重，不敢贸然去府上。

您忠实的仆人

汤普森·撒克

大概三十分钟之后——在布埃纳斯蒂埃拉斯，这个速度已经算神速了——乌瑞克先生的那辆典雅高贵的四轮马车，被一个赤脚的车夫赶着奔驰而来。几匹马虽然壮硕，却有些笨拙，一直到了领事的住所门口，方才停下。

一个白胡子老人家下了马车，他的身材很高。随后他伸手去扶车里的一位妇人，那位妇人身着黑色的衣服，脸上也蒙着黑色的面纱。两个人急匆匆地进了屋子，撒克则在里面用最高的礼仪迎接这两位。他仪态得体、大方，将外交官的风范尽显无遗。而在桌子的旁边，站着一位年轻的小伙子。他眉目清秀，有着深褐色的皮肤，又黑又直的头发被特意打理过，油光崭亮。

乌瑞克夫人见到眼前的小伙子立刻将面纱摘掉。虽然她已经步入中年，但岁月留给她的是沉淀的美丽。她那丰盈的体态和深橄榄色的皮肤都还留存着巴斯克地区女性所有的美好特质。不过，她的眼中写满了悲伤与忧郁，甚至带有绝望的神情。只有看过她的眼睛，你才会知道她在一生中都经历了些什么。

就是这饱含沧桑的眼睛，疑惑地、久久地凝视着眼前的这位年轻人。之后，她的目光从他的面部转移到他的手背，那双乌黑的眼睛里闪烁着一丝光亮。随之而来的是一声低沉的哭声，声音被刻意压低了，但这种声音所带来的深情足以撼动这栋房子。她大叫道："我的儿子！"之后一把将小利亚诺搂在怀里，很紧，很紧。

一个月后，小利亚诺接到了撒克派人捎去的口信，让他到领事馆去一趟。

现在他已经完完全全地变成了一位西班牙绅士。他的服装绝对是进口的，并且那些珠宝商只要在他面前滔滔不绝一阵，就绝对不会空手而回。他卷烟草的时候，手指上的一枚硕大的钻石熠熠生辉。

"事情进展得如何了？"撒克问道。

"一般吧，"小利亚诺语气平静地说，"我今天早上吃了有生以来的第一顿蜥蜴肉饼。你知道吗？就是那种特别大的蜥蜴。不过我倒是觉得菜豆炒熏肉就可以了。你吃过蜥蜴吗，撒克？"

"没有，我不喜欢吃爬行类动物。"撒克回答说。

此时是下午三点，按照习惯，再过一小时，撒克就可以脱离凡尘，进入到飘飘欲仙的、轻松爽快的境界了。

"我想，你该兑现承诺了，兄弟，"他继续说，他的脸色如同猪肝一样红，但能看得出有一丝阴郁，"你不觉得现在很不公平吗？现在，你已经做了四个星期的少爷了，而且只要你愿意，你可以继续用金盘子吃你的小牛排。但是，小利亚诺先生，你不应该把我甩得一干二净吧。你忍心让我继续过着这种穷苦的日子？难道还有别的问题没有解决？你就没有在那个屋子里发现任何真金白银的东西？别和我说你没看见。再者说，这里的人都知道老乌瑞克把钱藏在哪里。而且一定是美元，因为他除了美元，拒收任何国家的货币。你究竟在想什么？这次，你可别想要花招，说什么都没有。"

"是的，"小利亚诺一边用眼睛打量着自己手上明亮的钻石，一边说，"确实如此，他家很有钱。即便我不懂证券，不能估计出它们的价值，但是我可以告诉你，在我父亲，哦，是我刚认的父亲的保险箱里，就是那个铁皮盒子里，我一次就看见了五万美元。而且，在一些时候，这个保险箱的钥匙，他会交给我保管。其实他就是想确认一下，我是不是他走失的儿子弗朗西斯科。"

"那你还在等什么？为什么还不动手？"撒克气愤地说，"你可别忘了，你的身世可是我一手打造的。只要我愿意，我随时都可以揭穿你。你想想，如果老乌瑞克知道你是个骗子，那么接下来的事情不用我告诉你了吧。算了吧，得克萨斯的小利亚诺先生，你根本不了解这边的法律。这边的法律就像是裹着一层芥末，你会无力享用的。他们会把你的四肢撑开，就像一只被人踩扁了的青蛙一样。在广场上，每个角都会有五十个人拿着棍子打你，而且，直至棍子被打折为止。别以为这样就结束了，他们还会把你送去喂鳄鱼。"

"好吧，伙计，我现在不得不说了，"小利亚诺将身体向下滑动了一下，半躺在帆布的椅子里，他调整到一个更加舒服的姿势继续说，"事情进展到现在这个样子，我觉得刚刚好。"

"你这是什么意思？"撒克问道，他手中紧握的杯子与桌面剧烈地摩擦，发出刺耳的响声。小利亚诺说："我说得很清楚了，计划到此为止。以后你要称呼我'唐·弗朗西斯科·乌瑞克'。只要你这么叫我，我一定会回应你。就让老乌瑞克上校留着他保险箱里的钱好了。你和我都不会去动那里面的钱。那个保险箱将会如同拉雷多第一国家银行一样安全。"

"你的意思是说，拒绝把钱给我，是吗？"领事说。

"是的。"小利亚诺很轻松地说，"对，就是拒绝你。需要原因吗？我来告诉你。我到上校家的第一个晚上，他们给我准备的卧室是我一辈子都没见过的。那才是真正的卧室。不是那种只在地上铺一张床板的屋子，而是有床还有各种家具。在我上床之后，我的母亲，哦，假母亲来到我的房间，替我细心地盖好被子，并且说：'我的宝贝，我迷路的小宝贝，感谢上帝又把你送回了我的身边。我永远赞美主。'她絮絮叨叨地说些废话，接着从她眼睛中流下的一颗泪珠打到了我的鼻子上。你知道这种场景有多么感人吗？我被深深触动了，撒克先生。从那以后，每天她都会这样，而且未来也将会如此。我这么说，你可千万不要以为我是为了得到更多的金钱，或者其他什么好处。从我出生到现在，我从来没有和一位女士说过话，更没有母亲可以交心，但是这位太太感动了我，让我不得已必须将儿子的角色扮演下去。她已经受过一次伤了，再也经受不住第二次强烈的打击了。我知道我一直是一个卑鄙无耻的家伙，而且我知道不可能是上帝将我赶到这条路上来的，魔鬼的可能性更大一些。但是我决心继续走下去。现在，我的名字叫唐·弗朗西斯科·乌瑞克，无论在什么时候，我都叫这个名字。"

"我现在就去揭发你，你这个彻头彻尾的骗子，你这个叛徒！"撒克吃力地嚷道。

小利亚诺站起来，他动作的幅度并不大，只是用其有力的手掐住了撒克的脖子，并且把撒克逼进了一个角落。接着，他熟练地从他的左胳膊底下抽出了那把珍珠贝柄的四五口径手枪，冰冷的枪口塞进了领事的嘴里。

"我想我已经很明确地告诉过你，我来这里的原因。"又是那种微笑，每次杀人前的那种冷酷邪恶的微笑，他继续说，"如果我离开这里，那就是你的责任。我告诉过你，我的名字叫什么？你可别忘记了。"

"嗯——唐·弗朗西斯科·乌瑞克。"撒克的呼吸开始急促起来。

此时外面传来一阵车轮滚动的声音，还有人的叫喊声，以及木质的鞭子把打在马背上的啪啪声。小利亚诺将手枪收了回来，之后向门口走去。不过，他再一次掉转了方向，又走回到撒克的身边，并将自己的左手背伸给他看，此时撒克已经浑身颤抖了。

他慢条斯理地说："目前这种情况只能继续下去了。这其中还有一个原因。因为我在拉雷多杀死的那个人，他的手背上，而且是左手的手背上也有这样一个文身。"

屋子的外面，属于唐·弗朗西斯科·乌瑞克的华贵典雅的四轮马车已经到了。马车夫停止了吆喝。乌瑞克太太探出身子，今天她穿的衣服色彩鲜艳极了，不仅有白色的蕾丝，还有飘舞的缎带。她的眼睛充满了柔情和幸福。

"我亲爱的儿子，你在里面吗？"她的声音如同银铃般，所用的语言是卡斯蒂利亚语。

"妈妈，我这就来。"年轻的唐·弗朗西斯科·乌瑞克响亮地回应道。

幕后黑手

"有许多成功人士，"我之所以这样说，当然是有许多事实作为依据，"他们会告知人们，他们能取得这样的成就要归功于某位伟大女性的帮助和鼓励。"

"这个理论我也知道，"杰夫·彼得斯说，"而且我在历史和神话故事书中也读过关于圣女贞德、耶鲁夫人、考德尔太太、夏娃还有其他许多著名女性的事迹和传说。但是，依我看，女人的成就也就不过如此了，难道不是吗？全世界一级的厨师、服装设计师、护士、管家、速记员、职员、理发师甚至洗衣服的工人，全部都是男人。'女人'啊，唯一让男人自愧不如的恐怕就是娱乐正在杂耍中的男演员了。"

"哦，我承认你说的这些我也考虑过，"我说，"但是你又不得不承认女人与生俱来的机灵与直觉，对你现在这行——哦，我是说对你现在的生意是有帮助的。"

"确实，"杰夫用力地点头称是，他继续说道，"不过你真的这么想吗？几乎在每一场骗局中，女人都是不可信赖的搭档。因为她们总会在你最需要帮助的时候，扯你的后腿，而且毫无掩饰地展示她们的诚实。我可是体验过的。

"我在淮州那边有一个老朋友，他名叫比尔·亨布尔。有一次他突然和我说，他想去联邦法院当执法官。你要知道，那时我正在做一门生意，合伙人是安迪。当然这门生意是合法的，我们正在推销一种手杖。不过这款手杖的奇特之处在于，只要你拧开手柄的位置，之后将其对准自己的嘴巴，就会喝到半品脱优质的黑麦威士忌。这种琼浆玉液就是对聪明才智的奖赏。可是那时总是有警察找我和安迪的麻烦。所以，当比尔把他的突发奇想告诉我之后，我觉得这再好不过了，满脑袋都是比尔当上执法官后，我将在无阻力的情况下，做好我的生意的情景。这对彼得斯－塔克公司的业务发展是最好的帮助。

"'杰夫，'比尔和我说，'你有知识，有文化，不仅受过良好的教育，而且还很博学。在很多领域你都有着非常丰富的经验，并且成绩显著。'

"'这个倒是没错，'我说，'我从没后悔过。我从来都不认为当教育变成免费的时候，它的身价就会大跌。你们谁能告诉我，哪一项才算是对人类更具价值的东西，是文学还是赛马？'

"'这个……嗯……我想，咬文嚼字的，哦，我是说好像诗人和作家的声望比较高一些。'比尔说。

"'这话貌似很有道理，'我说，'不过如果是这样，那么为什么金融家和慈善家他们会对每一位进入赛马场的人收取两美元的费用，进入图书馆却不用花钱？'我接着说，'这种做法的潜台词不就是告诉人们一种价值观吗？也就是说，他们已经对自我约束和不守秩序的行为给出了它们本身的价值。'

"'你阐述的观点太深奥了，我没怎么听明白。'比尔说，'其实我只想让你去一趟华盛顿，之后帮我取得这个职位就行了。我的涵养不高，也不擅长钩心斗角。我只是一个普通人，但是很想得到这份工作。我虽然曾杀过七个人，'比尔说，'而且我有九个孩子，就在今年的五月一号，我成了一名优秀的共和党党员。我是个文盲，不会读，也不会写。但我觉得这些并不影响我做一名执法官。我认为你的合伙人塔克先生，'比尔接着说，'看起来也是个聪明的家伙，而且一定擅长交际，我想他会协助你帮我得到这份工作的。我先给你一千美元，这些就作为你们的差旅费和打点的费用。事成之后，我再付给你们一千美元，并且我可以确保在十二个月内，你们可以放心地做走私威士忌的生意。你对西部是否足够忠贞，能帮我到宾夕法尼亚铁路东边的终点站的白房子里找那位老人家疏通一下吗？'

"后来，我把这件事和安迪说了，他很感兴趣。其实安迪是一个很有想法的人，个性也复杂多变。他向来不屑于我这种埋头苦干的做事风格。我总是向农民推销那种既能捣肉，又能擦鞋、做扳手、烫发、锉指甲、捣碎土豆、做音叉的万能工具，而他的志向从不在此。其实安迪更像一位艺术家，不能把他单纯地归类为牧师或者商人，或者是正人君子，这些单纯的定位都不是他。最终，我们接受了这门差事，决定前往华盛顿了。

　　"在华盛顿，我们住宿的酒店位于南达科他大道。我对安迪说：'这是我们第一次做毫无诚信的生意吧。我们现在需要采取不正当的手段，我们需要走后门，而这些我们从来都没做过。可是为了比尔·亨布尔，我们不得不这样做。如果这是一场正当合法的生意，'我说，'那我们可以采取一些夸张、虚假的方式。然而对于这种违法乱纪的交易，我想我们还是直截了当更好些。'我继续说，'我的想法是，我们直接从佣金中抽出五百美元，交给国家竞选委员会的委员。当场让他开个收据，之后再将这张收据摊放在总统先生的办公桌上，开门见山地说出比尔的要求。我猜想总统应该更加喜欢这种光明正大争取职位的做法，总比投机倒把好多了。'

　　"我的想法得到了安迪的认可，但是酒店的服务员不这样认为。当我们和他提起此事后，他的话让我们改变了看法。他说，如果想在华盛顿谋得职位，必须有一位能说会道的女说客，而这也是唯一的办法。他恰好有个人选，那个人就是埃弗里夫人，他给了我们她的地址。据说她在社交圈和外交界都有很显赫的地位。

　　"第二天一早，大概是十点，我和安迪就来到她所住的酒店，接着我们被带到了会客厅。当我第一眼看到埃弗里夫人时，我简直惊讶极了！她应该属于标准的外交人才，当你看到她时，她的美会让你很舒服，让你整个人都像活在梦幻中一般。一头金发，和二十美元面值的黄金证券的背面的颜色一样。一双蓝色的眼睛，犹如海水般湛蓝。你看过《七月》杂志的封面女郎吗？她的美丽绝对能盖过她们。甚至可以说，那些封面女郎与她相比，简直就像是莫农格希拉煤船上的烧火姑娘。

"她衣服的领口很低，并且镶了一圈银色亮片，戒指和耳环都有钻石镶嵌，裸露的香肩极具风韵。她一只手按着电话，另一只手端起一杯清茶。过了一会儿她说：'哦，小伙子们，你们有什么事情？'

"我尽可能用简洁的语言说明了来意，并且开出了我们可以支付的报酬。

"'我想在西部做个官并不是一件难事，'她说，'让我想一想，看看谁能帮我们这个忙。准州的代表肯定是不行的。我觉得，'她说，'斯奈普参议员应该可以办这件事，他就是从西部的某个地方来的。我先看看他在我的资料簿里是怎么记载的。'说着，她从资料簿里以'斯'字开头的一格中抽出了几张卡片。

"'哦，'她说，'他的卡片上被标记了一颗星，这说明他可以"随时帮忙"。'再看看，'现在五十五岁，有两次婚史，是一位长老会的教徒。他喜欢金色头发的姑娘、托尔斯泰的小说、扑克，还喜欢吃清炖甲鱼。还有，他的酒量有限，三瓶就足以让他情绪激动了。''哦，'她接着说，'我想我有信心让你的朋友布莫先生顺顺利利地当上驻巴西公使。'

"'是亨布尔，'我立刻纠正说，'不是驻外使节，而是联邦法院的执法官。'

"'哦，对，'埃弗里夫人说，'我做过太多这样的事情，难免会混淆。你现在把这件事做一个详细的笔记，彼得斯先生，再过四天你来找我，我想到那时事情就可以办好了。'

"于是我和安迪就回酒店去了。在等待的时候，安迪一直在房间里徘徊，并且还将着自己的胡子。他说：'一个女人不仅有如此美丽的容颜，还有如此的智慧，真是罕见啊，杰夫。'

"'确实很少，少得就像神话故事中的埃比德米斯神鸟，哦，不，就像是神鸟下的蛋做成的蛋卷。'我说。

"'这样的女人，'安迪说，'假如她肯为一个男人服务的话，那么这个男人一定会名利双收，拥有卓越不凡的地位。'

"'我对此表示怀疑，'我说，'女人除了能为她的丈夫准备好饮食起居外，就是散布流言，或者告诉她的丈夫，他对手的夫人曾经在店铺里偷过东西。除此之外，她们还能做什么？她们对她们丈夫的实际工作没有一点用途。她们没有做生意的头脑，当然，政治也不行。这一点很明了，就像英国诗人阿尔杰农·查尔斯·斯温伯恩不适合在查克·康纳每年一次的舞会上担任主持的工作一样。我知道，'我对安迪说，'女人们有的时候会陪同自己的丈夫出席一些政治场合，但那又怎样呢？就比如说，一个男人本来就已经处在某种职位上了，他或是在阿富汗驻外领事馆工作，或是在特拉华－拉里坦运河当闸门的看守员。可这又有什么区别呢？无论怎样，这个男子都会看见他的妻子穿上鞋套，小心翼翼地将三个月的鸟食放到金丝雀的鸟笼里。"我们到苏福尔斯去怎么样？"那位男士心存一丝希望地看着自己的太太。结果呢，那位太太说："不，阿瑟，我们到华盛顿去吧。在这里，我们已经被埋没了。"她说，"你不应该这样生活，你可以在圣布里奇特宫廷谋得一个特派员的职位，或者是去波多黎各岛当总门房。总之，你放心，我会安排好这一切。"'

　　"'于是这位女士，'我继续说道，'就独自一人带着行李和必要的钱来到了华盛顿。她要找当权者谋取职位。她从她的行李中翻出了五打信，那是在她十五岁时，一位内阁成员写给她的内容大致相同的信，还有一封介绍信，是利奥波德国王写给史密斯学会的，另外在行李中放着的，就是一套粉色的绸子套装，只不过因为时间太久了，上面淡黄色的印迹清晰可见。'

　　"'你猜，接下来会发生什么？'我继续我的臆想，'她会把那些信发表在晚报上，一份同她那件衣服颜色一样的晚报上；她会在巴尔的摩－俄亥俄铁路的火车候车室发表演说；她会去拜访总统。可是此时等待她的是商业和劳工部的九等助理秘书、蓝厅的第一副官，还有一个身份不明的黑衣人。他们会抓住她的手和脚，直接把她扭送到西南 B 街，扔在一个地下室的门口。她所能做的只有这些而已。当然，或许她不会就此善罢甘

119

休，你还会听到她的消息，因为她给中国的大使写了封信，目的是求得一份在茶叶店打工的职位，当然还是为了她的阿瑟。'

"'按你这么说，'安迪说，'埃弗里夫人也如同你所描绘的角色那样，不能办成此事，比尔无法通过她获得执法官的职务？'

"我说：'我希望我自己并不怀疑一切事物，但我的确这样认为。反正我的观点是，你我两个聪明的男人做不到的事情，她一个女人更是无法完成。'

"'我不相信，'安迪说，'这样吧，我们打个赌。我赌她可以完成这件事。我觉得这个女人很厉害，她的社交才能绝对数一数二。'

"按照约定，我们如期而至。当我们看到那位夫人时，她依旧光彩亮丽、美艳动人。她仅仅依靠她的容貌，就足以让许多人听命于她，拜倒于她的石榴裙下了，那么谋个官职更是不在话下。只是我对外表的作用没有什么信心。所以，当她把一张公文交到我手上的时候，我满脸惊诧。这张公文上面盖着美国政府的印章，而背面的签名正是：威廉·亨利·亨布尔。这几个字在我面前显得那样硕大和漂亮。

"'其实如果你们第二天来，也可以拿到它，小伙子们，'埃弗里夫人微笑着说，'我办这件事简直易如反掌，'她说，'我只不过是张嘴闭嘴那么几下，公文就拿到手了。我很想和你们再聊一会儿，'她说，'只是我实在没有空闲的时间，我手头还有几个小职位需要我去申请。说真的，现在连睡觉的时间都变得奢侈了。你们回去后，请代我向亨布尔先生问好。'

"我按照约定给了她五百美元，她数都没数就扔进写字台的抽屉里了。我把比尔的委任状折好，放在口袋中，与安迪一起向她告辞后，便离开了那里。我们没有耽搁，当天便决定返回淮州。在起程前，我给比尔发了封电报，内容是：'事情已经办妥，等待凯旋。'我们的心情也大好，所以一路上有说有笑的，安迪还取笑我小看了女人。

"'好吧，'我说，'我承认她的能力确实在我的意料之外。这个女人真是不简单，我还是第一次见到一个女人可以按时地完成一件事情，并且完

成得如此完美。'

"到了阿肯色州的边界时，我掏出委任状仔细看了看，随后交给了安迪。安迪看过之后，我们两个人的反应出奇地一致，都是沉默不语。

"这份委任状确实是发给比尔的，而且绝对是真实的。但是职务不是执法官，而是佛罗里达州戴德城的邮政局长。

"我和安迪很默契地选择了提前下车，在小石城把委任状邮递给了比尔。之后我们沿着东北方向，逃往苏必利尔湖。在此之后，我们再也没有见过比尔·亨布尔。"

最后一片藤叶

在华盛顿广场的西面，有一个拥挤的社区。拥挤的社区自然有狭小而纵横交错的小路。我们将这些错综复杂的狭小道路称为"小巷"。这些小巷交错出不同的折角和曲线，很是奇妙。甚至某一条小路自己就会与自己交叉一两次。有一次，一位画家经过这里，并发现了这些小巷的潜在魅力：假如一个收账的人跑到这条街上，而他的账单就是他的画笔、颜料和画板，那么当他快速地跑了几个来回后，或许会在一条小路上撞到一个未收到半分钱的自己。

所以，从那之后，有不少玩艺术的人都逐渐摸索着来到这里，一个建筑类型古朴典雅的老格林威治村。他们会在这里租房子，不约而同地要求朝向北面的窗户、十八世纪风格的尖顶房屋、荷兰式的阁楼，当然还有低廉的房租。然后，他们从第六大道购置一些大口的酒杯，还有一两只火锅。就这样，一个"艺术区"诞生了。

在其中的一栋又矮又宽的三层高的砖房中，最顶层是一间画室，它是由苏和琼曦租下来的。"琼曦"只是乔安娜的一个昵称。她们两个人来自不同的地方，一个来自缅因州，另一个则是从加利福尼亚州过来的。她们两个人的相遇并没有很特别，她们只是在第八街的一家餐馆吃饭时认识的。那家餐厅的名字叫"德尔莫尼科"。不过在短短的一顿饭的时间里，她们发现彼此拥有同样的爱好、同样的饮食习惯以及同样的穿衣风格。这种如此惊人的相似并不多见，所以她们共同租下了这间屋子。

一晃几个月过去了，刚刚还是五月，现在已经是十一月了。也就在这时，一个黑面的不速之客来到了这里，它的行踪飘忽不定，不能被人们控制，医生们叫它"肺炎"。它开始在这个艺术区中飘荡，时不时用其冷冰冰的手指触碰着这里，或是那里。其实它先去的是广场的东部地区，这位目空一切的恶魔，肆意行凶，在短短的时间内已经击倒了几十个人。然而，当它来到这个迷宫般覆满青苔的小巷中时，它放慢了脚步。

"肺炎"这个家伙，可不是人人心中所仰慕的锄强扶弱的侠客或绅士。一个拳头如钢铁般强硬的老浑蛋是不该对一位姑娘下手的。更何况，她还是一位身体单薄，已经被加利福尼亚州的风吹得毫无血色的柔弱姑娘。但事实是，它袭击了她，现在这个姑娘正躺在一张被油漆粉刷过的铁床上。她一动不动地透过荷兰式的玻璃窗，看着对面砖房的墙壁，没有任何装饰的墙壁。

一天早上，繁忙的医生对着苏扬了一下他那又粗又浓的眉毛，示意她出来一下。

"据我的观察，她染病很重，康复的希望只有十分之一。"他一边说，一边甩着体温计，"这十分之一的康复希望不在于药方的高明，而在于她自己求生的欲望。你要知道，有很多人都做好了被抬往殡仪馆的准备，他们已经放弃了自己的生命。而你的朋友似乎也这样认为。你知道在她的心里还有什么牵挂吗？"

"她……她有一个愿望，就是到那不勒斯的海湾写生。"苏说。

"画画？——这绝不可能！她的心里还有没有别的让她反复思念的事情，或者人，比如一个男人？"

"男人？"苏的声音变得怪异，就好像嘴里含着一个弹簧口琴，"男人让她一直思念——哦，绝不可能，医生，没有这么一个人。"

"唉，那就不好办了。"医生说，"我当然会尽我作为一个医生的职责，用尽我毕生所学去治疗她的疾病。但是，如果我的病人已经在计算她的葬礼会有多少马车出席的话，那么药效至少会减少百分之五十。或许，你应该让她对今年冬天的新款大衣感兴趣，或许让她提出几个问题，她只要这样做了，那么她痊愈的可能就会从原来的十分之一增至五分之一。"

123

医生走后，苏在她的画室大哭了一场。那条用来擦眼泪的日本餐巾都可以拧出水来了。哭过之后，她拿起了画板，故作轻松地哼着爵士音乐，忍住不安与泪水，强迫自己打起精神，昂首阔步地走进了琼曦的屋子。

琼曦依旧一动不动地躺在床上，目光落在窗外的砖墙上。苏以为她在睡觉，所以连忙止住了口哨声。她架好了画板，开始画一家杂志社要的插画，是为一个短篇小说配图的钢笔画。年轻的作家，为了让自己大步流星地走向自己的文学殿堂，所以不得已为杂志写短篇小说；而一位年轻的画家，同样是为了自己的绘画艺术，在为这个小说绘制插画。

苏正在为这篇小说的主人公——一个爱达荷州的牛仔——绘制帅气的马裤和单片眼镜。因为他正要去参加一个马匹的展览会。突然，她听到一个微弱的声音，这个声音似乎要告诉她什么事情，所以她连忙停下了画笔，来到床边。

她看见琼曦的一双明亮的眼睛睁得大大的，并且目不转睛地盯着窗外，数着……应该是倒数着。"十二，"她数道，过了一会儿，她又说，"十一，"然后是，"十""九"，再然后是"八""七"，"八"与"七"之间几乎没有间隔。

苏疑惑地看着窗外，看看琼曦到底在数什么。窗外，院子已经变得荒芜，二十英尺以外还有一栋砖房及一片白色的墙。一棵饱经沧桑的常春藤已经变得枯萎，突出在外的根茎纵横交织着，有半面墙都被藤蔓覆盖着。寒风依旧不放过这凄凉的场面，还在用力地扯拽着幸存的几片树叶，光秃秃的藤条攀爬在砖瓦已经松动的墙体上。

"你在数什么啊，亲爱的？"苏问道。

"六。"琼曦继续自顾自地数着，声音低沉，就像是在与某人耳语交谈，"它们飘落的速度越来越快了。就在三天前还有上百片呢，那时我用力地数它们，数得我头都疼了。可是现在，清晰可见，容易多了。又落了一片，还有五片了。"

"五片什么，亲爱的？告诉我好吗？"

"叶子，常春藤上面的叶子。我想等到最后一片树叶飘下，我也就该随它们去了。我知道的，而且三天前就知道了。难道医生没有告诉你吗？"

"不，我从来没听过这种荒唐的话。"苏用责怪的语气说，"常春藤的叶子怎么会和你的健康扯上关系呢？你以前不是很喜欢这棵树的吗？你这个调皮的丫头，别说傻话了！今天早上医生告诉我说，你的病会很快好起来的——让我回忆一下，他的原话——对，他说有九成的把握，你会康复。你看，这个把握足够大了吧。就像我们可以轻而易举地在纽约搭乘电车，或者是路过一群新盖的建筑一样。来吧，现在你得乖乖喝点汤，好让你的苏能够安心地去画画，之后把作品卖给编辑，换来的钱呢，我们要给我们的小病号买些红葡萄酒，还有猪排，让我们的小病号解解馋。"

"你不用去买红葡萄酒了，"琼曦说，眼睛始终没有离开窗外，"又有一片树叶飘下来了。我也不想喝汤。还有四片树叶，我想要在天黑前看到它们全部脱落，之后我也会随着最后一片树叶的脱落而死去。"

"琼曦，亲爱的，"苏将身体深深地俯下说，"你能不能闭上眼睛，不去看窗外。答应我好吗？让我画完这幅画，我明天必须要交出这些插画，好吗？如果不是我还需要光线的话，我早就把窗帘拉起来了。"

"你就不能去别的房间画画吗？"琼曦冷冷地问道。

"我渴望留在你的身边，"苏说，"而且，我不喜欢你总是盯着窗外的几片让人心烦的常春藤叶子。"

"你画完立刻告诉我。"琼曦说着，闭上了眼睛。她的小脸已经没有一丝血色，而且她一动不动地躺在床上的样子，就像是一座瘫倒在地上的灰白色雕塑。她继续说："我想亲眼看到那片树叶飘下。我等得心急了，也想得心急了。我想走了，想尽快摆脱现在的一切痛苦，就像常春藤叶子一样向下飘落，就像那因为拼命揪住藤蔓而最终筋疲力尽的常春藤叶子一样。"

"你先睡会儿吧，"苏说道，"我需要先下楼一趟，去叫贝尔曼，因为我要为那位隐居的老矿工的人物形象找一个模特。我马上就回来，你躺好，我马上就回来。"

苏所提到的老贝尔曼也是一位画家，他就住在这栋房子里，只不过是在底层。他已经年过花甲，蓄着如同米开朗琪罗雕塑的摩西一样的大胡子。厚厚的胡须随意翻卷着，一直从森林之神萨堤尔一样的脸上蔓延到如同小鬼一样的身躯上。其实贝尔曼是一个在艺术的道路上走得非常不顺利的人，时至今日他已经画了四十多年，但始终都没有得到过艺术女神的垂青，甚至连她的裙角都没有触碰到。他总是立志要画出一幅惊世骇俗之作，但他没有为这幅作品落下过一笔。几年来，他只是为了生计偶尔涂鸦过几张宣传广告，或者其他的什么，就是没有进行过艺术创作。此外，他还为这个艺术区里的人们当模特，因为这里的年轻艺术家们没有足够的金钱去聘请专业的模特，所以他收取的费用也不会很高。他很贪酒，尤其是杜松子酒，一杯下肚后，就源源不断了，他一边喝，还会一边唠唠叨叨地说他那幅伟大的艺术品即将诞生。除此之外，他就是个性情暴躁的小老头，总是嘲讽任何人的软弱，但他赋予了自己一份重要的职责，就是要看守楼上这两位年轻的艺术家，他是她们最忠实的守卫者。

苏在楼下的一间光线昏黄的画室里找到了贝尔曼，他刚喝过杜松子酒，结果可想而知。屋子里的角落立着一个画架，画架的外层绷了一块白色的画布，它默默地等待着这位酒气熏天的人为它绘上惊人的色彩。这一等就是二十五年，可直到现在仍旧是一片雪白，没有一丝线条呈现在上面。苏把琼曦的事情告诉了他，说出了她的担忧，她害怕在这个世界上琼曦唯一的牵挂马上就会随风飘走，而瘦弱的琼曦也将对这个世界无牵无挂，离开人世。

老贝尔曼的双眼充满了血丝，还不断地流下泪水。他大骂着那个傻孩子的愚蠢想法，他愤怒而悲伤地指责着她。

"这是什么理论！"他喊道，"怎么会有这么傻的人？几片常春藤的叶子和一个人的生命怎么能扯上关系？我从来没听说过这样荒唐的事。不，我才不想给你做什么隐居的笨蛋矿工的人物模特。你也真是的，你怎么会容忍她有这样的想法？哦，我可怜的琼曦丫头。"

"她的病很严重，而且身体也很虚弱，"苏说，"再加上迟迟不肯降下来的体温，让她的脑袋吃不消，于是就会有各种奇怪的幻想。好吧，贝尔曼先生，如果你不愿意给我当模特就算了。你真是一位讨人厌的老——唠叨大王。"

"你才是婆婆妈妈的丫头！"贝尔曼又吼道，"我说过不去给你当模特吗？走吧，我们俩这就上去。我在这半小时里一直在强调我很愿意给你当模特。哦，我的上帝，怎么可以让那么可爱的姑娘遭受疾病的困扰呢？怎么就待在这样一个糟糕的地方？我相信，总会有那么一天，咱们三个人会因为我那幅杰出的画作而离开这里的。一定会的，准没错！"

当他们来到楼上的时候，琼曦还在熟睡。苏把琼曦卧室的窗帘拉了下来，让它一直垂到窗台上。然后她悄悄地给贝尔曼做了个手势，叫他到隔壁的房间去。他们两个人站在窗口处，心里惴惴不安地看着那片摇摇欲坠的常春藤叶子。然后便是很长时间的对视，彼此只是看着对方，都没有说话。在寒风中不仅有雨水，还有雪花，它们不停地从天空中飘下。而此时的贝尔曼已经穿上了老旧的蓝色衬衫，化装成一位隐居的矿工，他坐在一块用铁壶冒充的岩石上。

苏只睡了一小时，她睁开眼睛时，天已经亮了。她看见琼曦大大的眼睛正注视着窗口，只是因为绿色的窗帘将窗外的一切景色都遮挡得严严实实，所以她的目光有些呆滞。

"把窗帘拉开，我要看窗外。"她低声说，但是用了一种命令的语气。

苏虽然又累又困，但她还是满足了她的要求。

可是，你看！一夜的暴风骤雪并没有把所有的常春藤叶子都吹落，居然还有一片叶子牢牢地挂在藤蔓上，那是最后一片绿叶了。它的茎依旧是深绿色，只是锯齿形的叶子边缘有些枯萎变黄，然而这小小的遗憾并不影响它的骄傲。它傲然悬挂于距离地面二十多英尺的藤枝上。

"这是最后一片叶子了,"琼曦说,"我以为它昨晚就会掉落,因为我听到了很大的风声。它的脱落一定就在今天了,而我也将随它而去。"

"上帝啊,上帝啊,"苏已经很疲倦了,她将脸挨近琼曦的枕头,对她说,"求求你,即便你不为自己着想,也得替我想想啊。你走了,我要怎么生活下去?"

琼曦没有回应。对一个灵魂已经急于赶赴死亡的人来说,她现在只是在为死亡的旅行做着准备,此时全世界都是孤单的。她对朋友的挂念,和对这个世间的留恋已经慢慢消失,此时那条通往死亡的道路越来越强烈地吸引着她,她的心思全在于此。

太阳总算要下山了,在这昏黄的暮色中,依稀可见那片树叶依旧坚韧地牢牢抓住藤蔓,孤零零地攀爬在古老的砖墙之上。又是漫长的一夜,呼啸的北风几乎没有停歇过,雨借风势敲打着窗户。而聚集在荷兰式屋檐上的雨水,也开始快节奏地滴落下来。

当第二天天亮的时候,琼曦毫无留恋地命令苏拉开窗帘。然而,那片常春藤的叶子居然仍挂在那里。琼曦躺在病床上,默默地注视了很久,后来,她把正在煤气炉旁为她煮鸡汤的苏叫了过来。

"我很坏,亲爱的苏。"琼曦说,"那片常春藤叶子在执行一种天意,它牢牢地挂在那里是为了证明我到底有多坏。我知道想自己了断自己的生命是一种罪恶。现在,你能给我盛一碗鸡汤来吗?还有,我还想要掺了红酒的牛奶,还有——哦,不,先等等,我更需要一面镜子。嗯,帮我把枕头垫起来好吗?我想要坐起来看你做饭。"

一小时后,她说:"我的好姐妹,苏,我希望有一天我们可以到那不勒斯的海湾写生。"

下午的时候,医生来了,当他离开的时候,苏借口办事情追赶上了走廊里的医生。医生当然明白苏的意思,他说:"放心吧,她现在被治愈的机会有百分之五十了。"他握着苏的手——苏的手又瘦又长,此时还有些发抖——继续说道,"就像这样好好照顾她吧,你们会成功的。我现在马上要下楼，去看另一位病人，他叫贝尔曼。听说他也是一位画家，也得了肺炎。不过他已经上了年纪，本来身体就不是很硬朗，这下病得不轻啊！不知道还有没有救，虽然概率不大，但还是得把他送到医院去，这样他至少可以舒服些。"

第二天，医生像往常一样又来了，他在检查过琼曦的病情后，说："放心吧，她现在已经脱离危险了，你们做到了。接下来需要好好给她调养一下身体了。"

下午，苏来到琼曦的床边，琼曦正躺在床上悠闲地织着一条无关紧要的蓝色羊毛披肩。苏用一只胳膊将她的肩膀环抱在自己的怀中。她说："丫头，我有一件事情想要告诉你。今天，贝尔曼先生在医院不幸去世了，死因是肺炎。他只病了两天。他生病的第一天早上，看门人在他自己的房间里发现他非常痛苦，而且鞋子和衣服都是湿淋淋的，浑身冰凉。谁也不知道在一个雨雪交加的晚上，他一个人跑出去做什么。后来有人找到了一盏仍然亮着的灯，还有一架被挪动过的梯子，他们还发现有几支画笔散落一地，调色板上是绿色和黄色的颜料，再就是——亲爱的，你现在看看窗外，看见那仅存的常春藤树叶了吗？你有没有注意到，无论外面的风刮得多么剧烈，它都是纹丝不动的？嗯，亲爱的，这片树叶就是他一直说的惊世杰作吧——就是在那最后一片树叶都掉了的晚上，他独自一人爬上梯子，将叶子画在了砖墙上。"

催眠师杰夫·彼得斯

杰夫·彼得斯为了赚钱什么方法都用过了，它们多得如同南卡罗来纳州查尔斯顿那里煮米饭的方法。

我更喜欢他早些年的故事。那时候他生活得很艰难，为了推销膏药和止咳药水，他不得不走遍城市和乡村的每条街道和小巷的各个角落。他为了生计必须不停地与不同的人攀谈，而且总是用最后一枚钱币作为生命的筹码。

"我到阿肯色州的费希尔山的时候，"他说，"我身上穿的是鹿皮的外套，脚上穿的同样是鹿皮的靴子，头发已经长到了肩膀，手上还戴了一枚三十克拉的钻戒——这枚戒指是我同一个特克萨卡纳的演员换的，他拿走了我的一把小刀。我至今还很诧异，他要我那把小刀做什么用。

"我在那里是以一位印第安名医的身份出现的，大家都叫我沃胡大夫。维护我名医身份的赌本，就是一种用能够延年益寿的植物和其他草药配制的回春药酒。这种神奇的植物其实是查克托族酋长美丽的妻子发现的。因为每年他们都会举行一场玉米节舞会，而就在那天，酋长的妻子在为她的狗肉料理寻找配菜的时候，发现了这种神草。

"我在上个镇子的生意不是很好，以致我现在浑身上下就只有五美元了。没办法，我只能找到费希尔山的药剂师，向他赊了六打八盎司①的玻璃瓶和软木塞。除此之外，在我的手提箱里还有我在上个镇子做生意时剩下的标签和原料。所以到了旅馆之后，我便用水龙头里面的水和我的原材

---

① 英美制质量或重量单位。1 盎司合 28.3495 克。

料勾兑出了一瓶瓶回春药酒。看着它们一瓶瓶整整齐齐地列队在桌子上时，我仿佛又看到了美好的生活在向我招手。

"什么？你说是假药。绝对不能这么单纯地评价它们，先生。在这六打玻璃瓶的药酒中，至少有两美元的金鸡纳的汁液和十美分的阿尼林。就在几年之后，我再次路过这个小镇的时候，当地的人们还想跟我买那种药酒呢。

"我在那个小镇的第一次贩卖就在当天晚上，我雇了辆大车，就在街上摆起摊来。费希尔山地势低洼，而且那里疟疾流行，依我诊断，当地人需要一种强心润肺、活血化瘀的补药。当天晚上，补药很走俏，当地的人们见到我的补药，就像是在一桌素菜的桌子上看到了荤腥一样。我给药的定价为一美元两瓶，并且很顺利地卖掉了两打。就在这时，我感觉有人拉扯我的衣角。机灵如我，自然明白是怎么一回事，我立刻下车，并将一张五美元的纸钞默默地塞到了这个佩戴着银质星形徽章的人手里。

"'警官，'我说，'今晚的空气不错。'

"'你私自贩卖这种非法商品，还冒充是补药，'他问我，'你有本市颁发的商业执照吗？'

"'没有，'我说，'我真不知道这里的行政级别属于市级。如果等到天亮后，在我的仔细观察下，它真的是一个市的话，那么我想我是该办一张。'

"'那么从现在起你必须停止商业行为，直到你有执照为止。'警官说。

"我悻悻地收了摊子，回到旅馆，并向旅馆的老板讲述了刚才的遭遇。

"'哦，你做这行注定会失败，'他说，'在我们这里，只有一个医生，他叫霍斯金斯，是镇长的小舅子。他们绝对不会允许一个冒牌医生在这个镇子上行医。'

"'我没有给人看病啊，'我说，'我现在手里有一张州里发的商业执照。如果需要的话，我再去市里申请一张。'

"第二天一早，我就跑到了镇长办公室。可是那里的工作人员说镇长不在，而且不知道什么时候才来。无奈，我这个沃胡大夫只能无功而返。我窝在旅馆的椅子里，一边抽着雪茄，一边耐心等待。不一会儿，一个打着蓝色领带的小伙子默默地坐在我旁边的椅子上，他向我打听时间。

"'十点半，'我回答，'哎，你不是安迪·塔克吗？我见过你推销东西。对，就是在南方各州推销你的"丘比特什锦礼盒"，对吗？我想想，那礼盒里有一枚智利订婚钻戒、一枚结婚戒指，还有一个土豆搅拌器、一瓶镇静糖浆，哦，对，还有一张多萝西·弗农的照片，总共才卖五十美分。'

"安迪很高兴我还记得他。其实他是一个很棒的街头推销员，他的出色不仅在于他的推销技巧和干劲，更在于他的诚实。他卖的东西，其利润只要有百分之三十他就满足了，并且他绝对不会被人游说去贩卖一些虚假的药品和品质恶劣的种子。已经有很多人劝他这样做，但他始终不做伤天害理的生意。而我现在正需要一个这样的帮手，或者说是搭档。于是我向安迪抛出了橄榄枝，告诉他，我希望与他携手做生意。我跟他说了费希尔山的风土人情，还告诉他我现在的生意不顺利，因为当地的政治与泻药搞在一起。碰巧的是，安迪是乘坐早晨的这趟火车刚刚到达这里的，而且他现在也没有什么钱。他原本的打算就是游说一下这个小镇的居民，募集一些钱，把集得的钱用于在尤里卡斯普林斯造一艘新的军舰。我们二人一拍即合，便走到走廊上，开始具体谋划。

"第二天上午十一点左右，我正独自一人坐在椅子上，此时来了一个黑人，他缓步慢行至旅馆，目的是请大夫给班克斯法官治病。班克斯法官应该就是那位还不曾谋面的镇长，听说病得挺厉害。

"'我不是大夫，'我说，'你应该去请你们这里的那位圣医，难道不是吗？'

"'先生，'他说，'霍斯金大夫现在人在二十英里外的乡下，他正在给那里的人看病。在这个镇子上只有他一个大夫，但是班克斯老爷又病得不轻，所以他才让我请您去给他看病，先生。'

"'好吧，就冲着我们是同胞，'我说，'我就跟你去一趟吧。'说完，我带上了一瓶回春药酒，就跟着这个黑人来到了镇长的官邸。这栋房子应该是全镇最好的了，斜坡的屋顶、门口大片的草坪，在草坪上还有两座铁艺雕塑，是两只狗的造型。

"班克斯镇长浑身上下没有一丝力气，衰弱地瘫躺在病榻之上，当然，除了胡须和脚尖。他的腹部时不时地发出巨大的轰鸣，响声之大绝对会让所有旧金山的人以为是地震了，而逃到公园去。在病榻旁，则站着一位年轻人，他端着一杯水。

"'医生，'镇长说，'我感觉身体好沉，恐怕就要撑不住了，您有回天之力，救我一命吗？'

"'镇长先生，'我说，'很抱歉我没有天赋做 S.Q. 拉比乌斯 [1] 的门下弟子，而且我也没上过一天关于医学的课。我只是出于情分和友谊，来看看有没有什么可以帮忙的。'

"'非常感谢，'他说，'沃胡大夫，这位是我的外甥比德尔，他已经尽量想办法让我能够舒服些了，但是一点成效都没有。哦，天哪！哦……'他又开始叫唤了。

"我向一旁的比德尔先生问了声好，然后就坐在床边为镇长把脉。'让我看看你的肝——哦，我是说舌苔。'我说。接着我翻开他的眼皮，认真地看他的瞳孔。我问道：'你病了多长时间了？'

"'其实也就是昨晚……哦，哎哟……从昨晚开始就不舒服了。'镇长说，'大夫，你能给我开些药吗？'

"'菲德尔先生，'我说，'您能帮我把窗帘拉高一些吗？'

"'是比德尔，'年轻的男子说，'你觉得你可以吃一些火腿和鸡蛋吗，詹姆斯舅舅？'

"'镇长先生，'我将耳朵放在他的右肩胛骨的位置听了一会儿后，说，

---

① 在希腊神话中，司医疗和医药的神是爱斯库拉皮厄斯（Aesculapius）。彼得斯将这个名字记错了。

'我想你有一种很严重的炎症，应该是右锁骨攻击性炎症！'

"'天哪！'他呻吟着，'你能给我擦一些什么东西吗？或者是将我的骨头正一正位置，再或者还有别的什么办法。'

"我拿起帽子，向门口走去。

"'您不会是要离开吧，大夫？'镇长居然开始号啕大哭起来，他说，'您不能就这样离开，丢下我不管，难道您忍心让这个锁骨的攻击性炎症夺走我的性命？'

"'人都是有同情心的，哇哈大夫，'比德尔说，'您的一次开小差的行为，会使一个人遭受到危险的。'

"'请叫我沃胡大夫，别当我是耕地里的牲口一样称呼什么哇哈、哇哈的。'我说完又走回了床边，并且将我的长头发向后甩了甩。

"'镇长先生，'我说，'我想你还有一丝痊愈的希望。不过药物帮不上什么忙，甚至还有坏处。而我所提到的另外一种东西，会比药品高明得多。'

"'那是什么？'镇长问。

"'科学论证，'我说，'心态可以战胜药物。只要你相信你现在毫不痛苦，身上也没有染病，那么你就会感觉好了很多。只要你相信，那就会成为现实。'

"'你在说什么？是什么方法？'镇长说，'你是一位社会主义者吗？'

"'我所讲的是心灵的伟大学说——通过远距离、潜意识来治疗癔症和脑膜炎的方法——它是一种美妙的室内运动，人们称它为催眠。'

"'你会催眠吗，大夫？'镇长问。

"'其实我是犹太教最高级的长老院的大祭司和内殿法师之一。我的催眠术很高深，被我催眠的瘫子也可以下床走路，盲人也可以重获光明。或许说，我就是被神灵附体的伟大的催眠大师，是一切灵魂的主宰。近日，我曾在安·阿伯的降神会上施展了我的催眠术，这使得醋酒公司的总经理重返人间，与他的姐姐简沟通、交谈。你或许看到我在大街上卖药给穷苦

的百姓，'我说，'但我绝对不会为他们施展我的催眠术。因为我不能降低身价，穷人根本支付不起催眠的费用。'

"'那我呢，可以吗？'镇长问。

"'听我说，'我说，'我没有医疗执照，这你也知道。所以我从来不为人诊病，免得医药学会的人来找麻烦。但是为了救你的命，我看我不得不破例为你催眠了，只是你得答应我不能再追究我行医的资格，或者执照的事。'

"'那是当然的，大夫，你快点开始吧，我又开始疼痛难忍了。'

"'我还要声明一点，我为你催眠的费用是二百五十美元，只要我治疗两次，你就会痊愈了。'我说。

"'好，我会给钱的。我想我的这条命还是值二百五十美元的。'

"'好，那我开始了。你现在不要想着病痛，你根本没有病。你也没有心脏、锁骨、肘部尺骨端和大脑，你什么都没有。其实你丝毫都不觉得痛苦，你根本就没生病，这一切都只不过是你的错觉。它们都远离你了，你的疼痛在一点点消失，你觉得呢？'

"'确实好一些了，大夫。'镇长说，'该死的，如果你能再对我说几句谎话，告诉我，我的左边根本没有肿胀，我想我可以撑起来吃一些香肠和荞麦饼了。'

"我用手做了几下传递的动作。

"'现在，'我说，'炎症消失了。你的右肺叶也已经慢慢消肿了。你现在很困，已经没有力气支撑住你的眼皮了。目前看来你已经没有疼痛的感觉了，现在，你睡着了。'

"镇长不仅闭上了眼睛，而且打起了鼾。

"'蒂德尔先生，'我说，'你刚才所见到的是现代医学的奇迹。'

"'是比德尔，'他说，'你什么时候给我舅舅做另外一次治疗，普普医生？'

"'是沃胡，'我说，'我会在明天上午十一点的时候过来，待会儿等他

睡醒了，你给他吃八滴松节油和三磅①牛排。再会。'

"第二天早上，我准时去了镇长家。'你好，比德尔先生，'当他打开卧室的门时，我和他问了声好，之后我继续问，'你舅舅今天早上感觉如何？'

"'他看起来好多了。'那个年轻人说。

"镇长的脸色红润，脉搏也很稳健。我又给他做了一次治疗，最后，他说痛苦真的已经远离他的身体了。

"'现在，'我说，'你最好卧床休息一两天，之后保证你痊愈。这正是一件好事，你碰巧遇见了在费希尔山的我，'我说，'在聚宝盆中所记载的所有疗法和正规医学院的毕业生所开的药物都救不了你。而现在，你幸亏遇到了我，才使得你身上的疼痛全部消失。我想我们该换个主题——谈一谈那二百五十美元的治疗费用。我不要支票，很抱歉，我讨厌在支票的背面签字，这种签收的感觉就像是我在支付一样。'

"'我这里有现金。'镇长说着从枕头下面抽出一本袖珍书。他数出了五张五十美元的纸钞，并且握在手里。

"'把收据拿来。'他对比德尔说。

"我签署了收据后，镇长把钱交到了我的手上。我小心地把钱放在最贴身的口袋里。

"'现在你可以履行你的职责了，警官。'镇长笑嘻嘻地说，一点都不像一个病人。

"比德尔先生用他的手擒住我的胳膊。

"'你被逮捕了，沃胡大夫，别名彼得斯，'他说，'你违反了州里的法律关于行医资格的规定。'

"'你到底是谁？'我问。

"'我会告诉你他是谁的，'镇长从床上坐了起来，说，'他是州医学会

---

① 英美制质量或重量单位。1 磅合 0.4536 千克。

136

雇用的侦探。他已经跟踪你走过五个县了。昨天，他来找我，我们两个才商量出这个计划，抓捕你。你猜想一下，你还有没有机会在这一带行医呢，骗子先生？对了，你说我患了什么病来着？'镇长嘲笑地说，'综合——嗯，我猜想无论如何都不会是大脑痴呆吧？'

"'一个侦探。'我说。

"'正确，'比德尔说，'我不得不将你交给警长了。'

"'让我来看看你是怎样办到的。'我一边说，一边将比德尔的喉咙掐住，就差一点便可以把他抛出窗外。但是他掏出一把手枪，抵住了我的下巴，我只得站在原地，束手就擒。然后，他把我用手铐铐好，之后搜出我口袋里的钱。

"'我证明，'他说，'这些钱就是你们做过标记的钱。我先把他带到警长的办公室，之后把钱直接交给警长。他会给你一张收据。他要暂时借用这些钱作为案件的证据。'

"'好吧，比德尔先生，'镇长说，'而现在，沃胡大夫，你为什么不证明你的催眠术是有用的？你看看能不能依靠你的催眠术，用牙齿的力量打开你的手铐？'

"'我会尽力的，'我说，'或许我会做得更好。'然后我向老班克斯摇动了几下手铐。

"'镇长先生，'我说，'我相信，你会意识到催眠术的成功之处的。而且时间不会太久，你就会发现它在这件事上的成功之处。'

"我猜想事实的确如此。

"我们很快就来到了大门口，我说：'我们现在可能会碰到什么人，安迪，所以我觉得你最好把手铐先打开，而且……'嘿，为什么？当然，比德尔就是安迪·塔克。这一切都是他的计划，而这笔钱将成为我们合伙做生意的资本。"

提线木偶

在第二十四大街和一条伸手不见五指的窄巷的交会处，有一位警察正在那里巡逻。而在街道的上方，正好横亘着一条高架铁轨。现在已经是凌晨两点，再过几小时天就亮了，而黎明前的黑暗总是最难熬的，再加上四周潮湿的空气，让人觉得很不舒服。

一位身穿长款大衣的男人此时正悄悄穿过那条漆黑的小巷，他的步伐很快，头顶上戴着的帽子被压得很低，已经挡住了他的额头。他的手里好像还提着什么东西。警察很有礼貌地走过来拦住了他，在询问中，警察故意流露出强势与自信，而这缘于他的职责，更多地是缘于权威。在这个时间，在这样一条危险的小巷中，一个人行色匆匆，还提着重物——所有的这些不得不让人联想到"可疑"这两个字。所以警察必须要体现出自己的职能，调查一番。

这位嫌疑人很配合地停下了脚步，将帽子向后推了推，露出了额头。再加上路灯微弱的光线，才得以看清楚他的脸庞，一副气定神闲的模样。他的鼻梁骨很长，眼睛深邃幽远。他的手上戴着手套，但这并不影响他将手伸进大衣兜里取出一张名片，交给前来询问的警察。警察将名片举起，就着昏暗的光线仔细辨认着上面的字迹：医学博士查尔斯·斯潘塞·詹姆斯。地址上写明的街道和门牌号也是处于被人尊敬的社区，这一点甚至不会引起人们的一丝好奇。警察又向下看了一眼医生的手，一目了然——一个帅气的黑色皮革药箱，上面还有一些小银架做装饰——这进一步为他的身份做了保证。

"好吧，医生，"警察说着便为他闪出了一条路，语气笨拙但很亲切，

"这个时候出诊可要格外小心，最近这里出现了很多盗窃、抢劫的案件。这个夜晚简直太糟糕了，虽然不冷，但湿气太重了。"

詹姆斯医生礼节性地点着头，接着他也说了一两句关于天气的话来附和警察的观点，之后他就快步离开了。在这个夜里，他已经接受了三次夜间巡逻警察的检查了，每一次他都递上名片，还让警察一眼就看到他手里提着的显示他专职敬业的药箱。这些足以让他挺直腰杆，让警察相信他是一名尽职尽责的好医生。倘若真的有某一位心思细腻的警察在第二天去核对名片上所写的名字与住址的真伪，那么他会发现地址是真实的，而且在漂亮的门牌上也写着医生的名字。并且，詹姆斯医生正穿戴整齐、游刃有余地工作着，办公室的装备也十分精良。警察还会得到与其相处过两年的社区居民对这位医生的优秀评价，他是一位良好的公民、具有奉献精神的医生，并且向来如此。

因此，那些维护和平的热心家伙，如果他们之中有一位能够窥探一眼表面完美无瑕的箱子的里面，他们准会大惊失色的。当打开箱子时，你能看到的第一件物品就是一套新式工具，名为"撬锁专家"，是专为保险箱设计的。其实这个名字"撬锁专家"只不过是那些盗窃保险柜的人自己为它封的名号。这套工具采用了很特别的设计理念——短小却强大的撬棍、一套奇怪的钥匙、品质一流的蓝钢钻头和冲头——所有这些都能轻而易举地钻透钢质的保险柜门，就像老鼠吃奶酪一样简单。夹钳可以像水蛭那样，牢牢地吸附在光滑的保险箱的拉门上，之后就像拔牙一般，轻松利落地拔出嵌入门里的密码锁。在华贵的"药箱"的内侧，有一个小袋子，里面装有半瓶硝化甘油，如果装满的话，可以装四盎司。在工具的下面，是一些皱皱巴巴的钞票和几把金币，这些钱加在一起应该有八百三十美元。

在詹姆斯医生的社交圈里，人员非常有限，他则被朋友称为"了不起的'希腊人'"。这个神秘的封号一半缘于他给人带来的冷酷的感觉和自身的绅士风度；另一半则暗指在另外一个领域，他是一位领导者、一位策划者，一位可以凭借自己的住址和职业来赢得社会权力和威信，并且借此来做一些危险事情的人。

在这个圈子中，还有其他几位成员，他们分别是：斯基才·摩根、古姆·德克尔——他们是专家中的"撬锁专家"。还有利奥波德·普雷兹菲尔德，他从事的是珠宝生意，所以负责三人工作小组所收集来的珠宝饰品的销售渠道。他们所有人都是忠于这个组织的，无论在什么情况下都会对他们的事情秘而不宣、讳莫如深。

那晚，一整夜的工作成果并不能让他们满意，因为辛苦的工作没有得到足够的回报。这是一家资历雄厚的老字号，他们所经营的是上等的纺织品。按道理说，在周六的晚上，在老式的双层侧螺栓保险柜里，不应该只有两千五百美元。但是，他们只发现了这么多，他们当场就平分了这笔钱，这是他们三个人当初就订好的规矩。按照他们的预期，在这里应该能找到一万到一万两千美元。但是店里的其中一个股东显然太保守，天色刚刚暗下来，他就带着装满大部分现金的衬衫盒子回家了。

詹姆斯医生走到了第二十四大街，无论从哪里看，这条街上都空无一人。即便是长久以来一直在这里聚会的民间戏剧的爱好者们，也都在这个时间回家睡觉了。蒙蒙细雨中，街道被淋湿了，石头铺就的小路上也聚集了许多小水坑。光线射到水中，再折射到其他地方，整条街道上有无数的亮片在闪闪发光。一阵刺骨的寒风，夹杂着雨水，从房屋之间的夹道吹了过来。

这位医生路过一个比周围的建筑物都高的房屋，它的建筑风格也与周围的房屋不同，而且墙面是由砖砌成的。他刚走到拐角处，突然听到砰的一声巨响，有人刚好把门打开。从门里走出一位黑人妇女，她嘴里不停地咒骂着，既像是在自言自语，又像是在和某人谈话——这个种族的妇女总是这样，她们无论是独自一人，还是被某种问题所困扰的时候，都会如此发泄或请求别人的支援。从外表看上去，她应该是南方的老式的用人——喜欢聊天、行为放肆、忠贞不贰，却不服主人的管束。单凭她的外形，就足以推断出她是一个丰满、整洁，总喜欢系着围裙，扎着头巾的人。

这突如其来的幽灵，从无声的房子里突然冒出来，她走到台阶下面的时候，刚好站在了詹姆斯医生的对面。她的大脑将刚才喊话的能量，转移到了观察上，她停止了叫喊，死死地用眼睛盯住了医生随身携带的药箱。

"上帝保佑！"那个药箱吸引了她，并且迫使她发出了这样的感慨，她接着问，"您是一个医生吗，先生？"

"是的，我是一个医生。"詹姆斯停住了脚步回答道。

"哦，那请您看在上帝的分上，来看看钱德勒先生吧。我不知道他是不是犯了急症，还是其他什么原因，总之他现在躺在床上，动都不能动了，就像死了一样。埃米小姐让我去请大夫。我的天，如果你不出现在这里，在这个时辰该让老辛迪去哪里给他找个大夫。哦，如果老主人知道这里发生了什么，哪怕只是一点点端倪，那就有热闹看了。先生，他绝对会立刻掏出手枪，对，是手枪，用脚步丈量好距离，之后决斗。还有那可怜的宝贝，埃米小姐……"

"前面带路，"詹姆斯的脚已经登上了台阶，"如果你需要一位医生的话。但如果你只想找个人听你唠叨，那么我没空。"

黑人女人在前面领路，他们进了屋子，走过一段铺着厚厚的地毯的楼梯，来到了两条灯光昏暗的走廊。在走到第二条走廊的时候，累得气喘吁吁的黑人女人推开了一扇大厅的门。

"我把医生带来了，埃米小姐。"

詹姆斯医生进入房间，看见一位年轻的女士站在床前，他向那位女士略微鞠了个躬。之后他把手上的药箱放在了一旁的椅子上，又脱下了自己的外套，将它盖在椅背和那个箱子上面。他安然自若地走向床边。

一个男人躺在床上，他四肢大张，应该是一直保持着刚刚倒下的姿势——衣着华贵，只有鞋子是脱掉的；身体瘫软在床上，一动不动，就像一个死人。

詹姆斯先生自身具有一种淡定的力量，他那镇定自若的气质就如同一种特殊的光环。对他的客户来说，那种力量就像是在沙漠中备感软弱和绝望的人，突然看到的甘露。尤其是女人，她们会在病室中，被这种特别的东西深深吸引。他对待病人的方式从来都不是一种刻意的讨好和谄媚，而是一种稳重的方式。他踏实，有能力，他可以帮助人们克服命运的坎坷。他对病人给予的是保护，是奉献的精神。他的双眼充满了坚定，并发出棕色的光芒，就像磁石一样具有吸引力。他冷静的面部下面，给人们带来一种安宁和祥和的感觉，就像牧师一样散发着潜在的威严。但这一切都符合他医生的身份，因为只有这样他才能扮演好知己或者安慰者的角色。有时候，当他第一次出诊到一位女士家里时，那些初见他的女人总会很信任他，并且告诉他，为了防止贼人入室盗窃，她们把钻石藏在了哪里。

通过无数次的实践，詹姆斯医生不用转动眼珠，就可以估算出这栋房子中的陈设和家具的等级与质量。它们都价值不菲。同样地，眼前的女人对他来说也是一目了然。她的年龄不大，大概还没超过二十岁。她的容貌很迷人，不过现在（你或许会说）她的脸色暗淡无光，笼罩着一种长期以来存蓄的忧郁。当然，这种忧伤不是刚刚产生的，而是由来已久。在她的额头处，眉毛以上的地方有一块铁青色的瘀青。拥有专业医术的詹姆斯，一眼就能辨别出这块伤痕存在的时间，绝不超过六小时。

詹姆斯医生用手指去摸那男人的脉搏，他的眼睛却在无声地向那位女士提出疑问。

"我是钱德勒太太，"她回答，她的语气中充满了凄婉的感叹，具有标准的南方人的含糊语调，"我丈夫突然发病了，就在你来这里的十分钟前。应该是心脏病，在此之前他也犯过病，其中几次的情况也非常糟糕。"在现在这个时辰，他却穿着整齐，女士觉得似乎应该进一步解释一下，"他晚上出门了，很晚才回来——晚宴，我相信他是去参加晚宴了。"

詹姆斯医生现在将注意力全部转向了他的病人。对于他的"专业性"，毋庸置疑。无论他从事哪一种职业，是"作案"还是"医治"，他总会全身心地投入，并做到完美。

病人看起来大约三十岁，他的面容给人一种鲁莽和对什么事情都无所谓的感觉，不过他长得还算周正，五官对称，还有一种幽默的味道，算是一种补充吧。从他的衣服上，散发出来一股浓烈的酒气。医生缓慢地解开了病人的外衣，然后用小刀把他的衬衫从领口处划开，直到腰部。清除所有的障碍后，医生把耳朵放在他的心脏处，专注地倾听着。

"二尖瓣返流？"他站起身，小声地说道。话的结尾处，用了一个不确定的上扬的语调。他又俯下身子听了很长一段时间，这次他十分确定地说："二尖瓣关闭不全。"

"夫人，"他开始说道，语气中包含着安慰，以扫除人们心里的焦虑，"有一个概率——"他慢慢地转过头，面向那位女士。他看到这位女士脸色发白，晃动了一下，倒在了那位黑人老女人的怀里。

"可怜的宝贝！可怜的宝贝！他们是不是把辛迪大妈的宝贝害死了？但愿上帝可以用他愤怒的火焰烧死那些将她引入歧途的人，那些伤害了她天使般的心灵的人，那些让她陷入不良处境的……"

"抬起她的脚，"詹姆斯医生一边说一边帮她撑住毫无支点的下肢，"哪里是她的房间？必须把她放到床上休息。"

"在这里，先生，"那个扎着头巾的女人，摆动她的头指着一个方向，顺着她指点的方向是一扇关上的房门，"埃米小姐的房间在那儿。"

他们把她抬进了房间，并安置在她的床上。她的脉搏很微弱，但是至少很平稳。她在昏厥后，还没恢复意识，就沉入了睡梦中。

"她是思虑过度，"医生说，"睡眠是一个很好的补救措施。当她醒来的时候，记得给她喝一杯加热的甜酒——里面再放一个鸡蛋，当然，她得能吃下去才行。对了，她额头上的伤是怎么回事？"

"她自己撞的，先生。我可怜的宝贝，她摔倒了——不，先生，"老女人的种族中带有的善变性格，突然让她变得愤怒，她说，"老辛迪我是不会为那个恶魔说谎的。是他干的，先生。但愿上帝惩罚他的手，让它烂掉——啊！辛迪答应过她甜美的小宝贝，绝对不把这件事告诉任何人的。

埃米小姐受伤了，先生，她的额头是她自己撞的。"

詹姆斯医生走到一个精美的灯架旁，将火焰捻暗了一些。

"你留在这里陪你的主人，"他下令道，"注意保持安静，尽量让她多睡一会儿。如果她睡醒了，就给她加热的甜酒。如果她变得更加虚弱了，就过来告诉我。这件事很奇怪。"

"在这里，比这件事奇怪的事情多着呢。"黑人女人又开始发牢骚了。不过，医生却一改故态，用命令的语气强制她闭嘴。他经常对那些癔症发作的病人用这种声音。他回到了另外一个房间，用手轻轻地关上了门。这个男人始终一动不动地躺在床上，但是他的眼睛是睁着的。他的嘴唇动着，似乎在表述一些文字，詹姆斯医生低头仔细倾听他窃窃私语般的声音："钱！钱！"

"你能听懂我说的话吗？"医生问道。他的声音被故意压得很低，但足够清晰。

那个人微微点了点头。

"我是一个医生，是你的妻子派人叫我来的，他们告诉我，你是钱德勒先生。你现在的情况有些危险，千万不能太过激动或者紧张。"

病人的眼睛似乎在向他招手，医生赶紧俯下身子，倾听他微弱的声音。

"钱……两万美元。"

"这笔钱在哪里？在银行吗？"

眼神表达了否定的含义。"告诉她，"他说话的声音越来越小，"那两万美元……她的钱。"他的眼睛在这个房间里到处徘徊。

"你把这笔钱放在什么地方了？"詹姆斯医生的声音就像海妖塞壬一样神秘，极具诱惑。他想要从一个神志不清的男人那里获得这笔钱的下落。"是在这个房间里吗？"他问道。

他认为他看到的暗淡下去的眼神，是表示对这句话的赞同。而他手指下的脉搏却细如丝线了。

詹姆斯医生的大脑和心脏，此时都产生了另外一个职业的本能反应。他果断地抉择，就像他在做其他事情时一样雷厉风行，他决定探知这笔钱的下落，即便其成本是一个人的生命也在所不惜。

他掏出了一本空白的开处方的便笺，从上面撕下来一张纸，按照常规，潦草地写下了适合病人的药方。他走到了房屋门口，轻轻地叫那位老女人，并把处方给她，嘱咐她去药店，把这些药买回来。

她喃喃自语了几句，便独自离开了。医生走到钱德勒夫人的床边。她睡得很香，而且脉搏也强劲了许多。她的额头除了因为瘀血而变得红肿的地方外，其余地方的温度已经降下来了，并且上面还有一层微小的汗珠。除非受到外界的打扰，否则她还会继续睡上几小时。他找到了房门的钥匙，在把房门锁上后，才回到刚才的房间。

詹姆斯医生看了看手表，他还有半小时可以自由使用，因为那个老女人不可能在比这更短的时间内完成任务赶回来。然后，他找到一只水罐和一只平底的玻璃杯。他又打开了他的药箱，拿出了装有硝化甘油的小瓶子。而他的那些兄弟——善于摆弄钻头和扳手的兄弟——称它为"油"。

他把一滴这种淡黄色的黏稠液体滴到平底的玻璃杯中，又拿出银色的注射器，拧上针头，仔细按照注射器上的刻度测量了每次的取水量，之后分多次稀释了硝化甘油，最后在玻璃杯中差不多有半杯水。

就在这天晚上，也就是两小时之前，他同样是利用这个注射器，把未被稀释的液体注射到一个保险柜中。用于注射的小孔是在保险箱锁上事先钻好的。在一声沉闷的爆炸声后，保险锁中控制运动的螺栓被摧毁了。现在，他要用同样的手段来撼动一个人的生命"机械"——炸开这个人的心脏——每一次强烈的撼动都是为了让人垂涎的金钱。

同样的方式，却打着不同的幌子。前者是一位狂野暴躁、充满原始能量的钢铁巨人，而这位是将致命的武器掩盖在柔软的天鹅绒和美丽的蕾丝花边之下的投其所好的朝臣。因为，医生正在用他的针管抽取那些被稀释了的液体，之后又小心翼翼地注入病人的体内。这种被稀释了的液体称为硝酸甘油溶剂，也就是在医疗界众所周知的最强大的心脏兴奋剂。两盎司的硝酸甘油足以炸裂一个坚固的保险柜；那么一滴硝酸甘油的五十分之一的剂量，可以让一个人错综复杂的生命机体永远停止工作。

但不是马上。他没有这么打算。首先，出现的现象是这个人的生命活力快速增强，心脏在剧烈的运动之下，为身体中的每一个脏器提供源源不断的能量。因为心脏会在这种液体致命的刺激下奋力跳动，血管中的静脉血液会快速地流回到它的源头。但是，作为一位医生，詹姆斯知道，用这种方式来猛烈地刺激心脏，也就意味着死亡。这种感觉就好比用步枪对准他的心脏，之后让子弹迅速穿过。在这种"油"的刺激下，血液的流动量会增大，这会使原本就拥挤的血管更加不畅，最终全部堵塞，生命将停止活动。

医生将已经没有意识的钱德勒先生的前胸露出，轻松而巧妙地将注射器里的液体，注射到他心脏区域的肌肉中。他有两项专长，无论哪项都干得利落完美。注射完成后，他仔细地擦拭了他的针头，并且将不使用时用来堵住针孔的细金属丝插好。

三分钟后，钱德勒再一次睁开了眼睛，并且开口说话。他说话的声音虽然依旧很微弱，但足够让人听得清楚了。他询问是谁在照料他。詹姆斯医生把他是怎么到这里的和大致的情况又做了一次说明。

"我的太太呢，她去哪儿了？"病人问。

"她在睡觉——由于过度思虑和疲劳。"医生回答，"不过我不建议你现在去叫醒她，除非……"

"不用……没有必要了。"钱德勒的呼吸短浅而急促，所以说话时也是断断续续的，"为了我……去叫醒她……她不会……感谢你的。"

詹姆斯医生主动展开了攻势，他绝不能把这短暂的时间浪费在闲聊上。

"几分钟之前，"他开始问道，此时的语气是属于他的另外一种职业的，因为足够阴森严肃，也足够直接，"你刚才想要告诉我一些事情，是关于一笔钱的。我没有期待你会对初次见面的我十分信任，但是我必须告诉你，焦虑紧张或者是担忧等情绪都会对你的健康不利。假如你想要我帮你传递一些信息，借此解除你的焦虑——关于两万美元，我记得你清晰地提到过这笔钱的数目——你最好还是都说出来。"

钱德勒先生没有办法移动自己的身体，包括他的头，所以他只能转动眼睛，看向说话人的方向。

"我说了……这笔钱……放在哪里了吗？"

"没有，"医生回答道，"我只是通过你之前的话猜测而已，好像你很担心这笔钱是否安全。如果它们就放在这个房间的话——"

詹姆斯医生突然停下来不说话了。因为他怀疑是不是自己所说的话已经让对方怀疑了？是不是在病人的脸上闪过一丝嘲讽？是不是在病人的目光中有一丝怀疑？他怀疑自己有些心急了，是不是说得太多了，问得太迫切了？不过他的怀疑和不自信听到钱德勒接下来的话时，便全部消失不见了。

"除了……那边那……保险箱，"他呼吸急促地说，"还会……在哪儿？"

他把目光移向这个房间的一个角落。说实在的，直到这时，跟随目光的指引，医生才第一次见到了那个铁质的保险箱，它的体积很小，而且被拉下来的窗帘挡住了一半。

医生站起身，用手指触摸病人的脉搏，脉搏跳动得十分剧烈，时不时还夹带着具有危险信号的停顿。

"抬起你的胳膊。"詹姆斯医生命令道。

"你知道的……我根本不能动，医生。"

医生快速走到门口，打开门，听了听外面的响动。一切寂静万分。他没再绕圈子，而是径直走向了保险箱。他仔细地观察了保险箱，它的样式是老款的，保密设置很简单，至于安全性，它也就只能防止家里的用人顺手牵羊而已。以他的专业性来讲，与其说它是保险箱，不如说它就是个玩具。在他的眼里，这个玩具就像是用稻草和纸板糊成的小盒子，从这个东西里面取钱，简直如探囊取物。他可以选择用钳子把密码锁拔出来，或者是用钻头钻制动栓然后打开保险箱的门，如果这样做估计两分钟就搞定了。但换个方法，或许一分钟就差不多。

他单膝跪在地板上，把耳朵紧贴在保险柜的密码盘上，之后用手慢慢地扭动旋钮。果然如他所想，这是一个单组密码锁。所以当螺栓被转动的时候，他的耳朵会听到一声轻微的咔嗒声。这个声音虽然微小，但对拥有敏锐听力的他来讲，已经足够了。他成功地对上了密码，之后转动手柄，保险箱被打开了。

但是保险箱里面什么都没有——铁盒子里空空荡荡的，哪怕一片废纸屑都没有。詹姆斯医生站起来，走回到床边。

垂死的人已经被病痛折磨得大汗淋漓，但就在那张憔悴的脸上居然有一丝不屑和嘲讽的冷笑。

"我还从没……从没见过，"他费尽力气地说，"治病的医生和……入室盗窃的人合二为一！你有两种职业……能够获得双份报酬……收入很可观吧……亲爱的医生！"

詹姆斯从来没有遇到过这种尴尬的场景，而眼下他正经历于此。这种经历比之前的任何挑战都磨炼人，也考验人。这位生命垂危的人，居然用魔鬼般的微笑嘲弄着他，这是他从未经历过的境遇，也使得他陷入了一种荒谬和不安的境地。但是他的素养还是使得他能够保持清醒的头脑和一份尊严。他掏出手表，看着转动的指针，等待着眼前的男人死去。

"你对……那笔钱……也太……心急了。可是，亲爱的医生……那笔钱……你绝对……看不到。它们很安全。绝对安全。因为那些钱在……我的赌注……经纪人的……手里。两万……美元……都是埃米的钱。我拿它去……赌马了……也输光了……一分都没有剩。我是个败家子，强盗先生……对不起，应该是……大夫，但是，我输得很坦然。我想……我从来没有……见到过……像你一样……只是表面光鲜的恶贯满盈的人。医生……哦，错了……强盗先生，我从没见过像你一样的人。给受害者……原谅我又错了……是病人……倒一杯水……没有违背……你这个行业的……职业道德吧？"

詹姆斯医生给钱德勒先生倒了杯水。但是他已经病得几乎无法吞咽了。强劲的药力很有规律地阵阵袭来，他已经站在死亡的门口了，然而即便这样，他仍旧不忘羞辱一下别人。

"赌棍……酒鬼……败家子……都是我，可是……一个医生居然是盗贼！"

医生对他的羞辱和刁难只用了一句话回应。他轻轻地俯下身，怒视着钱德勒瞳孔急剧扩散的双眼，用手指着那位正在沉睡的女人的房间。他的姿势如此含蓄深远、耐人寻味，以至于连那个奄奄一息的病人都用尽全身的力气努力抬起头，看向他手指所指的方向。但是他什么都没看到，只听到了医生冰冷的一句话——这是他在这个世界上听到的最后一句话："我从来没有——打过一个女人。"

要对这种人进行分析和研究那简直就是徒劳的，没有哪一门知识可以解释得了他们的行径和内心。人们总会在提及一些人或事的时候说"他会做出这种事的"，或者"那件事他做得出来"，他就是这些人的后裔。我们仅仅知道在这个世界上还有一群这样的人，而且我们也会经常看到他们，谈论他们的无耻行径，谈论他们毫无遮掩地做出的事情，就像孩子们经常看并且谈论的一种节目：提线木偶。

不过，现在这两个人，从利己主义的角度去考虑，他们之中一个是谋财害命的强盗兼杀手，这个人正站在受害者的面前；另外一个没有严重触及法律，但他的行为卑鄙无耻，让人厌恶的感觉都无法用语言形容，而这个人现在正躺在病床之上，一直生活在被他殴打、侮辱、伤害的妻子的房子里。这两个人一个是虎豹，一个是豺狼。想象一下，他们两个人都罪孽深重，然而还妄想在对方的身上找到一丝平衡，同在罪恶的沼泽中，却还要嘲笑对方的行径才更加卑鄙无耻，而相比之下自己有多么纯洁高尚。即使这种比较不关乎外界的声誉。

詹姆斯医生一记有力的反击击中了对方的要害，也就是在恶魔身上仅存的良知和大男人的自尊心，这致命的一击要了钱德勒先生的命。他的脸涌上了一片暗紫的红色——那种垂死之人的红斑，紧接着他停止了呼吸——钱德勒几乎是没有一丝挣扎地死去了。

他刚刚咽下最后一口气的时候，黑人女人回来了，当然药也回来了。詹姆斯医生一边用手轻轻地帮死者合上双眼，一边把"噩耗"告诉了她。在她的脸上看不出一点悲伤的神情，她只是在听到死亡这个名词时，习惯性地表现出沮丧。她黯然地流下了眼泪，在抽噎中还夹带着她一贯的唠叨。

"这是报应啊！这一定是上帝安排的。上帝总是会惩恶扬善的，他永远都站在受苦的人这一边。现在，他开始帮我们的忙了。为了给他买药，辛迪已经花掉了最后一个硬币。可是，药已经没有用了。"

"我冒昧地问一下，"詹姆斯医生说，"难道钱德勒太太没有钱吗？"

"钱吗？先生，我想当你知道埃米小姐为什么晕倒时，你就不会问这个问题了，她是饿晕的。她已经没钱吃饭了，先生。在这所房子里面能进到嘴里的只有那么几块饼干了，这里已经断粮三天了。我的小天使在几个月前就把自己的婚戒和手表变卖了。你看到的这栋漂亮的房子，先生，还有厚实的红色地毯、华丽的家具，都是租来的。而那个男人还凶狠粗暴地命令她去交租金。那个魔鬼——上帝啊，你宽恕他吧——现在他已经得到报应了。他也把家里所有的钱都败光了。"

医生的态度与以往不同，他并没有阻止老女人的喋喋不休，而是用沉默代表了默许，并且在她刚才的唠叨中捋顺了一个老套的故事。在故事中交织着梦想、冲动、苦难、残酷和傲慢。老女人的杂乱无章的语言展现了一幅乱七八糟的全景图。但是还有几处画面是清晰的：在遥远的南方有一个温馨的家；她因为冲动结了婚，但很快就开始悔恨；随之而来的是一段不幸的、屈辱的家庭生活；就在最近，妻子得到了一笔遗产，这笔钱本可以使她摆脱一切困苦，但是被丧尽天良的丈夫拿走挥霍了，两个月的时间，他不曾回过一次家，最后分文不剩地、喝得酩酊大醉地回来了。在这个混沌的故事中，如果仔细分析还是可以辨认出一件清晰明了的事情——这位上了年纪的黑人女仆是那样淳朴善良，她将自己全部的爱都用来守候她年轻的小主人了。她会矢志不渝地一直追随着自己的女主人，并帮其砍尽路上的荆棘。

最后，她终于发泄完了，不再说话了。换医生开口了，他问家里还有没有剩下的威士忌或者其他烈性酒。老女人给出了肯定的答案，她告诉他，在餐具柜里还有那个恶魔喝剩下的半瓶白兰地。

"就按照我刚才说的做法，给你的主人准备一杯加热的甜酒，"詹姆斯医生说，"你去叫醒她吧，顺便让她喝下甜酒，待她喝完后，告诉她在她沉睡期间，都发生了什么。"

大约过了十分钟，钱德勒太太在辛迪的搀扶下，走到了詹姆斯所在的房间。由于刚刚补了一觉，又喝了些甜酒，所以她的气色好了很多，身体也有了一丝力气。而詹姆斯医生已经用床单把尸体盖起来了。

这位太太的目光中不单有悲伤，还有惊恐。她快速地瞥了一眼床上的尸体，之后更加靠近她忠实的守护者。她明亮的眼睛里看不到泪水，或许是太久的悲伤和苦难让她把这一生所有的泪水都流完了，现在的她已经麻木了。

詹姆斯医生站在桌子的旁边，大衣已经穿好，帽子和药箱已经提在手里了。他依旧神情严肃、冷静、安详——他的职业让他对世上的痛苦变得默然，只是他那双棕色的眼睛里还闪耀着作为医生这个职业该有的同情。

他语气温和而言简意赅地说，天色太晚了，如果想找人帮忙料理后事恐怕会很困难，所以他会亲自去请几位朋友来帮忙。

"还有最后一件事，"医生指着大敞四开的保险箱说，"您的丈夫，钱德勒先生在生命的最后关头把保险箱的密码告诉了我，并且让我将它打开。如果您还想要用这个保险箱的话，那么请您记住它的密码是四十一。

要先向右转动几圈，再向左转动一圈，之后让上面的数字停在四十一上，就可以了。他知道您在熟睡，所以不想惊动您，尽管他已经知道自己的生命马上就要完结了。

"他说，在那个保险箱里放了一笔钱，数额不大，但也足够您完成他最后的夙愿了。他希望您可以回到家乡，然后过上好一些的生活，等您觉得您的日子过得幸福了，那么请您原谅他的种种恶行，和他对您所犯下的错误。"

他指了指桌子，上面整整齐齐地码放着一沓沓钞票，在纸钞的上面还压着两摞金币。他继续说："这些钱——和他告诉我的数额一样——八百三十美元。另外，请您收下我的名片，如果以后还有需要我的地方，您可以不用客气。"

假如这一切都如詹姆斯医生所说，那么她的丈夫在生命垂危的关头还是在乎她的，而且如此体贴！只是来得太晚了！但是，即便这样，这个谎言也在她对世间的所有留恋之情损耗殆尽的时候，为她燃起了一点希望的星星之火。她哭喊出了声音，而且很大："罗伯！罗伯！"接着转身扑到那位忠实仆人的怀中。她终于哭了，她正在用眼泪冲刷着记忆中的悲惨情节。让人宽慰的是，在她之后的生命中，杀死她丈夫的凶手的谎言，居然变成了点燃她幸福生活的星星之火。它会闪烁在她丈夫的坟墓之上，会给她慰藉，她会因此而原谅他的种种恶行，不在乎当事人是否诚恳地当着她的面求她原谅。

黑人女仆把她抱在怀中，她就像一个孩子，被低沉的声音和模糊的语言哄着、安慰着，之后慢慢将情绪平复。等她最终抬起头时，医生已经离开了。

我们选择的道路

　　图森向西再过二十英里，就有一座水塔。而"夕阳"号特快列车马上就要在这里停下来加水了。除了加水，这趟远近闻名的特快列车还会加上一些非常不吉利的东西。

　　就在司炉工人加好水，将水管放下的那一刻，有三个人爬上了火车头。他们分别是鲍勃·蒂德博尔、"鲨鱼"多德森和"大人物"约翰。这个"大人物"约翰有四分之一的克里克印第安血统。他们三个人，带着三支枪，并将三个黑色的枪口同时对准了火车司机。黑色的枪口好像带来了一阵阴风，给人一种危险的信号，火车司机连忙举起双手。当然在做了这个动作之后，他必定还会听到一声怒吼："快说！"

　　他们三个人之中的队长是"鲨鱼"多德森，他简单爽快地发布指示，之后火车司机毫无挣扎地听从命令，跳下了车，把火车头和煤水车从列车上卸掉。接着，"大人物"约翰蹲在煤堆上，像开玩笑一样地把枪口分别对着火车司机和司炉工人，吩咐他们把火车头开到五十码外的地方等待下一步指示。

　　在"鲨鱼"多德森和鲍勃·蒂德博尔的眼里，那些乘客还算不上值钱，最多也就是品质下乘的矿石。所以他们并不把乘客当一回事，乘客更不值得他们花费力气。他们的目标是这列快车上的"富饶的矿藏"。他们发现押运员还被蒙在鼓里，对"夕阳"号特快列车只是加了纯净水这件事毫无怀疑。他们并不知道除了纯净水，这趟列车还添加了危险，甚至是更刺激的东西。可是稍后，鲍勃的六连发左轮手枪，将他们这种一切都平安无事的念头剔除得一干二净。而与此同时，"鲨鱼"多德森也已经用炸药炸开了这列火车的保险箱。

保险箱的内胆暴露无遗，价值三万美元的黄金和钞票傲人地显现出来。火车上的乘客却不存一点危险意识地将头探出窗外，想看看是哪里打雷了。列车员本想拉响警铃，但已经割断的绳子此时变得懒散疲沓，再用力就掉了下来。"鲨鱼"多德森和鲍勃·蒂德博尔把他们的"劳动所得"装进了事先准备好的一个结实的布袋中，之后便跳车，奋力跑向火车头。脚上的高跟筒靴给他们造成了一些阻碍，所以他们总是跌跌撞撞、一拐一拐地跑着。

火车司机虽然对这种被强迫的事情很愤慨，但还是选择做一位顺从的明智之人，他依照对方的指示，将火车头开动，迅速地驶离了已经被卸下来的车身。可是就在他完成这一系列的动作之前，特快列车上的押运员，就是那个被鲍勃·蒂德博尔打晕而被迫保持中立的押运员从昏迷中清醒了过来。他拿起一把温切斯特步枪，也跳出了火车，加入到了这场战争之中。坐在煤水车上的"大人物"由于疏忽，棋错一着，满盘皆输，给这个押运员当了一回枪靶——子弹不偏不倚地从他的两块肩胛骨中穿了过去。他的滚落，使得他的伙伴们每人可以多分得六分之一的赃款。当火车头在开到距离水塔两英里的地方时，火车司机被赶了下来。

两名劫匪挥舞着双手，挑衅地向火车告别。之后，他们冲下陡峭的山坡，消失在轨道两旁的密林之中。在五分钟让人崩溃的浓密丛林之旅后，他们终于来到了一片宽敞的树林，并且可以看到事先被安置好的三匹马，它们被拴在低垂的树枝上。其中一匹是为"大人物"约翰准备的，然而无论昼夜，他都不可能骑上这匹马了。两个劫匪卸掉了这匹待命的马的马鞍和马笼头，它自由了。他们跃上了另外两匹马，并且把帆布袋搭在了一匹马的马鞍上，快速而又谨慎地穿过森林，来到了一片原始而寂静的峡谷之中。就在这时，鲍勃·蒂德博尔的坐骑在一块长满青苔的巨石上滑了一下，摔断了前腿。他们用子弹射穿了它的脑袋，之后坐下来商量接下来的路该怎么走。他们从开始到现在，所选取的逃跑路线都是曲折迂回的。所以至少到目前为止，他们还是安全的。而且即便对方派出了搜索队，也不可能在那么短的时间内找到他们，毕竟他们相隔的距离还有那么长。现在他们还有些时间。"鲨鱼"多德森为他的马解开了马笼头，也放开了缰绳，所以此时那匹马正用鼻子喘着粗气，沿着峡谷中的溪流大口大口地咀嚼着青草。鲍勃·蒂德博尔则打开帆布袋，将双手伸进去，一只手从里面拿出一摞整齐的钞票，另外一只手则抓出了一把黄金，他咯咯地笑着，就像个孩子一样。

"喂，你这个老谋深算的双料强盗，"他兴奋地对多德森说，"你说过我们肯定能做到的——你太有经济头脑了，就算把你放在整个亚利桑那州，你也是顶尖的人物。"

"你现在没有马了，接下来我们该怎么办呢，鲍勃？咱们不能一直留在这里，不用等到天亮，他们就会找到这里来的。"

"哦，你的那匹印第安血统的小马可以同时驮我们两个人，我想这样的话，我们还能往前走一段路。"乐天派总是这样想问题，鲍勃说，"只要在路上看到一匹马，我们就抢来。哦，我们发财了，是吧？看看上面，有三万美元呢，我们每个人可以分得一万五！"

"这可比我预想的少多了。""鲨鱼"多德森用脚尖轻轻地踢了踢装钱的帆布袋，又看了看那匹疲惫不堪、已经汗流浃背的可怜小马的两肋。他说："老玻利瓦尔的气力已经消耗得差不多了，"他的语气变得缓慢，"我多么希望你的马没有摔断前腿。"

"这也是我希望的，"鲍勃真诚地回答，"可是事情已经如此了，没有如果了。不过我相信玻利瓦尔的耐力，它一定可以驮着我们两个向前再跑一段，直到我们找到新的马。哦，我简直不敢相信，你只身一人从东部过来，白手起家，这简直就是一个奇迹。你比我们这些生在这里的人还要厉害。对了，你是东部哪里的人？"

"纽约州，""鲨鱼"多德森一边说，一边找了块大石头坐下，嘴里还叼着一根嫩枝，他继续说道，"我是在阿尔斯特县的一个农场出生的，在那里生活了十七年，之后就出来闯荡了。不过我来到西部是一件很偶然的事情。我离家出走的时候身上只有一个包裹，里面无非就是些衣服。我本想沿着马路一直走，想走到纽约去，去大城市淘金。我那时一直相信我可以做到。但是当太阳快要下山的时候，我走到了一个岔路口，是向左还是向右，我纠结了很久。大概三十分钟过后，我才决定选择左边的路。当天晚上我遇见了一个正在乡镇搞演出的四处游走的西部戏剧团。所以我跟着他们来到了西部。直到现在，有时我还在想，如果当初我选择了右边的路，我的人生是不是会有很大的不同。"

"哦，我觉得到最后你还会和现在一样。"鲍勃·蒂德博尔神态自若地甩出一句貌似很有哲理的话，"我们成为怎样的一个人，不在于我们选择了怎样的路，而在于我们的本性如何，我们本来是怎样的人。"

"鲨鱼"多德森从石头上站起来，身体倚靠着他旁边的树。

"鲍勃，我多么希望你的马没有摔断前腿。"他又重复了一遍前面说过的话，语气中既有忧伤，又有无奈。

"我也是这样想，"鲍勃表示赞同，"它确实是一匹良驹。不过，我们还有玻利瓦尔啊，它一定不会辜负我们的，它会带我们冲出困境的。好了，我们是不是该走了，鲨鱼？等我把钱弄好，我们就出发，该换个更安全的地方了。"

鲍勃·蒂德博尔埋头将刚刚弄散的钱重新放好，再用绳子将帆布袋扎结实，可当他再抬头的时候，却看到令他惊心动魄的一幕——"鲨鱼"多德森的那支四五口径的手枪正对着他，黑洞洞的枪口没有一丝晃动。

"别闹了，"鲍勃不自然地微笑，"我们还是快走吧。"

"待着别动，"鲨鱼"说，"你不用走了，鲍勃。这不是出于我的真心，但我不得不做出这样的抉择。我明确地告诉你，我们两个人之中只有一个人可以逃出去。玻利瓦尔已经筋疲力尽了，它不可能驮着我们两个一起走。"

"多德森，我们在一起合作已经三年了，"鲍勃平静地说，"我们不是第一次一起冒险，我和你一直用公平的方式处理问题，而我也一直认为你是个真正的男人。的确，我是曾听说过关于你的一些奇怪的故事，比如你曾不光彩地杀过一两个人。但我从来没有把那些传言当真过。现在，如果你是在和我开玩笑的话，那么这个玩笑一点都不好笑，你可以结束了。我们现在马上骑上玻利瓦尔，离开这里。但，如果你真的想杀了我，那么你就快点动手吧，你这个毒蜘蛛养的黑心小子！"

"鲨鱼"多德森的脸上露出了深深的悲哀的神情。"你不知道这件事让我多么悲伤，"他叹了口气说，"你那匹栗色的马摔断前腿这件事，让我多么心酸，鲍勃。"

多德森脸上的表情在瞬间变得阴冷而残忍，他变得冷酷无情，只有贪婪和凶残。这是这个男人本性的显露，就如同在很有信誉和声望的人家的窗口，看到了一张邪恶的面孔。

的确，鲍勃·蒂德博尔再也不用着急赶路了。他的朋友，一位违反道德、不守诺言的朋友用一把四五口径的手枪，在一声巨响之后，结束了他的生命。在这个巨大的峡谷中，不平和愤恨的声音久久回荡。至于玻利瓦尔，它在不知不觉间已经做了帮凶，这样它就不用费力地驮着两个人赶路了。现在，它正驮着抢劫了"夕阳"号的唯一幸存的劫匪飞驰而去。

正当"鲨鱼"多德森风驰电掣般行进的时候，他眼前的森林消失了，而他右手紧握的左轮手枪也逐渐变成了一把红木座椅的弯曲扶手，当然马鞍也不在了，取而代之的是又软又舒服的奇怪的垫子。他睁开了眼睛，发现自己的脚下原本踩的马镫不见了，它们安安稳稳地落在一张橡木材质的桌角上。

我刚才说的是多德森，对，多德森 - 德克尔公司的老总兼华尔街经纪人，他睁开了眼睛。他的身边站了一个人，是他的机密业务员。业务员一副欲语还休的尴尬表情。而楼下传来了一片混乱的车轮声，办公室里的风扇也发出嗡嗡声。

"咳！皮博迪，"多德森说话时，眼睛不时地眨着，"我刚才一定是睡着了。我还清晰地记着刚才做过的一个奇怪的梦。这是怎么一回事，皮博迪？"

"老总，特雷西－威廉斯公司的威廉斯先生已经到了，他在外面等候多时了。他这次来的目的是结算那只 X.Y.Z. 股票。他曾想卖空的，但现在被套牢了，我想您应该还记得这件事。"

"是的，我记得。X.Y.Z. 今天的报价是多少，皮博迪？"

"每股一美元八十五美分，经理。"

"那就按这个价格给他结算吧。"

"很保险，但我还想多一句嘴，"皮博迪神色有些慌张地说，"我刚刚和威廉斯先生谈过，他是您的老朋友。而您，多德森先生，现在已经垄断了 X.Y.Z. 这只股票。我想您可能——我是想说，您也许不记得了，当初威廉斯把这只股票卖给您的时候，价格是九十八美分，但是如果按现在的市场价给他结算的话，那么他会毫无悬念地走向破产之路。"

多德森脸上的表情同样在瞬间变得阴冷而残忍，他变得冷酷无情，只有贪婪和凶残。这是这个男人本性的显露，就如同在很有信誉和声望的人家的窗口，看到了一张邪恶的面孔。

"必须按一美元八十五美分结算，"多德森说，"玻利瓦尔驮不了两个人。"

艺术良心

有一天，杰夫·彼得斯对我说："我还是没能说服我的搭档安迪·塔克，他始终还是没能遵守诈骗这行的职业道德。

"安迪的想法简直太多了，这样丰富的想象力让人觉得他很油滑，不诚实。他总是能制订一些巧妙、高明的计划来欺诈钱财。而他所采用的手段在铁路回扣制度的细则中是不被允许的。

"而我自己，就从来不会拿任何人的钱，除非我回馈给他们一些东西，比如镀金的首饰、花园的种子、治疗腰痛的药剂、股票、炉台清洁剂，或者是打破人家的脑袋。总之，人家花了钱，我就一定会给他们回报。我想我一定是有新英格兰人的血统，我继承了他们对警察的恐惧心理。

"但是安迪的家族史一定不同于我。我甚至认为他的家族就如同一家刚成立不久的股份有限公司，根本没什么历史可言。

"有一年的夏天，我们当时在俄亥俄河流域做买卖，我们经销的是家庭相册、头痛粉和蟑螂杀虫剂。同样地，安迪又是一个转念，想出了一个赚大钱的办法，但这样操作也有可能会惹上官司。

"'杰夫，'他说，'我一直在思考，我们现在要不要结束这种只赚农村人的钱的想法。我觉得我们应该将目光放到更有油水、更有作为的事情上。如果我们总是从穷人身上搜刮钱财，那么我们将会被定位为低级的骗子。咱们应该到拥有摩天大楼的国度去，在大雄鹿的胸脯上咬上一大口，赚一笔大钱，你看怎么样？'

"'好了，别做梦了，'我说，'你知道我的性格的，我宁愿做这种规规矩矩的小买卖。人家把钱给了我们，我们总是要给他们留下些实物的，让他们可以看得见、摸得着，免得他们总是盯着我，哪怕给他们一些能够分散注意力的麻烦都好。你有什么好的建议，安迪，说出来我听听。其实我也不只是要弄那些小的花招，如果有更好的赚钱方法，我也不会拒绝。'

"'我是这样想的，'安迪说，'我们去一群美国籍的"弥达斯"中间狩一次猎，就是那些被人们称为"匹兹堡百万富翁"的、能够点石成金的人。只不过我们的狩猎不需要猎犬，或者照相机。'

"'在纽约吗?'我问。

"'不，先生。'安迪说，'在匹兹堡。那里才是他们的栖息地。他们不喜欢纽约，只是由于某种安排和特殊的事情，才会去那里。'

"'如果一个匹兹堡的百万富翁到了纽约，他就会像飞入一杯热咖啡的苍蝇——无论他们做什么，都会引起人们的关注和评论——然而他们并不喜欢咖啡的味道。纽约到处都是一些告密者和势利小人，他们在这座城市花钱，还会遭到嘲笑，有人嘲笑他们是冤大头，嘲笑他们花了太多钱的愚蠢行为。然而，他们花的钱并不多。我就亲眼看见过一个身家一千五百万美元的匹兹堡人，他在这里十天的旅行账单，账目是这样的：

> 往返票价：21.00 美元
>
> 出入酒店的出租车费用：2.00 美元
>
> 酒店住宿费（每天 5 美元）：50.00 美元
>
> 小费：5750.00 美元
>
> 总计：5823.00 美元

"'这就是纽约，'安迪接着说，'就好比是餐厅的领班。倘若你给了他太多的小费，他就会站在门口，跟保管你衣帽的服务员一起取笑你。所以，匹兹堡的富人宁愿在家里花钱买个高兴，而我们，也只有到那里去找他们。'

"闲言少叙，总之我和安迪立刻把我们的家庭相册、头痛粉和蟑螂杀虫剂寄放在一个朋友家里的地下室，之后起程去了匹兹堡。在来这里之前，安迪没有制订计划，也没有说打算采取怎样的诈骗方式，或者是使用强制手段。但不管怎么样，他总是很有自信。他有做这种投机倒把的生意的天赋，因为他能够随机应变，并且能够镇定自若。

"他了解我做事的风格和要求，所以他不得不让步。他说无论我们做怎样的生意，总之不管是否合法，只要我们从对方身上拿到了钱，他都会尽量做到给对方留下点什么，让对方能够看得到、摸得到，或者是听得到、闻得到。他迁就了我的习惯，所以他答应我会给对方留下实实在在的回报，好让我的良心过得去。当然，也正是因为他对我的这种承诺，我才肯踏踏实实地跟着他一起做事情。

"那一天，浓重的雾气笼罩着这座城市。我和安迪一起在一条名为史密斯菲尔德大街的煤渣路上散步，我问他：'安迪，你现在想好我们该怎样去结识那些煤炭大王和生铁霸主了吗？我并没有示弱，或者瞧不起我们自己的地位，只是，'我说，'你知道，那些商业巨头的沙龙，并不是那么好进的。这一点是不是比你意料的难呢？'

"'这么说吧，如果说难，那么难在——'安迪说，'难在我们比他们的学识和修养都要好得多。因为匹兹堡的百万富翁们都是一些单纯的人，从不摆谱或者给人高高在上的感觉，他们更讲究民主。其实他们中的大多数人都出身卑微，在金钱增多的同时，学识和修养却落下了。所以他们说话粗俗，动作不讲究，从来都是不拘小节的乐天派，至于礼节，那就更不用提了，他们根本都不懂。'安迪继续说道，'他们的性格根深蒂固，就像这里总是雾气蒙蒙的。只要气候不改，他们的本性也就难改。只要我们态度随和，不拿腔拿调，不排斥他们，并且还能时不时地用钢轨进口税那样的话题引起他们的注意，那么一切就将水到渠成，我们一定会和那些百万富翁结识的。'

"就按安迪所说的，我们在城里先是一起忙活着搜集他们的资料。在三四天之后，我们已经掌握了在这里的几位百万富翁的情况。有一个百万富翁，他的习惯就是每天都会把车停到我们居住的酒店楼下，之后让服务生给他拿一夸脱①香槟酒。服务员只需要帮他拔掉瓶塞，他就自己拿着瓶子嘴对嘴地喝。这个习惯的养成说明他在富有之前，一定是个吹玻璃的工人。

"一天晚上，我一直没看到安迪，直到晚上十一点的时候，他才来到我的房间。

"'我找到一个下手的对象了，杰夫，'他说，'此人身家一千二百万美元，名下经营的项目有油田、轧钢厂、房地产和天然气。他的脾气很温和，跟人也没有距离感。至于发财，也就是最近五年的事情。另外，他现在正在聘请教授帮助他学习文学、艺术和穿着打扮之类的东西。'

"'我见到他的时候，他刚好赢了一个赌局。和他打赌的那个人是钢铁公司的老板，赌注一万美元。他说，阿勒格尼轧钢厂今天一定有四个人自杀，结果他赢了。在场的人都起哄，让他到酒吧请每个人喝上一杯。后来，他看见了我，并且请我吃了晚饭。嗯，我们是在钻石巷的一家餐厅吃的饭，坐在那种高脚的椅子上。我吃了蛤蜊羹和苹果派，我们还一起喝了起泡的摩泽尔葡萄酒。'

"'饭后，他带我参观了他在自由街的单身公寓。那套公寓就在海鲜市场的楼上，总共有十个房间，洗澡的地方在三楼。他和我说，为了装修这套公寓，他已经花费了一万八千美元。据我的观察，我觉得这个数字是真实的。其中有一个房间，放置着他收藏的油画，应该价值四万美元；另一个房间，放置着他收藏的古董，总价值大概有两万美元。对了，这个人姓斯卡德，年龄四十五岁，正在学习钢琴。至于他的企业嘛，只说油井，每天的出油量为一万五千桶。'

"'很好，'我说，'你能结识一位这么有钱的人确实不错，但是这和我们有什么关系吗？他那价值连城的油画与古董和我们有关系吗？他的油井

① 英、美计量体积的单位。1 英夸脱合 1.137 升。在美国，1 液夸脱合 0.946 升；1 干夸脱合 1.101 升。

每天能出多少油和我们关系吗？'

"安迪若有所思地坐在床上，沉默了一会儿说道：'嗯，只是这个人并不像其他有钱人那样粗鲁而没有品位，对艺术品的喜好也绝对不是附庸风雅。在带我参观他的艺术品时，他兴奋、激动并且神采奕奕，就像炼焦的炉门一样。他说，如果他的一些大款项的交易能够顺利完成，他会让J.P.摩根花大价钱买来的挂毯，还有缅因州奥古斯塔的珠宝看起来都黯然失色，都称不上昂贵。'

"'然后，他还给我看了一件小型的雕刻，'安迪说，'任何人都可以看得出它的美妙之处。他说那件宝贝是两千多年前的老物件了，是用一整块象牙雕刻成的一朵莲花，最奇特的部分是莲花的花蕊处有一张美女的脸。'

"'斯卡德查看了一本资料，上面有对这件物品的描述。在很久以前，一位埃及的雕刻家制作了一对这样的莲花，献给拉美西斯二世。现在，一件在他的手上，另外一件已经不知所终。而这件是斯卡德用两千美元买回来的。他也尝试着寻找另外一件，已经搜遍了整个欧洲的古玩和旧货市场，但始终没有找到。'

"'行了，'我说，'说了半天，我还是没听出来这件事和我们有什么关系。这些信息对我们来说简直一文不值，就像听到溪水流动的声音一样。我原本以为我们可以给那些百万富翁上上课，骗些钱，可不是让他们给我们上什么艺术的课程。'

"'冷静，'安迪泰然地安慰道，'这件事对我们来说是一个机会，如果顺利的话，我们马上就可以达到我们来这里的目的了。'

"第二天，安迪一大早就出门了，直到中午才回来。他一回到酒店，就急急忙忙地把我叫到他的房间。他从兜里掏出来一个鹅蛋大小的东西，它被小心地包裹着。我打开一看，里面是一件象牙浮雕作品。应该说，就是安迪和我提到过的，和那个百万富翁的收藏品一模一样的东西。

"'上午的时候，我去了一家当铺，'安迪说，'我在一堆古剑和旧货的下面发现了它。当我问起的时候，当铺老板说，这个小玩意已经被当了好几年了。他也记不清是什么人当的了，好像是住在河下游的外国人，也不知道是阿拉伯人，还是土耳其人，或者是其他什么国家的人。当物的时间一到，也就成了死当了。'

"'我本想用两美元买下它的，但或许是我的心情太过急迫了，老板有所察觉，于是他叫价三十五美元。他说如果少于这个数，就是从他的孩子们的嘴里抢面包。最后，讨价还价一番，我花了二十五美元买下了它。'

"'杰夫，'安迪又说，'这个小东西和斯卡德的收藏正好配成一对，而且是一模一样的。我断定他会毫不犹豫地把它买下来，因为他不会错过这个机会，更没有人能肯定地说它不是那个埃及雕刻师的作品！'

"'这个推断很合理，'我说，'那我们现在的问题就是如何让这个家伙上钩。'

"关于这件事安迪已经把握十足了。下面我就告诉你，我们是怎么做到的。

"我先化身为皮克尔曼教授。做到这一切十分简单，只需要戴上一副蓝眼镜，穿上一套笔挺的黑色西装，再把头发揉搓得蓬蓬松松的，就大功告成了。我到另外一家宾馆，以皮克尔曼教授的身份开了房间，并且给斯卡德发了电报，告诉他，我有他非常感兴趣的关于艺术方面的事情急需与他探讨。没过一小时，他就出现在酒店的大堂，上了电梯，随后进到我的房间。他虽然长相普通，但说话时底气很足，声音很洪亮。在他的身上可以很明显地闻到康涅狄格州的雪茄和石脑油的味道。

"'您好，教授！'他声音响亮地问候道，'近来生意好吗？'

"我用手在头上揉了揉蓬乱的头发，眼睛在蓝眼镜的后面瞪了他一下。我说：'您好，请问您是宾夕法尼亚州匹兹堡的科尼利厄斯·T. 斯卡德先生吗？'

"'哦，是的，'他说，'要不要出去喝一杯？'

"'我没有那个闲工夫，我的胃也没有，'我说，'况且喝酒有害身体健康，我的消遣里从来没有这一项。我是从纽约特意过来的，是想和您谈生

意——哦，是探讨一个艺术问题。'

"'我听说您收藏了一件象牙雕刻的艺术品，它是拉美西斯二世时期出自埃及雕刻师之手的作品。造型是一朵盛开的莲花，而在花蕊的地方是伊西斯王后的头像。这本该是一对艺术品，但是其中一件销声匿迹了多年。然而，幸运的是，我最近在维也纳的一家当铺——哦，我是说博物馆中，是一家很小且没有什么名气的博物馆中发现了这件作品。我当场就买下了它。坦白说了吧，您收藏的那一件我也想买下来，您开个价吧。'

"'我的上帝啊，教授！'斯卡德说，'您真的找到了另外一件吗？您要买我的？哦，不，我科尼利厄斯·斯卡德收藏的东西是绝对不会转手的。您买下的那件雕刻您随身带着吗，教授？'

"我把那个物件拿给斯卡德看，他将它放在手上，仔细把玩了很久，并且观察得极为细致。

"'是的，'他说，'确实和我的那件一模一样。您看这雕刻出的线条都不差分毫。我觉得，'他说，'我不会卖，但是我想买下您的这件。爽快点，我出价两千五百美元。'

"'既然您如此坚持，那么好吧，您不卖，就只有我卖了，'我说，'您把钱给我，我马上把东西交给你，我不喜欢拖拉。而且我今天晚上就得赶回纽约，因为明天我还要在水族馆给学生们上课。'

"斯卡德当即开了一张两千五百美元的支票，通过酒店兑换成现金后，他便带着那件玩意走了。我按照与安迪的约定，准时回到了酒店。当我到达酒店的时候，安迪在房间不停地踱步，而且频繁地看着时间。在看到我时，他便问：'怎么样？'

"'两千五百美元，'我说，'现金。'

"'好，我们还有十一分钟，'安迪说，'去赶那趟从巴尔的摩到俄亥俄的火车。你快去拿你的行李。'

"'怎么这么着急？'我问，'这是一桩很规矩的生意。而且，即便他能发现那件雕刻是仿冒品，那也得一段时间。更何况，他似乎可以肯定那

件雕刻绝对是正品。'

"'绝对是正品，'安迪说，'因为它其实就是他家里的那件。昨天我在他房间里看古董的时候，他离开了房间一会儿。而我就趁着这个机会把它偷出来了。你赶快去拿行李，我们这就走。'

"'那么，'我说，'为什么还有一个发生在当铺的故事——？'

"'哦，'安迪说，'那是为了尊重你的良心。来吧，我们快走！'"

重获新生

一名监狱警卫来到监狱的制鞋车间,吉米·瓦伦丁正在努力认真地缝着鞋帮。警卫叫上吉米,并将他带到了前楼的办公室。监狱长亲自交给吉米一份赦免状,它是在今天早上由州长签署的。吉米接过赦免状,神情中略显劳累。其实他被判的刑期为四年,而现在他已经服刑十个月了。他原本以为他在这里最多待三个月。像吉米·瓦伦丁这样的犯人,因为在社会上交际广泛,认识的达官显贵众多,所以即便进了监狱也是不用剃掉头发的。

"现在,瓦伦丁,"监狱长说,"你明天早上就可以出去了。振奋一下精神,像一个男人的样子。你本质上不是一个坏家伙,以后别去撬保险箱了,安安稳稳地过日子吧。"

"你说我?"吉米满脸疑惑,说,"我是被冤枉的,我从来都没撬过保险箱。"

"是的,"监狱长笑着说,"你的确没撬过!嗯,让我回忆一下,那你为什么会被斯普林菲尔德的案子牵扯进来呢?是不是你为了不连累某位达官贵人,而故意不提供自己不在现场的证据呢?哦,或者是陪审团太偏激,而你又恰巧得罪了他们?每个说自己无罪的人给出的理由,也就是这么几个了。"

"我吗?"吉米说话时仍然保持着一种无辜的神情,"为什么这么说,监狱长?我从来都没见过斯普林菲尔德!"

"让他回去吧,克罗宁!"监狱长说,"你去准备一下他明天出狱时要穿的衣服。另外明天早上七点,放他出去,现在就把他关在大囚室里吧。瓦伦丁,你最好想一想我对你的忠告。"

第二天早上七点,吉米已经站在监狱长的办公室里了。他换上了一套现成的衣服和一双僵硬的皮鞋。显然衣服不够合身,而皮鞋也会咯吱作响。这身行头是政府在那些被强行羁押的人员被放出来时,为他们免费发放的。

另外,一个工作人员还给了他一张火车票和五美元。法律指望人们可以拿着这五美元洗心革面,重新做人,成为遵纪守法的良民。临行前,监狱长请他抽了一支雪茄,并且和他握手辞别。从此,在瓦伦丁的档案中会有这样的记录:瓦伦丁,9762 号,州长赦免。从此,吉米·瓦伦丁走到了阳光下。

吉米无心聆听鸟儿的歌唱,无心体会花儿的芳香,更无暇观赏树木的婆娑,他直奔一家餐厅而去。在那里,他品尝到了自由的味道:一只烤鸡、一瓶白葡萄酒,还有一支比监狱长给他的更上档次的雪茄。饱餐过后,他悠闲地往火车站的方向走。在车站的大门口,有一个盲人乞丐坐在地上。他把一枚二十五美分的硬币扔进了乞丐用来接钱的帽子里,便登上了火车。三小时之后,火车驶进了州边界的一个小镇。他下了火车,来到了一个咖啡厅,那是迈克·多兰开的。迈克·多兰已经站在吧台后面等候多时了,他们两个握了握手。

"对不起,我没能早点让你出来,吉米,我的兄弟。"迈克说,"斯普林菲尔德那边提起了上诉,所以我们也就一直忙着应付,后来差点连州长都不想管这个案子了。你感觉怎么样,一切还好吗?"

"很好,"吉米说,"我的钥匙能给我吗?"

他拿着他的钥匙走上楼去,打开了一个房间的门,一切都是他离开之前的样子。地板上还留着那颗衣领上的扣子,它是吉米从侦探的衬衫上撕扯下来的,当时本·普赖斯侦探带人强行逮捕了他。

吉米拉了一下紧贴在墙上的折叠床,床板从墙上滑下来的同时,一道有暗格的墙壁露了出来。他推开暗格,从里面拿出来一只手提箱。显然太久没有被动过，手提箱上已经覆盖了满满一层的灰尘。他打开箱子，疼爱地看着里面一件件精美的器具，那是他最爱惜的工具，是整个东部地区最好的盗窃工具。它们整整一套，都是用特殊的钢材制作而成，包括钻头、打孔器、手柄、螺丝钻、撬棍、夹钳，每一件工具都是最新式的设计。其中还有两三件是吉米自己发明的，这让他引以为傲。这套工具总共价值九百美元，他是在专门做这行的地方定做的。

三十分钟后，吉米走到楼下，并穿过咖啡厅。他现在的穿着极有品位，一身合身的衣服，手里提着清洁干净的箱子。

"又要去做什么吗？"迈克·多兰亲切地问道。

"我？"吉米故意用疑惑的语气说，"我也不清楚，我现在是纽约饼干小麦公司的推销员。"

这句话说得迈克很是高兴，他迫不及待地想请吉米喝一杯苏打水和牛奶——吉米从来都不碰含酒精的饮品。

在瓦伦丁（9762号）被释放的一周后，美国印第安纳州的里士满发生了一起盗窃案。保险箱被撬，八百美元不翼而飞，作案手法高明，现场没留下一丝线索。两个星期后，在洛根斯波特，即便是新式的保险箱也没能幸免于难，一千五百美元被轻松拿走，证券和银器却被完好地留在里面。这接连的两起盗窃案引起了警方的注意。之后，在杰斐逊城，一个老式的保险箱被盗，与前几次相比，这次的损失如井喷般严重，五千美元不见踪影。现在损失的钱已经相当多了，本·普赖斯不得不亲自负责调查此事。通过查看这几起案件的笔录，他发现盗窃手法惊人地相似。本·普赖斯又去了现场直接勘查，之后总结出："这几起案件都是'花花公子'吉米·瓦伦丁所为，他又重新做起老本行了。看看那个组合旋钮，是被夹钳拔出来的，就像在潮湿的天气里拔萝卜一样容易。而这一点，只有他的工具才能做到。再看看这些齿轮螺栓，每一个都被干净利落地只打了一个孔。吉米向来都不需要彩排，就可以轻松搞定。是的，我想我该去见见瓦伦丁先生了。我发誓，绝对不会有什么减刑或赦免的愚蠢事情发生。他必须老老实实地服完刑期。"

本·普赖斯太知道吉米的习惯了。当他办理斯普林菲尔德的案子时，他就对吉米了如指掌了。吉姆的作案手法高超，人也居无定所，他的作案范围广，但是人脱身很快，并且没有同伙。另外，他还很喜欢和上流人物打交道。正是因为这样，瓦伦丁才总是能逃脱法律的制裁，并且让他的传奇事迹广为传播。现在人人都知道本·普赖斯正在追踪这个难以捉摸的盗窃者，所以对一些家中有保险箱的人来说，就像吃了一颗定心丸似的。

一天下午，吉米·瓦伦丁搭乘邮车来到了埃尔莫尔。他的手提箱自然会伴其左右。埃尔莫尔位于阿肯色州的黑皮橡树林地区，它是一个小镇，距离铁路有五英里。吉米此时的打扮真的很乖巧，就像一位朝气蓬勃的高年级学生放学归来一样。他走在一条宽敞的街道上，目的地是前面的旅馆。

就在这时，一位年轻的姑娘穿过了街道，与他在拐角处擦肩而过。随后，她径直走进了一个大门，那里是埃尔莫尔银行。吉米·瓦伦丁傻傻地站在原地，痴痴地望着姑娘，刹那之间他忘记了自己是谁，仿佛被另外一个灵魂附体。姑娘害羞地低下了头，可以撇开直视的目光，却无法控制自己的脸颊变红。在埃尔莫尔，像吉米这样风流倜傥的男士还真的不多。

在银行门口的台阶上，刚好有一个男孩在闲逛，神态自若得好像这家银行就是他开的。吉米便拉他过来聊天，向他打听这个小镇的情况，当然没有免费的信息，他会给他一些小硬币。没多大工夫，那位姑娘从银行里走了出来，她故意装作没有看见这个提箱子的帅气小伙子，走远了。

"那位小姐是波莉·辛普森吗？"吉米很机智地问出这个问题。

"不是，"小男孩说，"她叫安娜贝尔·亚当斯。她是这家银行主人的女儿。你来埃尔莫尔做什么？这条表链是金的吧？我马上就要养一条哈巴狗了，还能给我一点钱吗？"

吉米到了农场主旅馆，开了间房，登记的名字是拉尔夫·D. 斯潘塞。他将身体靠在服务台上，和服务生闲聊起来，他说他是来埃尔莫尔做生意的，不知道这边的鞋业怎么样，如果在这个小镇开一个制鞋的企业，会不会有市场。

服务生对吉米的言谈举止很有好感，不仅如此，他还觉得吉米的着装很有品位，并且大加赞赏。因为他在埃尔莫尔也算得上时髦的年轻人了，但是与吉米一比较，就相形见绌了。他一面琢磨吉米的领结是怎么打的，一面很热情地回答吉米的问题，并且说了一些关于这个小镇的情况。

是的，做鞋的买卖应该会火的，因为至今为止这个小镇还没有一家专营的鞋店，并且在绸缎庄和百货商店里的鞋子卖得很好，十分走俏。他希望斯潘塞先生能够决心留在埃尔莫尔，而且夸下海口说这里的生活一定会让斯潘塞先生感觉到舒适，这里的居民是多么友好而善良。斯潘塞先生此时也觉得，多留几天也未尝不可，亲自体会一下这里的风土人情也不错。他对服务生说，不用叫服务员了，他自己可以把箱子提上去，因为它确实有些重。

爱情总是不期而遇的，而这从天而降的爱情已经让吉米无力应对，爱情的火焰已经把他烧为灰烬了。不过浴火重生的是拉尔夫·斯潘塞先生。他这只金凤凰终于在埃尔莫尔居住下来，一切都顺风顺水。他的鞋店开张了，门庭若市。

在社交方面，他当然没问题，结交了很多朋友。而且，最重要的是在他的众多朋友中，有他梦寐以求的安娜贝尔·亚当斯小姐。他对她的痴迷越来越深。

一年之后，拉尔夫·斯潘塞先生的生活情况是：他在当地有着很好的人缘和口碑，并且鞋店的生意兴隆。另外，他和安娜贝尔小姐马上就要结婚了，婚期定在两个星期之后。亚当斯先生是一位很勤奋的、脚踏实地的乡村银行家，他很器重斯潘塞。安娜贝尔小姐不仅深深地爱着他，还以他为荣。即便在安娜贝尔已经出嫁的姐姐家里，斯潘塞也几乎成为主角，因为他简直太受欢迎了，仿佛他已经是他们家中的一员了。

这一天，吉米在他的房间里坐下，并写了这样一封信。他要邮寄给他在圣路易斯的一位老朋友，地址很安全。

> 亲爱的老朋友：
>
> 　　我想要你在下周三的晚上九点准时来小石城沙利文。我想让你帮我做一些事情。并且，我想要把我目前用的这套工具送给你。我知道你会高兴的，毕竟它们——你哪怕花上千美元都没有办法复制。老实说，比利，我不干这一行已经有一年的时间了。我现在有了一家生意不错的商店，过着一种本分而真实的生活。因为两周之后，这个世界上最好的姑娘就要嫁给我了。这才是我应该过的生活，比利。现在就算有一百万给我，我也不会去碰别人的钱了。等我结了婚，我打算卖掉现在的店铺，之后去西部，免得再次陷入不安定的生活，在那里与我结怨的人没有很多。我告诉你，比利，她是一个天使。她认为我绝对不会做任何一件坏事。你务必要到沙利文来，我要见你。我会带着工具一起去。
>
> 你的老朋友
吉米

　　这封信刚刚被吉米寄出，本·普赖斯就在这个星期一的晚上坐着一辆租来的马车，悄无声息地来到了埃尔莫尔。他隐藏了自己的身份，并在这个小镇上四处打听着关于吉米的一切。终于，他打听到了斯潘塞的鞋店。他还在鞋店对面的药房里暗中观察着吉米，哦，应该是拉尔夫·D.斯潘塞。

　　"快要和银行家的女儿结婚了，是吗，吉米？"他自言自语道，"哦，可是能不能结成还说不准呢。"

　　第二天早上，吉米在亚当斯的家里吃早饭。今天他要去小石城定做结婚礼服，顺便也给安娜贝尔买一些礼物。这还是他自从来到这里之后，第一次离开呢。算一下，他已经有一年多没从事那个"职业"了，所以冒险露一次面应该不会有太大的问题。

吃完早饭，一家人声势浩大地一起到了闹市区。这里所说的一家人包括：亚当斯先生、安娜贝尔、吉米、安娜贝尔的姐姐和她的两个女儿，一个五岁，一个九岁。他们先是来到了吉米居住的旅馆，待吉米上楼取下箱子后，一行人又往银行走。吉米的马车就停在银行门口，他们先到银行里面办些事，等他们一出来，马车夫多尔夫·吉布森就会送他们去火车站。

当他随着大家走进银行营业厅的雕花橡木栅栏时，有一群人在里面欢迎他。作为亚当斯未来的女婿，职员们自然会表现得很热情，而且他还是一位风流倜傥、性格温和的年轻人。吉米放下手上的手提箱。此时的安娜贝尔心里充满了幸福的感觉，这种对生活的满足和快乐的情绪让她变得活泼起来。她戴上吉米的帽子，提着吉米的箱子，说："我像不像一位推销员？哦！拉尔夫，箱子怎么这么沉？就像里面放了金砖一样。"

"是装了挺多包镍的鞋拔，"吉米自然地说，"这是别人的，我要还给他。正好我们要出门，我就自己带着了，这样可以省掉一些运费，我发现我越来越节约了。"

埃尔莫尔银行最近刚刚装上了一个新式的保险库。这件事使得亚当斯先生很是得意，所以他强烈要求大家去欣赏一下。保险库并不大，而保险库大门的设计才是重中之重，因为它是独创的。在大门上有一个定时锁，还有三道钢闩，但是这三道钢闩都是由一个把手控制的。亚当斯先生激动而兴奋地为斯潘塞先生讲述着这个保险库的结构，以及该如何操作，斯潘塞则温文尔雅地听着，只是有些漠然。梅和阿加莎这两个小朋友倒是对这个保险库很感兴趣，他们看着发亮的金属、奇怪的时间装置和旋钮，异常地兴奋。

当大家都全神贯注地欣赏新式的保险库时，本·普赖斯也走了进来。他将胳膊支在柜台上，两只眼睛假装无意地看向里面。他安抚银行职员的理由是，他在等人，不用管他。

突然，传来一阵女士的尖叫声，随后便是一团嘈杂。原来在大人不注意的时候，九岁的梅把阿加莎关进了保险库里，她当然只是想玩一下，所以她还学着亚当斯先生的样子，把钢门锁上，并且扭动了密码旋钮。结果是保险库被锁死了。

老银行家一个箭步冲上去，扭动扳手，但已经无济于事。"打不开了，"他大惊失色地喊道，"定时锁没有上发条，暗锁也没有对准。"阿加莎的母亲绝望地大声哭喊。

"大家都别吵！"亚当斯先生举起发抖的双手，示意大家保持冷静，"先冷静，阿加莎！"他几乎是用尽全力呼喊着，"大家听我说。"一瞬间，人们从嘈杂变得安静，此时只能隐约听到小孩子在保险库里哭闹的声音。她一定被吓坏了，里面漆黑一片，她什么都看不到。

"我的孩子！"她的母亲撕心裂肺地喊道，"她会被吓死的！快开门啊！开门啊！快把门打开！你们这些男人就不能想点办法吗？"

"得找专业的人才行，但是最近的也得去小石城找。"亚当斯先生的声音直发抖，"上帝啊！斯潘塞，我们该怎么办？孩子等不了那么久，里面的空气不够用啊！而且，她会被吓死的。"

阿加莎的母亲救子心切，她已经顾不得有用还是没用了，只是用尽全力地拍打着保险库的大门。真是病急乱投医，居然还有人建议用炸药把门炸开。安娜贝尔看向吉米，她那美丽的大眼睛里充满了焦急的神色，但还有期待。因为对一个女人来说，她们总是相信自己深爱的男人是超人，他们总会有办法的。

"你有什么办法吗，拉尔夫？如果有，就试试好吗？"

他看着她，眼神和嘴角都流露出了神秘但温柔的笑容。他说："亲爱的，安娜贝尔，把你胸前的玫瑰给我，好吗？"

安娜贝尔不能理解他为什么有这样的要求，但她还是顺从地用手取下她胸襟位置上那朵即将盛开的玫瑰，递到了他的手里。吉米把花插到了自己的马甲口袋里，之后脱下外套，并且将自己衬衣的袖子向上卷了卷。此刻，没有拉尔夫·D. 斯潘塞，取而代之的是吉米·瓦伦丁。他用简练的语言说："把门口让出来。"

吉米把手提箱放到桌子上，然后打开。从那只手提箱重出江湖的时刻起，吉米就进入自己的世界之中了。他动作敏捷利落地将闪闪发亮的古怪工具拿出来，嘴里还轻轻吹着口哨——这就是他做这项工作时的常态。周围万籁俱寂，所有人都好像被施了魔法，他们没有办法说话，甚至不能动弹。

一分钟还没到，吉米向来都很争气的钢钻已经钻进了钢门。只用了十分钟，钢闩被打开了，吉米拉开门——这个速度已经打破了他之前创造的所有纪录。

可怜的阿加莎已经倒在地上了，不过还是安全的，现在她的母亲正抱着她。

吉米·瓦伦丁穿好外套，急匆匆地走出栅栏，向门口走去。他在前进的过程中，隐约听见了他熟悉与迷恋的声音在遥远的地方叫着"拉尔夫"，但是他仍旧没有停下脚步，甚至没有一丝迟疑。

在银行门口，一个体形健硕的家伙几乎把路堵死了。"嘿，本！"吉米的脸上还带着和刚才一样的神秘微笑，他继续说，"始终还是找到了，对吗？这很好，我们走吧，已经可以了。"

可是，本·普赖斯的反应很奇怪。他说："您认错人了吧，斯潘塞先生？我可不认识您，对了，门口是您的马车吧，它在等您，不是吗？"

本·普赖斯说完便转身离开，沿着街道，越走越远。

忙碌的证券经纪人的浪漫史

早上九点三十分，证券经纪人哈维·马克斯韦尔准时来到了办公室，伴其左右的是一位年轻的女速记员。机要秘书皮彻平日里总是很淡定，基本在他的脸上看不出什么表情，但是此刻他满脸诧异。马克斯韦尔倒是没注意到，只是匆匆说了句"早上好，皮彻"，就赶往自己的办公桌。他的步伐之夸张，简直能把桌子当栏跨。顷刻间，他就已经将自己埋在了如山的信件和电报之中了。

那位年轻的姑娘已经给马克斯韦尔当了一年的速记员了。她很漂亮，至于该怎么形容，只能说用她速记时写下的寥寥数语是绝对不够的。她从来不梳华丽的蓬帕杜尔夫人的发型，也不戴任何首饰，包括项链、手镯和吊坠之类的东西。她的脸上也从来不显露出那种等待或期盼被人邀约共进午餐的表情。她总是穿着一身灰色素雅的衣服，但它们非常适合她高雅不俗的气质。她最喜欢的配饰应该是那顶黑色的无檐帽子，上面总会插一根金绿色的鹦鹉羽毛。今天早上，她格外温柔可人，但还是掩盖不住内心的一丝羞涩，双眸炯炯秋波滴，始终闪烁着梦幻的光芒，面若桃花，充满笑意，时而还会看到她的留恋与幸福的感觉。

皮彻的心中满是疑惑，他当然发现了她的状态与平日迥然不同。她没有直接走到自己的办公室，而是在她自己办公室的隔壁徘徊不决。她甚至都已经用小碎步磨到马克斯韦尔的办公桌旁边了，这种亲密的距离，足以让马克斯韦尔注意到她了。只是，马克斯韦尔一旦坐到办公桌前，就不再是一个普通的人，而是一台埋头苦干的机器。他的全身上下都由肉体变成了上满发条的机器，不断转动的齿轮互相咬合，做着机械运动，他已经完全进入了一个纽约证券经纪人的角色。

"嗯，怎么了？有什么事情？"马克斯韦尔一丝不苟地问道。他已经将信件逐一打开，就如舞台道具中飞洒的雪花，办公桌已经被堆满了。他说话的时候一双灰色而敏锐的眼睛没有一丝好感地看着她，显出了极度的烦躁。

"没事了。"速记员回答之后，微笑着离开了。

"皮彻先生，"她问机要秘书，"马克斯韦尔先生昨天说过需要重新雇用一名速记员吗？"

"嗯，"皮彻说，"他是说让我再去雇用一个。昨天下午我就把这件事交给职业介绍所了，他们承诺今天会送来几个人选，让我们挑一下。他们说今天上午就会送过来，可是现在已经九点四十五分了，我却连个帽檐或者嚼着菠萝口香糖的人都没看见。"

"那在你们找到合适的接替人选之前，"她说，"我可以继续工作一会儿。"说完，她就走回自己的办公桌了。一切都是老样子，她会首先将自己那插有金绿色鹦鹉毛的黑色无檐帽放到老位置。

作为一个人类学家，就必须要目睹一下曼哈顿的证券经纪人在工作的高峰期是怎样忙得手脚并用、席不暇暖的，否则他就不是真正的人类学家。有一位诗人曾称赞说："光辉的人生就是每小时都在忙碌。"然而对一个经纪人来说，他不仅每小时都是忙碌的，他的每分每秒也都是忙碌的。就像是公交车厢里的拉环，每一个都被一只手握住了，但是在站台上还有许多等待上车的乘客。

这一天是哈维·马克斯韦尔非常忙碌的一天。股票行情的收录器在持续不断地滚动，一张张的打印纸被吐出来，桌上的电话也像得了慢性病一样，在不停地嗡嗡作响。好多人拥进了办公室，与他之间隔着栏杆，探出半个身子，向他喊话，有些语言是兴奋的感激，有些是一针见血地表示愤怒，然而还有些话简直能称为恶毒。专门传递消息的男孩带着邮件和电报跑来跑去。办公室里的文员就像水手，在甲板上被暴风骤雨摇晃得跳来跳去。甚至当皮彻面对这样的场面时，他原来紧绷的脸上也出现了松弛和生动的表情。

在证券交易所里包含了所有自然灾害的场面，比如飓风侵袭、山体滑坡、雪灾、冰川塌陷、火山爆发等。这些元素不断地交替，侵蚀着这个微缩的自然界——经纪人的办公室。马克斯韦尔猛地将椅子靠在墙上，然后踮起脚，就如同一位芭蕾舞演员一样轻盈、敏捷地处理业务交易。他一跃而起，从自动收录器跳到电话旁，再从办公桌旁跳到门口，简直就像一个训练有素的滑稽小丑。

就在经纪人逐渐感觉到压力越来越大、负担越来越重的时候，他突然看到一顶摇摇欲坠的天鹅绒帽子戴在金色卷发上面，帽子上还有几根鸵鸟毛做装饰。接着往下是一件仿海豹皮的大衣，还有一串山核桃大小的珠子，下面吊着一块银质的心形吊坠，快要耷拉到地板上。拥有这些饰品和服装的人，正是一位年轻的小姐，在他旁边的皮彻正要为她做引荐。

"这位小姐是被速记员介绍所推荐来的，她现在来应聘。"皮彻说。

马克斯韦尔转过来半面身体，手上还拿着文件和股票信息的纸带。

"应聘什么工作？"他的眉头蹙了一下。

"速记员，"皮彻说，"你昨天告诉我，让我给他们打电话，今天早上让他们派个人过来。"

"你脑袋没问题吧，皮彻？"马克斯韦尔说，"我为什么要让你这样做？莱斯莉小姐在我们这里工作已经有一年的时间了，我对于她的工作总是很满意的。只要她选择留下，这个位置就是她的。小姐，这里没有空缺的职位。皮彻，你去通知介绍所我们这里不缺人，不要让他们再送人过来了。"

"银质心形吊坠"离开的时候很愤怒，因为她摇摆的身体不停地将办公室的桌椅撞得叮当响。皮彻趁人不备看了一眼速记员，并小声说"老人家"一天比一天心不在焉了，真是健忘啊。

业务的步履迈得越来越大，速度也越来越快了。在交易所里，马克斯韦尔的大客户持有的几只股票正在下跌。买进和抛出的指示不断，就像来来回回迅速飞行的燕子一样。甚至他自己持有的股票也有一些危险。经纪人就好比一架高效、细腻、功率强大、动力十足并且全速运转的机器。他们的命令必须准确，而且不允许犹豫，每一个字、每一个决定、每一个行为都得像钟表的发条一样精准。股票和债券，贷款和抵押贷款，保证金和证券——这里是一个金融世界，人类的感情和自然本性在这里根本没有停留的余地。

很快，到了午餐时间。刚刚还喧闹一片的办公室，顿时鸦雀无声。

马克斯韦尔站在他的办公桌旁，双手被电报和备忘录占满。一支钢笔别在他的右耳朵上，还有一些散落下来的头发，在他的额前拼凑成一些无序的字符。他办公室的窗户是打开的，因为可爱的春天已经将微风吹遍大地，带给了人们一点点温暖。

通过这个窗口，还飘来了一阵——也许是被遗忘的——香气。这是紫丁香微妙的甜味，经纪人突然愣住了，一动不动。因为他太熟悉这种味道了，它属于莱斯莉小姐，这是她的味道，只有她才有的味道。

迷人的香气幻化出她的容貌，仿佛她就出现在他的面前。金融世界此时已经慢慢地缩小成一个黑点。她就在他的隔壁房间——二十步之遥。

"上帝啊，我会做的，现在就去做，"马克斯韦尔收住了一半的音量说，"我现在就去问她，哦，我为什么没能再早一点去做这件事。"

他冲进隔壁的办公室，带着一个仓促的决定。他一直冲到速记员的办公桌后面。

她面带微笑地抬起头，看着他。她的脸上泛起了红晕，目光含蓄但充满了善良和坦诚。马克斯韦尔将一只胳膊支在她的办公桌上，手里还攥着飘动的纸带，耳朵上还夹着那支钢笔。

"莱斯莉小姐，"他急急忙忙开始说，"我现在没有太多时间。我只想趁着这个短暂的空闲时间对你说，你愿意做我的妻子吗？我没有时间像普通人那样去谈情说爱，但我是真心爱你的。请快点告诉我你的答案——那些人又开始抢购太平洋联合公司的股票了。"

"哦，你在说什么啊？"年轻的小姐惊呼。她站起身，眼睛瞪得圆圆的，凝视着他。

"难道你还不明白吗？"马克斯韦尔倔强地说，"我要你嫁给我。我爱你，莱斯莉小姐。我为了抢出这一分钟告白的时间，手头的事情已经放缓了。现在他们都在打电话催我了。去告诉他们再等一分钟，皮彻。莱斯莉小姐，你还没回答我呢。"

速记员此时的行为让人十分错愕。她显然在用力克制自己的大惊失色，之后眼泪便从她那疑惑的眼睛中夺眶而出。再之后她居然笑了，笑容是那样灿烂，她用手臂搂住经纪人的脖子，动作很温柔。

"我现在知道了，"她轻声说道，"你的脑袋是被那一堆杂乱无章的事情占满了，搞晕了。刚才你真的吓到我了。你还记不记得，哈维？昨天晚上八点，我们已经在街角的那座小教堂结婚了。"

命运之路

我曾在许多条道路上寻觅

什么才是命运的真谛

难道内心真实的感受，还有至爱的火焰

都不足以让我赢得生命战斗中的胜利

让我可以自如选择顺从，或者重塑

我的命运吗？

——戴维·米尼奥未发表的诗

歌曲结束了。歌曲是戴维写的，曲调自始至终都弥漫着乡土气息。在这家小酒馆里，所有人都发自肺腑地猛烈鼓掌，因为这位年轻的诗人还为大家支付了葡萄酒的钱。但只有一个人只是轻轻地点了点头，他就是公证人 M. 帕皮诺先生。他这样做的理由有两个：第一，他博览群书、学富五车；第二，他离喝醉还有一段距离。

戴维走出小酒馆，一个人在乡村的小路上散步，夜晚的风吹散了他身上的酒气。这时他才想起来，他今天刚和伊冯娜吵了一架，并且下定决心要离开家，出去闯闯。他想要到更大的世界中做些事情，以赢得名利和荣誉。

"等到有一天，全世界的人都诵读着我的诗，"他越想越激动，竟然说出了声音，"她一定会后悔为什么在今天说出了如此伤人的话。"

除了在酒馆里狂欢的人之外，这个小镇上的所有人都已经睡下了。戴维自己的小屋其实只是在爸爸的农场边搭建的一个棚子而已。他尽量小心地不弄出一点声音，在棚子里找到自己的几件衣服，打了个包裹，又找来一根木棍，将包裹挑在木棍的另一头。就这样，他扛着木棍，大踏步地向梦寐以求的新世界前进了，至于去哪里，他只是知道离开维尔诺伊就好。

在漆黑的夜里，当他经过羊群的时候，那群小羊已经蜷缩在圈里休息了。在此之前，他每天都会帮爸爸去放羊，只是在放羊的时候，他并没有那么用心，总是自顾自地写诗，羊群则自由地奔跑。他又看到伊冯娜家的窗口还亮着灯，这一瞬间，他离家出走的想法有一点动摇。他觉得这灯光或许代表了她的悔意，她因为懊恼自己对他发了火而夜不能寐，或许明天早上……不！绝对不行！他已经决定了。维尔诺伊不可能是他这辈子永远生活的地方。这里没有懂他的人，更没有心心相印的人，只有远离这个乡村的道路才是他的命运之路。

微弱的月光照亮了眼前的这条通往前方的小路，前面三里格的道路笔直笔直的，就如同耕地的犁沟。村子里的人都说，这条路至少可以通往巴黎。诗人不断念叨着"巴黎"，以此作为他向前的动力。戴维从出生起就没离开过维尔诺伊，巴黎对他来说已经是一个很遥远的地方了。

左边的道路

在走了三里格笔直的道路后，出现了一个让人难以抉择的问题。在脚下这条小路的对面是横亘在小路尽头的一条更加宽广的道路，它与小路形成了一个丁字路口。戴维站在路口，犹豫不决，但最终他选择了左边的道路。

在这条因为与戴维的命运联系得紧密，从而显得更加重要的路上有一道清晰的车辙，应该是不久前一辆大车刚刚轧下的。戴维又走了三十分钟，他的揣测得到了证实，眼前正好有一辆四轮马车陷在小溪里了。因为马车太大了，再加上山脚下的小路很崎岖，所以笨重的马车便顺势陷进旁边的小溪之中。马车夫和副手一起冲着马大声喊叫，并且不停地拽缰绳，而路边上站着一男一女。男的身材魁梧，一身黑色的衣服；女的弱不禁风的样子，身上披裹着一件很薄的外套。

戴维看两个拖曳马车的人虽然已经用尽全力，但由于方法不对，总是僵持而没有效果。所以他自愿去帮助他们。他让副手停止对马下口令，因为马儿只听他主人的口令，所以他指挥副手去推车。他自己也站在车辆的最后面，用他厚实的肩膀牢牢抵住车厢。车夫大声吆喝，三人合力，一下就将笨重的马车推回到坚实的路面上了。车夫和副手都重新上车，回到了原来的岗位。

戴维用一只脚站了一会儿。身材魁梧的绅士向他挥了下手，说："你也坐上马车。"他说话的声音很洪亮，但由于他自身具备的素质和修养，所以听起来还是很平和舒服的。只要是这种声音飘过的地方，那里的人就无法拒绝。年轻的诗人还是有一丝犹豫，但在听到接下来简短而充满命令口吻的声音时，他不再迟疑，直接登上了马车的踏板。在昏暗之中，他看见一位女士坐在后座。当他正在犹豫是否要坐在她对面的时候，那个声音再次响起，他说："你坐到女士的旁边。"语气中带着不容商量的强制性。

那个身材壮硕的男子将自己的身体重重地压在前排的座位上。马车继续向山上走。那位女士蜷缩在座位的角落里，沉默不语。戴维无法估计出她的年龄，但是他能从她的衣服上嗅到一丝温和而微妙的香水味。这与他曾经的梦境出奇地吻合。但是直到现在他也没能揭开这一行人的神秘面纱，因为虽然他和他们已经坐在了一起，但是他们之间没有言语的交流，一直保持着沉默。

一小时之后，戴维透过窗口看到了有车辆往来的城市街头。接着，马车停在了一座大门紧锁并且一片黑暗的房子前。那个车夫跳下了车，十分不耐烦地捶打着大门。楼上的一个窗户突然打开，露出一个戴着睡帽的脑袋。

"是谁在敲门，半夜三更的还让不让人睡觉了？客栈已经停止营业了。这个时候来住宿，肯定没什么钱，有钱的人还用等到这个时候再到处找地方？别吵了，快走，快走！"

"开门！"车夫大声叫门，"快开门！这位是博佩尔蒂斯侯爵殿下。"

"啊！"刚才还嚣张的声音顿时变得惊讶，"侯爵殿下恕罪，大人不计小人过……更何况这个时辰……我马上就下来开门，所有人都会听殿下差遣。"

从门里传来了解下锁链和放下门闩的声音，之后大门从里面打开了。这家客栈的名字叫银瓶客栈，此时这家客栈的老板已经被吓得浑身发抖了，他亲自举着蜡烛在门口迎接，只是在慌忙之中还来不及换衣服，所以现在又冷又怕。

戴维跟随侯爵一起下了马车。"去搀扶小姐。"侯爵指示他，诗人当然不敢违抗命令。戴维搀扶这位小姐的时候，感到她的手在发抖。接着，又是一个简短的命令："进去。"

他们一行人走到了客栈中长方形的餐厅里。一张长方形的橡木桌几乎占据了这里的所有空间，堵住了两头。身材伟岸的男人在桌子的顶头找了把椅子坐了下来。那位女士则自己一个人瘫软在墙角的一把椅子上，颠簸的旅途一定把她累坏了。戴维站在一边，心里琢磨着该怎么和这一行人告别，之后继续他自己的行程。

"殿下，"店老板鞠了一个九十度的躬，说，"如果……如果我知道您会……会光顾寒舍，我肯定会早早地就将一切事宜准备妥当。可是，现在只有一些葡萄酒和冷肉，或许还有……还有……"

"蜡烛。"侯爵说道，并且伸出了一只厚实的手掌，摆出他独有的姿势。

"好的，好的，殿下。"店老板一下拿来了六支蜡烛，并且将它们点亮摆放在桌子上。

"如果殿下，或许不屑于这种酒，我是想说我们这里还有一桶葡萄酒……"

"蜡烛。"侯爵说出这两个字的同时，依旧带着他特有的手势。

"遵命……马上……我马上就拿来，殿下。"

现在有十几支蜡烛被点燃，顿时餐厅被照得通明。侯爵厚实的身体几乎要溢出他所坐的椅子。他穿着一身黑色的衣服，从头到脚只有袖口和衣领是雪白的，甚至他的剑柄和剑鞘都是浓重的黑色。他的神情中只有讥讽世间一切的骄傲。两端上翘的小胡子，几乎要够到他嘲讽的眼睛。

那位小姐一动不动地坐着，而现在戴维总算看清了她的容貌。她不仅年轻，而且在她的身上还有一种楚楚可怜的极具吸引力的美。当他正沉浸于欣赏美丽时，侯爵洪亮的声音吓了他一跳。

"你叫什么名字？是做什么的？"

"戴维·米尼奥，我是一个诗人。"

侯爵的卷曲的胡子更加接近他的眼睛了。

"你靠什么维持生计？"

"我原来是放羊的，帮我父亲照看农场的羊群。"戴维回答，他将头向上仰起，但是他的脸颊已经绯红了。

"那好，听着，牧羊人和诗人，看看今天晚上命运在仓促间为你准备了什么。这位女士是我的侄女，她叫露西·德瓦雷纳。她拥有高贵的血统，也拥有每年近万法郎的收入，这是她所拥有的权力。至于她的魅力，我想你自己已经观察到了。如果这一切能够让你怦然心动的话，那么她立刻就能成为你的妻子。不要打断我。今天晚上，我曾送她到孔德·维尔莫庄园，因为他们早已有婚约了。嘉宾已经全部出席，牧师也在等待着良辰吉时的到来，一位与她的身份、地位和财富都相匹配的新郎也已经准备妥当。可是，就在这个节骨眼上，这位向来温顺、孝顺的小姐居然变成了一头母豹，向我扑来。她当场控诉我的残暴和种种罪行，并且在被吓呆了的牧师面前撕毁了我为她定下的婚约。我发誓，她今天必须结婚，而结婚的对象就是在我们离开城堡后所遇见的第一个男人。无论他是王子，还是烧木炭的家伙，或者是盗贼。牧羊人，你是我们遇到的第一个男人。小姐今天晚上必须嫁人。如果你不愿意，那么我会去找下一个。你现在有十分钟的时间做决定。不要说任何废话，或者问愚蠢的问题。只有十分钟，牧羊人，你要抓紧时间。"

侯爵白嫩的手指用力地敲击着桌子，他陷入另外一种含蓄的状态，那就是等待。就好像一座大房子关闭了所有与外界沟通的门窗。戴维还是想说些什么，但是魁梧的男人的态度让他的舌头无法动弹。所以，他转过身，对坐在椅子上的女士绅士般地鞠了一个躬。

"小姐，"他说，他自己在内心都赞叹自己的行为，在这样优雅美丽的女士面前，他居然还能轻松自如地说话，"你刚刚已经听到了，我是个牧羊人。或者有时候，我看起来也算是个诗人。如果对诗人的检验标准是崇拜和珍惜美丽的话，那么我绝对是一位诗人。我可以用一些方式为您服务吗，小姐？"

年轻的女士慢慢地抬起头，望着他，眼中充满了让人怜惜的哀怨。她的表情坦率而热情，但也因为刚刚经历了一场严重的冒险而充满了威严。她的身躯健美挺拔，蓝色的眼睛中流露出同情。或许是她迫切需要的一种长期得不到的帮助和善意，突然解冻了她的眼泪，它们夺眶而出。

"先生，"她说，她的声音很低，"我看出了你的真实与善良。那个人是我的叔叔，是我父亲的兄弟，现在是我唯一的亲人。但是由于他喜欢上了我的母亲，所以他恨我，恨我长得太像我的母亲。他让我的生活变得恐怖。只要一看到他，我就会因为害怕而服从他。可是，就在今天晚上，他要把我嫁给一个比我年长三倍的男人。先生，请你原谅我把这个麻烦带给了你。你当然可以拒绝他试图强加在你身上的这种疯狂的行为。但是我依然感谢你刚才对我说了那么慷慨的话，这么多年来，从来没有人和我说过这样的话。"

现在，诗人的眼里已经充满了更多的同情以外的东西。他一定是位诗人，因为伊冯娜已经被遗忘了。这位他刚刚遇见的可爱的佳人，用她高雅清新的举动征服了他。从她身上散发出来的微弱的香水味，已经使他的心里充满了异样的情愫。他正用炽热的眼神毫不迟疑地看着她。而她渴望依赖他。

"十分钟，"戴维说，"本来我可能用上十年才能完成的事情，现在只需要短暂的十分钟。我不会说我可怜你，小姐。不是因为可怜，我真实的感情是——我爱你。你现在可以不爱我，但是我要把你从残忍的人生中拯救出来。假以时日，我相信你会爱上我的。我觉得我的未来是光明的，我不可能永远都只是一个牧羊人。目前来讲，我只能用我全部的心去疼爱你，珍惜你，让你的生命中不再有伤感。小姐，你信任我吗，愿意将你的命运交到我的手上吗？"

"啊，你的自我牺牲，只是因为你可怜我。"

"是缘于爱情。时间差不多了，小姐。"

"你会后悔的，会瞧不起我的。"

"我今后生活的目标就是能够让你更加快乐，让我自己配得上你。"

她从她的外衣之下，伸出了精致的小手，并且畏畏缩缩地放在了他的手心里。

"我相信你，"她一口气说完，"关于我的生活——或许爱——并不像你想象的那样已经被封闭很久了。去告诉他，一旦挣脱他的目光，我就会忘记过去的一切。"

戴维走到侯爵的面前。黑色的身影用嘲讽的眼神瞟了一眼餐厅中的时钟。

"还有两分钟的富余。一个牧羊人需要用八分钟来决定是否要迎娶一位美貌与财富兼备的新娘！大声地告诉我，牧羊人，你同意成为这位小姐的丈夫！"

"这位小姐，"戴维自豪地站着说，"已经给我这个荣誉，让我有权利娶她为妻了。"

"说得好！"侯爵说，"你倒是有几分阿谀逢迎的本事，牧羊人。原本这位小姐可能会找到一个更糟糕的夫婿。那么现在只要牧师和魔鬼都赞成这件事，你们就可以成婚了。"

他用剑柄敲了几下桌子。店老板马上闻声赶来，站在一旁，膝盖还在发抖。与此同时，他也带来了更多的蜡烛，并自认为猜对了侯爵的心思。

"找个牧师来，"侯爵说，"一个牧师，你听明白了吗？在十分钟之内，这里需要一个牧师，否则……"

老板马上放下蜡烛，几乎是飞了出去。

牧师来了，沉重的眼皮时不时地往下掉，态度还有些气愤。他为戴维·米尼奥和露西·德瓦雷纳证婚，然后赚了侯爵扔给他的一袋金币，便又消失在夜色之中了。

"酒。"侯爵下令，同时展开他那不祥的手指。

"倒满。"酒被拿来之后，他命令道。在烛光中，他站在桌子的一头，就像是一座黑色的充满毒液和自负的山。他看着他的侄女，那凶狠的眼神就如同看着旧日里的爱情回忆，只不过爱情已经全部变成了恨。

"米尼奥先生，"他举起酒杯说，"待我说完话，你再喝下这杯酒。她已经成了你的妻子，她将让你的生活充满背叛和猥琐的事情。因为她所继承的血液是黑色的，这会带来毁灭。她会给你带来耻辱和焦虑。魔鬼渗透在她的眼睛、皮肤、嘴巴里，几乎覆盖了她的全身，无处不在。她会自甘堕落，甚至会去勾引一个农民。伟大的诗人，这就是你的承诺所换来的幸福生活。喝了你的酒。最后，我必须要说，小姐，我终于摆脱你了。"

侯爵干了那杯酒。这时，一声微弱的哭声从那个女孩的唇边传来，仿佛是她突然遭受了一次严重的伤害。戴维将其手中的玻璃杯端了起来，用力地向前走了三步，与侯爵面对面而站。他的这一举动没有一点点牧羊人的感觉。

"刚才，"他心平气和地说，"您称呼我为'先生'，是我的荣幸。并且，我希望因为我和小姐的婚姻，能使我的地位更加接近您——让我们说话的时候，有同样的地位——所以我想，我能够有资格与您站在同一个高度谈话，可以吗？"

"你可能希望如此，牧羊人。"侯爵冷笑一声道。

"那么，"戴维在说出这句话的同时，也将手里的酒泼到了那双轻蔑的、嘲笑他的眼睛上，"麻烦您屈尊接受我的挑战。"

侯爵先生气得爆炸了，他大声愤怒地诅咒，就像突然吹响了的号角。他将剑抽出了鞘，冲着一旁徘徊不定的店老板喊："拿一把剑，给这个蠢货！"他又转向那位女士，脸上带着让她心寒的凶狠恶毒的笑，他说："你让我费了多少事，夫人。看来我今天不仅要给你找个丈夫，还得在今夜让你成为遗孀。"

"我不知道怎么使剑。"戴维说。在自己的妻子面前说出这样的话，他已经满脸通红。

"我不知道怎么使剑，"侯爵模仿着他的声音和语气说，"难道你想让我像一个农民那样和你挥棒子？好了，弗朗索瓦，我的手枪！"

一名侍卫从枪套里取出两支手枪，这两支手枪上面都有闪亮的雕刻精美的银质装饰徽章。侯爵随便拿了一把，抛出去，扔在了戴维的手边。"你去桌子的另外一头站好，"侯爵大喊，"一个牧羊人也应该会扣扳机吧？很少有人能有这个荣幸，死在博佩尔蒂斯的枪下。"

牧羊人和侯爵面对面地分别站在长方形桌子的两边。此时的店老板已经被吓得颤抖了，他随意地比画了几下，结结巴巴地说："殿……殿下，看在耶稣基督的面子上，不要在我的房子里动手！出了人命……这会毁掉我的生意的……"侯爵以威胁的眼神看了他一眼，他的舌头就立马瘫痪了。

"懦夫！"博佩尔蒂斯大声说道，"停止你的喋喋不休吧。如果你还能说话，那你就来发口令。"

店老板扑通一下跪到了地板上。此时他已经说不出一句话了，甚至连声音都发不出来了。尽管如此，他的手还是那么渴望和平，它们还在不停地挥舞，要保护这个房子和其他的顾客。

这位女士说："我来发口令。"她的声音清晰干脆。她走到了戴维的身边，给了他一个甜蜜的吻。她的眼睛闪闪发亮，脸颊满是红晕。她倚靠着墙站立，两个男人对好枪口，她开始数数。

"一——二——三！"

两支枪同时发出巨响，刹那间就连烛光都摇曳了一下。侯爵面带微笑地站着，他的左手手指已经放松了，它们伸展开，撑在桌子的边缘。戴维也站立着，他慢慢地转过头，寻找他妻子的眼睛。接着，就如同一件衣服掉落一样，他跌倒在地上。

此时传来一声恐怖而绝望的呐喊，那个刚刚丧偶的女人连忙跑过去，弯下腰。她发现了他身上的伤口，然后她脸上的表情又逐渐恢复成了那种淡淡的忧郁。"射穿了他的心脏，"她低声说，"哦，他的心脏！"

"来吧，"侯爵浑厚的嗓音再次响起，"出来上车！拂晓之前一定要把你嫁掉。你还得再嫁一次，嫁给一个活人，就在今晚。接下来我们碰到的第一个人，不论对方是强盗还是农民。如果没有什么人可以遇见，我就把你嫁给为我开门的人。出来，上车！"

拥有庞大身躯的侯爵无情地将这位女士再一次包裹进了她神秘的斗篷之中。侍卫们收好手枪——所有人都已经上了等着出发的马车。沉重的车轮发出了滚动的声音，马车在沉睡的村庄中呼啸而过。在银瓶客栈，失了魂的店老板搓着双手，看着倒在地板上的尸体。桌子上二十四支蜡烛的火焰在微风中跳着舞，尽情地摇曳。

右边的道路

在走了三里格笔直的道路后，出现了一个让人难以抉择的问题。在脚下这条小路的对面是横亘在小路尽头的一条更加宽广的道路，它与小路形成了一个丁字路口。戴维站在路口，犹豫不决，但最终他选择了右边的道路。

他不知道这条路将把他带到哪里，但是很明确的一点是，这条路足以将他带离维尔诺伊，就在今晚。他又往前走了一里格，经过了一座很大的庄园。通过外观可以看出，这座庄园在不久之前刚刚招待过客人。因为庄园的房间里每个窗口都亮着灯，在庄园宽敞的庭院中，还有客人的马车留下的深深浅浅、清晰可见的交叉的车辙。

继续往前走了三里格，戴维感觉到了疲惫。他用路旁的一堆松树枝当床，躺在上面睡了一会儿。他醒来之后，便沿着未知的方向继续前进了。

就这样，他在这条宽阔的道路上持续走了五天。如果要睡觉，就睡在大自然带有松油香味的床上，或者是农民家的草垛里；要吃东西，只能吃热情好客的人们给他的黑面包；至于喝水，要么去溪流边喝，要么就向好心的牧羊人讨要一小杯。

在漫长的跋涉之后，他又跨越了一座巨大的桥梁，随后便微笑地站在了一座城市的土地上。这里比世界上的任何地方都适合孕育诗人，当然，也比世界上的任何地方都埋没诗人。他听到巴黎这座城市，正在用低沉的音色唱着欢迎他的曲目——城市特有的车马声、吵闹声的合鸣。此时他心潮澎湃，呼吸也跟着急促起来。

他继续向前走，最后在康蒂大街的一栋老房子前停了下来。他付了房租，之后便将自己安置在一把木质的椅子上开始写诗。这条街巷曾经是名门望族的聚集地，而如今只有社会地位低下的穷人们聚集在此。

街上的房屋高大，虽然有破损的痕迹，但仍不失当初的威严。只是大多数房间都布满了灰尘和蜘蛛网，里面空无一人。到了晚上，就会听到市井流氓寻衅滋事的声音，还有从小酒吧里传出的叫喊声。曾经高雅的宅院，如今到处可以嗅到腐臭的气味，到处可以见到粗鲁、野蛮的人。但是这里的房租，恰好和戴维的钱包相称。无论在白天的阳光下，还是在夜晚的烛光中，他总是与他的笔和纸为伍，谱写着未来。

这一天的下午，他刚刚完成了一次这个世界上最低级的觅食之旅，回到租住的地方。他的手上提着面包、凝乳，还有一瓶低度数的葡萄酒。在昏暗的楼梯间，他刚走了一半，就看见了——更确切地说是偶遇，她此时正在楼梯上休息——一个美丽迷人的年轻女子。至于她的美丽，应该完全符合一位诗人的想象力。她的黑色外衣敞开着，在外衣之下露出了华美的长裙。他的眼神迅速地跟随耐人寻味的思想变化着。这一刻，她的双眼睁得大而圆，就像是一个天真烂漫的孩子，但是下一刻，她的眼睛就会眯成一条狭窄的长缝，像极了一位狡黠的吉卜赛女郎。她单手提起了她的长衫，露出了一只小巧的鞋子，鞋跟很高，但是鞋带晃来晃去的，已经散开了。她就是从天上坠落的天使，她自身的美丽和魅力绝对不允许她亲自俯下身。她或许已经看见了戴维正要向她走来，所以她便坐在那里等待他的帮助。

"啊，先生，请您原谅我占据了这个楼梯的位置。只是我的鞋——太可恶的鞋子！唉！鞋带好端端的怎么就开了呢！啊！先生，您看起来是那样亲切，您会帮我这个忙吧！"

诗人的手指在颤抖，他尽力控制着自己的双手将鞋带系好。然后，他想迅速逃离这里，因为他已经隐约感受到她给他带来的危机。她的眼睛慢慢地眯成了一条缝，像极了一个吉卜赛人，她的目光已经足以控制他的身体了。他靠在楼梯的栏杆上，一动不动，手里紧紧地握着那瓶红酒。

"您真是太好了，"她面带微笑地说，"请问先生，您也住在这栋房子里吗？"

"是的，夫人，我……我想是这样的，夫人。"

"或许是住在三楼，是吗？"

"不，夫人，还要再高一些。"

这位女士摆动了一下她的手指，但尽可能地收敛不耐烦的姿态。

"先生，请您原谅，我很抱歉刚才的提问。我不应该询问您住在哪个房间，这样的问话太不谨慎了。"

"夫人，请不要这样说，我住在……"

"不，不，不，不要告诉我，我明白的。我已经犯了错误，但我只是因为对这栋房子感兴趣，还有关于这栋房子的一切。这里曾经是我的家。

我经常到这里来，而每次来这里的目的就是想重温那些已经消逝的快乐时光。您可以把这当作我刚刚犯错的理由吗？"

"让我告诉你吧，其实，你不需要任何理由，"诗人结结巴巴地说，"我就住在这栋房子的顶层——在楼梯拐角处的一个小房间。"

"是前面的房间吗？"女士将头侧向一边，问道。

"是后面的，夫人。"

那位女士叹了口气，仿佛得救了一般。

她说："那我就不耽搁您了，先生。"她的眼睛又睁得大而圆，就如同一个天真烂漫的孩子，"帮我照顾好我的房子。唉！我现在的回忆里就只剩下这栋房子了。再见，非常感谢您的帮助。"

她走了，留下了一个微笑和一丝甜美的香气。戴维如睡着了一样，昏昏沉沉地爬上了楼梯。等他从梦幻中苏醒时，那个微笑和香气仍然萦绕在他的左右，从此再也没有离开。这位他偶遇的女士，他对其身世一无所知的女士激发出了他的创作灵感，他写出了一首赞美明眸的诗。一瞬间，他已经坠入了爱河，他歌颂她卷曲的头发，描写她修长的腿下有一双小巧的鞋子。

他一定是位诗人，因为伊冯娜已经被遗忘了。这位他刚刚遇见的可爱的佳人，用她高雅清新的举动征服了他。从她身上散发出来的微弱的香水味，已经使他的心里充满了异样的情愫。

一天晚上，有三个人围坐在这栋楼三层的一个房间中。这个房间里的所有家具，就只有三把椅子和一张桌子，另外就是桌子上面燃烧的蜡烛了。一个身材魁梧的人，他穿了一身黑色的衣服。他的表情带着嘲讽的高傲。他上翘的小胡子的两端，几乎要触碰到他那蔑视一切的眼睛了。另外一位是女士，她年轻漂亮，当她把眼睛睁得又大又圆时，就像是一个天真烂漫的孩童，当她把眼睛眯成一条缝的时候，就像极了一个狡黠的吉卜赛女郎。但是现在，她的眼神中流露出火热和勃勃雄心，就像其他任何一个阴谋的策划者一样。第三个人，他是一个实干家，或者说是一位战斗英雄。他就像是勇猛的、不惧怕任何困难的钢铁侠，别人总会称呼他为德罗尔斯上尉。

这名男子用拳头猛烈地砸向桌子，尽力控制住自己的火暴脾气说："今晚，就在今天晚上，在他去做子夜弥撒时，我们就动手。我已经听腻了那些所谓的密谋，我也厌倦总是要等待什么信号、密码、秘密集会之类的东西。让我们做一群坦诚的叛逆者。如果法兰西要除掉他，那就让我们大开杀戒，明刀明枪地干起来，而不是在这边设置什么圈套和陷阱。今天晚上，我说了，就在今天晚上动手。我说到做到，我会亲自上场。就在今天晚上，在他去做弥撒的时候动手。"

女士转过身，亲切地看着他。女人，无论怎样狡诈，怎样擅长谋划，总是会对不拘小节的英勇男士投去仰慕的目光。身材壮硕的男人骄傲地摸了摸自己上翘的小胡子。

"尊敬的上尉，"他说，他说话的声音很洪亮，但由于他自身具备的素质和修养，所以听起来还是很平和舒服的，"这次我同意你的看法。等待只是徒劳，我们现在已经有足够的宫廷侍卫做内应了，我相信我们的这次行动是把握十足的。"

"今天晚上，"德罗尔斯上尉再次强调，他再一次将拳头砸在桌子上，"你相信我，侯爵，我绝对会亲自动手的。"

"但现在，"拥有庞大身躯的男子轻声道，"我们还有一个问题需要解决。我们还需要一个送信的人。让他把这个消息送到皇宫的侍卫手中，并且和他们商定一个暗号。跟随皇家马车出行的人，必须是我们自己的人。可是现在这个时候，谁才能把信送到皇宫的南门口呢？现在他正在南门口守卫，只要把信交到他的手上，所有的问题就都解决了。"

"我去。"女士说。

"你，伯爵夫人？"侯爵扬了扬眉毛说，"你的奉献精神是值得赞扬的，这一点我们很清楚，但……"

"听着！"小姐惊呼，她起身站好，双手撑住桌子，"就在这栋房子的阁楼里住着一个朴实的牧羊人，他温顺得就像是他放养的羊羔。我在楼梯间见过他两三次。因为我担心他所住的房间会靠我们太近，所以我才问了他住在哪里。只要我愿意，他就会折服于我。他现在正在阁楼里写诗，或许诗中的内容全部都是我的影子。我觉得我已经成了他的一个梦。只要我说一句话，他肯定会去办。就让他去皇宫里送信吧。"

侯爵从椅子上站起来，向她鞠了一躬，说："请您容许我说完这句话，伯爵夫人。"他说，"我想说，您不仅有伟大的献身精神，您更具有伟大的智慧和脱俗的魅力。"

在阴谋的策划者们商量大事的时候，戴维正在为那首《楼梯间偶遇的恋人》斟酌润色。突然，他听到了一声有一丝胆怯的敲门声。当他打开门时，他的心开始悸动。原来敲门的正是令他魂牵梦绕的她。那位女士在门口气喘吁吁，睁大的双眼充满了孩童一般的天真和烂漫。

"先生，"她喘了一口气，继续说，"我遇到困难了，而且我相信您是善良而真诚的，所以我来向您求救。我不知道除了您，我还能去找谁。我跑过了好多条街道，甚至穿行于大摇大摆的男人们之间，才来到这里。先生，我的母亲已经奄奄一息了。我的舅舅在国王的宫殿里当侍卫长。现在我必须要带封信给他。我希望——"

"小姐，"戴维打断了她的话，他的眼睛里闪耀着为她服务的渴望，"您的希望已经为我插上了一对翅膀，您现在就告诉我怎么能找到他吧。"

这位女士将一封密封的信塞到了他的手中。

"去皇宫的南门——南门，记住了——对守门的卫兵说：'猎鹰已经出巢。'您对他讲这句话，他就会放您进去。之后您继续重复这句话，直到有人回应您说：'如果他想，就让他出巢吧。'这是接头的暗语，先生。听到这句话您就把信交给他。是我舅舅让我这样做的，您也知道现在国家的局势动荡不安，甚至有人想刺杀国王。所以，如果没有这个暗语，您是无法在夜间进入皇宫的。如果您可以把这封信交给我的舅舅，我想我的母亲就会在临死前看到他了，即便她去了，也会安息的。"

"给我吧，"戴维急切地说，"只是，这么晚了，我不能让您独自一人走在街上，我送您回家吧，我……"

"没关系，没关系！现在的每一分钟都像珠宝一样珍贵，您快去吧。"女士说，此时她的眼睛又眯成了一条缝，像极了狡黠的吉卜赛女郎，"我以后一定会竭尽全力向您表示感谢的，谢谢您的善良。"

诗人把信塞在了胸口的口袋中，大跨步地往楼下跑去。当他走后，女士当然是回到了楼下的房间。

侯爵挤弄着眉毛，显然在询问她事情办得怎么样了。

"他已经去了，"她说，"就像他自己放的羊一样，跑得很快，只是脑袋有些愚蠢。"

德罗尔斯上尉又一次将拳头砸在了桌子上。

"我的天！"他喊道，"我忘记带我的手枪了，我只用得惯我自己的手枪！"

"拿着这支，"侯爵说，他的手臂从斗篷下面挥了出来，随之带出了一支很大的手枪，上面还配有雕刻精致的银质徽章，闪闪发亮，"没有哪支枪比这支更值得信赖了。不过你可要好好地保护它，千万别丢了，因为上面有我的徽章和标记，再加上早就有人怀疑我了。今天晚上我必须离开巴黎，明天早上我必须出现在我的城堡里。再见，亲爱的伯爵夫人。"

侯爵猛地将蜡烛吹灭。这位女士也穿戴整齐跟随两位男士轻轻地走下楼梯，融进了康蒂大街狭窄人行道上的人流之中。

戴维加快了脚步。当他抵达皇宫的南门口时，有一名侍卫用枪抵着他的胸膛，但是他只说了一句话，侍卫就转身让开了。他说："猎鹰已经出巢。"

"你可以通行了，兄弟，"侍卫说，"快去吧。"

在皇宫南面入口的台阶上，又有几个侍卫拦住了他，但这句暗语又一次显现出了神奇的魔力，这几个人再次放过了他。其中有一个声音说："如果他想——"还没等这个侍卫把话说完，在众多的侍卫中起了一阵骚动，这告诉他们有情况发生了。一个目光警觉、敏锐的男人从一群人之中大步走了过来，并且查获了戴维手上的那封信。"跟我来。"他说完，便把戴维带进了一个大厅里。接着，他将信拆开，读了一遍。他又向路过这里的一个穿着军装的男人招了招手，说道："泰德洛上尉，你把南面入口处和南大门的侍卫都抓起来，关在秘密的地方。换上忠诚的侍卫。"他又对戴维说："跟我来。"

他们通过一条走廊和一个前厅，最后进到一个宽敞的屋子里。房间里有一个神情忧郁的人，他的穿着打扮也是暗色调，他坐在一张宽大的牛皮椅子上一言不发。侍卫对这个人说："陛下，我向您进谏，宫廷中到处都是内鬼，就如同下水道中的老鼠一般多，陛下却认为我太谨慎。现在这个人就是在许多侍卫的纵容下，畅通无阻地走到了您的眼皮底下。我还在他的身上截获了一封密信。我已经把他带到这里了，陛下可能就此不会再认为是我太谨慎，或者捕风捉影了。"

"我自己来问他。"国王说，他在椅子上挪动了一下，之后用混沌不清、慵懒的眼神看着他。诗人的膝盖已经弯曲了。

"你从哪里来的？"国王问。

"从维尔诺伊村来的，在厄尔－卢瓦省，陛下。"

"那你为什么来巴黎？"

"我……我想成为一个诗人，陛下。"

"你在维尔诺伊是做什么的？"

"我帮我父亲照看羊群。"

国王又挪动了一下自己的身体，刚刚蒙在他眼睛上的薄雾已经消失不见了。

"哦，在田间地头放羊！"

"是的，陛下。"

"你生活在田间地头，每当清晨的时候就会呼吸到最新鲜的空气，置身于如茵的绿草之中。羊群在山坡上自由地吃草。你在溪流边喝水，在树荫下啃食着甜美的黑面包，毫无疑问，你还会听到小鸟们自由欢快地歌唱。是这样吗，牧羊人？"

"是这样的，陛下。"戴维喘了一口气，说，"我还能听见蜜蜂在花朵上嗡嗡地采蜜，甚至有时还会有采葡萄的人唱着一首首动听的山歌。"

"是的，是的，"国王有些烦躁地说，"是会听到这些，但主要还是能听见小鸟的歌唱。它们总是在树林里歌唱，对吗？"

"它们无处不在，陛下。厄尔 – 卢瓦省的鸟叫声是最甜美的。我一直尝试着用一些动听的诗句去描写它们的叫声。"

"你现在可以朗诵一下那些诗句吗？"国王急切地问，"在很久以前，我也听过树林中的鸟叫声。如果谁能用文字正确地诠释出鸟叫声，那么它可比一个王国还要可贵。到了晚上，你把羊群赶回圈中，然后宁静安详地坐在椅子上，愉快地吃着面包，对吗？你现在还能朗诵出那些诗句吗，牧羊人？"

"我这就给您朗诵一段，陛下。"戴维怀着崇敬的热情朗诵道：

> 懒惰的牧羊人，看看你的小羊，
> 它们跳跃，它们欣喜若狂；
> 看，羊毛在微风中摇曳舞蹈，
> 听，畜牧的神仙在吹芦苇哨。
>
> 听，我们在树梢上呼喊，
> 看，我们在羊背上盘旋；
> 丰厚的羊毛为我们搭建起温暖的巢，
> 在枝叶间……

"启奏陛下，"一个刺耳的声音打断了戴维的朗诵，"如果您不反对的话，我希望能问这个牧羊人几个问题。因为时间有限。我渴望得到您的原谅，陛下，因为我实在为您的安全而焦虑，所以才敢冒犯。"

"我知道你的忠诚，杜马尔公爵，"国王说，"我不会因此降罪于你。"他又将身体全部沉陷在座椅里，眼睛里又蒙上了一层薄雾。

"首先，"公爵说，"我已经读了你带来的信。"

> 今天晚上是太子的忌辰，如果他按照惯例参加子夜弥撒，为他儿子的灵魂祈祷的话，猎鹰就要出击到伊斯普拉那德大街。如果他的行动确定的话，就在宫殿的西南角的房间中点燃一盏红色的灯。猎鹰会注意观察，以此为信号。

"农民，"公爵严厉地说，"这些话你都听清楚了吧。这就是这封信的内容，现在你告诉我，是谁让你把这封信带进来的？"

"公爵殿下，"戴维真诚地说，"我会告诉您的。这封信是一位女士交给我的。她说，她的母亲生病了，生前的唯一心愿就是看看她的兄弟，也就是那位女士的舅舅。我不知道这封信的内容是什么意思，但是我发誓，她绝对是一位美丽而温婉的女士。"

"那你描述一下这位女士的容貌吧，"公爵命令道，"说说她是怎么骗你的。"

"描述她的容貌！"戴维带着他标志性的笑容说，"您的这个要求，就等于让我用语言去创造一个奇迹。嗯，她很阳光，但是又不刺眼，就是那种在厚厚的树荫下透进来的阳光，温暖、舒服。她的身材苗条，亭亭玉立，走路的时候婀娜多姿。至于她美丽的双眸总是很神秘。时而很圆，时而又微睁，就好像是太阳偶尔被云层遮蔽，偷偷看着这个世界。当她出现的时候，就仿佛将人们带到了仙境；当她离开的时候，世间又变得混乱，但会有山楂花的香味留存。她亲自到康蒂大街二十九号去找的我。"

"这栋房子，"公爵转向国王说，"我们一直在留意。而且这个诗人所描绘出来的形象，正是臭名昭著的库珀多伯爵夫人。"

"陛下、公爵殿下，"戴维认真地说，"我希望我笨拙而低劣的语言没有诋毁她的容貌。我已经看过那位小姐的眼睛，我可以用我的生命起誓，她绝对是一位天使，不管那封信里写了些什么。"

公爵先是直勾勾地看着他，之后语速缓慢地说："那你就亲自去证明。你可以假扮成国王，在午夜坐着马车去参加弥撒。你接受这个测试吗？"

戴维自信地笑了笑，说："我看过她的眼睛，她的眼睛已经告诉了我什么是事实。就用你的方法去检验。"

还差半小时十二点的时候，杜马尔公爵带上自己的亲信，在宫殿西南角的房间中点亮了一盏红色的灯。当时间还有十分钟就到十二点的时候，戴维已经从头到脚装扮成国王的样子了，并且将头藏在宽大的斗篷下面。公爵搀扶着他的手臂，缓缓地从皇宫里走出来。在公爵的协助下，他登上了马车，在里面将门关好。马车向大教堂飞奔而去。

在伊斯普拉那德大街的转角处，泰德洛上尉已经带着二十人潜伏在那里。只要出现刺客，他们就会进行反击，将其一网打尽。

但似乎出于某种原因，密谋者的计划稍微有所改变。当皇家马车行驶到克里斯托弗大街的时候——此时距离伊斯普拉那德大街还差一个街区——德罗尔斯上尉突然发起了进攻。他带领的一群图谋刺杀国王的杀手一下子全都围了上来，弄得皇家车马队人仰马翻。车上的侍卫虽然对这个突然袭击感到吃惊，但也并非手足无措，他们立刻跳下马车，与这群人厮杀起来。惊天动地的搏斗声引起了泰德洛上尉的注意，他们飞快赶来救援。但是，在此期间，疯狂的德罗尔斯上尉已经撞开了马车的门，并且用手枪抵着被一身黑色衣服包裹的人，来不及阻止，子弹已经出膛了。

这时，忠诚于国王的援兵赶到，街道上响起了呼喊声和兵器交错的声音，受到惊吓的马匹飞快地跑开了。在马车里，那个瘫软在坐垫上的穷苦可怜的假国王兼诗人，被博佩尔蒂斯侯爵殿下的枪击毙了。

中间的道路

在走了三里格笔直的道路后，出现了一个让人难以抉择的问题。在脚下这条小路的对面是横亘在小路尽头的一条更加宽广的道路，它与小路形成了一个丁字路口。戴维站在路口，犹豫不决，最终他在路边停了下来。

他不知道眼前的每条路都通往什么地方，但是他似乎可以感觉到无论他选择哪一条路，充满机会的同时也充满危险。他坐在路边，仰望天空的时候，突然注意到了一颗很闪亮的星星。这颗星星对他来说有着非同寻常的意义，因为他和伊冯娜两个人曾把这颗星星看作他们两个人的。这种突然的睹物，必定会带来思人的后果，他开始想念伊冯娜，他开始质疑自己的行为是不是太过冲动。只因为发生了几句争吵，就要离家出走，是不是太过幼稚。难道爱情是这样不堪一击，难道因为爱而产生的嫉妒也能击碎爱情吗？其实每一个看似很大的烦恼都会在一夜的沉淀后，随着清晨的来临而变得没那么重要。现在他还可以后悔，维尔诺伊村还在如孩子般甜美地酣睡，只要他回去，那么今晚的一切就没有人知道。他的心还是爱着伊冯娜的。并且在生他养他的故乡，他同样可以写出伟大的诗作，同样可以过得很快乐。

戴维站起身，他挣脱了那些诱惑和令他不安的情绪，他毅然决然地转身，沿着来时的路走回去。当他一脚迈进维尔诺伊的时候，他那些离家出走的想法已经没有了踪影。他路过羊圈，那群羊听到夜晚经过这里的主人的步伐，立刻向他拥了过来，它们快乐地跳着、蹦着，那感觉再熟悉不过了，这时他的心感受到了温暖。他小心翼翼地钻回自己的棚子，一纵身倒在了温暖舒适的床上。他暗自庆幸自己没有成功离家出走，他不用在陌生的道路上忍受痛苦。

他对女人的心思洞若观火！第二天的晚上，伊冯娜来到了路边的一个水井旁。这里是许多年轻人听牧师传播福音的地方。她默默地用余光寻找着戴维的身影，而且嘴角上还有一丝未完全消散的怒气。戴维在一旁，这一切尽收眼底。他给自己鼓了鼓劲，走了过去，他得到了梦寐以求的宽恕。接着，在两个人一同回家的路上，他还得到了一个吻。

就在三个月之后，他们结为夫妻。戴维的父亲是一个机灵聪明、办事能力很强的人，所以他们家的家境自然也殷实许多。他的父亲为他们举行了一场很盛大的婚礼，三里格外的人都知道了这个消息。一对璧人在整个村子里面人缘都很好，所以贺喜的人也络绎不绝。他们在草场上举行了舞会，还请来了德鲁克斯那里的杂技演员和木偶剧演员为大家演出。

一年后，戴维的父亲去世了。戴维继承了父亲的羊群和农舍。此外，他还拥有全村最贤良淑德的妻子。只要是伊冯娜擦洗过的奶桶和铜水壶，它们就一定锃光瓦亮，如果在阳光底下看，反射回来的光绝对晃得你睁不开眼睛。但是，你必须把眼睛睁开，因为接下来我们要去参观他们家的院落了：花坛里的花朵不仅娇艳美丽，而且如列队的士兵般整齐。你只要看见它们，就一定会震惊。还有你得去听听她的歌，每一首都婉转悠长，那美妙的声音，即使你站在佩尔·格吕诺的铁匠铺前面的那棵板栗树旁，也可以听得见。

可是有一天，戴维又重新翻动了那个很久没有打开过的抽屉，他从里面抽出一张纸，然后又开始咬着笔头，思考着他的诗了。因为春天来了，春天总是会拨动每一个人的心弦。他一定是位诗人，因为伊冯娜已经被遗忘了。在春风吹过的大地上，一片生机盎然，这清新淡雅的美丽景色征服了他的心。丛林与绿草的香气使他的心里充满了异样的情愫。以前他总是能在早上赶着羊群出门，在夜色降临的时候准时回到家里。可是现在，他躺在刚刚萌发出嫩芽的小树下，整个心思都在他的创作上。他忘我地创作着诗句，羊群自由奔走，野狼当然看准了这个时机，便贪婪地叼走了他的小羊。

戴维的诗歌越写越多，但是能放的羊越来越少。随着羊的数量的减少，伊冯娜的体重也在降低，增长的只有她的脾气，甚至她的语言也越发尖酸刻薄了。她所清洗的奶桶和铜水壶已经逐渐失去了光泽，只是她的眼睛还闪着亮光。她开始对诗人无止境地抱怨，因为他对工作的怠慢，已经让羊的数量减少，也让整个家庭的经济不堪重负。戴维雇了个男孩来替他放羊，他则将自己关在农舍上面的小房间中，继续写诗。只是，这个被雇来的男孩，与戴维有同样的潜质，都疏于对羊群的照顾。只不过他不写诗，而是睡觉。时间一长，野狼当然发现了写诗与睡觉对它们来说是没有任何区别的。所以羊的数量急剧减少。是的，当然也有增加的，还是伊冯娜的脾气。有时，她会站在院子中间，对着戴维高高的窗口大声地咒骂，声音之大，即便站在佩尔·格吕诺的铁匠铺前面的那棵板栗树旁，也可以听得见。

　　公证人 M. 帕皮诺是一位很善良和蔼的老头，并且极具生活的智慧，只是有些爱管闲事而已。他对所有的事情都可以明察秋毫，只要是他目光所及的地方，那里的一切就都逃不出他的法眼。所以，戴维家里的事情他也看得一清二楚。他找到了戴维，深吸了一口鼻烟后，说："米尼奥，我的朋友，曾经在你父亲的婚礼证书上盖章的人是我。但是我真的不希望，我还会在你的破产证书上盖章。如果真的有那么一天，我会十分悲痛的。我之所以这么说，是因为你现在正徘徊在破产的边缘。作为一个真正的朋友，我要对你说几句真心话，你要听好了。我知道，你已经迷上了作诗，如果我武断地制止你，那是我的不对。所以我介绍一个人给你。他是我的一个朋友，他住在德鲁克斯，他的名字叫布里尔——乔治·布里尔。在他的房间里，满满地堆放了一屋子的书籍。他博览群书、学富五车，而且每年都会去巴黎，同时他自己也写了很多书。他清楚地知道地下的墓穴是什么时候建造的，每一颗星星是怎样命名的，长着那种特别长的喙的鸟叫什么。至于对诗歌的了解，无论是形式还是含义他都了如指掌，就像你能清楚地辨别出羊的叫声一样。我可以写封信给他，只要你带着这封信去见他，并且将你的诗稿交给他看，你就会知道你这条写作的路到底还要不要继续走下去。或许到那时，你会觉得让你的妻子过上幸福快乐的日子才是正确的选择。"

"请您现在就写信吧，"戴维说，"真遗憾，您为什么不早点说这件事呢？"

第二天，天刚蒙蒙亮，戴维就迫不及待地前往德鲁克斯了。当然，在他胳膊下面还夹着一卷自己十分珍惜的诗稿。大概中午的时候，他来到了布里尔先生的家门口，为了表示尊重，他在敲门前擦拭了鞋上的尘土。这位学识渊博的先生拆开了 M. 帕皮诺先生的信。他阅读文字的方式就如同阳光蒸发水分一样，他用明亮的眼睛瞬时扫过信纸上的全部内容。他将戴维带到他的书房，在成堆的书籍中为他挪出了一小块可以坐下来的位置，就如海洋中的一座孤岛。

布里尔先生做事情总是很认真仔细。面对有一指厚、横七竖八地被卷曲的诗稿，他没有一丝的不耐烦，甚至连眉头都没蹙一下。他将这些诗稿摊放在腿上，一丝不苟地一个字一个字地阅读，甚至已经把自己埋在了诗稿之中，就好像是一条钻入果子里的虫子，在努力地啃噬。

与此同时，戴维则坐在书海中漂荡。巨大的海浪让他失去了安全感，他的心脏开始剧烈地跳动。在这里没有导航员的帮助，也没有指南针的引航，他在心里很笃定地认为，在这个世界上，肯定有一半的人在写书。

布里尔先生看完了书稿的最后一页，才慢慢抬起头，将眼镜摘下，用手帕擦了擦眼镜后问道："我的老朋友 M. 帕皮诺的身体还好吧？"

"嗯，不错。"戴维回答。

"你家里现在还有几只羊，米尼奥先生？"

"三百零九只，我昨天才数过的。最近运气不好，羊群的损失很大，原来有八百五十只，现在只剩下这些了。"

"你已经成家了，而且生活得很舒适。羊群带给你的不仅仅是经济上的价值。在赶着它们去吃草的同时，你可以呼吸到最新鲜的空气，在空闲的时光里，你可以吃着甜美的面包。你甚至可以尽情地亲近自然，躺在自然的怀抱中，倾听枝头上小鸟欢快的歌唱。你能享受这一切，只是需要注意羊群的安全就可以了，对吗？"

"是的，没错。"戴维说。

"你写的诗，我读了。"布里尔先生继续说，只是他的眼睛一直游移在书海之中，总是没能定下来看看一个地方，好像是在海平线上寻找帆船的影子，"米尼奥先生，麻烦你现在从窗口看向窗外。你能告诉我，你看见了什么吗？"

"一只乌鸦。"戴维瞥了一眼窗外后回答。

"就是这只鸟，"布里尔先生说，"它能帮我讲明白一些事情。你应该了解乌鸦的习性和特点，米尼奥先生。它可以算是一位会飞的哲人，而天空就是它施展才华的地方。它因为顺从了命运的安排而感到心满意足。它有它自身的优势，它的目光敏锐，它的脚步轻盈，再也没有其他的鸟能像它那样快乐了。它想要的，它已经全部得到了。所以它不会觊觎黄鹂的美丽羽毛，更不会因为没有而伤心。您一定听过大自然赋予乌鸦的嗓音吧，米尼奥先生？难道你觉得夜莺就一定比它快乐幸福吗？"

戴维站起身时，恰巧乌鸦发出了"哇哇"的刺耳叫声。

"很感谢您，布里尔先生，"他语气缓慢地说，"我只想问一个问题，难道在满耳的乌鸦的叫声中，就没有一个如同夜莺一样甜美动听的声音吗？"

布里尔先生叹了口气，说："如果有，我一定不会漏掉的。你也看见了，我是逐字逐句地拜读了你的诗稿。还是将所有心思都放在牧羊上吧，这样至少你可以过诗一般的生活。小伙子，停止写诗吧。"

"谢谢您，"戴维说，"我这就回去照看我的羊群。"

"如果你愿意留下和我共进午餐的话，"知识渊博的人说，"如果你还能听进去我的逆耳忠言的话，我还可以给你仔细分析一下其中的道理。"

"不用了，"诗人很快地拒绝道，"我想我还是回到田间地头，对着我的羊群哇哇大叫去吧。"

戴维依旧将诗稿夹在胳膊下面，拖着沉重的步伐往维尔诺伊走。刚刚进了村子，他就走进一家商店。这家商店店主的名字叫齐格勒，是从亚美尼亚来的犹太人。这家店铺所经营的物品琳琅满目，只要是店主能弄到手的，它们就会出现在货架上。

"哥们，"戴维说，"最近森林里总是有几只野狼出没，我的好几只羊都被野狼吃了。我想买支枪，保护我的羊群，你这里都有什么枪啊？"

"唉，说到这件事，我还真得和您说说。我的运气真是差啊！米尼奥，我的朋友，"齐格勒说着，无奈地摊开双手，"我这儿有把手枪，只能便宜你了，价格只是原价的十分之一。这个东西是我上个星期从一个小贩那里买来的，其实我买了一马车的货品，这只是其中的一件。听说，这些东西都是他从一个王室侍卫那里弄到手的。它们都来自一个庄园，是一个贵族的家产——我也不知道那个贵族是什么称谓，只知道原因是他刺杀国王，所以被发配了。在那些东西里有几支做工上乘的手枪。你看这支，简直都可以给太子们用了！你给四十法郎，我就把枪给你。米尼奥，我的朋友，这笔生意我不仅没赚，还赔了十法郎呢。但是，如果你还是想买火绳枪……"

"就它吧，"戴维顺手将钱扔在柜台上，又问道，"有子弹吗？"

"哦，我这就给你装上，"齐格勒说，"如果你再给我十法郎，我就送你一包火药和子弹。"

戴维把手枪揣进外衣口袋里，回了家。此时伊冯娜不在家，最近她总是喜欢往邻居家跑。不过，炉台上正生着火。戴维一把拽开炉台的门，把诗稿全部丢进了火堆中。熊熊的烈火烧得十分欢实，发出噼噼啪啪的响声。

"乌鸦的叫声！"诗人说。

他回到阁楼，把自己关在那个小房间里。村子里一片寂静，所以那支巨大手枪所发出的巨响足以让十来个人听到。他们一起闻声赶来，通过冒烟的阁楼窗口，他们找到了诗人。

可是，诗人已经变成了尸体。赶过来的男人们笨手笨脚地将他平放在床上，并且将尸体处理干净。他们能帮这只可怜的黑乌鸦做的最后一件事，就是将他已经被撕裂的羽毛掩盖起来。村里的女人们小声地议论着，抒发着对诗人的怜悯和同情。还有几个急匆匆地去给伊冯娜报信。

好管闲事的 M. 帕皮诺也听到了枪声，并且赶了过来。他也是第一批赶到现场的人之一。他拿起那支手枪，仔细地辨认上面的银质徽章。他的神情十分复杂，既充满了对这支如此精美的手枪的赞赏，又充满了对死者的同情。

"从这支枪上的徽章和纹饰来看，"他对旁边的牧师耳语道，"是博佩尔蒂斯侯爵的。"

二十年后

　　一位警察正沿着大路巡查，即使马路上已经没什么人了，他依旧全神贯注。可见他并没有在刻意耍酷或者展现他威严的气概，这一切只是习惯使然。现在还没到晚上十点，但是阵阵刺骨的寒风夹带着湿气，这足以让人们快点回家，闭门不出了。

　　身材魁梧的警察英俊威猛，他一边巡逻，一边看着房子里面的情况。他把玩着手上的警棍，随意挥出几个复杂的动作。他的目光没有放松警惕，不时地在空荡的马路上和房屋间徘徊。这俨然塑造出了一位国家安全的保卫者的形象。这一片的店铺通常很早就关门歇业了，亮着灯的铺子很少，只是偶尔还能看到几家烟草铺和二十四小时营业的餐厅内有灯光照出来，其他的都熄灯打烊了。

　　警察刚刚走到一个街区的中段时，突然把脚步放慢了。因为在一家已经打烊的五金店门口，还有一个男人倚着门站着。他的嘴里叼着一支雪茄，但是没有点燃。当他看到警察过来的时候，这个男人抢先说话了。

　　"没什么事，警官，"他发誓说，"我只是在这里等一位朋友。我们早在二十年前就约好了在这里见面。这件事情听起来或许有些荒唐。但是如果你想知道这件事的来龙去脉的话，我可以细细讲给你听。在二十年前，这个位置——应该还包括这个位置的左右，不是五金店，而是一家饭馆，我还记得饭馆的名字，叫大个子乔·布雷迪餐厅。"

　　"哦，那家饭馆在五年前就被拆了。"警察说。

　　斜靠在门口的男人划了根火柴，点燃了雪茄。在短暂的火光中，出现了一张没有血色的脸。不过他的下巴方正，目光很有神。只是让人觉得奇怪的是，他的右边的眉毛附近有一块白色的伤疤，领带夹上还有一颗硕大的钻石。

"在二十年前的今天，也是晚上的时候，"那个男人回忆道，"我在大个子乔·布雷迪餐厅和吉米·韦尔斯一起吃饭。吉米是我的好朋友，而且是最好的朋友。我和他都出生在纽约，年少时，我们总是在一起，就像是兄弟一般。二十年前，我十八岁，吉米二十岁。因为第二天我就要去西部发展了，但是吉米，没有人能说动他，让他离开纽约半步。他认为纽约是这个世界上最纯洁的地方，他至死不渝地这样认定。于是，在那天晚上，我们约好在二十年后的今天，在这里相聚。无论境况如何，或者身在何处，我们都要遵守这个约定。我们当时觉得，二十年后无论发展得怎么样，估计也都定型了，再怎么说也应该有一定的事业了。"

"听起来倒是不错，"警察说，"不过，我还是觉得二十年的约定太长了。在这期间，你和你的朋友联系过吗？"

"嗯，我们写过信，不过只坚持了一段时间，"他说，"不到两年，我们就失去彼此的消息了。您知道的，西部是一个很大的地方，地域广阔，而且我还奔走于各个地方，总是居无定所。不过我相信，吉米一定还在人世，他也一定会来这里看我的。他是这个世界上最忠厚老实的家伙。所以他绝对不会爽约。我历尽千辛万苦，从遥远的地方赶过来，就是希望能在这家店的门口见他一面，履行我们的约定。只要能见他一面，我的奔波就是值得的。"

这个等待朋友的家伙从衣服的口袋中掏出一块精致华美的怀表，表壳上还镶嵌着许多碎小的钻石。

"还有三分钟就十点了，"他说，"当初，我们在这家餐馆门口分别的时间就是十点。"

"看来，你在西部闯荡得不错，是吗？"警察问。

"那是当然的！吉米如果有我的一半，那也算好的了。不过，他虽然不会动心眼，但是肯吃苦。而我呢，说实话发财并不容易，我需要与另外一群同样狡猾的家伙斗智斗勇。在纽约，人们只能过安分守己的生活。只有在西部那种动荡的生活中才能磨炼出聪明才智。"

警察又挥动了一下警棍，向前走了几步。

"我还得巡逻，先走了。希望你的朋友可以准时来赴约。过了十点，你就会走吗？"

"不！我至少还会再多等他三十分钟。我相信他只要活着，就一定会来的。警察先生，再见。"

"晚安，先生！"警察说着，便沿着这条路继续向前巡逻了，仍旧边走边观察周围的情况。

这时，天空中下起了小雨，原本只是一阵阵的寒风，现在开始持续不断地吹着。街上屈指可数的几个人都将自己风衣的领子立了起来，双手也都深深地插进口袋，低着头，迈着大步赶路。而在这家五金店的前面，一个为了儿时定下的荒谬的约会而大老远跑来的男人还在抽着雪茄，默默地等待着。

大概二十分钟过后，一个身材魁梧、穿着长外套的男人，从马路对面急匆匆地往这边跑，直奔这一直在等待的男人而来。他的领子也是竖起来的，一直挡住了耳朵。

"是你吗，鲍勃？"他有些犹豫地问。

"你是吉米·韦尔斯？"后赶过来的男人站在门口大声地说。

"万能的主啊！"后赶过来的男人激动地握住等待着的双手，"你真的是鲍勃，绝对没错！我知道，只要你还在这个世界上，我就一定会在这里看到你的。好啊，太好了，你知道二十年的时间有多长多久吗？不过很可惜，原来那家餐馆被拆了，鲍勃，我真的希望它还在。如果餐馆还在，我们就可以再大吃一顿了。对了，老伙计，你在西部闯荡得怎么样？"

"当然非常不错啊！只要我想做，什么都能做到。吉米，你变化真大。我怎么觉得你比原来高了至少两三英寸呢。"

"哦，'二十三，还能蹿一蹿'呢。"

"吉米,你在纽约过得怎么样?"

"就那样吧,凑合。我在市政部门工作。来吧,鲍勃,我知道有一个很不错的地方,我们去那里聊聊,好好叙叙旧。"

于是,两个大男人挽着胳膊,走在马路上。西部归来的人因为自己的成功而志得意满,所以一路上都在不停地讲他这些年的成功史。另外一位则将头躲在风衣的领子里,听得津津有味。

在路过街角的一家药店时,药店还在营业,所以还亮着灯。两个人走到亮处,几乎是同时抽出了刚才挽着的胳膊,打量着对方。

"你不是吉米·韦尔斯,"他吃惊地叫道,"二十年确实很久,但也不会久到让一个人的鼻子从高的变成扁平的。"

"可是却能把一个好人变成一个坏人,"身材高大的人说,"鲍勃,你在十分钟前就已经被捕了。芝加哥警方早就给我们发来电报,说你可能潜逃到我们这里,他们想要和你谈谈。你最好老实点,明白吗?对,这样才是聪明的。另外,有人让我给你带来一张字条,你现在看看吧,趁着我们还没到警局。就借着这扇窗户里透出的光线看吧,字条是韦尔斯巡警让我带给你的。"

西部来的人接过了字条,并将它打开。刚开始,他还能镇定自若地读,可是当读完字条之后,他的双手就开始颤抖了。字条上没写太多字,只有区区几句话而已:

鲍勃:

我已经准时到达了我们约会的地点。当你划火柴的时候,我看见了一张从芝加哥传来的通缉令上的通缉犯的脸。我不能亲自动手了,所以找了一个便衣代劳。

吉米

言外之意

　　当我看见他从德布罗斯街的渡轮上下来的时候，我鬼使神差地就对他十分感兴趣了。从他的脸上可以看出他丰富的阅历和人生经验。这次他来到纽约，就像是多年后重新来到自己领地的君主般傲视一切。但我认为，他一定没有呼吸过这里的空气，也没有踏过这里湿滑的鹅卵石路，总的来说，他一定没来过这个到处都是哈里发的城市。

　　他穿着宽松的衣服，衣服的颜色是单调并且奇怪的蓝色，头上戴着一顶样式很老的巴拿马草帽。只不过他不像很时髦的北方人那样，在帽檐上压出锯齿形的花纹，或者把帽子歪戴在脑袋上。而且，他的相貌真是让人不敢恭维，他应该是我见过的人中最难看的一位。不过丑归丑，却不惹人反感，只是让人有些错愕——如同林肯一样的不规则的脸上，还错列着无序的五官。如果说有哪个渔民在海上打捞上来一个瓶子，从里面钻出来的怪物也就是这样吧。后来他告诉我他叫贾德森·塔特。所以在接下来的讲述中，我就用这个名字来称呼他了。他的脖子上戴着一条绿丝绸的领带，领带扣是一枚黄玉环。另外，他的手上还拄着一根鲨鱼脊骨做成的手杖。

　　贾德森·塔特过来和我闲聊，他悠闲地问我一些关于这个城市的街道和酒店的情况。但是在言语间，他仿佛刻意地显示出他对这里的一些琐碎细节仍有记忆。我认为没有任何理由去贬低自己所住的那家市中心的酒店，只是那里过于安静。在我们吃完晚饭的时候，已过午夜。我结完账，便想在酒店的休息室中找一个安静的角落休息一下，顺便抽支烟。

　　贾德森·塔特正在心中想着一件事情，他很想与我分享。他已经接受我做他的朋友了。他说的每句话都配有一个手势，我总看见一只大手在距离我鼻子六英寸的地方晃。他的手简直和轮船舵手的一样，又粗又大，而且还有被鼻烟熏黄的痕迹。我当时就在纳闷，是不是他对所有陌生的、有敌意的人都会做这样突然的举动。

当这名男子开始讲话的时候，我察觉到他具有一种能力。他的声音就像一件极具说服力的武器，被他用某种具有艺术效果的方式舞动着。他并没有试图让你忘记他的丑陋，甚至会特意亮出他的脸，从而作为他发言的一部分，使他的演说更具魅力。闭上眼睛，你会心甘情愿地跟随这个捕鼠人的魔笛走到哈梅林的城墙旁。除此之外，我想你也不会做出更加荒唐、幼稚的事情了。但是，如果把他所说的话配上曲子，你还觉得过于平淡的话，那么我想只能让乐来承担全部责任了。

"女人，"贾德森·塔特说，"真是神秘的生物。"

我顿时没了精神。我可不想听到在这个世界上人人都谈论的话题——这种陈腐、空泛的论调已经在很久之前就被人驳斥了，这是一个不合逻辑并且恶意的推论——这是女人们自己营造出来的古老的、荒谬的、奸诈的、阴险的谬论。其实女人们是用这些卑劣的、秘密的、具有欺骗性的方法，给男人们造成一种幻影般的错误认识。女人的目的就是用含沙射影的方式，加倍地让男人觉得她们是有能力、有魅力的。总之这是一场设计出来的骗局。

"哦，我不清楚。"我用当地的方言说。

"那你有没有听说过奥拉塔玛？"他问。

"可能，"我回答道，"我还依稀记得一个芭蕾舞演员，或者是一个郊区，或者是一款香水——总之用过这样的名称。"

"是一个小镇的名字，"贾德森·塔特说，"是国外一个海岸上的。对于那个国家你可能知之甚少。那里是由独裁者统治的，而且经常发生革命和暴乱。一部伟大的生命戏剧曾经在那里上演，主角是全美国最丑的人贾德森·塔特、历史或小说里最英俊的冒险家弗格斯·麦克马汉，还有一位就是奥拉塔玛镇镇长美丽的女儿安娜贝拉·萨莫拉。此外，还有一件事——除了乌拉圭的三十三个省之外的任何地方都无法找到的一种植物，叫楚楚拉。我说到的那个国家盛产价值昂贵的木料、染料、黄金、橡胶、象牙和可可。"

"我都不知道，"我说，"南美洲也产象牙。"

"那你可犯了两个错误，"贾德森·塔特的声音又如音乐般美妙了，至少跨了一个八度，"我可没说我刚才所提到的国家在南美洲——我说话必须小心，我亲爱的朋友。你知道的，我对政治问题一向很敏感，而且我参与过政治。但是即便如此，我仍要告诉你，我和那个国家的首脑曾下过国际象棋，那套棋是以貘的鼻骨为原材料制成的——这是一种奇蹄类的哺乳动物，栖息在安第斯山脉——它们毫不逊色于象牙的质地，如果你看到的话。

"不过这不是我要告诉你的事情，我要对你讲的不是动物园里的动物，而是一个关于浪漫和冒险的故事，还有一个女人。

"我曾在共和国至高无上的独裁者老桑乔·贝纳维德斯身后，统治了那里十五年。我想你应该在一些文件上看见过他的照片——一个糊涂的黑人男子，他脸上的胡子就像是音乐盒旋转的圆筒上面的钢丝。他很喜欢在右手上拿一个卷轴，其中的纸张像记录家谱的《圣经》的扉页一样。这位巧克力色的君主最受人关注的地方就是他的种族。他是否能进入名人堂或是引火烧身，这都不能确定。能确定的事情就是如果不是格罗弗·克利夫兰在位的话，他绝对是南方大陆的罗斯福。因为他总在连任了两届元首之后指定一个傀儡接班人临时接任，然后休息一段时间，再任职，如此反复。

"但真相并非如你所看到的，贝纳维德斯之所以能够赢得这一切，并非靠他自己，也并不是为自己谋取利益。这个'解放者'需要依靠的人是贾德森·塔特。贝纳维德斯是个傀儡。我总是给他不同的提示，比如何时该宣战，什么时候该增加进口关税，他应该穿什么上衣和裤子。不过，我的重点不是讲这些。你知道我是怎样成为一个幕后的操控者的吗？我会告诉你的。原因是，自从亚当睁开眼睛，推开嗅到的盐，问道'我在哪里呢？'以后，我就是最具有演说天赋的人。

"正如你所观察到的那样，除了新英格兰早期的基督教科学家们的照片外，我是你见过的最丑的男人。因此，在我很小的时候，我就意识到我必须用我的口才来弥补我形象上的不足。我已经做到了。作为贝纳维德斯的宝座后面的那个人，同样是幕后的操控者，我却比历史上所有伟大的幕后人物强得多，像塔列朗、蓬帕杜尔夫人和洛布，他们就如同俄国杜马中少数派的提案一样。我可以在高谈阔论间，让一个国家摆脱债务，或者负债累累，让他们的军队在战场上睡觉，可以减少叛乱、社会问题，改变税收、拨款或者盈余。我的声音如同鸟鸣一般的呼哨，它可以换来战争之犬，也可以带来和平之鸽。别的男人有英俊的外表，有威严的肩章，还有卷曲的胡子和希腊式的面容，但是这些东西从来都和我没有任何关系。人们第一次看到我的时候，都会不寒而栗。除非他们患了心绞痛，并且到了最后的阶段。但是在与我交谈十分钟后，无论是男人还是女人——我赢得了他们的喜爱。你也许不会想到，怎么会有一个女人喜欢上我这样一个男人，对吗？"

"哦，不，塔特先生，"我说，"迷住女人但相貌平平的人，通常都会给历史增光，为小说添彩。似乎有——"

"对不起，"贾德森·塔特打断了我的话，"你可能还没明白。因为你还没有听到我的故事。

"弗格斯·麦克马汉是一个英俊的男人，他也是我在首都的朋友。我必须肯定他的英俊。他有一头金色的鬈发，一双总是在微笑的蓝色眼睛，还有端正的五官。别人都说他像赫耳墨斯的雕像——放置在罗马的一个博物馆里，希腊神话中的商业、演说、竞技之神。我猜想他一定是德国的无政府主义者。因为除了休息的时候，他总是在讲话。

"只是，弗格斯可不适合做演讲的工作。他认为自己长得很帅气，所以样样也都没有问题了，这是他从小就有的优越感。他的谈话一样有启发性，因为那声音就好像你睡觉的时候，听见了床头有雨水滴下来，落在了锡盘里。但我和他是朋友，也许因为我们正好相反，你不觉得吗？每当我用剃刀剃胡子的时候，弗格斯就会感到快乐，因为我的那张脸就好像万圣节时人们戴的面具；相反，每当我听到他从喉咙里发出微弱的噪声，就是他所谓的谈话时，我就会感到心满意足，因为我觉得做一个拥有三寸不烂之舌的丑鬼也过得去。

　　"有一天，我发现我有必要去这个沿海的小镇奥拉塔玛。我要去处理那里发生的政治动乱，并且砍掉几位海关和军事部门的首长的脑袋。弗格斯，这个拥有共和国的冰块和硫黄火柴销售许可证的人，也想和我同行。

　　"所以，在骡子列车刺耳的铃铛声中，我们疾驰到了奥拉塔玛。这个小镇就是我们的天下，这一点就如同当西奥多·罗斯福在奥伊斯特贝时，长岛海峡就不属于日本了。我说'我们'，但我的意思是只有'我'。对每一个去过四个国家、两个大洋、一个海湾的人来说，他们一定听说过贾德森·塔特的名号。他们叫我绅士冒险家。我的人生经历曾被五列黄色的专栏报道过，而每本月刊也用了四万字（包括花边装饰）来报道。另外《纽约时报》的第十二版，整版都在写我。如果我们在奥拉塔玛所受到的招待，有一丝是依靠弗格斯·麦克马汉的美貌赢得的，我就吃掉巴拿马草帽里的价格标签。他们披红戴绿全都是因为我。我不是一个爱嫉妒的人，我只是说明事实。这里的人都是尼布甲尼撒，他们在草地上跪拜，就在我前面的那块草地上，因为那里没有适合参拜的土地。他们是在跪拜贾德森·塔特。他们知道桑乔·贝纳维德斯背后的权力是我的。对他们来讲，我所说的话，比东奥罗拉图书馆里面的所有书加起来都要有用。但还是有人花上好几个小时来给自己的脸美容——擦面霜，按摩肌肉（顺着眼角内侧的方向），用安息香精油防止皮肤松弛，用电疗祛除黑痣。他们做这些的目的是什么呢？就是希望自己能够帅气。哦，这是多么愚蠢的错误！美容的医生应该将工作的重点转到喉咙上去。真正美化一个人的是语言而不是祛痣，是淡定的谈吐而不是英俊的面貌，是侃侃而谈而不是涂脂抹粉，是留声机而不是照片。现在我继续讲下面的事。

"当地的商人和资本家把我和弗格斯安排到蜈蚣俱乐部,那是一栋建在海边的木头房子。每当涨潮的时候,房子距离海水只有九英寸的距离。当地的大小商人、资本家都来这里三跪九叩。哦,这一切不是因为赫耳墨斯,而是他们早就听过贾德森·塔特的名号。

"一天下午,我和弗格斯·麦克马汉坐在蜈蚣俱乐部面朝大海的画廊中,喝着加冰的朗姆酒说着话。

"'贾德森,'弗格斯说,'在奥拉塔玛有一个天使。'

"'只要,'我说,'只要不是加百列。为什么你说起这个的时候,就好像听到了最后审判的号角声一样?'

"'是安娜贝拉·萨莫拉小姐。'弗格斯说,'她是……她是……她简直可爱死了!'

"'好极了!'我大笑着说,'你说起一个真正的情人的时候,口才还不错。你提醒我了,'我接着说,'我突然想到了浮士德追求玛格丽特的故事。这个故事是说,即便他掉进了舞台的地板活门下,他还是会去追求她。'

"'贾德森,'弗格斯说,'我知道你长得像犀牛一样难看,所以你也从来都不考虑与女性有关的事情。可是那位安娜贝拉小姐已经占据了我的全部生命。因为这样我才告诉你的。'

"'哦,是这样的。'我说,'我知道自己像尤卡坦的杰斐逊县的那个守卫并不存在的宝藏的阿兹特克神。但是,我可以用其他方面弥补我相貌上的缺点。例如,在这个国家中,我就是万众瞩目的人物。再则,'我继续说,'当我运动口腔,带动声带和喉咙说话的时候,没有人能把我比喻成一张廉价的唱片,只会不停地胡言乱语。'

"'没错,我知道,'弗格斯和蔼可亲地说,'我从来都不善于言谈,无论是在大场合中的高谈阔论,还是在小环境中的交谈。这也正是我告诉你这件事的原因。我想要你帮我。'

"'我可以怎么帮你呢?'我问。

"'我已经给了钱,'弗格斯说,'给为安娜贝拉服务的保姆,她的名字叫弗朗西丝卡。贾德森,你在这个国家有声誉、名望。你就是这里的伟人和英雄。'

"'这些我知道,'我说,'我当之无愧。'

"'而我,'弗格斯说,'在北极圈和南极浮冰之间,我可算得上是最英俊的男人。'

"'如果将范围仅限制在相貌和地理上,'我说,'我承认你的观点。'

"'我们两个人,'弗格斯说,'我们应该可以赢得安娜贝拉·萨莫拉小姐的芳心。你也知道,她的家庭是拥有陈旧观念的西班牙家庭,人们最多也就是在下午的时候可以看见她坐着马车在广场周围驶过,或者站在她家的窗口处,远远地窥视一下。她简直就像天上的星星一样遥不可及。'

"'让她倾心于我们之间的哪一个啊?'我问。

"'当然是我啊,'弗格斯说,'你从来没见过她。现在,我已经告诉弗朗西丝卡,我就是你了,并且也让她指给安娜贝拉看过了。她认为,她在广场上看到的人就是唐·贾德森·塔特,最伟大的英雄、政治家和传奇人物。你的声誉结合我的长相,她怎么能抗拒得了呢?她听过所有关于你的惊心动魄的故事,又见过英俊的我。还有女人想要更多吗?'

"'她就不能不要那么完美吗?'我问,'我们怎么才能分开施展魅力,之后又怎么分摊收益呢?'

"弗格斯告诉了我他的计划。

"他说,镇长唐·路易斯·萨莫拉的房子有一个庭院——当然,内院的一边是一条街。有一个角落恰巧就是他女儿的窗口——你会发现,那个地方很隐秘。你认为他要我做什么?因为他知道我的口才好,巧舌如簧,并且谈吐极具魅力,所以他建议我在午夜的时候到庭院里,去向萨莫拉小姐表达爱意,代替他,也就是她在广场上看到的人。一个英俊的唐·贾德森·塔特。因为在漆黑的晚上,我丑陋的脸不会被人看到。

"我没有理由拒绝他的请求，一个朋友——弗格斯·麦克马汉的请求。他让我帮忙，就是承认了我的能力，也承认了自己的缺陷。

"'你这个如同百合花一样美丽、有金色鬈发、高度抛光的、不会说话的小雕塑，'我说，'我来帮你。你去安排吧，晚上带我到她的窗外，月光将作为我表达爱意的伴奏，我会把绵绵的爱意像溪流一样注入她的心中。她是你的了。'

"弗格斯：'你一定要保证你的脸是隐藏起来的，看在老天的分上。我知道我们是朋友，但这是一笔交易。如果我可以侃侃而谈，那么我就不会要你帮忙了。现在她已经见过我了，如果再听到你的声音，我不相信她还会有什么理由不被征服。'

"'让你征服她？'我问。

"'是啊，是我。'弗格斯说。

"嗯，弗格斯和保姆弗朗西丝卡把所有的细节都安排好了。一天晚上，他们取出了一个有很高领子的黑色斗篷给我穿上，并且在午夜的时候把我带到了一所房子旁。我一直站在庭院中，看着窗口，直到我听到一个轻柔甜美的、天使般的声音从栅栏里传出来。我只能看到一个淡淡的白色的身影，为了履行对弗格斯的承诺，也因为时值七月的雨季，夜晚还很寒冷，所以我将斗篷的衣领高高地立了起来。一想到弗格斯的张口结舌，我就会觉得好笑，但我还是遏制住了自己偷笑的行为，开始交谈。

"好吧，先生，不是交谈，而是跟她讲了一小时的话。我之所以说'跟她讲话'，那是因为她基本上都是在听，只是偶尔说一句'哦，先生'，或者'现在，你是不是在骗我？'，或者'我知道你不是那个意思'，诸如此类，就像女人听到男人正在追求她时会说的话。我们俩都会说英语和西班牙语这两种语言，于是我运用这两种语言试图赢得她的芳心，让她成为弗格斯的夫人。如果窗口没有栅栏的遮挡，我想一种语言就可以了。一小时后，我们结束了谈话。她送给我一朵很大的红玫瑰，我把它带回来交给了弗格斯。

"每隔三四个晚上，我都会装扮成我的朋友，到庭院里安娜贝拉小姐的窗口下，一连坚持了三个星期。最后，她终于承认她的心是我的了，还说当她每天下午从广场经过的时候都会看见我。当然，她说的我是弗格斯。但是，是我的谈话赢得了她的心。假设在黑暗之中来到这里的是弗格斯，恐怕他说不出一个词来为自己争取爱人的心。他的英俊又有什么用呢！

"最后一天的晚上，她对我做出了承诺，也就是对弗格斯做出了承诺。她隔着窗口的栅栏，要我亲吻她的手。我履行了亲吻的动作，并且告诉了弗格斯。

"'你应该离开，让我来做这件事。'他说。

"'那个工作以后将是你的，'我说，'你要一直亲吻她，以防止自己说话。也许她就不会注意到她所爱的人与原来的那个有什么区别了。她也不会听到你难以言喻的表达方式和从嘴里发出的嗡嗡声了。'

"到目前为止，我还没有见过安娜贝拉小姐。因此，当第二天弗格斯要求我陪他一起去广场，看看奥拉塔玛社交场所的活动时，我虽然一点都不感兴趣，但还是去了。小孩和狗只要看到我的脸，就会往香蕉园和红树林沼泽那边逃。

"'她来了，'弗格斯捻着他的胡子说，'穿着白色衣服，坐在黑色马匹拉的敞篷车里的就是。'

"从我见到她的那一刻起，我就感觉我脚下的地在晃动。安娜贝拉·萨莫拉小姐是世界上最美丽的女人。至少在贾德森·塔特的眼里，到目前为止，她是他所见过的最美丽的女人。从我看到她的那刻起，我的心就跟随着她了，而且我也发誓她是我的，我要定她了。但是一想到我的脸，我差点昏倒，然后我又想到了我在其他方面的才能，所以我又站好了。而且我一直代替另外一个男人向她表达了三个星期的爱意！

"安娜贝拉小姐的马车慢慢地行驶过来，她那如同夜晚一样的黑眼睛久久地看着弗格斯，目光中饱含着深情。那一瞥，足以让贾德森·塔特飘飘然了，就好像乘坐着胶轮战车飞往天堂。但她没有看我一眼。这个英俊的男人捋一捋自己的鬈发，开心地傻笑，简直就是一个少女杀手。

"'她怎么样，贾德森？'弗格斯目空一切地问道。

"'就是这样。'我说，'她是我贾德森·塔特的妻子。我不会和朋友耍什么花招。所以，我警告你。'

"我当时真的觉得他会因为大笑而猝死。

"'好，好，好，'他说，'你这个异类！你的心也被她吸引住了吗？这真是太好了！不过，为时已晚了。弗朗西丝卡告诉我，安娜贝拉白天、晚上都会谈论我。当然，也有你晚上去聊天的功劳，很感谢你对她说出那么悦耳的话语。当然，你要知道，如果这件事情换成我自己去做，也会得到一样的效果的。'

"'她是贾德森·塔特夫人，'我说，'你不要忘记这个名字。并且是我的舌头让你的美貌更具魅力的。你可以不借给我你的长相，但此后我的舌头也只是我自己的。醒一醒吧，她的名字是"贾德森·塔特夫人"，而且两英寸乘三英寸半大小的名片上也会是这个名字。'

"'好吧，'弗格斯说着又开始笑了起来，'我已经和他的父亲谈过了，他的父亲同意我们的婚事了。明天晚上，他要在新仓库里举行一个舞会。如果你也会跳舞的话，我很期待你来看看我未来的妻子——麦克马汉夫人。'

"第二天晚上，当音乐演奏得最响亮的时候，贾德森·塔特踏进了萨莫拉镇长举行舞会的地方。贾德森·塔特穿着白色的亚麻布衣服，他的气质就好像他是全国最伟大的人，不过他也真的是这样。

"当人们看到我的脸的时候，一些音乐家开始走音，并且一两个胆小的女士发出了惊人的叫喊声。不过，只有镇长立刻一路小跑过来，深深地向我鞠了一躬，他的前额几乎都能擦掉我鞋上的灰尘。我没有英俊的面孔，却赢得了如此震撼的出场方式。

"'我听说你的女儿很有魅力，'我说，'萨莫拉先生，如果可以为我引

见一下，则是我莫大的荣幸了。'

"靠着墙壁并排摆放了六十几把柳条编织的摇椅，上面还系着粉红色的蕾丝飘带。安娜贝拉小姐坐在其中的一把椅子上，她穿着白色的衣服和红色的便鞋，头上的发饰是珍珠和萤火虫。弗格斯则在房间的另一端，试图摆脱两个栗色女孩和一个巧克力色女孩。

"镇长把我引见给了安娜贝拉。当她看见我的脸时，她手上的扇子掉了下来，她被吓得几乎瘫软在椅子上了。但是对于这样的反应，我已经习惯了。

"我坐在了她的身边，开始和她谈话。当她听到我的声音时，她突然愣了一下，眼睛瞪得像鳄梨一样大。她很难在这样的声音下面对我的脸。我先是保守地用惯常与女士谈话时的 C 调与她聊天。没多大工夫，她僵持的身体便放松下来，安静地靠在椅子上了，并且我可以看到她眼中的痴迷。她慢慢地跟上了我的思路。在她的言谈中我了解到她听说过贾德森·塔特的事迹，她也知道他是一位很了不起的大人物，有许多政绩和伟业。这正是我所希望的。只是，当她在了解了事情的真相后，在得知那位别人指给她认识的英俊少年并不是贾德森本人而我才是的时候，她的表情不免有些吃惊。我当然可以理解她为何有这样的反应。在之后的交谈中，我们两个人使用了西班牙语，在某种场合，它比英语更适合表达人们的真实情感。我开始运用我的强项——我如音乐般的语言，它们被我控制自如，就如同轻而易举地演奏拥有数千根琴弦的竖琴，调子从降 G 再上扬到升 F。在我的语言中融合了诗歌、艺术、传奇、鲜艳的花朵和月光。我把我曾在夜晚给她吟诵的诗句重新朗诵给她听。我看见了她目光中浮现的温柔，我也很确定她已经认出了那个在深夜里向她求爱的男人就是我。

"无论如何，我用声音的魅力打败了弗格斯·麦克马汉。哦，声音才是最真实的艺术——没有任何人可以怀疑这一点。语言的俊美，才是真正的俊美，这才是自古以来的谚语。

"当弗格斯愁眉苦脸地被迫与巧克力色女孩跳华尔兹的时候，我和安娜贝拉小姐正走在柠檬树林中。在我们回来之前，她许诺我，可以拥有在第二天的午夜时分在庭院的窗口下与她聊天的特权。

"哦，这是很容易做到的。在两个星期内，我就和安娜贝拉订婚了。弗格斯被我打败了。但是碍于他英俊的容貌，他采取了一个冷静的处理态度。他只是告诉我，他不打算就此放弃。

"'口才或许有它自己的美丽，贾德森，'他对我说，'虽然我从来都没有觉得它值得我去培养。但是你指望只要敲响晚宴的钟声，就会有一桌美味佳肴吗？你认为单纯靠语言，就可以让别人忽略你这张面孔，得到一位淑女的青睐吗？'

"但是，我要告诉你的是，我所要讲的故事还没有开始呢。

"有一天，我在炎热的阳光下骑马，骑了很长一段距离，然后我在小镇旁边的一个礁湖里洗了个冷水澡，这样可以帮我降降温。

"那天晚上，我如期来到镇长家里看望安娜贝拉。其实，我每天晚上都会去看她，这已经成了一种习惯，我们还有一个月就要举行婚礼了。她就是我一直在寻找的夜莺、山茶花、玫瑰，她的眼睛是那样柔美而明亮，就如同从银河系①中掉落的两夸脱奶油。她看到我再也没有恐惧和厌恶的感觉，再也没有流露出任何对我容貌的反应。事实上，她看到我时，双眼中充满了钦佩和爱戴，我猜想就如同她在广场上看到弗格斯一样。

"我坐下来，张开了我的嘴巴，我要讲出安娜贝拉喜欢听到的所有的话。我要让她相信，她是这个世界上最可爱的女人，她垄断了所有的美好。我张开嘴，但是传不出通常那种可以撼动人心的情话与恭维，传出来的只有一声微弱的喘息声，就如同从婴儿发了炎的喉咙里发出来的嘶哑的声音。没有一个完整的词——甚至不能发出一个音节——只有含糊不清的声音。我顿时明白了，这都是那冰冷的湖水惹的祸，我的嗓子着凉了。

"在两小时的时间里，我试图让安娜贝拉安心。她也说了一些话，但

<hr />

① 原文为"Milky Way"，字面意思为"牛奶路"。

那些都只是敷衍和应付。用最直观的方式来形容我的嗓音，就如同海浪退潮时，那些呱呱乱叫的蛤蟆尝试唱出它们的'海洋里的生活'一样。安娜贝拉的眼睛不再锁定我，她常常失神，不像往常那样看着我了。我没有什么魅力能够吸引她的耳朵了。我们看了会儿照片，她还弹了一会儿吉他，但弹奏得非常糟糕。当我要离开的时候，她向我告别的方式似乎很冷淡，至少是不周到的，因为她总是走神。

"连续五天晚上，都是这样的。

"第六天，她就跟弗格斯·麦克马汉跑了。

"据说，他们搭乘风帆游艇，去了伯利兹城。我在他们离开八小时后，也搭乘了一艘税务部的小汽艇去追赶他们。

"我在出发前，先冲进了老曼纽尔·伊基托的药店，他是拥有印第安血统的混血儿，也是这里的药剂师。我说不出话，但是我指着我的喉咙，之后发出如蒸气溢出来一样的声音。他开始打哈欠，根据这个地方的惯例，我还需要等待一小时。可是我冲到了柜台后面，一把掐住了他的喉咙，并且用手指着我自己的。他又打了个哈欠，之后顺手递给我一个小瓶子，里面装有黑色的液体。

"'每两小时吃一小勺。'他说。

"我丢给他一美元，便急忙奔到汽艇上了。

"在我抵达伯利兹城的海港时，安娜贝拉和弗格斯也刚刚抵达，只不过我快了十三秒钟而已。当他们的那叶扁舟划向岸边的时候，我这边汽艇上的小舢板也开始往下放了。我试图让我船上的水手们划得更快一些，但我的声音堵在嗓子里怎么都出不来。就在这近乎生死存亡的一刻，我突然想起了老曼纽尔·伊基托的药。我拿出药瓶，把药水全部吞了下去。

"两艘小船几乎在同一时刻靠岸，我径直走到安娜贝拉和弗格斯的面前。她的眼睛只在我身上停留了一瞬间，然后就去看弗格斯，眼神中充满了信任。我知道我说不出话来，但是我还没有绝望。讲话是我唯一的希望。我不能只是傻站在那里，用我最丑陋的相貌去挑战弗格斯最锐利的武器。我的喉咙也是身不由己，它早就厌倦了那种用软骨发出来的声音，它要发自肺腑地真实地表达自己的情感。

"我简直太惊喜了，因为我那清晰、响亮、婉转动听的声音又回来了，它们充满了力量，迫不及待地要表达被长期压抑的情感。

"'安娜贝拉小姐，'我说，'我可以和你单独谈谈吗？'

"你不想知道我们谈话的细节，对吗？非常感谢。我的能言善辩又回来了。我把她带到了一棵椰子树下，就像以前那样，我又开始口若悬河地念诵着让她为我着迷的咒语了。

"'贾德森，'她说，'当你跟我说话的时候，我其他的什么都听不到，我也看不到其他的任何人和事，在这个世界上再也没有其他人的存在。'

"好了，这就是故事的全部。安娜贝拉上了我的汽艇，回到了奥拉塔玛。从此之后，我再也没有听过关于弗格斯的任何事情，也没有再见过他了。安娜贝拉现在就是贾德森夫人。我的故事没有让你感到无聊吧？"

"没有，"我说，"我总是对心理研究很感兴趣。人类的心，尤其是女人的，是一种让人无法想明白的、美妙的东西。"

"是的，"贾德森·塔特说，"除此之外，还有人类的气管和支气管，以及喉咙的部分。对了，你对人类的气管有研究吗？"

"哦，从来没有，"我说，"但是我已经很高兴能够听到你的故事了。我能问候一下你的夫人吗？她现在人在何处，是否健康？"

"哦，当然，"贾德森·塔特说，"我们住在泽西城的伯根大道。奥拉塔玛的气候，并不适合塔特夫人。我想你从来没有解剖过会厌软骨，是吗？"

"当然没有，"我说，"我又不是外科医生。"

贾德森·塔特说："对不起，每个人都应该了解一些解剖和治疗的知识，这样可以确保我们自己身体的健康。你要知道，一场突如其来的感冒可以诱发支气管炎或者肺囊炎，这可能会严重影响你抒发情感的器官。"

"也许是这样，"我有些急躁地说，"但这些不是重点。重点是女人情感的奇怪表现，我——"

"不错，不错，"贾德森打断了我的话，"她们确实有自己独特的方式。不过我要告诉你的是：当我们回到奥拉塔玛之后，我就去找老曼纽尔·伊基托了，并问他那瓶药水的成分是什么。我刚才告诉过你，这种药是如何快速地把我治愈的吧。他和我说，这种药水中含有一种植物的萃取物，而这种植物叫楚楚拉。现在，我就给你看看。"说着，贾德森·塔特就从兜里掏出一个椭圆形的白色纸盒。

他说："对于任何咳嗽，或者感冒、声音嘶哑，或者只要是支气管出了毛病，我这里有世界上最伟大的补救措施。你可以看到印在包装盒上的成分信息：每片含两格令①甘草，十分之一格令塔鲁香脂，二十分之一滴茴香油，六十分之一滴焦油，六十分之一滴莘澄茄油树脂，十分之一滴楚楚拉的萃取物。"

"我这次来纽约，"贾德森·塔特说，"主要任务就是组建一家公司，生产和销售的产品当然就是这个世界上最神奇的治疗喉咙的药物。目前我只是在一小块区域推销介绍。我这里就有一盒，其中装有四十几片药，我只卖五十美分。如果你有这方面的痛苦……"

我站起身，一个字都没说就离开了。我慢慢地散步到宾馆附近的一个小公园，留下了贾德森一个人和他所谓的良心。我的感情好像被撕裂了。他轻轻地将这个故事浇注在我的心里，或许我可以用得上。故事里有一丝生活的气息，但是也有一些虚假合成的部分，如果将它巧妙地装饰一番，或许它可以成为高雅的艺术品。然而，在最后，这个故事却被利用在卖商业药丸上，它就是裹在这颗小小药丸上的糖衣。最糟糕的是，我还不能包装这个产品，然后去销售。我会被我的广告部门和会计部门的同事看不起的。这个完美的故事永远不会被写成文学作品。因此，我一个人坐在长椅上悲伤失落，就和其他来这里的人的目的一样，直到我的眼皮开始支撑不

---

① 英制质量单位，用于称量药物。1 格令合 0.0648 克。

住了。

我回到了我的房间，按照惯例，我可以有一小时的时间去阅读我最喜爱的杂志上面的故事。这是为了激发我的艺术创作。

当我读每一个故事时，我都会怅然若失地将杂志丢在地上，一本又一本地重复着。没有一个作者可以例外，他们的文字都没有办法给我的心灵带来慰藉，他们只是充满阳光地、明快地写一些关于汽车品牌的故事。然而这些作品似乎控制住了他们天赋的火花塞。

当我将最后一本杂志扔掉的时候，我的心脏开始剧烈地跳动。

"如果读者能阅读这么多关于汽车的销售内容，"我自言自语道，"那么，他们为什么不能忍受一个关于楚楚拉这种神奇药物的兜售故事呢？"

所以，如果当你看到这个故事变成铅字被打印出来的时候，你就会明白，生意就是生意，而如果当艺术遥遥领先于商业时，那么商业也会振作起来，奋勇赶上。

或许我应该再加上一句话，这样可以确保它的销量更好，那就是：在药店里，你可是买不到这种名为楚楚拉的植物的。

汽车等待的时候

在一个幽静的小公园的角落里，有一位身穿灰色衣服的姑娘准时在傍晚的时候出现了。她坐在长椅上，开始阅读一本书。落日的余晖还要等半小时才会散尽，所以此时她还能看清书上的字迹。

重复一遍：她的衣服是灰色的，淳朴大方，掩盖了款式和风格上的不足。大网孔的面纱将她的帽子囚禁在里面，也遮住了一张甜美、纯净的面孔。在昨天的这个时间，她也出现在这里，前天也是。有一个人对此了如指掌。

知道这件事的年轻人此时正徘徊在附近，他希望能依靠幸运之神的力量，获得一些运气。他的虔诚得到了回报。当姑娘翻书的时候，手指一滑，书掉了下来。它恰巧又在下落的过程中撞到了椅子，被弹了出去，足足有一码的距离。

这个年轻人急不可待地向书的方向奔了过去，在返回时，脸上带有这个公园所特有的蓬勃朝气——具有英雄的气概、绅士的精神，充满希望，还有对巡警的尊重——把书交到了主人的手里。在悦耳的声音中，他开始了冒昧的谈话。谈话的内容无关紧要，都是些与天气相关的话题——这些话题让世界上的多少人感到不快——然后，他如松树一样笔直地站立，等待着他的命运。

女孩悠闲地打量着他，他的穿着普通，不过还算整齐，除此之外没有其他特征了，他的长相也很普通。

"如果你愿意，你可以坐下，"她用尽量成熟低沉的声音说，"你真的可以坐下，我是很诚挚地邀请你坐下的。现在光线暗了，我也没有办法看书了，所以还不如聊会儿天。"

被幸运女神眷顾的男孩在女孩的身边坐了下来。

"你知道，"他开口说道，不过开篇就是一些套话，就像是一位公园负责人宣布开会时所讲的那样，"我从来都没见过像你这么有魅力的女孩。昨天，我就注意到你了，之后便无法将目光移走。你知道吗，已经有人被你明亮的美丽的眼睛电到了，你注意到没有，甜心？"

"不管你是谁，"女孩用冰冷的口吻说，"你必须要记住，我是一个正经人家的女人。我会忽略你刚才有所冒犯的言论，毫无疑问，在你日常的交际中，它不是一个很严重的错误。我是邀请你坐下了，但这并不代表我就是你的什么甜心，如果你这样理解的话，那么就当我没邀请过你。"

"我很抱歉，真心实意地请求你的原谅，"年轻人诚恳地说，顷刻间他改变了原来志得意满的表情，换成了一种忏悔和谦卑的态度，他继续说，"这都是我的错，你知道这个公园里的有些女孩——就是，当然，你应该不知道，但是……"

"好了，别辩解了，我知道你要说什么。咱们换个话题吧，现在你能给我讲讲在这几条街道上来去匆匆的人吗？他们是要到哪里去？为什么如此匆忙？他们开心吗？"

年轻人立即抛掉了刚才的形象。他现在所能做的就只有等待了。因为他猜不出自己要用一个怎样的形象来赢得对方的好感，他也不知道自己该如何发挥。

"看着陌生的人们是一件很有趣的事情，"他顺着她的话题继续说，"最绝妙的戏剧莫过于生活本身了。有些人会去吃晚饭，有一些，嗯，要去其他地方。我很想知道，他们每个人的故事是怎样的。"

"我和你相反，"女孩说，"我没有那么好奇。我之所以会来这里坐着，是因为我只有在这里的时候，才能感受到人类伟大的、强劲的、共同跳动的心脏。而在我的生活中，没有这一部分的存在，总是缺少这个节拍。你能猜到我为什么要和你说这些吗？你是……"

"帕肯斯达克。"年轻人回答，同时脸上充满着渴望和期待。

"不行，"姑娘举起了一根纤长的手指，轻轻地笑了笑说，"我不能告诉你我的名字，如果我说出来了，你就会认出我。一个人的名字总是会跟铅印出来的报纸、杂志扯上关系，甚至照片也是一样。这个面纱，还有我的女仆的帽子帮我掩饰了身份。你应该能看到一位司机正看着我，但是他以为我没看见他。坦率地讲，只有五六个家族是声望显赫的，而我就出生在其中一个家族中。我之所以和你讲话，帕达金珀特先生——"

"帕肯斯达克。"年轻人小心翼翼地纠正道。

"帕肯斯达克先生，因为我想和一个普通人——一个从未被财富和所谓的上流社会浸染过的人——谈一次话。哦！你绝对不会了解我有多么疲倦——钱，钱，钱！还有围绕在我身边，就像小木偶一样的装模作样、装腔作势的男人。那些逢场作戏、宝石、旅行、社交，以及各种奢侈品已经让我生病了。"

"我一直有一个想法，"年轻人很冒险地说着这句话，所以有些犹豫，"有钱应该是一件很好的事情。"

"如果你拥有的金钱已经达到了你所需要的，那就很好了。但是，如果当你拥有了数百万的……"她用一种绝望的语调结束了这个还没说完的结论。"这种重复性的生活我已经过够了，"她说，"我的生活就是驾车兜风，出席晚宴，去剧院，参加舞会，之后再去晚宴。所有的活动都被镀了一层金，我的生活中最重要的事情就是过奢侈的生活。有时候，当我听到香槟酒中冰块晃动的叮当声时，我都会很抓狂。"可以很明显地看出帕肯斯达克先生对此很感兴趣。

"我一直喜欢读和听，"他说，"关于富裕和时尚的人们的生活方式的内容。我想我真的很势利和虚荣，但是我觉得我还是掌握了一些准确的信息。比如，我知道在喝香槟酒的时候，是将这个酒瓶放在冰块上冰镇，而不是单独在酒杯里加冰块。"

女孩发出了一阵很明显的、自娱自乐的动听笑声。

"你应该知道，"她解释说，在语气中透着绅士般的宽容，"我们这些游手好闲的人，就是依靠别出心裁来找点乐趣，并且目前它已经成了一种时尚。最初想出这个点子的人是来访的鞑靼王子，他在沃尔多夫饭店用餐的时候，用了这种标新立异的方法。不过很快它就会为其他的新方法让路了。就像这个星期，在麦迪逊大街举行的那次晚宴，在每一位来宾的餐盘旁边都放了一双绿色的小山羊皮手套。目的就是让客人们戴上绿色的手套，吃绿色的橄榄。"

"我明白了，"年轻人虚心地说，"你们上流社会的人娱乐的方式，我们普通人是无法了解得那么清楚的。"

女孩微微施了个礼，表示接受了男人的道歉，之后她继续说："有些时候，我曾想，如果有一天我恋爱了，或许对方会是一位出身普通的男人。他一定是一个有担当、有能力的人，而绝不是那种纨绔子弟。但是，毫无疑问的是，我还是会选择那些有身份、有财富的人，身份、地位与财富战胜了我的意愿。就目前来说，我有两个追求者。一位是放荡不羁的日耳曼一个公国的大公。我觉得他肯定有过婚史，并且他的前妻肯定被他的放纵和残酷逼得发疯。另外一个是英国的侯爵，这个人简直冷漠到了极点。如果非得让我在他们之间做个选择的话，我宁愿选择那个大公，即使是魔鬼，也比没心没肺的家伙强。是哪里来的勇气让我和你说了这么多，派克斯达克先生？"

"帕肯斯达克。"年轻人做了个深呼吸说，"不过，对于你对我的信任，我真是荣幸之至。"

女孩用很冷静的目光看着他，没有一丝情感，不过那种冷眼旁观的态度也确实符合他们之间身份的差异。

"你是做什么工作的，帕肯斯达克先生？"她问道。

"一种非常卑贱的工作，但是我希望有一天我可以在这个世界上做出成绩来。你刚才说你会爱上一个地位低微的人，你是认真的吗？"

"事实上，我是说'可能'会。你知道的，还有大公和侯爵呢。哦，是的，我承认我会喜欢上卑微的贫民，只要这个男人是我想要的。"

帕肯斯达克先生宣布道："我的工作是在一家餐馆里打工。"

姑娘的身体略有一丝晃动。

"不是服务员吧？"她问道，语气中有一点点哀求，"劳动是高尚的，但是……服务人员，你知道的……和仆人……"

"我不是服务员。我是收银员，就是——"在他们所在公园的对面有一条街，街上有一家店铺挂着一个招牌，上面写着"饭店"的字样。"就是那家，你看见了吗？我就在那家饭店当收银员。"

女孩看了一眼自己左手腕上的表，那是一只设计得非常时尚和精巧的手镯腕表。之后她急忙站了起来，并且试图把一本大书塞进她那个闪闪发光的手提袋中。然而，结果当然是塞不进去。

"你怎么不去工作？"她问道。

"我上夜班，"年轻人说，"还有一小时我才上班。我还能再见到你吗？"

"我不知道，也许，但心血来潮或许只有这么一次。我现在要赶快走了，因为还有一个晚宴在等着我呢，之后还要去剧场的包厢看演出——哦！我的生活就是在绕圈。也许你在来公园的路上，看到在公园的角落里停着一辆汽车，就是白色的那辆。"

"有红色轮胎的那辆吗？"年轻人问道，并且眉头紧蹙地思考着什么。

"是的，那辆就是我的车。皮埃尔总是坐在车里等我，他还以为我会在广场对面的商场里购物呢。体会一下吧，这种被束缚了的生活，我必须欺骗很多人，甚至包括我的司机。再见。"

"但是现在天已经很黑了，"帕肯斯达克说，"公园里满是粗鲁的男人，我陪你走——"

"如果你还顾虑我的感受的话，"女孩坚定地说，"我会希望你先留在这张长椅上，然后在我离开十分钟后，你再离开。我并不是说你心存不轨，但是你大概知道，汽车上一般都会标记车主姓氏的字母。好了，再说一次，再见。"

在黄昏中，她快速而庄严地离开了。年轻人看见她曼妙的身影已经走上公园旁边的人行道了。在走到路的尽头时，她转向了停有汽车的方向。然后，年轻人没有遵守承诺，立刻起身离开，在公园中树丛的掩护下，他左躲右闪地顺着那个女孩刚刚走过的路快速穿行，并且眼睛从未离开过女孩的身影。

当她走到拐角处的时候，她转过头看了一眼汽车，之后继续向前走，过了马路。年轻人藏在一辆停着的出租车后面，密切注视着那个女孩的行踪。女孩在马路对面的人行道上一直向前走，直到经过一家门口挂着招牌的饭店，她走了进去。这家饭店里面的装潢只是用了全白色的油漆，还有明亮的玻璃。所以里面的一切都一览无余。人们可以在里面吃到经济实惠的饭菜。女孩走进饭店，跑到了后面一个隐蔽的角落。等她再出现的时候，脸上已经没有了面纱，头上也没有了帽子。

收银员的柜台在店门口的位置。一个红头发的姑娘一边从椅子上爬下来，一边用责怪的眼神看了一眼这个女孩。之后穿灰色衣服的女孩代替了她的位置。

年轻人把手塞进他的口袋里，沿着人行道慢慢地往回走。在拐角的地方，他不小心踢到了一本平装本的小书。那本书顺势弹到了草坪的边上。根据封面上的风景画，他认出了这就是刚才那位姑娘看的书。他懒散地把书捡了起来，看到书名为《新天方夜谭》，作者是史蒂文森。他把这本书重新扔回到草坪上，又磨蹭了一会儿，然后坐进了那辆一直等在那里的汽车，让自己舒适地靠在座位上，顺便说了一个短句：

"俱乐部，亨利。"

人生的波澜

一个人抽着一个接骨木的烟斗，坐在办公室的门口。这个人就是这里的治安官贝纳亚·威德普先生。在远处，可以看见耸入云端的坎伯兰山脉，不过它在午后的薄雾中却呈现出一种灰色下特有的蓝。在居留地大街上，只有一只威风凛凛的花斑母鸡走在上面，并且还"咯咯咯"地叫嚣着。

不远处传来车轴转动的吱吱呀呀的声响，没过一会儿，就有一辆被尘土包裹住的牛车疾驰而来。在这辆牛车上坐着兰西·比尔布罗和他的妻子。牛车在治安官办公室的门口停了下来，并且夫妻二人也都下了车。兰西身高六英尺，比较瘦，皮肤呈红褐色，头发是黄色的。大山赋予了他冷峻的外表，他就像穿着一件盔甲。他的妻子则穿着花布做的衣裳，身材也很瘦，虽然头发是被拢起的，但还是不精神，显现出一种烦躁的情绪。或许这些景物和人，再加上那只花斑母鸡就已经构成了一幅忧郁山村的图景。

出于身份的考虑，治安官赶忙穿上了鞋子，之后站起身，将两位带进了办公室。

"我们要离婚。"女人说。她说话的声音就像是寒冷的风吹过松林，沙沙作响，又带着一丝凄凉。她看了一眼兰西，用意是想知道兰西是否同意她说的话，甚至包括陈述的事实是否真实，是否全面，是否有所偏袒，总之就是想确认一下。

"离婚，"兰西冷酷地点了点头，说，"我们过不下去了。在这座大山里面，即使是一对和美的夫妻，也会生活得很无趣。更何况她还不是那种让人舒心的人。一天到晚不是像野猫一样发狂，就是像猫头鹰那样阴沉着脸。根本就没有男人愿意过这样的日子。"

"你说的这叫什么话，在说别人之前怎么不先看看你自己有多窝囊，"女人虽然这样说，但表情没有很激动，"你看看你那群狐朋狗友，不是无赖就是酒贩子，喝了玉米酒回来直接就扎到床上呼呼大睡。还有那群你养的恶狗，我还得天天伺候着。"

"她总是摔锅盖，"兰西受到指责很不服气，于是便反过来讥讽道，"她居然用滚烫的水往浣熊狗身上泼，她这个蠢女人，根本不知道这条狗有多好，在整个坎伯兰山就找不出第二只这样的。还有，她不仅不愿意给我做饭，还总在半夜的时候唠唠叨叨，这让人怎么睡！"

"他总是不老老实实地缴税，所以山里人才叫他二流子，和这样的人过日子，我也睡不着。"

治安官开始淡定从容地执行公务了，他首先把一把椅子和一张木凳并排摆好，让两位当事人坐好。然后翻开办公桌上面的法条，开始仔细查看法条索引。不大一会儿，他把眼镜拿下来擦拭了一下，又把墨水瓶重新摆放了一下，说："在法律条文上，还有规章制度上，我并没有查阅到本法庭具有这个权限。但是，根据平等的原则，还有宪法、《圣经》里的箴言，我觉得既然我们治安官有权力批准人们结婚，那么我们也应该可以批准人们离婚。所以我可以给两位办理离婚手续，并且遵守最高法院的决定，我所颁发给两位的离婚证书是有效的。"

兰西·比尔布罗从裤兜里掏出一个放烟叶的布口袋，并且从这个小口袋里掏出五美元放在了桌面上。他说："我只有这五美元了，这还是用一张熊皮和两张狐狸皮换来的呢。"

"我们这里办理离婚案件的手续费，"治安官说，"就是五美元。"他故意装出不屑的态度，之后把钱装进了自己粗呢布料的坎肩口袋里。接着，这位治安官费了好多脑细胞，用出了吃奶的劲才写出来一份证书。他把内容写在了半张大纸上，之后又用另外一张大纸原样抄写了一遍。兰西·比尔布罗和他的妻子听着治安官宣读那份可以为他们换取自由之身的文件：

> 根据法律条文的规定，现宣布：兰西·比尔布罗与其妻子阿里艾拉·比尔布罗今天来到本法官这里协议决定，两个人从此一刀两断，无论今后彼此境况如何。签订协议时，当事人神志清醒，具有完全民事行为能力。凭借本州治安和法律的庄严，特发此离婚证书。上帝做证，今后二人再无瓜葛，绝不反悔。

> 田纳西州，皮德蒙特县
>
> 治安官 贝纳亚·威德普

治安官刚要把这张离婚证书递交给兰西，突然被阿里艾拉的声音阻止了。两个男人都莫名其妙地看着她。对于感情在天性上就很迟钝的男性，碰到了一个女人出人意料的变卦。

"法官大人，你先等会儿再发离婚证书，事情还没说清楚呢。我还得索要我应有的权利呢，我的赡养费呢？一个男人要抛弃自己的妻子，却一分钱都不给，这可说不过去。离婚之后，我得去找我的哥哥埃德，他家在霍格巴克山。我去之前总得买双新鞋，还有鼻烟之类的东西吧。兰西既然能付得起离婚费，那我的赡养费他也得给。"

兰西·比尔布罗都听傻了。在此之前他可没听说她要赡养费啊。女人啊，总是横生枝节，不停地制造麻烦。

治安官贝纳亚·威德普倒是觉得这个问题确实需要法律的裁定。不过法条上可没写要给多少赡养费。他觉得这个女人确实需要一双鞋子，因为霍格巴克山的道路崎岖不平，还满是小石子。

"阿里艾拉·比尔布罗，"治安官完全一副法官的派头，问道，"在本案中，你觉得你需要多少赡养费？"

"我觉得，"她说，"我要买鞋子，还有一些别的东西，五美元应该可以了。赡养费才五美元，这简直就算不上什么。不过我觉得只要能让我到埃德哥哥家就行了。"

"从钱数上来看，还算合理，"治安官说，"兰西·比尔布罗，本官判你需要支付给原告五美元作为赡养费，之后才会给你们颁发离婚证书。"

"我没有钱了，"兰西很郁闷地说，"刚才我所给你的，就是我所有的钱了。"

"你如果不支付这笔钱，"治安官将眼睛挑得很高，目光是从眼镜的上方射到兰西身上的，他继续说，"就是藐视法庭。"

"我想，如果可以缓一天的话，"这位丈夫诚恳地央求说，"如果是明天，我或许能凑出来。我从来没考虑过还有赡养费这么一回事。"

"现在休庭，明日再审。"贝纳亚·威德普说，"你们两个明天再来这里听判，然后再给你们离婚证书。"他又坐回门口，并解开了鞋带。

"我们现在去山下的齐亚大叔家，"兰西决定说，"现在也只能住在他家了。"他爬上牛车，阿里艾拉也从另外一边上了车。兰西拉扯缰绳，小红牛跟着慢悠悠地转了方向，之后牛车又裹着尘土离开了。

治安官贝纳亚·威德普又开始抽那个接骨木烟斗了。黄昏时，他订阅的报纸送到了。他开始专心地读报，直到光线越来越暗，看不清上面的字迹时，他点燃了桌上的牛油蜡烛，借着烛光，他一直看到了月亮挂在天空中，到了晚饭的时间了。他家住在山坡上，那棵剥皮白杨树的旁边有一个双开间的小木屋，那就是他的家。回家吃晚饭的时候，他需要穿过一条被月桂树层层掩映的小岔路。当他正走在路上的时候，突然，一个黑影从树丛中跳了出来。这个黑影戴了一顶帽子，帽檐被压得很低，几乎遮住了一大半的面孔，他用枪指着治安官的胸口。

"钱，我要钱，"那个人说，"不要啰唆，我的神经很紧张，一个不留神就可能扣动扳机。"

"我只有五……五……五美元。"治安官一边说着，一边顺从地掏出了兜里的钱。

"把钱卷起来，插进枪口里。"那个人命令道。

那五美元是一张新钞，所以很脆。治安官虽然被吓得瑟瑟发抖，但是他的手指头还是可以完成卷钱这个动作的，只是要把钱卷对准枪管不是很容易。

"好了，你可以走了。"那个人说。

治安官怎么敢再停留半刻，当然撒腿就跑。

第二天，那辆小红牛拉的车又来了，依然在办公室的门口停下。治安官贝纳亚·威德普知道他们今天会来，所以早就把鞋子穿好了。兰西·比尔布罗当着治安官的面，把五美元交给了他的妻子。治安官看见那张钱的时候，目光呆滞。因为那张钱是卷起来的，就像是被放到过枪管里面。但是，治安官并没有做出任何反应，他觉得或许是个巧合。他把离婚证书发给了这两个人。从接过离婚证书的那刻起，这两个人变得有些不适应，他们伫立在那里，只是慢慢地将这个自由的凭证折好，两个人都沉默不语。女人压抑着自己的情感，只是偷偷地看了一眼兰西。

"你是要赶车回家了吧，"她说，"你记住面包我放在木架子上的铁盒里了。还有咸肉，我把它藏在烧开水用的锅里了，就怕狗会偷吃。还有，晚上要记得给钟上发条。"

"你这就去你哥哥家吗？"兰西好像问得不是那么关切，只是顺口一说而已。

"我得在天黑之前赶到他那里。我没期望他们会主动热情地接待我，只是除了那里，我也没地方可以去了。路还挺远，我得马上走了。那么，我们要说再见了，兰西——我是想说，如果你还愿意和我说再见的话。"

"如果一个人连一句再见都不说，那也就不是人了，是畜生。"兰西的声音中透着难过，"除非你是着急走，不愿意等我说出来。"

阿里艾拉沉默不语，她默默地将手里的离婚证书和那五美元的赡养费小心翼翼地折好，之后揣进怀里。贝纳亚·威德普的目光透过眼镜，射到那张五美元的钞票上，他的心里很不是滋味，因为钱已经归了别人。

然后，他说了一句话——这句话确实是他那时心里一直念着的，这句话也充分证明了他是一个富有同情心的人，这句话还说明他能与少数穷得只剩下钱的富翁相提并论。

"今天晚上，老房子里会很寂寞吧，兰西。"她说。

兰西·比尔布罗双眼死盯着远处的坎伯兰山脉，在阳光的照耀下，山脉变成一片美丽的蓝色。只是，他没有看她。

"我知道，一定会的。"他说，"但是有一个人有一肚子的怒气，吵着闹着一定要离婚，我又怎么能强迫她留下呢？"

"不是一个人闹着离婚的，"阿里艾拉也没有看着他，只是死死地盯着板凳说，"更何况没有人要她留下。"

"可那个人也没说不让留啊。"

"可是那个人也没说要她留下啊。我觉得我还是马上动身，去我哥哥那里吧。"

"那只钟太旧了，没有人知道该怎么给它上发条。"

"那我和你一起先回去，给钟上了发条再走，兰西？"

在那个山民的脸上还是看不出一丝激动的表情，但是他用自己厚实的大手牵住了阿里艾拉那只又小又瘦的、不再白皙的手。她却不能将自己的感情控制得那么好，她的喜悦之情溢于言表，脸上顿时闪现出了光辉。

"我不会让那些狗惹你生气了，"兰西说，"你说得对，我是有些窝囊，不进取。以后，还是你来给钟上发条吧，阿里艾拉。"

"其实我的心一直都留在那座木屋里，兰西，"她呢喃着，"心里永远都是你。我也不发脾气了。我们走吧，兰西，趁着太阳还没下山，我们赶回家吧。"

治安官贝纳亚·威德普看见他们两个人居然当自己是隐形的，当他们走到门口的时候，他不得不用一种方式来警示两个人他的存在。

"我以田纳西州政府的名义——"他说，"警告你们，不得藐视本州的法律和法规。本法官看到两个相爱的人终于解开了所有的误会，拨开了存在已久的浓雾，现在重归于好了。我很替两位开心。但是我的职责要求我必须维护本州的伦理道德和治安，所以我需要提醒你们两位的是，你们现在已经离婚了。就是在刚刚，我将离婚证书交到了你们的手上。在这种情况下，你们不宜以夫妻的名义生活在一起，不能做夫妻间才能做的事情，也不能享有夫妻间的权利。"

阿里艾拉一把抓住了兰西的胳膊。难道治安官的这番话是要告诉她，她刚刚接受了生活的惩罚，好不容易才找回来真正的爱情，这么快就要再一次失去它了吗？

"但是，"治安官接着说，"本法官可以解除你们之间的障碍。我可以现在就为两位举行一个庄严的结婚仪式，让你们恢复高尚的婚姻关系。这样就可以解决离婚所造成的问题了。只是，执行这个程序的手续费用，总共是五美元。"

阿里艾拉从他的话里听出了一丝转机，她没有多想，快速地将钱从怀里掏了出来。那张五美元的钞票就像一只长了翅膀的和平鸽，转瞬间就平安地落在治安官的办公桌上了。她挽着兰西的手，倾听着让他们重归于好的美丽、神圣的词句。阿里艾拉那黄色的脸上，因为羞涩或者因为幸福，总之是泛起了红晕。

这次是兰西搀扶着她上的牛车，之后自己才爬上去，坐在了她的身边。那头小牛熟练地转身，之后，他们手牵着手，向山里进发了。

治安官贝纳亚·威德普又坐在了门口，解开鞋带，之后把鞋子脱掉。他摸了摸自己坎肩口袋里的五美元钞票，之后又抽起了那个接骨木烟斗。在居留地大街上，只有一只威风凛凛的花斑母鸡走在上面，并且还"咯咯咯"地叫嚣着。

公主与美洲狮

在这样的故事里，怎么可能缺少国王和王后。国王呢，是身佩枪支，是那种六响的手枪，而且还是好几支同时佩带；脚上穿着靴子，是那种安有马刺的马靴。总之呢，就是那种很厉害的老头。他声若洪钟，倘若在草原上说一句话，响尾蛇都会被吓得躲到刺梨树下面的洞穴里。不过，在他拥有这样显耀的家庭背景之前，人们都叫他"柔声细气的本"。当他拥有了五万英亩土地和成千上万头牛的时候，人们又叫他"牛王"奥唐奈了。

王后是拉雷多人，但是她拥有墨西哥人的血统。她是一位典型的科罗拉多州主妇，她不仅善良、贤惠，而且也将自己的温柔深深地传染给了本，以至于本在家里说话的时候会尽量放低自己的音量，以免过高的音频会震碎家里的瓷碗碟。在本还没成为国王之前，她每天都会坐到埃斯皮诺萨牧场的回廊里，编织草鞋。可是随着那些椅子和大圆桌从圣安东尼运来，随着财富如泉水般流入，她的生活也就变成了达那厄的生活①。

其实在这个故事中，国王和王后并不是主角。介绍他们二人只是出于对他们的尊重，以防落下欺君之罪。接下来我要讲述的这个故事，它的真实内容是——"美丽的公主、对快乐的憧憬和碍事的狮子"。

现在国王与王后的膝下只有一个幸存的女儿，公主名叫约瑟法·奥唐奈。她继承了母亲热情的品质，还有亚热带美女那种健康的黑色皮肤。从本·奥唐奈国王身上，她继承了非凡的胆识和执政的才能，并且学到了许多常识。像她这种能够将父母双方的优点集于一身的姑娘，哪怕是行万里

---

① 达那厄是希腊神话中阿耳戈斯国王阿克里西俄斯的女儿，后来被关在宫殿下面的一个地窖里，也有说是被关在一座铜塔内。

路也是值得一见的。约瑟法可以骑着她的小马，在策马奔腾的同时射出六颗子弹，至少有五颗子弹可以打中那些用绳子穿挂起来的摇摇晃晃的番茄。她也可以和她的小白猫一起玩上几小时，给它穿上不同样式的荒谬滑稽的衣服。她不用动笔，就可以心算出如果一头小牛价值八块五，那么一千五百四十五头会是多少钱。可以粗略地估算出埃斯皮诺萨牧场的长与宽，长大概是四十英里，宽是三十英里——只是大部分的面积是租来的。约瑟法骑着她的小马曾走过这个牧场的每一寸土地，所有的牧童都见过她，并且随便哪一个都愿意做她忠实的奴仆。里普利·吉文斯是埃斯皮诺萨牧场中一个牛队领头的牛倌，一天也看见了公主，于是他有了与皇室攀姻亲的想法。非分之想？那倒也未必。因为在那个时期，努埃西斯的男人们个个都是好样的。更何况，"牛王"也没有真正的皇室血统。通常情况下，被称为"牛王"的人，只是因为人们称赞他偷牛的技术精湛，这个封号只是一种标志而已。

有一天，里普利·吉文斯去双榆树农场打听一群误入歧途的小牛的下落。他往回赶路的时候，时间已经有些晚了，当他到达努埃西斯河的白马渡口时，太阳已经下山了。这里距离自己的营地还有十六英里，即使到埃斯皮诺萨牧场也要十二英里。吉文斯实在太累了，他决定在白马渡口过夜。

河床上有一处清澈的潭水。它被一层层茂盛的树木厚厚地覆盖着，旁边还有一些矮小的灌木丛。距离水潭五十码的地方，是一片野生的牧豆草场，可以给他的马提供丰盛的晚餐，也可以给他提供松软的床。吉文斯把马拴好，又把马鞍上的毛毡摊开来晾干。他背靠着一棵大树坐了下来，并且掏出了一根烟。突然，从沿着河边的密集树丛中的一个地方，传来了一声让人瑟瑟发抖的哀号声。小马也被这恐怖的声音吓得腾跃起来，不断地抖动缰绳，鼻子里喘着粗气。吉文斯把手里的香烟猛吸了几口，之后慢悠悠地拿起草地上的枪袋子，又从枪袋子里拿出一支手枪，试着转了转装子弹的转轮。一条大鳙鱼跳入深潭，随着一声清脆的巨响，水花四溅。一只棕色的小兔子跳过了一撮碍事的小草，之后坐在那边抽动着它的胡须，并且很滑稽地看着吉文斯。小马又去吃草了。

当一头墨西哥狮子在黄昏的时候蹲在河床旁边高声吟唱时，那么还是提高些警觉才好。那头狮子一定在唱："在这片草场上，肥美的牛犊和羊羔是那样稀少，所以我对你产生了食欲。"

在草地上有一个被人吃空的水果罐头盒，应该是前面在这里待过的人留下的。吉文斯赶紧上前，把它捡起来，满意地哼了一声。在他的马鞍后面绑着一件衣服，衣服口袋里有烟，还有咖啡。咖啡和香烟！作为牧场的工人怎么还能渴望更多呢？

在两分钟内，他已经生起了一小堆篝火。他准备用罐头盒去水潭边取水。当他距离水潭还有十五码的时候，他看见一匹套拉着缰绳的小马在离他不远的灌木丛那边吃草。他仔细看了看，那匹马上还有马鞍，而且是女孩子专用的那种侧鞍。约瑟法·奥唐奈在水潭边喝水，她用膝盖跪在潭边，双手支撑着身体。当她喝完水后慢慢地站起来时，她用两只小手互相拍打掉身上的细沙。距离约瑟法十码外的地方，在丛林中隐藏着一头墨西哥狮子。它的身体呈蹲着的姿势，并且它那琥珀色的眼睛如饥似渴地怒视着她；距离它的眼睛六英尺的地方，竖着它的尾巴，直挺挺的就像一个指针一样。它挪动了一下后腿，这是猫科动物跳跃前习惯性的准备动作。

吉文斯做了一切他能做的事情。他把手枪扔到三十码开外的草地上，之后响亮地吆喝了一声，迅速跑到了狮子与公主之间的地方。

"格斗"，这是吉文斯在这件事发生之后对这个行为的称呼。格斗很短暂，并且有些混乱。当他刚刚抵达进攻的最前线时，他看到空中闪过了一个黑影，随之又听到了几声若隐若现的枪声。上百磅重的墨西哥狮子扑通一声倒了下来，正好压在了他的头上，顿时他要被这个庞然大物压扁了。他立刻喊了起来："让我起来，这不公平！"然后他像蠕虫一样从狮子身下爬了出来，嘴里满是青草和泥土。在他的后脑勺上还有一个肿块，那是因为他磕在了水榆树根上。狮子躺在那里一动不动。吉文斯觉得委屈极了，他质疑有人违反了规则，于是狠狠地在狮子的面前挥动拳头，喊道：

"咱俩再较量二十个回合——"突然，他意识到了这是怎么一回事。

约瑟法的脚步没有移动过，她静静地为她那支银色的三八口径手枪重新装上了子弹。其实对约瑟法来说，打死这头狮子本没有任何困难，你要知道，狮子的头可比西红柿大多了，而且那些西红柿还是被穿在绳子上不断摆动的。从她的嘴角和黑亮的眼睛里可以看出一丝笑意，还有一丝戏弄，这令人发狂。这位骑士本来想表演英雄救美，可是他现在的脸颊如同火烧一般，这火甚至已经烧到了他的内心深处乃至灵魂了。这对他来说原本是一个机会，是他梦寐以求的机会。只是制造这个机会的是戏弄之神莫摩斯，而并非爱神丘比特。毫无疑问，在这片森林中的所有生物都在因为这场戏剧而默默地嘲笑他呢。吉文斯先生和一头毛茸茸的狮子为大家演了一场极为有趣的杂耍剧。

"是你吗，吉文斯先生？"约瑟法说，她用她那含糖的声音，沉稳而低沉地说，"你刚才大叫的那声，差点让我的枪偏离了位置。你摔倒的时候，头没受伤吧？"

"哦，没有，"吉文斯静静地说，"并没有受伤。"他羞惭地弯下腰，从这头狮子的身下拽出来他那顶最好的斯特森帽子。帽子被压得扁扁的，而且全是褶皱，这种款式非常具有喜剧效果。然后，他蹲了下来，轻轻地抚摸着死去的狮子，它还张着大嘴，很吓人的样子。

"可怜的老比尔！"他凄惨地感叹道。

"怎么了？"约瑟法一针见血地问道。

"当然，你是不会知道的，约瑟法小姐。"吉文斯说，他表现出一种悲痛，但宽恕的情感远胜于自己的悲伤，"没有人能够责怪你，我只是想试图挽救它的生命，却没能及时通知你。"

"挽救'谁'？"

"为什么是比尔？你知道吗，我已经在草原上找了它一整天了。它是我们营地的宠物，我们已经养了它两年的时间了。哦，可怜的老家伙，它连兔子都不会伤害。如果营地里的那些兄弟听到它已经死了，一定会心碎

244

的。当然，大家不会怪你，其实比尔只是想和你一起玩而已。"

约瑟法黑亮的眼睛没有从他身上离开一刻，里普利·吉文斯看到自己的谎言成功了。他站在那里若有所思，摸了摸它头上黄棕色的卷毛。他的眼睛里充满了遗憾，也有一丝温柔的责备。他光滑的脸上摆出了一种不争的悲哀态度，约瑟法动摇了，她不知道该不该相信他的话。

"你的宠物跑到这里来做什么？"她拿出了最后一丝对于自己立场的坚持，问道，"白马渡附近根本没有营地。"

"这个老油条，昨天晚上就跑出营地了，"吉文斯很轻松地回答，"这真是一个奇迹，这里的小狼居然没有把它吓死。你知道我们营地的那个牧马人叫吉姆·韦伯斯特吧。他上周带来了一条小猎狗。就是这个小东西把比尔逼走的——小狗总是追着比尔，咬它的后腿，一连几小时都是这样。小狗把它害惨了。每天晚上睡觉的时候，比尔会偷偷地钻到小伙子们的毛毯下面睡觉，就是为了躲开小狗。我觉得它一定是非常绝望了，不然它是不会自己跑走的，因为它离开营地就会害怕。"

约瑟法看着那只猛兽的尸体。吉文斯轻轻地拍了拍它厚壮的大爪子，它的爪子足以轻而易举地在一起一落之间杀死一头一岁的小牛。一片红晕在女孩深橄榄色的脸上荡漾开来。这是不是一个猎人在错杀一只动物后，那种感觉到不光彩和羞辱的信号呢？她的目光变得柔和，低垂的目光已经赶走了之前明显的嘲弄。

"我很抱歉，"她心虚地说，"但是它显得那么大，而且又跳得这么高，但——"

"可怜的老比尔很饿。"吉文斯打断了她的话，快速地为死者辩护道，"在营地里，我们喂它吃东西的时候，总是要让它跳起来。它还会因为吃不到一块肉而在地上打滚。当它看到你的时候，一定是以为只要跳得高一些，你就能给它吃的呢。"

突然，约瑟法的眼睛睁得很大。

"我可能已经伤着你了！"她感叹道，"你当时就站在我和它的中间，原来你是冒着生命危险来救你的宠物！你简直太善良了，吉文斯先生，我喜欢疼爱动物的人。"

现在，在她的眼中甚至出现了钦佩的目光。毕竟，一个英雄，在一片废墟之中重新站了起来。看看吉文斯的表情吧，这个表情绝对可以为他在动物保护协会谋得一个很高的职位。

"我一直都很喜欢，"他说，"马啊，狗啊，墨西哥狮子，还有牛、鳄鱼什么的。"

"我讨厌鳄鱼，"约瑟法立刻提出异议，"它们让人很害怕，而且身上总是有泥水！"

"我说鳄鱼了吗？"吉文斯说，"我的意思是羚羊，哦，绝对是羚羊。"

约瑟法的良知促使她想做出一些补偿。她忏悔地伸出手，眼睛里有泪光在闪动，它们马上就要夺眶而出了。

"请原谅我吧，吉文斯先生，好吗？我只是一个小女孩，你知道的，我是第一次这么害怕。对于比尔的死，我真的感到非常非常抱歉。你知道我现在有多么惭愧吗？如果我在一开始就知道事情的真相，我是不会这么做的。"

吉文斯握住了她伸过来的手，并且握了一段时间。他用他表现出来的慷慨战胜了他失去比尔的悲痛。最后，很明显，他已经原谅她了。

"你不要再提这件事了，约瑟法小姐。比尔的模样确实很吓人，我想任何一位年轻的女士看到它，都会做出同样的反应。我会对营地里的小伙子们解释这一切的。"

"你真的确定你不恨我吗？"约瑟法主动接近他。她的眼神里满是甜蜜——哦，除了甜蜜，还有恳求原谅的忏悔。"我也会恨任何一个杀死我的小猫的人。你真的好勇敢，冒着这么大的风险试图去挽救你的宠物！很少有男人能做到！"从失败转为胜利！从杂耍表演转为煽情的剧目！干得好，里普利·吉文斯！

现在已经是黄昏时分了，当然不能让约瑟法小姐一个人骑马回牧场。

吉文斯重新把马鞍放回到马背上，准备送公主回家，只是他的马似乎不大高兴的样子。一位是公主，另一位是守护动物的英雄，两个人并排地骑着马，飞驰穿过这片光滑的草场。泥土的芬芳加上盛开的鲜花那微妙的甜香，已经把他们笼罩在一种甜蜜的氛围之中了。远处的山坡上，有阵阵狼叫的声音传来。没有一丝恐惧。只是——

约瑟法将自己的马更加靠近吉文斯的马，并且她的小手似乎在摸索着什么。吉文斯用他自己的手抓住了它。两匹小马保持着一致的步调。马背上的两个人手拉着手。其中一只手的主人解释说：

"我从来都没有被什么事情吓到过，但是你想想，一头真正的野狮子是多么可怕啊！可怜的比尔！不过我很高兴有你在身边！"

奥唐奈坐在牧场的回廊里。

"你好，里普！"他喊了一声，"是你吗？"

约瑟法说："我迷路了，是他陪我骑回来的。有些迟了。"

"非常感谢。"牛王说，"今天晚上就住在这里吧，等明天早上再骑回营地去，里普。"

但是吉文斯没有。他需要赶回营地，因为在拂晓的时候，会有一群牛被运来。他说了声晚安，便疾驰而去了。

一小时后，当灯光熄灭的时候，约瑟法穿着睡觉时穿的长袍，站在她的卧房门口，隔着砖铺的走廊向国王的房间大声喊道："嘿，爸爸，你知道那只老墨西哥狮子吗？就是人称'独耳大王'的那只——把马丁先生的牧羊人冈萨雷斯咬死了，还在萨拉达牧场杀死了五十多头小牛。你还记得吗？嘿嘿，今天下午我把它解决了，就在白马渡口那边。在它准备跳起来的时候，我用我的三八口径的手枪，两枪毙命。直接打在它的头上了。我认识它，因为它曾经被老冈萨雷斯砍掉了一大半左耳朵，所以我不会认错。你不一定有我这么厉害吧，爸爸。"

"你这个专会欺负人的小丫头！""柔声细气的本"在黑暗的房间中发出了雷鸣般的声音。

没有讲完的故事

当有人提到地狱的火焰时，我们不会再呻吟，也不会再把燃烧过的灰烬倒在我们自己的头上了[1]。因为，即便是那些传道的人也开始告诉我们，我们所说的上帝，不过就是镭或乙醚或一些科学检测出来的化合物。即便我们做了坏事，惩罚我们的也不外乎就是化学反应而已。这种说法可以算是一个喜讯，但是那些古老的说法，还是会给我们带来恐惧。

有两个话题，每个人都可以自由发挥、自由解说，绝对没有被反驳的可能性。其一，你可以谈谈你的梦境；其二，你可以告诉人们你听见鹦鹉说话了。反正梦神和小鸟都不可能成为证人，所以无论你对你的听众说什么，都没有人敢指出你不对的地方。而这个故事的材料，就取自一个梦境。因为漂亮的小鹦鹉能说的话实在太少了，所以我只能很抱歉并且有些遗憾地放弃它，而选择了不受领域限制的梦境。

我做了一个梦，它与《圣经》考证学并无关系，而是与古老的、令人敬畏的末日审判论有关。

加百列已经吹响了号角，而我们这些人没有号角可吹，所以要被提走审问。我注意到有一边聚集了一群身穿庄重的黑色长袍、领口扣在背后的人，他们是专业的保证人。但是似乎他们也有麻烦，好像我们不能从他们身上得到任何帮助。

一个天使警察——警察中的天使——飞到了我的面前，抓住了我左边的翅膀，把我带走了。我身旁还有一群很有声望的人在被审问。

---

[1] 犹太人表示忏悔时的风俗。

"你是和他们一起的吗？"警察问。

"他们是谁？"我用提问代替回答。

"他们啊，"他说，"他们是……"

这些都是与故事不相关的东西，还是先来说故事。

达尔茜在百货公司工作。她每天的工作就是卖汉堡，或者是辣椒酱，或者是其他的小饰品，总之就是百货公司有什么，她就卖什么。这份工作可以让她每个星期获得六美元的收入。其他的都计入上帝帮她保管的她的账户——哦，牧师先生说，这个叫"原始能量"——那么，就是记到她原始能量的总账上。

在店里工作的第一年，达尔茜每个星期只能赚到五美元。如果知道她是怎样依靠这五美元过日子的，对你肯定有益。不在乎吗？很好，你可能对较大数目的钱更感兴趣。六美元，金额算较大了吧。我会告诉你，她是怎么用六美元过一星期的。

一天下午六点的时候，达尔茜一边把帽针扎在距离她延髓八分之一英寸的地方，一边对她的密友萨迪——总是在她左侧接待顾客的女孩——说："萨迪，我和你说，我今天晚上要和皮吉吃晚餐，这是我们早就约好的。"

"你从来没说过！"萨迪羡慕地惊呼，"嗯，你真是太幸运了。皮吉可是很有钱的，他总是带女孩子到高级的餐厅吃饭。有一天晚上，他带布兰奇到霍夫曼酒店吃了饭。那里的音乐优美动听，而且你还会看见许多社会名流、多金人士。你将度过一段奢华的时光，达尔茜。"

达尔茜急急忙忙往家赶。她的眼睛明亮、闪烁，她的脸颊粉嫩——有一种天然的美丽，就像黎明前的曙光一样，是美丽的粉红色。这一天是周五，她上周的工资还剩下五十美分。

街道上充斥着洪水一样的人流，人们都在争分夺秒地往家赶。百老汇的灯光明亮耀眼，几英里、几里格甚至几百里格以外的飞蛾都乱哄哄地朝这里飞来，并且争先恐后地"扑火"。表情如所穿的衣服一样规整的男人们，看上去就像是在养老院中养老的水手在樱桃核上雕刻出来的，他们转过身，盯着从他们身边经过的一味加速跑的达尔茜。曼哈顿，这朵只有在夜晚绽放的昙花，开始展现它苍白、香浓的花瓣了。

达尔茜在一家商店门口停了下来，这家商店的商品都很便宜。她买了一条假花边的衣领，用掉了仅存的五十美分。这些钱本来另有他用——十五美分用来买消夜，明天的早餐还需要十美分，午餐十美分；另外还有十美分攒起来，作为储蓄；还有五美分是要买甘草糖的。含着糖果，会让她的脸立刻像牙齿肿了一样；品尝的时间，也会像牙痛一样久。对她来说，甘草糖简直是一种奢侈品，就像是参加狂欢的舞会，要是没有乐趣，生活会是什么样子？

达尔茜租住在一间有家具的房子里。这种带家具的房子与寄宿宿舍之间存在着差异，那就是如果你在这间带家具的房间里挨饿，是不会有人知道的。

达尔茜上了楼，回到了自己的房间——西区一栋棕色石头房子三楼中的一间后房。她点燃了煤气灯。科学家告诉我们，钻石是已知的最坚硬的物质。但是他们错了。女房东知道的一种化合物比钻石还要坚固。与之相比，钻石就像是燃烧后的灰烬。她们用这种东西把煤气灯的出气孔堵住一大半，即使你站在椅子上，弄到手指发红，甚至是伤痕累累也是白费，发针也不能撬动它，因此我们可以说这个才是最坚固的。

在达尔茜点燃了煤气灯之后，我们得借用这四分之一的光亮来观察这间屋子。

沙发床、梳妆台、桌子、脸盆架、椅子，这些东西都是房东提供的。其他的都是达尔茜自己的。在梳妆台上，全是达尔茜珍爱的宝贝：萨迪送给她的一个镀金的瓷瓶，一个咸菜公司发的日历，一本解梦占卜的书，一些装在玻璃盘子中的脂粉，还有一束绑着粉红色丝带的假樱桃。

在一面廉价的、已经有了破损的镜子前面，摆放着基钦纳将军、威廉·马尔登、马尔伯勒公爵夫人和本韦努托·切利尼的画像。在其中的一面墙上挂着一个石膏的复制品，是戴罗马式头盔的爱尔兰人的形象。在它旁边是一张色彩浓烈的石印油画，画面的色彩极具冲击力，一个黄色的孩子在捕捉鲜红色的蝴蝶。达尔茜对这幅画的评判是，它是最上乘的艺术作品，其他作品无法超越。对此，也没有人否定过。没有人窃窃私语说这幅画是赝品，也没有人说这位黄色的昆虫学家有些幼稚。

皮吉和她约好的时间是七点，他会来这里接她。此时就让这位姑娘忙着梳妆打扮吧，我们就礼貌性地回避一下，不打扰她了。先来聊聊其他方面的事情吧。

达尔茜每个星期需要支付两美元的房租。平时呢，她早餐的成本是十美分。当她穿衣服的时候，她会在煤气灯上煮点咖啡、煎一个鸡蛋。周日清晨，她会到"比利"餐厅吃一顿丰盛的早餐：牛排和油煎菠萝饼。这会花掉她二十五美分，另外还要付给服务员十美分的小费。在纽约，有那么多极具诱惑力的东西，很容易就让人铺张浪费。她平时的午餐在百货公司的餐厅吃，一周需要六十美分；晚餐是一美元五美分。晚报需要六美分，但是周日要买两份报纸——一份是招聘信息，另一份用来阅读，再加十美分。总金额为四美元七十六美分。但是，女孩子总需要买些衣服，还有其他……

我不说这些了。我曾听说过在讨价还价之后总会买到非常便宜的布料，然后再用针线创造出美丽的衣服，但是我始终对这个说法持怀疑的态度。我很想根据一些神圣的、自然的、不成文的、没有实际效用的天理，给她的生活添加一丝属于女人的快乐。但是这一切都是徒劳的，因为我的笔不听我的，我没有办法写下去了。她去过两次科尼岛，骑过旋转木马。如果一个人期盼的快乐不是按照小时来等待，而是按年算，那会让人失去指望的。

至于皮吉，介绍他不需要太多的文字。当女孩子们提到他时，高贵的小猪①可能会无辜地受到牵连了。你可以打开那本最基础的蓝色的单词

---

① 皮吉的英文为"Piggy"，意为小猪。

本，之后翻到由三个字母组成的词语的那一页，你就会看到关于他的正确描述：他胖，有老鼠一样的心、蝙蝠的习性和一只猫的神气；他穿着昂贵的衣服，是鉴别饥饿的专家。他随意看一家店铺里的女孩，就能告诉你这个女孩有多长时间没有吃过比茶和棉花糖更有营养的东西了。而且，误差不会超过一小时。他总是出没于各大商业街，寻觅漂亮的姑娘，之后请她们吃饭。对于他的品行，没有人看得起，就连在大街上帮人遛狗的人也是一样。他也算是一种独特的类型，但是我不可以再纠缠他了，我的笔可不打算在他的身上浪费墨水，我又不是木匠。

还有十分钟七点的时候，达尔茜准备好了。她看了一眼斑驳的镜子，反射出来的效果还是令人满意的。深蓝色的礼服很合身，帽子上插了根黑色的羽毛做装饰，手套虽然有点污迹，但也还说得过去。这可是她省吃俭用之后置备的行头，很成功。

达尔茜在这一刻忘记了一切，除了她自己的美丽。但是生活就是善于揭开面纱的一角，让她看看里面的奥妙。以前从来都没有男士约过她，但是现在，她马上就要过上层的生活了，她将要体验那种最闪亮、最夺目、最高品位的上层生活了。

女孩们都说，皮吉是一个"大款"。所以等待她的将是一个隆重的晚宴，有音乐，有打扮出众的女士们。不仅可以看，还可以吃。每当女孩们谈起这件事的时候，她们的小脸都会奇怪地变形。毫无疑问，她还会被邀请第二次。

在很久以前她就注意到了一件蓝色的真丝上衣，它就摆在一家商店的橱窗里。如果每周攒下的钱能从十美分增加到二十美分，那么——我得好好算算！哦，需要好几年啊！但是第七大道那边有一个二手商店——

有人敲门。达尔茜打开了门，看见房东太太站在门口。她一脸虚假的笑容，鼻子还在嗅着屋子里的气味，看看她有没有盗用煤气烹煮食物。

"有一位绅士在楼下，他想见你，"她说，"一位叫威尔斯的先生。"

对那些不幸地认为皮吉是个有头有脸的人物的傻女人来说，皮吉总是以这个名字示人。

达尔茜转身到梳妆台上拿手帕，但是她突然停了下来，并且用力咬着自己的下嘴唇。她在刚才照镜子的时候，仿佛已经进入了一个仙境。她看到一个公主，她刚刚从漫长的睡眠中苏醒过来，却忽略了一个犹豫的眼神，这个眼神很迷人也很严肃，但是他一直在看着她。只有真正关心一个人的时候，才会有这种眼神出现。这个人是真的关心她，使用的方式是表达赞成或反对。这个人就是梳妆台上摆放在镀金相框中的基钦纳将军。他身材修长高大，英俊的脸上写满了忧郁，就像晴朗的天空中出现了黑色的乌云。他严厉地看着她，目光中有一丝责备。

达尔茜像是一个娃娃，被人打开了开关，之后机械地转身。转到房东太太的对面时，她停下说："告诉他，我不能去了。"顿了一下，她继续说，"告诉他我病了，或者其他什么理由。反正就是告诉他，我不去了。"

达尔茜把房门关好，锁住后，一下子扑到自己的小床上。她开始大哭起来，一直哭了十分钟才停下来。那顶黑色帽子的帽檐都被压坏了。基钦纳将军是她唯一的朋友。他是她心中的一位英勇的骑士。他看起来有一丝隐约可见的忧郁，他上翘的小胡子把她迷得神魂颠倒，但是他还有一种庄重威严的神情，让她一丝畏惧。她总是幻想有一天，这位心中的骑士会穿着马靴来这里找她，并且向她求婚。有一天，当一个调皮的小男孩挥动链条，抽打街边的路灯灯柱，发出哗啦哗啦的响动声时，她竟然以为是将军来了，打开窗户向下努力地张望。但是没有用，她知道这都是她的幻觉和期望而已。她知道基钦纳将军现在正在日本作为指挥将领，与凶残的土耳其人作战呢，他怎么可能从镀金的相框中走出来向她求婚呢？但是在这个夜晚，他确实战胜了皮吉。是的，至少在这个夜晚他做到了。

当达尔茜大哭一场之后，她重新振作起来，脱下了参加晚宴用的她最好的衣服，换上了一身很旧的蓝色睡衣。她没有胃口，不想吃东西。她唱了几句《萨米》，然后看到自己的鼻翼上有一个小小的红色斑点。她把这个小红点弄掉了。之后，她把椅子搬到了一张破旧的桌子旁边，开始用一副发黄的纸牌算命。

"你这个可怕的、无礼的家伙！"她大声说，"我从来没有给过他一点暗示，让他觉得我对他有意思！"

九点，达尔茜从一个锡盒里拿出了饼干和树莓果酱，开始狂吃。她也给了基钦纳将军一些涂了果酱的饼干，不过他好像不大理会，就像斯芬克斯狮身人面像看见一只蝴蝶那样冷漠——如果在沙漠里有蝴蝶的话。

"如果你不想吃，就不要吃，"达尔茜说，"不要摆出一副臭架子和责骂我的眼神。如果你每个星期只有六美元，看你还有没有现在这样的优越感，会不会这么神气。"

达尔茜这样粗鲁地对待基钦纳将军，可不是一个好兆头。然而，她又将矛头指向了本韦努托·切利尼，她把他的脸翻了下去，贴在了桌子上。对她来说，这完全是情理之中的，因为她一直以为他是亨利八世，所以对他一直都很不满意。

九点半了，达尔茜对着梳妆台上的照片看了一眼，熄了灯，并跳到床上去了。在睡觉前，基钦纳将军、威廉·马尔登、马尔伯勒公爵夫人和本韦努托·切利尼也看了她一眼，算是说了晚安。这件事真的很无聊。

这个故事到现在为止还没有说明什么问题。它的其余部分是——又一次，皮吉再一次邀请达尔茜出去吃饭，达尔茜感觉比平时更加孤单，而基钦纳将军又恰好看错了方向，然后……

正如我前面所说的，我梦见我站在一群有钱有势的灵魂的旁边，一个天使警察抓着我的胳膊，问我是和他们一起的吗。

"他们是谁？"我问。

"他们啊，"他说，"他们是那些开商场，雇用女孩，而且每周只给她们五六美元的老板。你和他们是一起的吗？"

"绝对不是。"我说，"我可没造那么深的孽。我无非就是烧了一所孤儿院，还为了钱，杀过一个瞎子。"

人外有人

　　我和杰夫·彼得斯在普罗文萨诺餐厅吃意大利面，我们两个人坐在角落里，彼得斯向我解释三种不同的骗局。

　　每年冬天一来，杰夫就会来纽约吃意大利面。他总是穿着一件非常厚的深灰色狐皮大衣，在伊斯特河看工人们装卸货物。他还要把在芝加哥制成的衣服，放在富尔顿临街的一家店面里。其他的三个季节，他都在纽约以西的斯波坎和坦帕一带活动。他很有职业荣誉感，所以总是用一种独特的道德哲学来为他的直接做严肃的辩护。其实，他的职业没有什么新意。他只是注册了一个公司，但这个公司没有注册资金，只是一个无限责任公司。而他牟利的方式是赚取那些不安分守己的、不明智的同胞的美元。

　　杰夫每年假期都会来纽约，其实也就是在一个高楼林立的地方消磨一下寂寞的时光。每到这个时候，他就很高兴地和别人吹嘘自己的冒险经历，就像一个小男孩总是喜欢在落日余晖中吹口哨一样。因此，我会在我的日历上标记他会出现的日期，并在普罗文萨诺餐厅提前订好位置，我们总是坐在满是橡胶树盆景的角落里的那张桌子旁。桌子上还有酒迹，旁边还有一幅没什么名气的宫廷画。

　　"世界上有两种骗局，"杰夫说，"法律应该给它们下禁止条令。我所说的两个骗局一个是华尔街的投机活动，另外一个就是入室盗窃。"

　　"对于其中的一项，几乎每个人都会同意你的看法。"我笑着说。

　　"好啦，盗窃也是应该被禁止的。"杰夫说。听到他这么说，我在想我刚才是不是笑得有点多余。

　　"就在大约三个月之前，"杰夫说，"我很荣幸地认识了两个人，他们就是这两项非法活动的行业标兵。一个是入室盗窃者联合会的会员，另一个是投机界的约翰·D.拿破仑。"

"真是有趣的巧合，"我打了个哈欠，继续说，"我告诉过你上周我在拉马波斯河岸的收获吗？我一箭双雕，一枪打死了一只鸭子和一只地松鼠。"我知道怎样才能让杰夫更加来劲地描绘他的故事。

"让我先来告诉你，这些害群之马是怎么以他们的歹毒之心将公正的泉水搅得混沌不堪的，他们是用怎样的方式堵塞了社会正常发展的道路的。"杰夫说。在杰夫的眼神中可以看见纯洁无瑕的光芒，那是揭发丑恶事件时善良的市民所特有的光芒。

"正如我前面所讲的，三个月前我遇见了两个这样的坏人。人这一辈子啊，也就在两种情况下才会遇见这样的人：一种情况是落魄的时候，另一种情况就是富贵荣华的时候。

"即便你从事合法的业务也不免会遇到这种倒霉的事。有一次我在阿肯色州走错了路，在一个岔路口拐错了弯，结果来到了彼文镇。我隐约记得在去年春天，我来过彼文镇做生意，当然也坑了不少当地人。我当时卖掉了六百美元的果树苗，其中包括李子树、樱桃树、桃树，还有梨树。所以，彼文镇的人都期盼我能再次出现在这条街上，他们不停地看着街上的行人，等着我的出现。当我驾着马车来到水晶宫大药房的时候，我才意识到我犯了个多么大的错误，我的白马比尔被伏击了。

"彼文镇的人兴高采烈地抓住了我和比尔，并开始和我谈论与果树相关的话题。带头的几个人把拴马用的绳子穿进我马甲的扣眼里，就这样把我带到了他们的果园。

"他们的果树的生长状况与标签上注明的信息几乎完全不同。多数长成了柿子树和山茱萸树，其中有几棵变成了黑皮橡树和白杨树。只有一棵有一丝结果迹象的小树，其实就是一棵枝繁叶茂的白杨树而已，所谓的果子其实就是一个黄蜂窝，还有一件破旧的女士裹胸。

"彼文镇的人带着我走遍了整个城镇，这里满是不结果的果树，并且他们把这归罪于我。我的手表和现金被他们抢走了，并且他们还让我立下字据，用比尔做抵押。他们说，只要山茱萸开花后结出来的果子是鲜美的桃子，我就可以拿回我的东西。之后，他们把拴在我身上的绳子抽出来，用手指指着落基山脉的方向让我滚。我立即像刘易斯和克拉克那样，冲向了滔滔的河水和坚不可摧的森林。

"当我的神志恢复清醒的时候，我才发现自己走在一个不知名的小镇上，我知道自己是一直沿着圣达菲铁路过来的。彼文镇的人们已经把我身上的钱都掏空了，现在就只剩下烟草了——幸亏他们还没恨我恨到死——仅存的烟草让我活了下来。我坐在铁轨的枕木上，嚼了一大口烟草，努力让自己恢复理智和敏锐的判断力。

"然后，有一辆速运列车从远处驶来，速度在慢慢降低。突然，一团黑色的东西从上面掉了下来，滚落之处尘土飞扬，在二十码外的地方才停下。接着，那团黑色的东西站了起来，开始吐着烟煤，并且咒骂着。我仔细看了看，通过面部能大致看出来那是一个年轻的小伙子，大脸盘，衣着讲究，更像是经常坐卧铺旅行的人，而并非偷偷搭乘货车的人。尽管他的身上满是煤尘，但他的脸上始终带着笑容。

"'摔下来的？'我问。

"'不是，'他说，'正常下车，我到站了。这个镇叫什么？'

"'我还没看地图上是怎么说的呢，'我说，'我也就比你早到了五分钟。你现在的状态如何？'

"'真硬。'他一边说，一边摆动着自己的关节，'地太硬了，不过我相信我的肩膀没有，应该没有什么问题。'

"他在弯腰掸掉身上的灰尘时，口袋里掉出来一根九英寸长的专业撬棍，非常精巧。他赶忙捡起来，之后敏感地看了看我，然后一咧嘴，笑着向我伸出了手。

"'兄弟，'他说，'嘿，我见过你，就是去年夏天，在密苏里南部。你当时在那里推销一种彩沙，五十美分一勺，你说可以把它放到油灯里，防

止油灯爆炸，对吗？'

"'油，'我说，'油从来都不会爆炸。只有燃烧后的气体才会爆炸。'但我还是和他握了手。

"'我的名字是比尔·巴西特，'他对我说，'如果你把它叫作职业自豪感，而不把它看成是一种自负的话，那么我告诉你，现在你看见的这个人，是密西西比河流域最棒的窃贼。'

"之后我就和这位比尔·巴西特一起坐在铁轨的枕木上，互相吹嘘着彼此到底有多么厉害，就如同两位同道之人。他身上似乎也没有一分钱，所以我们的关系就更加亲密了。他解释了为什么一名优秀的窃贼却需要偷偷扒货车，原因是他有一次在小石城作案时，被女佣出卖，结果他不得不在慌忙之中逃跑。

"'这是我盗窃计划中的一部分，'比尔·巴西特说，'每当我盗窃成功之后，我就得拿出来一部分钱去追求她们。当她们坠入爱河的时候，她们就会告诉我哪栋房子里有更多的金银首饰和漂亮的妞儿。我可以向你保证，随后那栋房子里的银器就会全部被熔化、卖掉。之后我在高级餐厅里满意地吃着饭，警察们所怀疑的对象却是内贼，因为女主人家有几个穷困潦倒的侄子。每次我都是先讨好家里的女佣，待我进到屋子里之后，就将注意力放在锁上。可是在小石城的这次，我要讨好的女佣看见我和另外一个姑娘一起搭乘过电车。所以在我和她约好的时间她没开门，把门锁起来了。先生，你知道吗，我为这次行动做好了准备，楼上房间的钥匙我都配好了，可是她不给我开门，还反锁上了。她真是个不忠诚的女人。'比尔·巴西特说。

"比尔说他后来撬门进去了，那女佣却大喊大叫，迫不得已他只好狼狈地逃到了车站。但是又因为之前没有准备，他一分钱都没带，人家不让他上车，所以他只能偷扒了一辆货车逃跑。

"'好吧，'当我们互相交换了彼此的生死回忆之后，比尔·巴西特说，'我真的好想吃东西。这个小镇的人看起来不像是会使用弹簧锁的样子。

我们不如做一些小生意，赚点小钱，临时周转一下。我觉得你也没有带什么补药或者镀金的手表链之类的骗人的玩意吧？不然我们还可以在广场上卖掉这些东西，赚一些爱占小便宜的人的钱。'

"'没有，'我说，'我的手提箱里本来有一些巴塔哥尼亚钻石耳环，还有一些钻石胸针，可惜，它们已经被扣在彼文镇了。除非那些黑色的橡胶树可以结出大黄桃和日本李子。我认为，我们指望不上它们了，除非我们可以和卢瑟·伯班克 ① 合作。'

"'好吧，'巴西特说，'我们只能想别的办法了。也许天黑之后，我可以向一位老太太借一个发夹之类的东西，之后撬开农牧渔业银行的门。'

"当我们正在聊天的时候，有一列火车进站了，它就停靠在离我们不远的车站。有一个戴着大礼帽的人下了火车，出了站台，并且沿着铁轨径直向我们两个人这边走来。他个子不算高，而且很胖，鼻子很大，眼睛却像老鼠的一样小。但是能看得出来他所穿的衣服一定价值不菲。他很小心地拿着一个提包，由此可以断定这个包里面的东西如果不是鸡蛋，那么就是铁路债券。当他走到我们身边的时候，他并没有停下来，而是继续沿着铁路线往前走，好像没有看到这个小镇一样。

"'来吧。'比尔·巴西特对我说，然后他开始追刚才那个人。

"'去哪里？'我问。

"'乖乖！'比尔说，'难道你忘记你现在身无分文了吗？你没有看见一张鲜美的馅饼刚刚掉在你的眼前吗？我真吃惊，你居然都没有看见这么好的机会，哦，上帝啊！'

"我们在一片茂密树林的边缘赶上了那个陌生人。因为那个时候太阳已经下山了，再加上又是在这么一片安静的地方，所以也没有人看见我们拦住了这个人。比尔把那个人的丝绸帽子摘了下来，之后用自己的袖子掸了掸上面的灰尘，又重新为他戴上。

---

① 世界著名园艺学家。

"'这是什么意思，先生？'那名男子说。

"'当我自己戴这种样式的帽子时，'比尔说，'如果觉得不舒服，我就会这样做。但是现在我没有，所以只能借你的用了。先生，我们该如何开始呢，在跟你解释我们接下来要和你做什么生意之前，先让我看看你的口袋里到底有什么。'

"比尔·巴西特把他身上的口袋，从上到下、从里到外地搜了个遍，居然一分钱都没有。他用蔑视的眼神看着他，说：'连一块手表都没有。你这个被粉饰的雕塑，难道你就不为自己感到羞愧吗？穿着打扮倒像是一个服务员的头儿，但是身上居然一分钱都没有。我就纳闷了，你连车钱都没有，是怎么混上火车的？'

"那个男人说话了，他说他身上已经没有任何资金或贵重的物品了。但是巴西特不信，于是他抢过他的手提包，打开一看，里面只有一些换洗的衣服和袜子，还有一张剪报。比尔认真地阅读了报纸，之后向那个男人伸出了一只手。

"'兄弟，'他说，'你好！请你接受我诚挚的歉意。我就是报纸上写的盗窃犯"比尔·巴西特"。彼得斯先生，你必须认识一下这位艾尔弗雷德·E. 里克斯先生。两位来握个手吧。里克斯先生，在扰乱社会和违法乱纪方面，他的能力可不输给你我。彼得斯总是在别人给他钱的时候，给对方一些实物。我真的很高兴见到你，里克斯先生——你和彼得斯先生。这是我第一次参加全国大师级别的诈骗犯聚会——盗窃、诈骗还有投机，各个行业都齐了。彼得斯先生，给你看看里克斯先生的身份凭证。'

"巴西特把剪报递给我，我看见上面有一张照片就是里克斯先生。这份报纸发行于芝加哥，文章中的每一个段落都是对里克斯的咒骂和批判。通过这份报纸，我获得了如下信息：这个里克斯曾坐在芝加哥一间豪华的办公室里，把已经被水淹没的佛罗里达州的土地卖给不知情的投资者，之后他从一块块毫无意义的土地上获得了十万美元。可是一些挑剔的顾客，总是制造麻烦（我自己也遇到过这样的顾客，他们把金表买回去居然放到酸里检验成色）。就有那么一个顾客，为了看看自己所拥有的地皮，特别到佛罗里达州来旅游，或许他只是想看看要不要重筑个篱笆，或者把原先的篱笆加固一下，再看看要不要去买一些柠檬，可以趁着圣诞节的时候去市场上销售。他特意聘请了一个勘测师，去找他所购买的那块土地。那位勘测师真是费了好大力气，才发现原来广告上面说的乐园谷根本就是个圈套，它不是繁华的小镇，而是奥基乔比湖中心四十杆十六竿^①以南，二十七度以东的三十六英尺深的水下的地皮。而那些地皮也早就被短吻鳄和雀鳝占领了。这片土地的使用权还真得经过再次讨论才能下结论呢。

"结果必然就是，那个被骗的买家追到了芝加哥，之后把这件事连同艾尔弗雷德·E.里克斯炒得沸沸扬扬，就如同天气预报局预测要下雪的第二天早上。里克斯拒绝接受指控，但是他不能否认短吻鳄的存在。一天早上，所有的报纸上都是关于他的整版的报道。里克斯没有办法，只能三十六计走为上策。他当时是从防火梯逃出去的。当局查到了他存放现金的保险箱，所以他只能为自己的手提箱填充十几条十五英寸半的衣领和几双袜子，至于逃往西部的火车票，那是他用外衣里仅剩的一点钱买的。后来，他在这个偏僻的小镇被人撵下了火车，于是才有了我们三个人的相逢。他遇见了两个劫匪，但同样没什么钱。

"后来，这位艾尔弗雷德·E.里克斯就叫喊着说他也饿了，并且说他没有办法弄到钱了。现在即便是最便宜的饭菜我们也买不起。如果为我们三个绘制一张图表的话，那么我们三个分别代表了劳动力、贸易和资本。但问题是贸易不能缺少资本，而没有金钱的资本，即便是要卖洋葱和牛排，销路也会跟着停滞。所以，此时我们只能指望那个不需要资本的劳动力了。但愿他的钢棍能做些什么。

"'两位兄弟，'比尔·巴西特说，'我还从没有在患难的时候，只顾自己的利益而抛弃过朋友。我看见前面好像有一所空屋子，我们先去那里面

---

① 杆"rod"和竿"pole"都是英制长度单位，都约等于5米。

待会儿，等天黑再说。'

"在森林的深处，果然有一所古老而又冷清的旧房子。于是，我们三个人就钻了进去。入夜之后，比尔·巴西特让我们继续在里面等他，他离开了半小时才回来。回来时，他给我们带了面包、排骨和馅饼。

"'在沃希托大道上有一个农场，我在那里面搞到的，'他说，'我们先大吃一顿吧。'

"月亮升起来了，月光洒落一地。我们三个人就坐在小屋子的地上，在月光的照明下，一起享用着晚餐。这位比尔·巴西特则一边吃，一边吹嘘着自己的功绩。

"'有时候，'他满嘴都是食物，但依旧没耽误说话，'你们总是觉得我这个行业比你们的低一等，你们是高高在上的，我就是龌龊的。可是现在怎么样，在目前这种情况下，你们有什么办法填饱肚子？里克斯，你能想出办法吗？'

"'我必须承认，巴西特先生，'里克斯吃了一口馅饼，声音小到几乎听不到，'眼下这种情况，我不能立刻创建一家企业来把自己的肚子填饱。我做的都是一些规模很大的企业，我需要准备很久。我——'

"'里克斯，'比尔·巴西特打断了他的话，'你不用说完，我知道首先你需要五百美元，来雇用一位金发碧眼的打字员，定做四件像模像样的橡木家具，然后再花五百美元刊登个广告。你需要两个星期的时间才能等到鱼咬钩。你的办法永远不能解燃眉之急，就好比有人煤气中毒，你却主张将煤气事业收归公有。不过你也同样救不了急，彼得斯老兄。'他最后将话题转向我。

"'哦，'我说，'我没看到你能点石成金啊，我们的神仙先生。只不过是搞到些面包、馅饼，这样的事情几乎人人都能做到。'

"'这些吃的只不过是为灰姑娘准备的南瓜车而已，'巴西特越说越激动，'六匹马拉的豪华大马车会在你毫无察觉的时候停在门口，灰姑娘小姐。你也许已经有了一套天衣无缝的计划，让我们听听。'

"'老弟,'我说,'我确实长你十五岁,但还很年轻,还没到领养老保险的时候呢。以前我也像这样穷困潦倒,你看到前面的那个小镇的灯光没有?我的师傅可是蒙塔古·西尔弗,当代最厉害的推销员。只要你给我一盏汽油灯、一只木箱和两美元的白橄榄香皂,你看到街上来来往往的身上满是污迹的人没有?我只要把香皂切成——'

"'等等,两美元?你去哪儿弄两美元?'比尔·巴西特打断了我的话,并且窃笑着。跟这个没有素质的贼说什么都是对牛弹琴。

"'不,'他接着说,'你们两个都黔驴技穷了吧?搞金融的王者已经关门了,搞贸易的人也谢客了。你们两个现在只能靠我来谋生了吧,一个会一门技术的劳动力。这样吧,你们承认这一点就行了。今天晚上我就会让你们看看我比尔·巴西特的本事。'

"巴西特让我和里克斯必须待在小屋子里等他,在他回来前不能离开。即便天亮了,我们也不能离开这个屋子。然后,他一边吹着口哨,一边向小镇的方向走远了。

"艾尔弗雷德·E.里克斯脱掉了鞋子和外套,他在帽子上面垫上了一块丝绸的手帕作为临时的枕头,之后躺在了地板上。

"'我想尽力争取一点点睡觉的时间,我今天已经十分疲惫了。晚安,亲爱的彼得斯先生。'他说。

"'替我向睡神问好,我只想坐一会儿。'我说。

"大概是后半夜两点的时候,我是根据那只被押在彼文镇的表推测出来的,我们的那位劳动力回来了。他进到房子里,用脚踢醒了里克斯,之后要求我们都到小屋的门口去,找一处月光最明亮的地方。然后,他把五个分别都装了一千美元的袋子放在地上,就像一只刚下了蛋的母鸡,在炫耀它下的鸡蛋。

"'我来和你们说说这个小镇上正在发生的几件事情。'他说,'这个小镇名为石泉镇,镇上的人正在建造一个共济会的教堂;这个小镇的平民党应该快要打垮民主党的候选人了;塔克法官的太太患了胸膜炎,不过最近有些好转了。为了获得这些有价值的情报，我必须得对打听到的所有无聊的琐事进行分析。对了，镇上有一家银行，叫林业工人和农民合作储蓄所。本来在他们封箱的时候，保险库里还有两万三千美元，但是明天早上他们就只能看到一万八千美元了。因为都是银币，所以我没多拿，这下你们知道这些钱的来龙去脉了吧。怎么样，贸易家和资本家，你们都甘拜下风了吧？'

"'年轻的朋友，'艾尔弗雷德·E.里克斯举起双手说，'你怎么可以去抢银行呢？我的天哪，天哪！'

"'这个动词用得可不对，'巴西特说，'怎么能说是"抢"呢，这也太刺耳了。我只不过在一条街上看到了这家银行。这个小镇是如此安静，我站在一条街的角落，都听得到密码锁转动的声音。它默默地向右转了四十五下，又往左转了两圈到八十，再往右转了一圈到六十，最后往左拧到了十五——这个口令简直是再清楚不过了，就好像是耶鲁大学的足球队队长发出的暗语一样。现在，兄弟们，'巴西特接着说，'这个小镇的居民都是日出而作的，甚至还不等太阳出来，就起来干活了。我问过他们为什么要起这么早，他们说因为那个时候早饭已经准备好了。咱们几个快乐的罗宾汉该如何行动呢？现在必须丁零当啷地开路啦。我支持你们，要多少？说出来，资本家？'

"'我亲爱的年轻的朋友，'里克斯说着，样子就像一只小松鼠，前爪摆弄着钱袋，后腿蹲着，'我在丹佛有几个朋友会帮助我。如果我有一百美元，我……'

"巴西特打开了一包钞票，抽出了五张面值二十美元的，丢给了里克斯。"

"'贸易家，多少钱？'他对我说。

"'把你的钱自己好好收着吧，'我说，'我向来都不骗那些老实的人辛辛苦苦赚来的微薄收入。我赚的钱都是从那些傻瓜笨蛋的口袋里往外冒的闲钱。我站在街角，卖出去一枚镶嵌钻石的金戒指，只收三美元，我只不过赚了两点六美元。我也深深知道，如果他们把这枚戒指送给一个姑娘，那么它的价值又何止三美元，简直如同一百二十五美元的钻戒一样。那么他们的利润就是一百二十二美元。你说，这么算起来，谁才是最大的骗子？'

"'可是，你怎么解释你把一小撮沙子卖给那些贫困家庭中的主妇，还说沙子可以防止油灯爆炸呢？'巴西特说，'你别唬我，我可是知道一吨沙子才值四十美分，你倒是给我算算，她们的盈利是多少呢？'

"'我在卖给她们沙子的同时，还教她们如何把油灯擦亮，怎么能把油加得足足的。只要她们按我教给她们的方法去做，就一定不会发生爆炸的情况。而她们认为这是沙子的功劳，所以也不再担心。这可以说是基督教工业科学的方法。她们花了五十美分，买到了洛克菲勒和埃迪夫人两位大人物的服务。你要知道可不是每个人都能享受到两位大人物的服务。'

"艾尔弗雷德·E. 里克斯对比尔·巴西特感激不尽，差点就要为他舔掉鞋子上的尘土了。

"'我亲爱的年轻的朋友，'他说，'我永远都不会忘记你的慷慨。老天爷会奖励你的善行的。不过，我还得恳请你以后不要用暴力和犯罪的方式了。'

"'你就是只胆小的老鼠，就让墙壁后面的洞穴来保护你吧。'比尔说，'你所说的信条和教诲对我来说，什么都不是。你那种自命高尚的、道德的赚钱方式，为你带来了什么呢？除了贫穷和潦倒，还有其他东西吗？即使是彼得斯老兄，他坚持用商业贸易的理论赚钱，坚决鄙视抢劫的艺术，可如今呢，不也无计可施了？你们两个人的想法都太幼稚了，行不通的，彼得斯老兄，'比尔继续说，'你最好的选择就是拿着这笔钱，不用客气。'

"我又一次让比尔把钱放到他自己的口袋里。我没有尊重窃贼的经历，如今也不会。我的宗旨是，只要我拿了人家的钱，就一定要给他一些实物，即便是一些提醒他不要再贪便宜的纪念品。

"然后，艾尔弗雷德·E. 里克斯又奴颜婢膝地感谢了比尔，随后，我们就分开了。他说，他要先向一家农舍借一辆马车去下一个车站，之后改乘火车去丹佛。那只可怜虫走了之后，空气都变得清新了。他简直就是我们这个行业的耻辱。即便他有过豪华的办公室，尽管他还有许多伟大的计划，但现在他还不是连一顿饭都吃不上，而且还卑躬屈膝地向一个素未谋面的窃贼讨钱。我很高兴看到他离开，但是心里还是不免有些遗憾，因为看到了他一蹶不振的落魄样子。没有足够的资本，他能做些什么呢？唉，艾尔弗雷德·E.里克斯离开我们的时候，就像是一只无力翻身的、仰面朝天的乌龟。他还能有什么计划呢？即便让他去骗小姑娘手里的石笔，他也未必能想出办法。

"现在，就剩下我和比尔·巴西特了。一个想法又出现在我聪明的脑袋里了，我想出了一个包含商业秘密的小戏法。我觉得我得展示一下自己的本事让这个窃贼看看，用事实告诉他，一个从事商业贸易的人和一个窃贼的差异在哪里。他把我一直崇尚的商业贸易贬低得一文不值，这让我很受伤。

"'我不会拿一分你送给我的钱，巴西特先生。'我对他说，'你的不道德的行为已经造成了这个地区的财政赤字，所以我想我们不得不离开这个危险的地方了。但如果你能替我支付一下旅费的话，我还是非常感激的。'

"比尔·巴西特倒是很赞同这一点。于是我们两个人徒步向西走，走到车站的时候，刚好安全地搭上了一列火车。

"我们乘坐的火车抵达了亚利桑那州，那个地方有一个小镇叫洛斯佩罗斯。我建议我们再到这个小镇碰碰运气。这个小镇正是我师傅蒙塔古·西尔弗的家乡。而他现在正退休在家。我知道，即使我指着一只嗡嗡乱飞的苍蝇，他也能让我从这只苍蝇身上获利。比尔·巴西特说他所有的工作时间都只在夜晚，所以无论哪个城镇对他来说都是一样的。于是我们就在洛斯佩罗斯小镇下车了。

"我有一个讨巧又稳当的计划，就像是生意人的独门功夫，我准备用这个独门功夫让这个小子看看我的厉害。我当然不会趁着他睡着的时候偷走他的钱，而是想给他留一张价值四千七百五十五美元的彩票。根据我的推算，在我们下火车之后，他的钱囊里就剩下这么多了。我先是暗示他要做一项投资，但是我刚说了个开头，他就说了如下一番话。

"'彼得斯兄弟，'他说，'这不是一个坏主意，而且我想我可以这样做。但是，如果让我和你合伙的话，那么必须得由罗伯特·E.皮尔里和查利·费尔班克斯当董事才行。'

"'我还以为你可能会打开你的钱袋，来做这笔生意。'我说。

"'是的，'他说，'我不能总是夜不能寐地抱着这些冷冰冰的钱吧。我会告诉你的，彼得斯兄弟。'他说，'我要开一家玩扑克的赌场。我对那些单调无聊的诈骗生意一点都不感兴趣，就像是兜售鸡蛋搅拌器，或者在巴纳姆和贝利的马戏场里推销那种像锯末一样的麦片早餐。但是这个赌博的场子就不同了，从表面上看，利润就很丰厚，至少介于偷银器和在沃尔多夫 - 阿斯托里亚义卖场卖擦笔布之间。这是一个很不错的折中办法。'

"'这么说，巴西特先生，'我说，'你是不愿意听一下我这个小小的生意了？'

"'唉，你应该知道的，'他说，'我是不会让你开一个什么巴西特研究所的，至少在我所居住的地方，方圆五十英里之内绝对不可以。我是不会咬你的鱼钩的。'

"就这样，巴西特住了一间二楼的房间，并且在里面配置了一些家具和石印画。同一天晚上，我就去找我的师傅蒙塔古·西尔弗了，并且向他借了二百美元。接着，我去一家店买纸牌，因为在洛斯佩罗斯只有这一家店出售纸牌，所以我轻而易举地将其全部买了下来。当第二天店铺一开门，我又把已经购买的纸牌全都退了回去。我找了个借口说我的合作伙伴临时改了主意，所以这也是无奈之举。我把纸牌退回去的时候，老板只退了我一半的钱。

"是的，我的确赔了七十五美元，但是就在那天晚上，我在我买回去的纸牌上都做了手脚，这当然算是我的劳动。再接着，我的贸易和商业计

267

划全面启动了。我用来当诱饵的面包已经开始为我加倍地获取利益了。

"我当然也是第一批去比尔的赌博场里买筹码的人之一。他买了这个小镇里所有的纸牌，而我已经在所有的纸牌后面都做了记号。这就好比在理发的时候，理发师在我的后脑勺那里举着一面镜子，我自然是看得一清二楚。

"当赌局结束时，我的口袋里已经有了五千美元和几个零头，至于比尔·巴西特，他就只剩下他那个流浪的嗜好，和一只他买来做吉祥物的黑猫。当我离开的时候，比尔与我握了握手。

"'彼得斯老兄，'他说，'我没有做生意的命，看来注定只得靠劳动力赚钱了。当一个一流窃贼把自己手中的撬棍换成了弹簧锁的时候，他就已经犯下错误了。你玩牌的技术真的很棒，好得没话说。'他说，'祝你未来一帆风顺。'从那之后，我就没再见过比尔·巴西特了。"

"你知道的，杰夫，"当这位奥托吕科斯式的冒险家似乎要泄露这个故事的精髓时，我打断了他，说，"我希望你好好地保管这笔钱。这将是一个机会——这是一笔相当大的运营资本，当你想在某一天做一些正规生意的时候。"

"我？你放心吧，我可以保证，我已经采取了一个非常保险的方式来照看这五千美元了。"他拍了拍自己的胸口，志得意满地说。

"我已经把每一分钱都投资在金矿股票上了，"他解释说，"这只股票一股是一美元，它的涨幅在一年之内能达到百分之五百，而且免税。这只股票的名字叫蓝色地鼠金矿，我是在一个月前刚刚发现的。如果你手头有储蓄的话，我建议你也买这只股票。"

"有时候，"我说，"这些金矿不一定……"

"哦，这只股票可不一样，它绝对是稳赚不赔的，"杰夫说，"他们已经发现了价值五万美元的矿砂，并且每个月都会保证你获得百分之十的收益。"

他从他的口袋里抽出一个长方形的信封，并把它丢在了桌子上。

"我一直把它带在身上，"他说，"这样做既防盗，又不会被资本家掺水。"

我看着那张印有精美花纹的股权证书。

"我看见了，是在科罗拉多，"我说，"顺便问一句，你和比尔在车站那里遇见的后来又去了丹佛的那个小矮个，究竟叫什么名字？"

"艾尔弗雷德·E.里克斯。"杰夫说。

"我明白了，"我说，"你来看，这家矿业公司老板的名字叫 A.L. 弗雷德里克斯。我有点怀疑……"

"让我看看股权证书。"杰夫连忙说，几乎是把它从我的手上抢走的。

为了减轻，即使是轻微地缓解一下尴尬，我只得呼叫服务员，让他再给我拿一瓶巴伯拉酒。我觉得这是我唯一可以做的事情了。

艾基·舍恩斯坦的爱情灵药

　　蓝光药店开在商业区，位于鲍厄里大街与第一大街之间。蓝光药店的经营范围就是销售药品，而不是古玩、香水或是冰激凌、苏打水之类的东西，倘若你需要一片止痛药，那么他们绝对不会给你推荐一个棒棒糖。

　　蓝光药店藐视一切现代制药产业的偷工减料、偷工减时的做法。就比如说制作鸦片酊，药店一定先将鸦片浸泡，然后渗滤出鸦片酊，之后用来制作复方樟脑鸦片酊。即便是科技发达的今天，蓝光药店还是自己手工制作，就在高大的配药柜子的后面，你可以看见他们制作的所有过程。他们会先把药放在准备好的瓷板上，之后碾成粉，揉成团，用药剂刀将其切成恰当的分量，再用食指和拇指把它们揉搓成药丸。这还没有完，在制作好的药丸上还要撒上一层氧化镁的粉末，然后把它们分别装进圆形的小纸盒里，这样就可以销售给顾客了。这家店正好处在一条街的拐角处，那里时常有一群衣衫破烂、蓬头垢面的孩子兴致勃勃地玩各种游戏，当然，他们也是这家店铺的主要顾客之一，他们会经常买一些止痛片或者止咳糖浆。

　　艾基·舍恩斯坦是蓝光药店的夜间销售员，也是每一位顾客的好朋友。其实这家药店所在的区域是制药业的核心地区，也就是东区，所以在这里所有的药店并不只是卖给顾客药品而已。药店的销售员不仅要负责给病人配药，还要兼任顾问、忏悔牧师，甚至还要担任病人人生道路上的导师。他们就像传教士和人生导师一样受到人们的尊重，人们在心里都会对他们的智慧非常崇拜。但是至于他们的药，人们通常都是不会放到嘴里的，一转身就直接倒进排水沟了。所以，戴着一副眼镜、长着大鼻子、满腹经纶却已被太厚重的学问压得驼背弯腰的艾基，在蓝光药店所在的街区可谓是无人不晓。而且，附近的居民很愿意接受他提出的建议和意见。

艾基就租住在两个街区外的里德尔太太的房子里，并且他每天早上都会与她一同吃早餐。里德尔太太有一个女儿，名字叫罗茜。好吧，所有的迂回都变得徒劳了——你一定已经猜到了——艾基喜欢罗茜。他满脑袋都是罗茜的影子，他认为，罗茜就是在那些化合物中提取出来的最纯净的药剂，是精华，在药房里找不到一味药能与她媲美。但是艾基很胆小，他的所有期盼在他的退缩和恐惧的溶剂中一直不能溶解。站在柜台后面，他是拥有优越感的人物，他从容博学，他可以清晰冷静地面对一切来访者，可谓从容淡定、临危不惧。可是他一旦从柜台后面走出来，就完全换了一个人，优越感全部消失，他变得胆小如鼠，做什么事都没有主见，并且走路的时候还会咒骂路边的司机，在他那不合身的衣服上还有药剂和一股刺鼻的东非芦荟及戊酸盐氨水的味道。

在艾基的眼中总有一只碍事的苍蝇，或者说是一块撕不下去的膏药（这个比喻，值得用三次掌声来赞美），那就是昌克·麦高恩。

昌克·麦高恩先生也在努力追求罗茜，想方设法地博红颜一笑，谁让罗茜的笑容是那样阳光灿烂呢？但是他可不同于艾基，只要罗茜青睐于他，他准能像最佳的棒球员一样将其牢牢接住。与此同时，他又是艾基的朋友和客户，在鲍氏里度过一个愉快的夜晚之后，他经常来到药店买一些挫伤膏药，或者给有外伤的地方涂些碘酒。

一天下午，昌克·麦高恩又像往常那样默默地来到店里，之后泰然自若地坐在椅子上。他面容清秀和蔼，但也不失坚毅和顽强。

"艾基，"在他说话的空当，艾基已经取了一些安息香树胶，并把它们放进一个捣药的容器中，将其碾磨成粉末，他接着又说，"哎呀，你先听我说。你今天可一定要给我找些药，如果能对我有帮助的话。"

艾基用眼睛从上到下将麦高恩先生的脸部仔仔细细地检查了一遍，但始终没有发现任何与别人打斗过的痕迹。

"把你的外套脱了，"他命令道，"我猜你的肋骨上肯定有刀伤，我已经告诉你多少次了，总有一天那些拉丁佬会下狠手的。"

麦高恩笑了笑说："和他们没关系。不关那群拉丁佬的事。不过，你诊断出的我受伤的位置倒也差不多——确实在我的外衣下面，肋骨附近。我就和你说了吧，艾基。我和罗茜今天晚上就要逃离这里，之后结婚。"

艾基的左手食指死死地顶住捣药的容器的边缘，以确保它还是稳定的。原本是用来捣药的杵子，已经狠狠地捣在他的手指上了，但他毫无察觉。而此时，麦高恩先生脸上的笑容也慢慢退去，换上的是一脸的困惑和忧愁。

"但是，"他继续说，"这一切都建立在她不会临时改变主意的基础上。至少是在我们约定的时间之前，不会改主意。你要知道，我们在两个星期前就有过要私奔的念头了。有一天早上，我们也是商量着晚上私奔，可是到了晚上的时候，她就改变主意了。这次我们决定在今晚私奔，我相信罗茜应该已经下定决心了，因为已经过去两天了，她也没有改变主意。但是，你知道的，距离我们私奔还有五小时，我真怕在这五小时中会出现什么差池，她要是再临时变卦，那就糟糕了。"

"你说，你想买点药。"艾基说。

麦高恩看上去有些忐忑不安——这种表现可和他一贯的作风相差太远了。他把一本专利药品年鉴卷成筒状，之后小心地但又没有任何目的地将它套在自己的手指上。

"哪怕有人给我一百万，我也不愿意今晚的计划有什么变故。"他说，"我在哈勒姆已经租了一小间屋子，桌子上摆好了菊花，还准备了水壶。只要有需要，水壶里的水就可以随时被烧开。而且，我还约了一名牧师，让他在九点半的时候到我的房子门口等我们。我把所有的事情都安排妥当了，就差罗茜能够准时出现了。只要罗茜不临时改变主意就可以了。"麦高恩先生没有继续说下去，此时他的心还在为罗茜担忧着。

"我还是不明白，"艾基有些烦躁地说，"这和你来我这里有什么关系，我的药又能帮你什么忙？"

那位正在遭受煎熬的年轻人决定一吐为快，反正已经说了这么多了，不如把一切都讲清楚，于是他说："里德尔这个老古董一点都不喜欢我。为了避免罗茜和我见面，他曾禁止罗茜和我一起外出，至少有一个星期的时间。如果不是担心少了一个房客，会少赚些钱，他肯定早就把我撵出去了。我每个星期可以赚二十美元，我相信罗茜在逃出那个鸟笼后，会更加幸福快乐的。我相信，和我昌克·麦高恩在一起，她绝对不会后悔做这个决定的。"

"真的很抱歉，昌克，"艾基说，"我还得去配个药方，人家马上就来拿了。"

"那好吧，"麦高恩猛地抬头说，"艾基，你告诉我，有没有这样一种药——只要让别人吃下去，这个人就会更加喜欢你？"

艾基这才明白他来这里的目的是什么，他的嘴角不自觉地撇了一下，表现出对这种想法的不屑。可是还没等艾基说话，麦高恩又继续说："蒂姆·莱西曾和我说过，他有一次从一个社区医生那里弄来一种药，他把那些药粉兑在苏打水里面给他的女朋友喝了。就喝了一次，那个女孩就把他当成这个世界上最伟大的男人了。在那个女孩的眼里，别的男人根本无法与之相比。后来，不出两个星期，他们就顺利结婚了。"

昌克·麦高恩的体格是很健壮，只是头脑太简单。任何一位读者，只要比艾基稍稍聪明一点，就都可以看得出来，麦高恩觉得自己已经稳操胜券了。他就像一名即将攻占对方营垒的将军，在努力完善每一个细节，避免任何疏漏。

昌克内心充满渴望地说："我想，如果我能搞到那种粉末，那么我就在今天晚饭的时候让罗茜吃下它，这样或许她就能够更加坚定与我私奔的决心了，不会再临时改变主意了。虽然我觉得并不需要用骡子把她拽出家门，但是你要知道，女人，总是说说还可以，真正要做件事情真是太难了，没有魄力。如果药效有一两个小时，那么一切就都搞定了。"

"你们俩打算几点开始实施这个荒唐的计划？"艾基问。

"晚上九点，"麦高恩说，"晚上七点的时候我们吃晚饭，之后八点的时候罗茜会说她有些头痛，需要早点回卧室。我已经和老帕文扎诺说好了，九点的时候我会穿过他家的后院。他家的后院就挨着里德尔家的围墙，并且那个围墙上的一块板子刚好可以拿下来。我刚才已经说了，牧师会在九点半到。所以我们必须要早点走才行。只要罗茜不临时改变主意，那么一切就会水到渠成了。艾基，你能给我配一些那样的粉末吗？"

艾基先是用手揉了揉鼻子，之后慢条斯理地说："昌克，其实这种药的药性非常特殊，而且对药剂师的要求非常高，需要格外仔细才行。我虽然认识很多人，但只有你我是信得过的，所以我现在给你配这种药。你要知道，我配这种药，都是为了你。现在你就放心吧，马上你的罗茜就会向你投怀送抱了。"

艾基回到了配药柜的后面，之后他把两颗可以溶解的药片碾成了粉末。每颗药片都含有四分之一格令的吗啡。为了给药增加些重量，他又加了些乳糖，然后，用白纸将它们包好。这份药至少可以让一个成年人沉睡好几个小时，但是不会对服用者造成任何伤害。他把包好的药交给了昌克·麦高恩，并且告诉他，最好将药粉投放在饮料中。当然，他也接受了这位要攀爬后院的洛钦瓦[1]由衷的谢意。

艾基为什么要这么做，他这么做的用意到底是什么呢？看了接下来发生的事，你就明白了。他在昌克走后，马上派人给里德尔先生捎了个口信，让他过来一趟。之后他将麦高恩今晚的计划原原本本地告诉了他。里德尔先生虽然又矮又胖，而且肤色灰暗，就像沾着砖灰一样，但是他的动作是非常敏捷的。

"非常感谢你，"他简洁利索地对艾基说，"那个整天不做正经事的爱尔兰流浪汉！我的卧室就在罗茜的楼上，吃完晚饭我就到楼上等着他。倘若他敢踏进我们家后院一步，我就用我准备好的猎枪射穿那小子。我想来

---

[1] 沃尔特·司各特笔下著名的浪荡公子，后来指代私奔的男子。

接他的准是救护车，至于婚车，让它见鬼去吧！"

艾基已经想了办法能让罗茜在睡神的庇护下，好好睡上几个小时。另外还有那个已经全副武装，并且虎视眈眈要将这个拐走自己心爱女儿的小子撕扯得粉碎的父亲在守护着罗茜。艾基心想，这下他可以放心了，他的情敌就算有三头六臂也夺不走他心爱的女人了。

整个晚上，艾基都在蓝光药店里值班，等着有人给他送来消息，哪怕是悲剧。但是他最终什么消息都没有等到。

第二天早上八点的时候，替换白班的店员来了。艾基赶忙下班，去里德尔太太家里打听昨晚有什么事情发生。可是，真巧，你看！就在他刚刚走出店门口的时候，一辆电车在门口停下了，从车上下来的人一把就抓住了他的手。还能有谁呢，这个人就是昌克·麦高恩！他容光焕发，并且带着只有胜利者才有的那种发自肺腑的笑容。

"一切都搞定了！"麦高恩高声大笑，仿佛这世间的一切都已不再重要了，"罗茜九点的时候准时从消防梯上爬了下来，当我们与牧师会面时，时间是九点三十分，仅仅过了十五秒而已。现在，在我租下的那栋公寓里，我那美丽的妻子正穿着蓝色的衬衫煮鸡蛋呢。天哪！我真的是太幸福了！艾基，等你有时间一定要到我家里去做客，我们一起吃顿饭。对了，我在大桥附近找了一份工作，现在正赶着去上班，不多聊了。"

"那……那……我给你的药呢？"艾基吞吞吐吐，最后终于问了出来。

"哦，你给我的那个东西啊，"昌克一边说，一边哈哈大笑，"其实，这么和你说吧。昨天晚上在里德尔家吃饭的时候，我本来想把药给她的，可是当我看见罗茜的时候，我心想：'昌克，你越是爱一个姑娘，越是要真心地对待她——怎么能容忍自己用欺骗的手段去赢得一位姑娘的心呢？'所以，我就把药放回口袋里了。但是，我一转眼，又看见了里德尔先生，我觉得我需要让他对我有一些好感。所以，我找了个机会，把药倒进那个老头的咖啡里了。好了，现在你都清楚了吧。"

心灵和摩天大楼

如果你是一位哲学家，你可以做这样一件事情：你可以站在一栋高层建筑物的顶端，之后向下看三百英尺之外的同胞，你会觉得他们如同昆虫般让人鄙视。他们就像是夏季池塘里没有任何责任和负担的黑色虫子，漫无目的地爬行，一圈又一圈，没有目标也没有目的地。他们甚至还不如让人钦佩的蚂蚁，你会觉得蚂蚁都比他们有智慧，至少它们知道应当什么时候回家。蚂蚁虽然是一种卑微的生物，但它们能按时地回到家庭之中，并且在家里换上拖鞋。然而你，只能留在这个高高的位置上。

在高楼顶端的哲学家眼里，人类只不过是那些不断匍匐爬行的可怜的甲虫。经纪人、诗人、百万富翁、擦鞋匠、美女、搬运石灰的人，还有那些政治家，只不过是一个又一个小黑点。它们在这条还没有你拇指宽的街道上拥挤地爬行。

从这样高的角度来看，这个城市本身已经退化成了一群抽象的、扭曲的建筑物，还有一大块无法辨认的景象。让人敬畏的海洋只不过是一群鸭子的池塘，地球本身无非就是一个被人打飞了的高尔夫球。所有生活中的细枝末节都不见了。哲学家仰起头，凝视着无限广大的宇宙，此时他的心灵也被影响了，在这种全新的视野之下，心也变大了。他觉得宇宙赋予了他一种不朽的能量，他得到了时间的偏爱。凭借着这永恒的、不朽的遗产，他已经拥有了整个太空。他惊喜地想到，在未来的一天，他的同类也会穿过这条神秘的空间隧道，来到行星与行星之间。在这个微小的世界中，他脚下高耸的钢筋水泥的建筑，也就是一粒灰尘而已；而喜马拉雅山脉，也不过是无数个高速运转的原子中的一个。与这浩瀚无边但又静谧的宇宙比起来，还有什么算是野心，还有什么算作成就？在这个城市中忙碌的小虫子们，他们那些征服的欲望和所谓的成功，甚至是爱情，都显得那么微不足道，这一切又算得了什么？

这些保证是哲学家们的想法。这些想法是根据世界上所有的哲学理论和思想编制出来的，并且它们会在适当的位置用一个问号来收尾，让人们看到那些站在高处的哲学家们总是在不停地思索。而当哲学家们坐着电梯从高处下来的时候，他们的心境会更加平和，他们的思想也会越来越开阔，他们的构想从宇宙的起源开始，一直延伸至夏季猎户座的腰带上。

但是，如果你的名字叫黛西，今年十九岁，在第八大街的糖果店工作，晚上睡在一间长八英尺、宽五英尺的狭小而冰冷的卧室里，每周只有六美元的收入，午餐只能吃十美分一顿的食物，每天都过着早六晚九的生活，从来没接触过哲学，那么当你同样站在这栋高耸的建筑物的顶端的时候，也许事情并不会像先前所见到的那样。

有两个人正在追求这样一个并非哲学派的黛西。他们其中一个人叫乔，是纽约最小的商店的老板。他家的商店比市政工程局的工具箱大不了多少。那家小商店位于一栋大楼的拐角处，就像是一个卡在摩天大楼中的鸟巢一样。店里贩卖的东西有水果、糖果，还有报纸、歌曲书籍和香烟，对了，还有一些当季的柠檬水。每当冬天的寒风吹着他冻住的鬓发时，他就不得不把自己和水果们一起搬进那个狭小的空间中，也就是他的商店。说它狭小，是因为他的店铺最多只能容下店主本人和那些商品，哦，还有一个调味瓶大小的炉子，以及一个顾客。

乔不是那种永远沉湎于如何让我们对他的水果和赋格曲着迷的人。他是一个能干的美国青年，只要他的铺子赚到了钱，他就会把这些钱交给黛西，让她帮忙花掉。他已经邀请过黛西三次了。

"我攒了点钱，黛西，"这就算是他的情歌了，"你知道我是多么想你吗？虽然我的店铺不是很大，但是……"

"哦，是吗？"非哲学派的黛西应和着，"为什么要这么说呢？我听说沃纳梅克还试图让你在明年的时候转让一部分店面给他呢。"

每天清晨和傍晚，黛西在上下班的时候都会路过乔的店铺所在的街角。

"你好，小东西！"这是她一贯的问候语，"在我看来，你的店铺还空了些位置呢。你必须再卖一些口香糖才行。"

"确实，我这里确实不是很大，"乔回答着，脸上慢慢地露出了笑容，"黛西，除了你，我这里什么都容不下。我和我的店铺一直都在等着你进来。你觉得你还需要让我们等多久，应该不会太久了吧？"

"店铺？"黛西从鼻子里发出了一个蔑视的声音，之后她继续说，"一个沙丁鱼罐头而已！你刚才说什么，你和你的店铺在等我吗？啧啧！那你得先把几百磅的糖果扔出来，之后我才进得去，乔。"

"我不会介意这种公平的交换。"乔讨好地说。

黛西的生活已经被各种东西所限制了。她只能侧着身子行走于糖果店的柜台和货架之间。至于她所居住的卧室，如果尚能称得上有一点舒适感的话，那就是她在里面几乎不用怎么走动。墙壁与墙壁之间的距离是如此之近，对面墙上的报纸就如同一座喧闹的通天塔。她可以一只手点燃煤气，另一只手轻轻松松地把门关上，同时还可以照一照镜子，看着自己后脑勺上的马尾辫。在她的梳妆台上有一张乔的照片，是放在镀金的相框里的，有的时候——但是她只要一想到那个狭窄的、有些滑稽的店铺，它就像是摩天大楼里的一个肥皂盒，这个时候，她对他的爱意也就随着一声笑被微风吹散了。

黛西的另一位追求者，是在乔追求她几个月后出现的。那天，他正好去黛西所住的那栋公寓找房子，所以碰巧认识了黛西。他的名字叫达布斯特，是一位哲学家。他虽然很年轻，但是在这方面的造诣已经可以让人看得很清楚了，就如同帕塞伊克制造的手提箱上面的标签一样，显而易见。可以说他已经从百科全书和使用手册上获取了所有的知识，但是至于智慧，这么说吧，当她在他的面前经过，并且乘坐一辆公交车离开后，他甚至不知道她坐的是哪路公交车，而只知道站在路边吸鼻子。不过他还是有优点的，他可以告诉黛西，在用豌豆煮牛肉的时候，牛肉和水的比例是多少，顺便还能告诉她这道菜可以促进人体肌肉的增长。他知道《圣经》里最短的一篇经文是哪一篇，多少颗钉子可以钉住二百五十六块防雨的油毡，伊利诺伊州的坎卡基的人口数量是多少，斯宾诺莎的理论是什么。他甚至还知道麦凯·通布利先生安排在客厅里的第二个仆人叫什么名字，以及胡撒克隧道的长度，母鸡孵蛋的最佳时间，在宾夕法尼亚州的浮木站和红岸火炉站之间的铁路邮局快递员的薪水是多少，还有猫前肢的骨骼数量，等等。

对他来说，学习是没有任何负担和障碍的，这就是达布斯特。他用他丰富的学识作为他与人对话时的装点，这就如丰盛佳肴上面的香芹嫩叶一样。他一旦发现你对某一种口味十分感兴趣，就会将其作为主菜送到你的面前。不仅如此，即便在寄宿公寓里大家一起吃饭的时候，他也同样会用这些作为自己的防护墙。他会经常用这些数字作为进攻的武器，比方说，一英尺长、五英寸宽、二又四分之三英寸高的铁条的重量是多少，或者明尼苏达州斯内灵堡每年的降雨量是多少，等等，这一系列的问题都是他的武器。当你还在考虑前面他给你提出的问题时候，或者当你正想问他为什么母鸡要过马路的时候，他已经将盘子里最好的一块鸡肉占为己有了。

因此，这个功底还不错的家伙，除了善用自己俊美的外表之外，还想进一步为自己赢得更多的机会，把自己再打扮得像模像样一些，所以每天下午三点，他都会去商业区购物。他似乎已经成为这个小店铺主人乔的强劲对手了，值得他拔刀相向了。然而，乔没有武器。即便他想要亮出武器，他那家店铺那么小，也根本没有拔刀的空间。

一个星期六，下午四点左右，黛西和达布斯特在乔的店铺前面停了下来。达布斯特戴了一顶丝绸的帽子——黛西是一个女人，所以，这顶帽子必须在外面展示一圈，直到让乔看见，才有可能回到自己的盒子里。他们装模作样地买了一包凤梨口味的口香糖。乔通过橱窗将口香糖递给了他们。对乔来说，他虽然看见了那顶帽子，却没有表现出心虚或者是丝毫的卑微，他只是淡定地做着一个店主该做的事情。

"达布斯特先生正要带我到这栋大厦的顶层看风景，"黛西在为两位互相介绍了一下之后，说，"我从来没有到过摩天大楼的顶层。我猜那儿一定非常漂亮，也非常有趣。"

"嗯！"乔说。

"从大楼的顶层，"达布斯特说，"可以凝视这个城市的全景，这种俯瞰的风景不仅壮观，而且对人还有一种启发。黛西小姐一定会找到你要的乐趣的。"

"但是上面的风很大，可不像这里。"乔说，"黛西，你穿得足够暖和了吗？"

"没问题的！我已经穿上所有暖和的衣服了。"黛西一边说，一边狡黠地看着乔阴云密布的表情笑，"乔，你看起来就像是一个木乃伊，被装在这个盒子里面。对了，乔，你是正忙着为那些一品脱的花生和苹果之类的东西开发票吗？你的库存看起来丰富了许多呢。"

黛西咯咯地笑着，她最喜欢用这种方式取笑乔了。而乔也只好跟着她一起笑。

"你这里的地方确实很有限，先生，嗯——嗯——"达布斯特评点着，"据我所知，这栋大楼的侧面长为三百四十英尺，宽是一百英尺，如果你的店铺是半个俾路支，那么这栋大楼就是美国落基山脉以东的所有地区，还得再加上安大略省和比利时才行。"

"是这样吗，兄弟？"乔和蔼地说，"你觉得你在数字上很有天赋吗？那你觉得当一头驴在一又八分之五分钟里停止叫唤，那么它能在这段时间里吃掉多少磅的干草呢？"

几分钟后，黛西和达布斯特先生乘坐电梯来到了摩天大楼的顶层。接着，他们又爬了一段陡峭的楼梯，到达了楼顶。达布斯特领着黛西来到了顶楼的栏杆处，在这里，她可以俯瞰在街上移动的黑点。

"他们是什么？"她已经浑身发抖了。她从来没有在这样高的地方待过。

然后，达布斯特需要在此时扮演哲学家的角色，并且要将她的灵魂引进宇宙那宏伟壮观的空间之中。

"两足动物，"他神情庄严地说，"我们现在处于海拔三百四十英尺的地方，你看看他们变成了什么样子——他们甚至已经变成来来回回、只懂得单纯地蠕动的昆虫了。"

"哦，他们才不是你说的那样，"突然，黛西惊呼道，"他们都是人，我看出来了，那是一辆汽车。哦，我们已经在这么高的地方了吗？"

"你往这边走。"达布斯特说。

他让她看远处的大城市，从这么远的距离看，城市就像一个排列整齐的大玩具。尽管现在的时间还早，但是在冬天的午后，还是有一些地方已经点亮了灯。这些灯光散落在各处，就像天上的星星一样。再将目光放远一些，你就会看到东南方向的港湾和海洋已经神秘地消失在天空的尽头了。

"我不喜欢，"黛西宣布着自己的真实感受，此时她那蓝色的眼睛中满是困惑，"我们下去吧。"

但是，这位哲学家并没有让机会从他眼前溜走。他要让她看见，他的胸怀是多么宽广，他对数字的记忆力是多么强，他对无限空间的了解是多么透彻。一旦她了解了，她的心就将忽略在纽约最小的店铺里买口香糖的事情了。于是，他开始像摆龙门阵一般向她讲述人世间的繁杂琐事是多么渺小，就像现在一样，只要稍稍离开地面，人类和人类所建造的世界就会变得微小，甚至还没有三十分之一枚硬币大。所以，人们应该多考虑一下整个恒星系，多思考一下爱比克泰德①的格言，并且从中得到一丝慰藉。

"你不要再和我说这些了，"黛西说，"说实话，我已经觉得很可怕了。

---

① 古罗马哲学家，晚期斯多亚学派主要代表之一。

我们现在站在这么高的地方，所有人就像跳蚤一样。我们看到的其中一个人，可能就是乔。为什么，老天，我还不如去新泽西州呢。说实话，我很恐惧待在这里！"

哲学家微微一笑，笑她这种愚昧的想法。

"在宇宙中，"他说，"地球本身也不过是一粒小小的麦子，你抬头看看那里。"

黛西抬起头，凝望着天空，但表情还是十分紧张和忧虑。短短的一天时间就这样过去了，星星们已经出现在夜空之中了。

"你看最远处的那颗星星，"达布斯特说，"那颗星就是金星，人们也叫它长庚星。距离太阳有六千六百万英里。"

"胡说！"黛西的眼睛在瞬间闪过了一丝光芒，"你认为我来自……布鲁克林吗？我们商店里的苏茜·普赖斯的哥哥送给她一张去旧金山的票，那才三千英里。"

哲学家宽容地微微一笑。

"我们这个世界，"他说，"距离太阳九千一百万英里。宇宙中的一等星有十八颗，但是它们距离我们比太阳还要远二十万一千一百倍。如果其中有一颗星星熄灭了，那么我们要在三年后才能看见它的光线消失。在宇宙中，有六千颗六等星，它们的光线如果要到达地球的话，需要三十六年的时间。如果我们有一架直径为十八英尺的望远镜，那么我们就能看到四千三百万颗星星了，当然其中还包括十三等星，不过我们看到的光线，已经是两千七百年前它们照射过来的光线了。每一颗星星……"

"你说谎，"黛西哭了，她生气地说，"你想用这种方法吓唬我，而你的目的已经实现了。现在我要下去了！"

她跺了跺脚。

"大角星——"这位哲学家想要安慰她，却被打断了。他那些浩瀚无垠的自然界理论就这样被打断了。他只是想通过自己的努力，用记忆中的东西而不是自己的心去解释苍茫的自然界。然而，对于一位用自己的心去诠释自然界的人，他会和自己的爱人在闪烁的星光下，在柔美的月光中愉快地散步。如果，你站在你的心上人旁边，挽着他的胳膊，你就会觉得只要你愿意，伸出手就会触碰到那浪漫的繁星。但是此时有一个人对你说，这些光要经过三百年才能看到，这真的就是胡说了！

在天空的西面有一颗流星滑过，它美丽的光照亮了摩天大楼的楼顶，此时就如同白昼一般。那道美丽的光影，在天空中留下了一条漂亮的抛物线之后，落入东边。它一边飞，一边发出咝咝的声响，黛西不禁尖叫起来。

"带我下去，"她哭了，并且情绪越来越激动，"你——你这个数字疯子！"

达布斯特带她走到了电梯前，然后进到了电梯里。她对他怒目而视，在电梯缓慢下降的过程中，她的身体一直在不停地打着寒战。

一出摩天大楼的旋转门，哲学家就找不到她了。她消失了。他站在那里，一脸茫然，没有什么数字或是资料库里的东西可以帮得了他了。

此时，乔的生意并不忙。他把自己店铺里的货物搬搬挪挪，终于腾出了一点空间。他点燃了一支香烟，之后把一只被冻得冰凉的脚靠在了慢慢冷却的炉子旁。

门猛地被推开了。黛西又是哭又是笑，跌跌撞撞地扑到了乔的怀中，旁边散落了一地的水果和糖果。

"哦，乔，我已经上过摩天大楼了，这里才是最舒适和温馨的地方。这里才是！我已经准备好了，乔，只要你想娶我。"

回合之间

　　五月的月光皎洁明亮，直接洒在墨菲太太开的寄宿旅馆上。只要参照一下日历就会发现，现在大部分的区域都处于洁白的光线之下。春天已经悄悄来临了，即便是枯萎的小草也开始复苏了。公园里满是新嫩的枝芽，它们将公园装点成一片绿色，西部和南部的客商们也都会聚于此了。鲜花怒放之时，避暑胜地的工作人员也忙着招揽客人了。春天的空气特别温和，以至于到处都是拉手风琴和玩纸牌的人，还有美丽的喷泉。

　　墨菲太太的寄宿旅馆的所有房间的窗户都是打开的。有一些寄宿者坐在楼房外面高高的石阶上，屁股下面还需要垫一个薄薄的垫子，就像德国薄饼一样，又薄又圆。

　　在二楼窗口处站着的是麦卡斯基太太，此时她正在等待丈夫回家。饭桌上的晚餐快要凉了，因为它们的热气已经飘到麦卡斯基太太的身上了。

　　晚上九点的时候，麦卡斯基先生回来了。他走到楼门口时，一只胳膊上搭着衣服，嘴里还叼着烟斗。他一边寻找在楼门前的楼梯上落脚的地方，一边向他不小心踩到的人道歉。如果你知道他的脚有九码长、D码宽，那么你就会明白这双脚要找到个空地有多么不容易了。

　　当他打开自己房间的门时，他感觉到今天与以往不同。因为今天迎接他进门的不是往常飞过来的炉火盖子和捣碎马铃薯用的杵子，而是麦卡斯基太太的说话声。

　　麦卡斯基先生估摸着，莫非是五月的春风和柔和明亮的月光将自己太太的心给软化了？

　　"我都已经听见了。"取代那些飞来的厨具的话就是从这句开始的，

"你这个动作蠢笨的家伙，踩到那些市井泼皮的衣角还连声道歉，对自己的老婆怎么就这么不客气呢？你的老婆呢，把脖子伸得像晾衣绳那么长，在窗口盼着、等着，可是你就算踩到我的脖子，也不可能对我道个歉。但凡是周六，你就知道去加勒吉的店里喝酒，除了吃饭用了几美元，剩下的工资你全都喝到肚子里去了。菜已经凉了！对了，今天收煤气费的来过家里两次了。"

"女人啊！"麦卡斯基一边将手上的大衣和帽子甩到椅子上一边说，"你发出来的噪声把我的食欲都弄没了，真倒胃口。你违背了人们该有的礼节和文明，这是在破坏社会基础的最底层的砖瓦。当一位男士经过女士旁边的时候，理当说声抱歉，这是身为一名绅士的礼节。你赶快把你的猪脸从窗口缩回来，去看看饭菜都好了没有。"

麦卡斯基太太拖着沉重的步子走到炉子边，这个反应可是不大正常的，这让麦卡斯基先生提高了警觉。她的嘴角急速地往下耷拉了下来，就如同晴雨表的指针一样预示着一场厨具如雨下的战斗场面。

"猪脸，是吗？"麦卡斯基太太一边说着，一边将一个盛满了咸肉萝卜的炖锅抛了过来，目标就是她的丈夫。

面对眼前的猛烈攻势，麦卡斯基先生可谓是驾轻就熟，这又不是第一次。他知道在主菜后面的那道菜是什么。眼看桌子上摆好了一盘烤猪肉，上面还有三叶草作为装饰。他顺手将它抄起来，直接砸了过去，对方也当然不能失礼，自然地回敬了一盘装在陶土盘子里的面包布丁。你给我布丁，我就给你奶酪，于是丈夫把一大块瑞士奶酪糊在了麦卡斯基太太的眼睛下面。如果按照常理，在他老婆将一壶很烫的黑咖啡泼过来之后，战争就应该在这弥漫着咖啡香味的房间里结束了。

但是，麦卡斯基先生可不是那么好打发的人，倘若有人觉得这场轰轰烈烈的战争已经结束在一个卑劣的波希米亚人的咖啡里了，那就大错特错了，他们爱怎么想都行，但是麦卡斯基先生可不这样认为。他此时的脑袋里出现了各种物件，当然也包括那种饭后用来洗手的大盆，只可惜墨菲寄宿旅馆没有这个东西。所以他只能顺手拿了一个代替品。他飞扬跋扈地拎着一个搪瓷洗脸盆，猛地一用力，向他的老婆砸了过去。麦卡斯基太太倒是反应迅速，身体一闪，躲过去。你敬我一尺，我还你一丈，麦卡斯基太太也不是吃素的，她直接伸手去拿身边的电熨斗，想让这个重磅武器为这场原本的餐具大战画上一个句号。可就在此时，楼下传来了一声凄惨而又痛苦的尖叫声，声音之大，想不注意都不行。于是正在开战的夫妻二人都停了手，赶忙往楼下看。

在这栋房子的拐角处，有一条人行横道，此时克利里警官正站在那里竖着耳朵听着这栋房子里面的厨具大战的实况，生怕错过什么细节。

"约翰·麦卡斯基和他老婆又开战了。"警官心想，"我要不要上楼去劝劝？还是算了吧，夫妻打架，床头吵完床尾和的，估计也就是无聊了比画比画，一会儿就好了。当然，他们只要不去别人家拿东西砸就好。"

而紧接着的一声惨叫，预示着不是有什么恐怖的事情，就是有很悲惨的事情发生了。克利里警官当然也听到了，他一边嘟哝着"是猫叫吧"，一边急忙往声音的来源地赶。

原本坐在石阶上乘凉的客人们也开始不安起来。图米先生是卖保险的，他向来很喜欢打听别人的隐私。所以在听到尖叫声后，他立马就冲进屋子，想看看到底发生了什么事情。他把事情打听清楚后，又回来告诉大家，原来是墨菲太太的小儿子迈克不见了。这个信差出来没一会儿，当事人就出来了，也就是墨菲太太——她的热泪夺眶而出，她撑着二百磅重的身体不停地喊着她那只有三十磅重的、满脸都是雀斑的捣蛋儿子，哭得声嘶力竭。看到这里，你会觉得这位女士的表现有些做作，是吗？但是图米先生还是坐在了做帽子生意的珀迪小姐身边，两个人握着彼此的手，同情地看着墨菲太太。沃尔什家的两个姐妹，平时向来都觉得这个过道太吵了，对于所有闲来无事的人都挤在这里是很不满的，但是现在她们马上就去四处打听，问有没有人在大钟的后面见过一个小孩子。

坐在最上面一级台阶上的是格里格少校和他胖墩墩的夫人，两个人听到这个消息后，也急忙站起来，扣好外衣。格里格少校说："孩子找不到了吗？那我出去找找。"他说话的语气还真有军人的派头。他的夫人向来都不同意他在天黑以后出门的，但是此时她用近乎男中音的嗓音说："去吧，卢多维克！如果有人看见一位丢失了孩子的母亲而又不伸出援手的话，那简直就是铁石心肠。"少校说："那你能给我三十或者六十美分吗，亲爱的？我怕万一小孩子跑得比较远，迷了路，可能还需要车费。"

在这栋房子的四楼的后厅里，住着一个老头，大家都叫他丹尼老头。他此时正坐在最下面一级台阶上，借着街灯看报纸呢。他翻了一页，继续看关于木匠罢工的报道。墨菲太太对着天空中已经升起的月亮，又是一声尖叫："啊，我的小迈克，你去哪儿了，我的宝贝？"

"你最后一次见到他，是什么时候？"丹尼老头在提出这个问题的时候，眼睛却一刻都没有离开过报纸上有关建筑方面的信息和公告。

"嗯，"墨菲太太很痛苦地说，"可能是昨天，或许是四小时之前。哦，我记不清了，我的小迈克一定是走丢了。今天早上我看到他在人行道上玩——嗯，或许不是今天早上，是周三的早上吧。我太忙了，有那么多的工作需要去做，我分不清楚哪天是哪天了。总之我已经在屋子里找遍了，就是找不到他。我的上帝啊，我的宝贝啊……"

这座城市绝对不会因为有几个人垂头丧气或者伤心欲绝而改变它的模样，无论人的感情怎样变化，它始终都保持着孤傲与冷酷，即便遭到人们的谩骂与谴责，态度也是一样。人们会说它的心肠硬得像铁和石头一样，说它没有一丝人情味；人们会把这城市的街道比喻成荒凉阴郁的森林或者寸草不生的沙漠。但是即便这样，人们还是可以在冰冷的城市中找到乐趣，就如同在龙虾的硬壳下面找到鲜美的肉一样。也许这个比喻不是最恰当的，但是在没有绝对的把握之前，我又怎么可能随便给这个城市一个"龙虾"的称呼呢？

再也没有比小孩走失更加令人悲痛的事情了，也没有什么更能让人产生同情了。孩子的小腿是那么软弱无力，他们对这个世界是那么无知，根本不知道其中的艰辛和危难。

格里格少校赶忙跑到了大街转角处的一家铺子，这家铺子临街，是比利开的。他进到铺子里之后，就对服务员说："来一杯威士忌苏打。"之后又说，"对了，你在这附近有没有见过一个小孩，六岁、罗圈腿、脸不怎么干净的？"

而这边，图米先生和珀迪小姐仍旧坐在石阶上，他还拉着她的小手。珀迪小姐说："我一想到那个可怜的小孩子，因为没有母亲的保护……或许已经被高高抬起的马蹄……哦，天哪，太可怕了。"

"是啊，"图米先生把珀迪小姐的手握得更紧了，他赞同地说，"我是不是也该去找一找那个可怜的孩子？"

"或许，"珀迪小姐说，"你应该去的。但是，图米先生，你总是这样勇敢——做事情总是全力以赴，不管发生任何事情——如果你为了帮助别人，使自己陷入了什么意外或危险，那么……"

丹尼老头仍旧在老地方看报纸，他很认真地用手指点着一行行的文字，看着关于仲裁协议的报道。

麦卡斯基先生和他的老婆正在二楼的前窗旁呼吸着新鲜的空气。刚刚有一块胡萝卜打了麦卡斯基先生的马甲上，所以此时他正在用他的食指一点一点地抠着。麦卡斯基太太在揉眼睛，因为刚才那块烤猪肉里的食盐粒不小心进她的眼睛里了，弄得她很不舒服。他们在听见吵闹的声音时，就将脑袋伸了出来。

"小迈克丢了，"麦卡斯基太太尽量将音量控制得很低，她说，"多么可爱的小家伙啊，调皮的样子就如同天使一样。"

"是那个小孩不见了吗？"麦卡斯基先生将身体倚靠在窗框上，说，"那可真是悲惨的事。如果是女人，丢了也就丢了。至少女人走后，剩下的日子可以安生许多。但是孩子丢了就不同了。"

麦卡斯基太太用手扶住丈夫的胳膊，忽略了刚才丈夫的嘲讽。她饱含深情地说:"约翰,墨菲太太的小家伙不见了。这个地方这么大,可怎么找才好啊?他才六岁啊,约翰。如果我们两个在六年前也有一个小孩,现在也这么大了。"

麦卡斯基先生仔仔细细地回忆了一下过往,一头雾水地说:"可是,我们从来都没有过小孩啊。"

"约翰,我是说'如果',如果我们六年前生了一个小宝宝,今年六岁的小费伦丢了的话,那么我们的心里该是多么着急啊,太让人难过了。"

"你在说什么啊?"麦卡斯基先生说,"他的名字应该是帕特,和我住在卡特里的老爹一个名字才对。"

"胡说!"麦卡斯基太太说,但是声音里不是责怪,而是有些娇嗔,"我的哥哥比十打泥腿子麦卡斯基都要棒。所以孩子的名字必须和他的一样。"说完,她就沉默了,趴在窗台上,默默地看着窗下一片嘈杂的景象。

"很抱歉,"麦卡斯基太太一改往日的强悍,温柔地说,"约翰,我知道有的时候我对你的态度太暴躁了。"

"嗯,是的。和你说的一样,暴躁的布丁。"她的丈夫这样回答,"像子弹一样的萝卜,还有滚烫的黑咖啡。这些东西可以算是你发明的快餐了。我太同意你的观点了,一点都没错。"

麦卡斯基太太挽着自己丈夫的胳膊,深情地将他厚实的大手放在自己的手里。

"你听,可怜的墨菲太太在哭呢,"她说,"对这么小的孩子来说,在这么大的城市里走丢了,是多么可怕的一件事情啊。约翰,如果这次走丢的人是我们的小费伦,我敢保证,我的心肯定都碎了。"

麦卡斯基先生觉得汗毛有些竖起来了,他很不自在地把胳膊抽了回来,之后把抽回来的胳膊搭在了他妻子的肩膀上。

"真荒唐,"他粗声地说,"可如果是我们家的小帕特被人诱拐,或者遇到其他什么不幸的事情的话,那么我也会很心痛的。不过,我们从来都没有生过孩子。你有时候也太鲁莽暴躁了,朱迪,好了,我们别去想那些本不存在的伤心事了。"

他们互相依偎着，看着楼下正在上演的那出令人心碎的剧目。

他们就这样一直坐在那里，很久很久。人行道上人来人往，大家也会不时地聚在一起打听一下彼此有什么进展。与此同时，事实被扭曲成了另外一个样子，各式各样的传闻和谎言也就随之散布开来了。知道这件事的人们，也都在依靠自己的想象力，编排着这个故事，进行着各种猜测。墨菲太太就像是犁地的人一样，穿梭在不同的人群之中，就像是一座敦实的人肉小山一样，不停地移动，另外，眼睛里的泪水如瀑布般倾泻而下。来打听消息和报信的人络绎不绝，里里外外忙个不停。

"又发生什么事情了，朱迪？"麦卡斯基先生问道。

"是墨菲太太又在说什么了，"麦卡斯基太太一面仔细听着楼下的动静，一面回答说，"她好像说在自己屋子里的床下找到了小迈克，那个小东西在漆布后面睡着了。"

麦卡斯基先生哈哈大笑起来。

"那就是你的小费伦了。"他嘲笑道，"帕特这么机灵的小家伙，才不会和大人们开这么愚蠢的玩笑呢。我们那个还没有出世的孩子，你就叫他小费伦好了。如果有一天他消失不见了，或者被人拐走了，那么你只需要不停地哭喊他的名字，我保证他会像一条癞皮狗一样，只是躲在床底下傻乎乎地睡觉而已。"

麦卡斯基太太郁闷地站起身，向碗架柜那边走去，她的嘴角又向下沉了。

人群慢慢散开的时候，克利里警官也从大街的转角处回来了。只是，从麦卡斯基家里好像又传来一阵乒乒乓乓的厨具大战的声响。他一开始觉得奇怪，仔细竖起耳朵听了听，才听明白，原来铁具、陶器的撞击声好像和刚才的一样响亮。克利里警官无奈地掏出一块怀表，仔细地看着。

"我的天哪，这场战争持续的时间可真够长的。"他大叫道，"按我怀表上的时间来看，麦卡斯基夫妇今天晚上已经持续作战了一小时十五分钟了。他的太太比他重四十磅呢，他得继续努力才行啊。"

说完，克利里警官就朝着街角的方向巡逻去了。

与此同时，墨菲太太也正准备锁上大门，丹尼老头也将报纸折好收起来，急急忙忙地往台阶上面走了。

财神与爱神

老安东尼·洛克威尔原来是罗氏欧雷卡肥皂的生产厂家的经营者，不过，现在他已经退休了。现在他正站在第五大道的豪华宅院的书房的窗口处，向外看着，并且脸上满是笑意。在他家右边住着的是 G. 范斯凯莱特·萨福克－琼斯，他是贵族俱乐部的成员之一。他现在刚好出门，正走向在门口等待他的那辆汽车。每次他从门口进出的时候，都会看一眼这位肥皂商人的府邸前那个意大利文艺复兴时期风格的雕塑，之后对其嗤之以鼻。

"高傲自大的、没什么事做的古板老头！"前一任肥皂大王评论道，"你如果再不小心点，伊登博物馆早晚得把你这个老僵尸内塞尔罗德收进去做展品。就在今年夏天，我还要把我的房子涂成红色、白色和蓝色，到时候我看看你的荷兰鼻子还能不能翘得更高一点。"

安东尼·洛克威尔叫用人从来都不按铃，他总是先走到书房门口，之后大喊一声："迈克！"那样高亢的声音，曾在堪萨斯大草原上响彻苍穹。

"告诉我的儿子，"安东尼用他那粗重的嗓音告诉仆人，"在他出去前，先到我这里来一下。"

当小洛克威尔踏进他的书房时，这个老头立刻将正在看的报纸搁置在一旁，看着他。安东尼光滑红润的大脸上，充满了慈爱。他一只手将自己满头的白发抓得乱七八糟，另一只手则在兜里玩弄着钥匙，弄出叮叮当当的响声。

"理查德，"安东尼·洛克威尔说，"你用的肥皂，是花多少钱买的？"

理查德刚刚大学毕业，回到家里也才六个月的时间。听到这句话，他先是怔了一下。他始终不明白父亲的真实想法是什么，如果用一个比喻来说，爸爸在他眼里就像是一个刚刚进入社会的小女孩，总是会在不经意的时候问出一些出乎人们意料的问题。

"我想是六美元一打，爸爸。"

"那你的衣服呢？"

"我想，大概是六十美元，一般都是这样。"

"你现在已经是一位绅士了，"安东尼果断地说，"我也听说过现在的一些年轻人，总是买二十四美元一打的肥皂，而且衣服也都超过了一百美元。而以你现在所拥有的钱，你大可以像他们一样过那种奢侈的生活，但你始终坚持简约而得体的生活方式，很有尺度。我现在用的肥皂仍旧是老牌子欧雷卡的，这当然不仅与情感有关，还因为它是最纯粹的肥皂。如果你花十几美分买一块肥皂，那质量肯定很糟糕，而且味道也逊色很多。但是，像你这样时尚的年轻人，又有地位和身份，即便是花五十美分买一块肥皂也不算什么。正如我刚才所说的，你是一个上层社会的绅士。人们都说，倘若想打造出一个上流社会的人，须经历三代人。但我觉得他们的观点是错误的，只要有钱，培养一个上流社会的绅士是一件很容易的事情，就像制作肥皂油脂一样。现在金钱已经把你打造成一个上流社会的人了！并且，几乎也将我变成了那个样子。但是，我现在和住在我们家两边的那两个荷兰老头一样粗野无礼，态度恶劣，让人厌烦。他们两家天天夜不能寐，就是因为我买的房子在他们两家的中间。"

"但是，还是有一些事情即便有钱也办不到。"小洛克威尔说着说着，愁眉苦脸起来。

"现在，不要这么说，"老安东尼有些震惊地说，"我敢打赌，我的钱每次都能办成事情。我已经查了百科全书，甚至翻到了以字母 Y 开头的内容，还是没有发现用钱买不到的东西。看来我有必要下周再翻一下附录了。不过我始终相信钱是万能的。那你来告诉我，钱买不到什么东西？"

"这么说吧，"理查德回答道，语气中有一点点埋怨，"它买不到上流社会的地位。即便有钱，他们还是将我排除在上流社会的交际圈之外。"

"哦！不可能吧？"这个罪恶之源的信奉者顿时发出了雷鸣般的怒吼，"告诉我，如果不是阿斯特家族的先辈①买了三等舱的船票来到美国，你所说的那些上流社会、那些排外的社交圈在哪儿？"

理查德叹了口气。

"这就是我要和你说的事，"老头说道，不再大声嚷嚷了，"这就是我让人叫你来的原因。孩子啊，我看你最近不大对劲。我已经注意你两个星期了。你说吧，只要你有需要，二十四小时之内，我就可以给你调动一千一百万美元，这还不包括房产。倘若是你的心和肝出了什么问题，那么'漫游者'号马上就能起航，它现在就停泊在海湾，而且已经上足了煤，只需要两天，你就可以身在巴哈马了。"

"这不是空穴来风的猜测，爸爸，你说得没错。"

"啊，"安东尼敏感地问道，"那个女孩叫什么名字啊？"

理查德开始在这间书房里来来回回地走。这样一位粗线条的老爸竟然能够如此关心他的心事，竟然这么体贴，那么他不免要对他掏心掏肺了。

"那你为什么不向她求婚呢？"老安东尼迫切地问道，"她一定会立刻跳到你的怀里的。你有钱，而且相貌英俊，你是如此体面的年轻人。你的手是那么白净，从来都没有摸过一点欧雷卡肥皂。你还读过大学，但是她可能会忽略这一点。"

"我还没有机会开口。"理查德说。

"那你就制造一个这样的机会啊，"老安东尼说，"你可以约她去公园里散步，或者带着她去开车兜风，或者在教堂里做完礼拜后走路送她回家。这么多的机会！"

"你不知道现在的社交圈，老爸。现在的社交圈就好比一盘石磨，而她就是推动石磨转动的那股清泉，她的每分每秒都被安排得妥妥当当，她

---

① 约翰·雅各布·阿斯特（1763—1848），1783 年移居美国。其美国皮货公司为美国首家垄断企业。他还投资纽约市房地产，此项投资是该家族财富的基础。

根本就没有空暇时间。我必须娶到这个女孩，老爸，否则这个城市对我来说就是一片充满了腐烂味道的沼泽。可是我又不能把我的想法写出来，我不能——我绝对不能这么做。"

"啧啧！"老人家发出了不屑的声音，他说，"你的意思是要告诉我，我们拥有这么多钱，却不能为你换来你们单独相处的一两个小时？"

"我已经把事情拖得太久了。后天中午，她就要乘船去欧洲了，而且会一直在那里待两年。只有明天晚上，我才能独自和她聊上几分钟。而现在，她正在拉奇蒙特的姨妈家里。我不能去那里。但是她答应让我明天晚上去中央火车站，驾着马车去接她。她会在明天晚上八点半到达那里，我可以驾马车把她带到百老汇的沃勒克剧院，因为她的母亲和其他亲友会在那里的休息室等我们。就算把所有的时间都算上，我们单独相处的时间也不过就是七八分钟而已。而且我们又是在那种情况下相处，您想想看，就算我说出了想说的话，她能听得进去吗？肯定不能。那么就剩下在剧院里面的时间了，戏前、戏中、散戏之后，哪里还能有机会说上点心里话呢？还是没有。哦，老爸，这回你知道了吧，这就是金钱没有办法解决的事情。我们不能用钱买到时间，一分钟的时间都不行。如果钱可以买到时间的话，那么富人就都可以长命百岁了。我看在兰特里小姐登船之前，我是没希望和她谈话了。"

"好吧，理查德，我的孩子，"老安东尼乐呵呵地说，"你现在可以去你的俱乐部了。我很高兴你的心和肝没什么问题。但是不要忘了定时去敬拜伟大的财神。你说钱不能买到时间吗？你当然不能让'永恒'出个价钱，之后打包一起买回来。但是我还是见到时间这位老人家总是时不时地被金子耽搁些时间，撞到金子的脚总是到处是瘀青。"

那天晚上，安东尼正在阅读当日的晚报，埃伦姑妈就来拜访她的弟弟了。埃伦姑妈是一位温柔但多愁善感，脸上已经满是皱纹，并且被财富压得直喘气的女人。他们谈话的内容就是围绕着情人展开的。

"他已经告诉我了，"弟弟安东尼一边打着哈欠一边说，"我跟他说，我银行里的钱全在等待着为他服务。然而，他开始贬低我的钱的作用，说钱帮不上一点忙。还说百万富翁都不能动摇这个社会中的规则，一步都不行。"

"哦，安东尼，"埃伦姑妈叹了口气说，"我希望你不要把钱想得太过重要。当财富遇到了感情，它就什么都不是了。爱情才是万能的。如果他早一点表白就好了，她是无法拒绝我们的理查德的！但是现在，恐怕一切都太迟了。他已经没有机会对她表白了，你的钱不能为你的儿子解决这件事情，钱给不了你的儿子幸福。"

第二天晚上八点的时候，埃伦姑妈从一个已经被虫子蛀了的首饰盒里，拿出了一枚古色古香的金戒指，并把它给了理查德。

"戴上他吧，我的侄子，"她几乎用恳求的语气说，"这枚戒指是你的妈妈送给我的。我相信它会给你带来好运的，孩子。你妈妈曾和我说，这枚戒指可以为恋爱中的人带来好运，她还叮嘱我说，当你恋爱的时候，就把它交给你。"

小洛克威尔虔诚地接过戒指，并且试图把它戴在自己的小手指上。可是戒指只能戴到他小拇指的第二个关节，之后就怎样都戴不下去了。他把它拿了下来，按照男士的习惯，塞进了坎肩的口袋里。然后，他打电话叫来了马车。

在人头攒动的车站中，他终于在晚上八点三十二分的时候，接到了兰特里小姐。

"我们必须快一点，不能让妈妈和其他人等太久。"她说。

"沃勒克剧院，全速前进，你可以用最快的速度！"理查德顺从地对车夫说。

马车风驰电掣地从第四十二大街向百老汇驶去，然后穿过一条灯火阑珊的小巷。路旁只有昏暗的光，却别有一番景致。马车继续从西区驶向灯光璀璨如同白昼的高楼耸立的东区。

到了第三十四大街的街口时，理查德迅速地推开车窗，命令车夫停车。

"我的一枚戒指掉了，"他一边从车里出来一边解释道，"这是我母亲留给我的，我不想把它弄丢了。我最多耽误你一分钟的时间——我看到它就掉在这里了。"

没用一分钟的时间，他拿着戒指又回到了车厢里。

但是，就在这不到一分钟的时间里，有一辆汽车停在了他们所乘坐的马车的正前方。马车夫试图从左侧超过去，但是又有一辆庞大而沉重的大货车挡住了他们的去路。他又试图向右走，但也是徒劳，因为一辆搬运家具的汽车不知怎么突然就出现在那里了。即便是后退也不行，所以马车夫只好丢下缰绳，尽职尽责地开始咒骂起这突如其来的交通堵塞。此时，路口已经被横七竖八的车辆和马匹封锁得死死的了，总之很混乱。像这样的街道堵塞确实会在大城市里突然发生，让人没有办法应对。

"为什么不继续走了？"兰特里小姐不耐烦地说道，"我们快要迟到了。"

理查德从马车里钻了出来，看了看周围的情况。他看到百老汇大街、第六大街和第三十四大街的交叉路口已经被一辆大货车，还有各式各样的卡车、马车、运输车挤得水泄不通了。远远看去就像是一位腰围足足有二十六英寸的姑娘，偏偏给自己系了一根只有二十二英寸长的腰带一样。更重要的问题是，这里本来就是交通枢纽，所以每条路上都有络绎不绝的车辆和马匹用极快的速度赶来，原本宽阔的城市街道，变成了一个车辆的聚合地，横七竖八的车辆已经很嘈杂了，再加上司机的咒骂声，车辆越是挣扎，场面就越是拥挤，似乎整个曼哈顿的车子都卡在这里了。数千名市民都站在街道的两旁看着这前所未有的热闹，即便是纽约城中经历最丰富的老人也没见过哪一次堵车能堵成这个样子。

理查德又回到了车厢里，坐下说："我真的很抱歉，但根据眼下的情况看，我们已经卡在中间没办法动弹了。至少需要一小时，这里的交通才可能会顺畅一点。这都是我的错。如果我不去捡我的戒指……"

"让我看看你的戒指，"兰特里小姐说，"现在，说什么都无济于事了，就这样吧。况且，我并不觉得看戏有什么好玩的。"

这天夜里十一点，有人轻轻敲了敲老安东尼·洛克威尔家的房门。

"进来吧。"安东尼回应着敲门人。他此时正穿着一件红色的睡衣，读着一本关于海盗冒险的书。

走进来的人是埃伦姑妈，她看上去就像是一个头发花白的天使，只是被错误地留在了地球上。

"他们订婚了，安东尼，"她轻声说道，"她已经答应嫁给我们的理查德了。在他们去剧院的途中有一条街被堵得无法通行，他们一直在马车里等待了两小时，然后他们的马车才得以从那条街上驶出来。"

"哦，我的弟弟安东尼，你不要再夸耀金钱的力量了。代表真正爱情的信物——一枚戒指，象征着忠贞的爱情的小小戒指，才是我们理查德得到幸福的真正原因。他在街上弄掉了戒指，之后他下车去捡。当他重新登上马车的时候，还没来得及走，就遇见了交通堵塞。也就是在这堵塞的时间里，他向她表达了爱意，并且也赢得了她的芳心。你看看，这一切都是爱情的功劳，金钱就是糟粕，安东尼。"

"太好了，"老安东尼说，"我真是太高兴了，我的孩子终于得到了他梦寐以求的爱情。我跟他说过，在这个问题上，无论动用多少金钱……"

"但是，我的安东尼弟弟，你的金钱在这件事情上起到了什么作用呢？"

"姐姐，"安东尼·洛克威尔说，"我的海盗正在面临船舶被击沉的危险，现在是他们生死存亡的关键时刻，但是我相信他们会知道金钱的作用的，绝对不会眼睁睁地看着自己的船沉入大海的。我希望你能让我好好地读完这一章。"

故事到这里就应该结束了。而且我知道，读者和我一样都希望这个故事有一个圆满的结局。但是，为了弄清楚事实的真相，我们现在还需要刨根问底一番。

第二天，有一个两手通红，打着一条蓝色圆点的领带的人，自称是凯利，来找安东尼·洛克威尔，他立刻被请到了书房中。

"好吧，"安东尼说着，并且将一张支票递了过去，"这是一个很好的制作'肥皂'的过程。让我们来看看，你已经拿到五千美元现金了。"

"我自己还垫付了三百美元呢。"凯利说，"没办法，已经超出了一些预算。雇用一辆货车和一辆马车的价钱大概是五美元，但是卡车和双马马车就要十美元了。另外汽车司机要十美元，装满货的车辆要二十美元。对了，你知道吗？警察罚得厉害，每个人我得付五十美元呢。剩下的，有的给二十，有的给二十五。但是总体来说表现得还不错，蛮精彩的吧，洛克威尔先生？威廉·A. 布雷迪那小子真是幸运，都没看见这种各种车辆拥挤的场面，否则他肯定嫉妒得要死。我们根本就没彩排，直接就上场了，几乎没有一秒钟的误差。整整排了两小时的长蛇阵，整条街道被堵得水泄不通，即便是格里利塑像下的一条蛇，也休想钻过去。"

"这是一千三百美元，凯利，"安东尼说着，又撕下来一张支票，"一千美元是你的酬劳，另外三百美元是你垫付的。你不会也鄙视金钱吧，凯利？"

"我？"凯利说，"如果让我知道贫困是谁发明的，我一定打得他满地找牙。"

当凯利走到门口时，安东尼又叫住了他。

"你有没有注意到，"他说，"当你率领一群人在街道上堵着的时候，有一个没穿衣服的胖男孩拿着弓箭乱射，你注意到了吗？"

"为什么这么问？没有啊，"凯利有些困惑不解地说，"我没注意到。如果真有你说的那个胖小子的话，估计我们还没到，警察就把他带走了。"

"我想，这个小坏蛋是不会去现场的。"安东尼呵呵一笑，说，"再见了，凯利。"